A Single Swallow

劳燕

A Single Swallow

张翎 / 著

人民文学出版社

图书在版编目(CIP)数据

劳燕/张翎著.—北京:人民文学出版社,2017
ISBN 978-7-02-012566-1

Ⅰ.①劳… Ⅱ.①张… Ⅲ.①长篇小说—中国—当代 Ⅳ.①I247.5

中国版本图书馆 CIP 数据核字(2017)第 060326 号

责任编辑　樊晓哲
装帧设计　李思安
责任校对　罗翠华
责任印制　史　帅

出版发行　人民文学出版社
社　　址　北京市朝内大街 166 号
邮政编码　100705
网　　址　http://www.rw-cn.com

印　　刷　三河市鑫金马印装有限公司
经　　销　全国新华书店等

字　　数　270 千字
开　　本　880 毫米×1230 毫米　1/32
印　　张　12.125　插页 3
印　　数　20001—25000
版　　次　2017 年 7 月北京第 1 版
印　　次　2017 年 10 月第 2 次印刷

书　　号　978-7-02-012566-1
定　　价　38.00 元

如有印装质量问题,请与本社图书销售中心调换。电话:010-65233595

威廉·德·瓦耶-麦克米兰，或者麦卫理，
或者比利，或者其他

我的名字和绰号多不胜数。几乎每认识一拨人，我都会得到一个新名号。

根据那张辛辛那提好撒玛利亚人医院签署的出生证明，我的名字是威廉·爱德华·塞巴斯蒂安·德·瓦耶-麦克米兰（William Edward Sebastian De Royer-Macmillan）。你大概已经注意到，我有两个中间名——爱德华是我父亲的名字，塞巴斯蒂安是我祖父的名字。我的姓是个复合姓，由两部分组成，德·瓦耶是我母亲娘家的姓，而麦克米兰是我父亲的姓。在我出生的那个年代，像我母亲那样结了婚之后依旧在夫姓之前保留了娘家姓氏的女人并不多。我母亲的祖先来自法国，是个望族，据说被那个"在我之后洪水滔天"的路易十五封过一个连她自己也已经说不清楚了的爵位。我母亲的家族与欧洲的渊源已经很淡薄，事实上，她对中文的精通程度远胜过法文，娘家姓氏大概是她带进这桩婚姻的唯一一件嫁妆。

这个全名我一生只使用过三次，一次是在出生证明上，一次是在波士顿大学医学院的入学申请表上，还有一次是在结婚证书上。除此以外，没有任何人用这样长的名字叫过我。即使是在八

岁那年我偷了街角便利店的一小盒甘蔗糖,被店主告到家里,我父亲把我叫到他的书桌前——那是我通常听训的地方,他也只喊我"威廉·德·瓦耶-麦克米兰"——那已经是他表达愤怒的极致形式了。我私下里试过,如果把我的全名不吃掉一个音节地念完,中间至少需要换两口气。

我的家人和美国的同学朋友都叫我比利(Billy),我母亲则只用比利的首字母B称呼我。我时常感觉我母亲——一个需要照顾生病的丈夫和五个子女的家庭主妇,身上具备了一个数学家的天赋,她总能把生活中许许多多数学题一样复杂繁琐的细节,一口气简化到根。

比利这个名字也不是一成不变的,它时不时会出现前缀和注解。比如我在中学读书时,同学给我的外号是"瘦子比利"(Billy The Bones)。当时我身高已达五英尺八英寸,算得上是个高个子,体重却只有一百二十八磅。我做梦都想达到一百五十磅——那是校篮球队员的最低录取门槛,可是一直到毕业,我都只能坐在场外的长板凳上,替场内的队员们摇旗呐喊。现在你们应该理解了,为什么在月湖那块草草平整出来的篮球场上,我极少错过任何一场球赛;而你们,则送给我一个绰号叫"篮球比利"(Basket-ball Billy),以和美国教官中的另一个比利相区分。我在月湖表现出来的对篮球的痴迷,只不过是在圆一个少年时代的梦而已。

在我二十五岁那年,当我准备启程去中国的时候,我父母给我取了一个中国名字叫麦卫理——是从我的姓和名中各取了一个谐音。我是一个传教士,在我的教会里,我的会众管我叫麦牧师。但是附近村子里的老乡,就远没那么客气恭敬了。每周三到教会门口领赈济粥的那群人,管我叫"粥老儿",尽管按美国标准我那时甚至还算不上中年人。而到我这里看病拿药的人，当面叫我麦先生，背地里给我的雅号是"番医"。领粥和拿药的人，总是远远多过做礼拜的人，但我从不气馁，我相信他们拿了上帝的好，心里迟早会思想上帝的道。我很早就明白，在中国福音是要靠腿行走的，单靠嘴皮子不行。福音走路的两条腿，一条是粥，一条是药。当然，学堂也重要，可是学堂与粥和药相比，至多只是一根拐杖。这也是为什么当年我在上海下船的时候，我需要六个挑夫来挑我样数繁多的行李。那些个箱笼里，衣服和书只占了一小半，剩下的，全是我从美国募捐而来的医疗器械和药品。

我父母是卫理公会派往中国的传教士，他们的传教区域在浙江。他们没有固定的教堂，他们是耶和华的行吟诗人。从浙东浙西到浙南浙北，他们的足迹几乎覆盖了整张浙江地图。在他们的时间定义里，在某个地方住上六个月，就已经接近永恒。由于这种颠沛流离的生活方式，我母亲生下的四个孩子，一个也没能活下来。在她三十岁那一年，她突然感觉到了一种前所未有的恐慌。他们可以忍受爬满臭虫跳蚤的床铺，飘浮着厚厚米虫的粥，钉着大大小小油布的漏屋顶，两根竹竿搭建的户外茅坑，但是没有孩子的恐惧，却超出了他们的承受极限。就在那一年，经过无数轮的痛苦纠结之后，他们终于向母会提出了回国的申请。

回到美国的第二年，他们就有了我。接下来的七年里，我母亲连续生下了两个弟弟和一对双胞胎妹妹。出于感恩，或许还有那么一丁点愧疚，他们把我，他们的长子，奉献给了教会，就像亚伯拉罕献以撒那样。我作为传教士的命运，其实在我尚未出世时就已定下——我在母腹里就已经听见了上帝的呼召。

可是我并没有鲁莽行事，我一直等到从医学院毕业，做完住院医生之后才启程去中国。后来发生的事情证明了这个决定的明智，或者说，这个决定的残忍。

我父母在中国生活了十二年，回到美国后，每日里叨叨絮絮的，依旧是中国往事。我和我的弟妹们多次听他们说过江南乡下的农民是怎样沤肥烧草木灰种茶的；靠水的人家又是怎样训练鹭鸶捉鱼的；生了孩子的妇女坐月子时吃的是什么食物；年成不好的时候，主妇们会在稀粥里加进什么野菜充饥……所以，在他们离开中国二十六年之后，当我步他们的后尘来到浙江时，我见到涉水的町步，过河的舢板，被孩童骑着走的水牛，满坡盛开的白茶花，听到那些乍听起来像吵嘴似的江南土话时，我丝毫也没有感觉惊讶。它们仿佛是我多年里反复出现的一个梦境，熟得不能再熟。它们不像是我的今世，倒更像是我的前生。

今天是二〇一五年八月十五日，距我们立下那个约定的那一天，已经过去了整整七十年。七十年是个什么概念？对一只采蜜季节的工蜂来说，是五百六十多辈子；对一头犁田的水牛来说，可能是三生——假若它没有被过早屠宰的话；对一个人来说，几乎是整整一世；而在历史书籍里，大概只是几个段落。

但是，在上帝的计划中，七十年却只是一眨眼的瞬间。

至今我尚清晰地记得七十年前那天里的每一个细节。消息最早是从你们营地里传出来的。负责向重庆发送水文情报的报务员，最先从电台里听到了日本天皇的"玉音播送"。天皇的声音沙哑哽咽，用词和语气一样苍老，文绉绉的似乎拐了很多道弯。"然时运之所趋，朕堪所难堪、忍所难忍，欲以为万世开太平……"你们一开始几乎没听懂。在听了稍后的新闻解说之后，你们才明白那段话叫"终战诏书"。其实，那东西有个通俗易懂的名字，就叫"投降书",尽管通篇没有找到"投降"二字。

疯狂是从你们营地开始的,后来才像流感一样传染给月湖的每一户人家。你们把被子和冬装撕成条缠在棍子上,蘸着桐油焚烧,林子里到处是这样闪动的火把,远远望过去,像着了山火。上帝怜悯你们,把这疯狂的一天安排在盛夏,叫你们尽情胡闹,却不用去愁烦夜里睡觉的冷暖。后来全村的人都拥出来了,拥到你们练操的那块空地上。平常那里戒备森严,闲人不可入内。可是那天哨兵并没有阻拦,因为那天没有闲人,所有的人都是当事人。你们放鞭炮,干杯,狂喊狂跳,把遇到的每一个孩子都扛在肩上,递给每一个男人美国香烟。其实你们更想亲吻女人——你们大概有一阵子没闻过女人皮肤和头发的味道了,可是你们在重庆总部的头,那个叫梅乐斯的人,给你们定过严明的规矩,你们虽然不全听他的,却也不敢太过造次。第二天天大亮了,月湖的人才发现他们的鸡狗都没有担负起司晨的职责,它们都在前一天里喊哑了嗓子。

在这里我忍不住要拐出去,说几句关于梅乐斯的题外话。那个叫弥尔顿·梅乐斯的美国人,真算得上是个十足的倒霉蛋。他本来是可以跨进陆军大门的,那他就有可能成为史迪威,带着那个悲壮的远征军故事,还有那条以"史迪威"命名的伟大公路,定格为远东战争史上的一个昭著篇章。可是他没有。他本来也可以跨进空军大门的,那么他就有可能成为陈纳德,率领他的飞虎队穿越长空,成为昆明和重庆街头每一个男人心中的楷模,每一个女人梦中的情郎。可惜他也没有。他偏偏走进了一道名叫海军的窄门,在远离军舰和潜水艇的中国陆地上,在日本人身后的漫长海岸线上,铺建一张缄默的谍报网。梅乐斯和他的部下,也就是你们，混在当地人中间，悄悄地勘测水文气象状况，收集海岸军事情报，训练海盗和游击队，为设想中的美军登陆计划做着无谓的准备。偶尔他手下的游击队，也会走百十里山路，炸毁一段铁轨，焚烧一间军需仓库，突袭一支没有防备的日本小分队。然而，他所做的这些事，跟史迪威和陈纳德相比，至多只是在日本人的背上扎一根并不致命的刺，让他们丢失一两个夜晚的睡眠而已。当年梅乐斯在华盛顿从他的顶头上司那里领受的，是一道关起门来压低嗓音的绝密口头命令，连一张书面记录都没有留下。所以他掉进了历史的缝隙里，一直没有人来打捞。七十年过去了，他只能眼睁睁地看着史迪威和陈纳德的名字换了几茬的景仰者，而自己甚至没能浮上报纸的版面——愿上帝保守他的亡魂。

还是回到七十年前的那一天吧。那天的狂欢一直延续到了半夜，待众人散后，你们两个人——你，伊恩·弗格森，美国海军中国事务团的一等军械师，还有你，刘兆虎，中美特种技术合作所训练营的中国学官，还没有尽兴，就偷偷溜出来到了我的住处。伊恩带来了两瓶苏格兰威士忌——那是前几天去七十里外的军需处取邮件时弄回来的。就在我住处的那个简陋厨房里，我们三个人喝得烂醉如泥。那一天没人管得了军纪，那一天连上帝也开只眼闭只眼，那一天犯的任何过错都可以原谅。你，刘兆虎，说威士忌是天底下最难喝的酒，有股子蟑螂泡在尿里的臭味。可是臭味也没能阻拦得了你，你依旧把你的杯子干了一轮又一轮。后来，喝到半醉的时候，你就说出了那个建议。

你说以后我们三个人中不论谁先死，死后每年都要在这个日子里，到月湖等候其他两个人。聚齐了，我们再痛饮一回。

那天我们都觉得你的建议很荒唐，你说的是"死后"，而不是

"以后"。我们既不知道别人的,也不知道自己的死期,死后的世界对活着的人来说是一片无解的未知。现在我们终于明白了,你才是我们中间的智者。你已经预见到随着天皇的"玉音播送",我们将很快各奔东西,我们今后的生活轨迹,也许永远不会再有交集。活人是无法掌控自己的日子的,而死人则不然。灵魂不再受时间空间和突发事件的限制,灵魂的世界没有边界。千山万水十年百年的距离,对灵魂来说,都不过是一念之间。

那天夜里,我们一边喝酒,一边相互击掌握手,在嬉笑之间接受了刘兆虎的建议。当时我们都觉得那个日子还很遥远,我们不可能完全认真。战争已经结束,和平已把死亡推到了它本该待的位置,那个位置离我们都还有几步路。虽然我是三人中间岁数最大的,那年,我也不过才三十九岁。

我想到了我可能会是第一个去月湖践约的人,我只是没想到那个日子来得如此迅猛,我竟然会死在我们立下那个约定的三个月之后。

我认识你们的时候,已经在中国生活了十几年。我已经能像一个当地人那样自如地使用筷子夹花生米,熟练地系上或解开长衫上那些繁琐的布纽扣,用一抑一扬的步子,相对轻松地挑着半满的水桶走上几里山路。我能讲一口几乎没有破绽的当地土话,甚至能给老乡解说官府布告上的大部分内容。我给霍乱病患者做过临终祷告,从叮过老鼠的跳蚤那里感染过斑疹伤寒,我被一场意外的火灾困在屋里几乎窒息,我曾经历过三天的断粮窘境,我在杭州城里遇上空袭差点没来得及跑进防空洞。最惊险的一次经历是在一次夜行中遭遇土匪。尽管我们(我和我的妻子珍妮)的穿着打扮与当地人无异,可是当他们迎面走过的时候,还是发现了我们是"番人"。他们理所当然地认为我们的荷包比当地人饱实。在刀尖的威逼下，他们对我们进行严格地搜身，最后发现我们居然一无所有。就是那次惊吓，使得珍妮在不久之后死于小产。

可是每一次的险境，上帝总能为我找到一条狭窄的逃生之路。我没有死于战争、饥荒、流行病，我却死在了自己的手中。我在波士顿大学学到的那些医学知识，帮助我救治过很多人的性命——尽管我没能救活我的妻子。到后来我才意识到，那些被我救治的性命原来都是有价的，那个代价就是我自己的生命——我的医术最终从背后捅了我致命的一刀。

在我们喝完那顿酒之后，你们很快就开拔去了上海和江苏的几个城市，协助国民政府维持秩序，接受日本人的投降。而我，却在那个秋天乘坐"杰弗逊号"邮轮，踏上了回美国的路程。我母亲来信说我父亲病重，希望在临终前看到多年未见的长子，那个被他献在祭坛上的以撒。我是平民，不用像伊恩那样排在积分制的长队里等候复员回国的命令。我没费多少周折，就买到了远洋轮上的一个舱位。只是我最终没能见到我的父亲——他没有死，死的却是我。

我在上海等候船期的时候，住在一位同是卫理公会派遣的传教士家里。他的厨子背上长了一个火疖子，严重溃烂，痛苦不堪。其实我是完全可以袖手旁观的，这里毕竟是大上海，不是偏僻的月湖，只要肯掏几个铜板，就有无数家医院诊所可以就诊。可是我的手术刀不干，它在我的箱子里发出了嗡嗡的抗议声，于是我不得不为厨子施行切除手术。我的柳叶刀那天和我闹了一个小小的别扭，这是我们之间第一次也是最后一次的龃龉——它穿透了我的橡胶手套在我的食指上割了一个口子。手术很成功,厨子的痛苦立刻得到了缓解。我的伤口也很小,几乎没流什么血,看上去完全无害。经过简单的消毒处理,第二天我按时登上了"杰弗逊号"邮轮。

到了晚上,伤口开始感染,指头肿成一根萝卜。我服用了随身携带的磺胺药物,却丝毫没有奏效。我当时不知道我对此药过敏,也不知道欧美已经有了更新的抗菌素——毕竟我从大学学来的医学知识,已经多年不曾更新。我每况愈下,伤口化脓到了必须用茶缸来接的地步。轮船正行驶在汪洋大海上,离最近的港口也有几天的航程,驻船医生建议立即手术截指。当时我还没有意识到情况的紧迫性,我犹豫了。促使我犹豫的原因其实很简单:我未来的生活离不开这根手指。在我尚未踏上回美国的航程之前,我就已经想好了归来之后的计划。我会在另一处乡村设立一家带有简易手术台和病房的诊所,让附近的乡民不需为外伤感染和分娩之类的事跑百十里山路去县城。促使我想到这个计划的,不仅仅是因为当地人的穷困可怜处境。高尚的大道理之下,其实还是埋藏了一点点卑贱的私心的。我也是为了一个人——一个在我心中占据了重要位置的中国女孩子。

事后证明,我的犹豫是致命的。三十五个小时之后,我死于败血症。我的死,只在两处有所记载,一处是在"杰弗逊号"邮轮的航海记录里,一处是在卫理公会的传教史中,都只有短短的一行字。据说在我之前曾有一位叫诺尔曼·白求恩的加拿大人,也因在施行手术过程中手指受伤感染而死,但我们死后的境遇则完全不同。他死在合宜的时间合宜的场合,从而被封为"以身殉职"的楷模,记载在中国一代又一代的教科书之中。而我的死,却被掩埋在纽伦堡审判东京审判中国内战等等的重大新闻里,成为尘粒一样卑微的小事。

就这样,我从一个对和平生活抱有温馨憧憬的传教士,变为了一个在两块大陆之间漂泊的幽魂。可是我并没有忘记和你们定下的那个约定:每年的八月十五日,我都会按时来到月湖,静静地,耐心地等候你们的来临。

今天是第七十次。

这些年里月湖村改过几次名字,归属过不同的行政区域,它的分界线如同战时某些欧洲国家的国境线一样变换不定。然而对一个死人来说,时间已成定格,后来的变迁无关紧要,月湖已是永恒。

你已很难在月湖找到当年的旧迹。在我手中落成的那间教堂,后来被依次用作大队办公室、粮食仓库和小学校舍。每换一个用途,外墙上就会换一幅壁画,大门就会改涂一层漆。当年你们平整出来的那个篮球场和操练场,如今早已盖成了密集的民居。当年美国教官的宿舍都已被拆除,覆盖在那上面的建筑物,也已被拆过了两轮,现在分别是一个干货市场和一排小商品店铺。唯一存留下来的是那个中国学员宿舍,刘兆虎曾经在门前的空地上打过永垂史册的一架。其实它也就剩了一个大致完好的门脸,推门进去,里头却被隔成了很多个鸽子笼似的小房间,早已不是当年的景象。所幸的是,对那些旧事感兴趣的人尚未死尽,前几年有人在那个院子门前立了一块石碑。那石碑如今派了很多用途,比方说摊晒孩子的尿布,堆放新收下来的竹笋,或者张贴治疗淋病梅毒的小广告。可是无论如何我还得感谢它,假若没有它,我真有可能会在这一片马赛克铺成的楼群中迷路。

我在这里孤孤单单地等待着与你们聚会，等了一年又一年。你们没有出现，就说明你们还活着，在世界的某一个角落。我从未怀疑过你们会爽约，因为你们是军人，军人知道什么叫承诺。

在我空等了十七年之后，当我第十八次踏上月湖的土地时，我等来了刘兆虎。假如我的记忆没有出错的话，那一年你，刘兆虎，应该是三十八岁，而我则是永恒的三十九。亡灵的世界颠覆了活人世界的规矩，在活人的世界里，我长你十九岁，而在亡灵的世界里，你仅仅比我小一岁。死亡拉近了我们的距离。

你一下子认出了我，因为我已经被死亡定格在我们别离时的模样，而我却怎么也认不出你来，直到你喊出了我的名字。你身个矮了一大截，很瘦。其实你来训练营的时候就很瘦。当时所有的中国学员无一例外都是瘦骨嶙峋的样子，你们的美国教官直犯嘀咕，说这样的学生能行军扛枪打仗吗？很快他们就发现了自己的判断失误——那是后话，但是你当时并没有比其他的人更瘦。

然而那天，当我再次见到你时，我觉得用瘦来形容你简直是一种矫情。你岂止是瘦，你几乎完全没有肉，你的皮肤是紧贴在骨头上的，紧得几乎可以看清骨头的颜色和纹理。你的头发几乎掉光了，剩下稀稀疏疏的几根，根本无法掩盖你的头皮。你的头皮和你的脸色一样泛着病态的苍白，不过你看上去很干净，说明有人仔细地清理过你之后才送你上的路。其实，你最大的变化不在身高，不在体重，甚至也不在头发，而在你的眼睛。我第一次见到你时你眼睛里闪烁的那团火不见了，只剩下两个完全没有内容的深坑。

我至今还清晰地记得你来投考时的模样。那时候，中美特种技术合作所的训练营刚刚在月湖村落成。所谓的落成，不过是从当地借了几处结构相对结实的砖木院落作为教官和学员的宿舍，再平出几块农田做练操打靶和运动的场地而已。把训练营址选在月湖，是因为它离日本人和离海岸都足够远，有群山环绕遮蔽，受日机轰炸和日军进犯的可能性比较小。但在这里落址不仅是因为远，还因为远得合宜。一二百公里的路程，月湖就能通往日占区和出海口——这是个步行可以抵达的距离。美国教官很快就发现了与瘦弱的体型相比，中国学员的脚力到底有多么强壮。美国人不是在字典里，而是在中国的行军途中，才认识了"步行"这个词的真正含义。必要时，从月湖步行出发，可以在日本人的脊背上扎几根叫他们拔不出来的刺，然后再安全撤回。毕竟训练营的主要任务，不是正规作战，而是收集情报，骚扰军心，让日本人任何时候都处于胆战心惊的状态。

训练营已经配备了中国翻译。远在重庆的梅乐斯还不了解，偌大的中国虽然只讲一种官话，却有三千九百九十九种方言，尤其在南方，隔一个乡的人，一开口就有可能陷入鸡同鸭讲的境地。训练营的招生范围限制在附近的几个区，为的就是语言沟通上的便利。而重庆调派来的翻译是个广东人，他说的官话，只有他自己能听懂。于是情急之下，美国教官就请了我来帮忙——我在方圆几百里是个出名的中国通。就是在那一天里，我认识了你们。

你，刘兆虎，大概是跑了很远的路来的，布褂子的背上结满了盐花，汗水正一颗一颗地滚下你的眉毛。你气喘吁吁的，手里捏着一张撕下来的招生布告。你的中国考官提醒你布告是给大家看的，你怎么能一个人撕了？你想笑，可是你的脸绷得太紧，没有笑容可以穿得透那样的盔甲，结果你只是清了清嗓子，说"着急"。你那天话不多,你后来的话也很少,你的嘴是闸门,关的时候远远多过开的时候。

你的中国考官让你在报名登记表上写下你的名字。你写下了一个"姚"字,又立刻划掉了,接着写了"刘兆虎"三个字。当时我觉得这个名字隐隐有些眼熟,却一时想不起在哪里见过。考官又问你家里还有些什么人。你犹豫着,仿佛在进行一次艰难的心算,最后才说我只有一个老母亲。考官问你识字吗?你说差一个学期就中学毕业。考官说那你写几个字我看看。你将毛笔蘸满了墨水,俯在桌子上,在一张质量不怎么好的米纸上,一气呵成地默写了"国父遗训"。

你的录取资格在此刻已经没有太多的悬念,尽管你还需要经过简单的体检。匆匆一眼就几乎可以判定,你的身体基本健康。理一理发,再好好地喂你几顿饭,你应该可以集中精力集训。

不过招考的步骤是严格按照重庆总部拟定的程序进行的,他们还有问题要问。

"你有什么特长?"他们问你。

你闭着眼睛想了一下,才说:"我会讲英文。"

当我把这句话翻译给伊恩·弗格森,他明显对你产生了兴趣。学员中若有能讲英文的人,对授课是个极大的便利。他就让你说几句听听。

你在脑子里把你的那几个英文单词慌慌张张地召集起来,排成一队。那天你的英文口音很烂,舍去了动词,把主语和宾语调换了个儿。我猜想教你英文的那个老师一定是说斯瓦希里语出身的,你大概想说"我很高兴认识你"(I am very glad to meet you),结果你说出来的却是:"你很高兴认识我"(You very glad meet me)。伊恩忍不住哈哈大笑,我出来给你圆场,我对伊恩说:"聊胜于无。"

在后来的日子里,你的英文还是派上了一些很实际的用场的,那天你只是太紧张,发了怯瘟。

你窘迫得满脸通红。为了捞回一分,你从裤腰带上抽出一样缠着橡皮筋的东西——是弹弓。你举起弹弓,抬头寻找着天空中出现的任何一个可疑斑点。后来你发现了一只鸟。你收腹,敛气,射出了一颗小石子。鸟儿应声落地。

那是一只飞行中的麻雀,你不仅瞄得很准,而且你懂得提前量的原理。

那一刻,所有的人都已经在心里录取了你,尽管他们还得问完最后一个问题。

"你为什么要来这里?"

你没有回答,你只是看了考官一眼。就在这个时候,我看见了你眼睛里的那团火。

其实我在别人的眼睛里也见过火,投考训练营的人眼里都有火,只是你的火和别人不同。你的火不是给人煨暖的,你的火岂止不热,你的火是冰冷的,冷得像刀。你用这样的火代替了回应。

伊恩让我把你的名字写到学兵录取名单里。我扯了扯他的衣袖,低声提醒他这个人放在学兵班有点可惜。当时录取的学员分两个等级:一个是学官班,学生毕业之后会成为特种部队的基层干部;另一个是学兵班,毕业生是经过特殊训练的士兵。伊恩犹豫了一下,说你没有任何从军经历。我说经验可以学习,才干后天难成。伊恩没再说话,只是用钢笔把你的名字划到了另外一边。后来我才觉出了我的冒失:我不是训练营的正式成员,我却完全没有把自己当成外人,幸亏没有人在意我的多事。

你通过了体检,成为了学官班的一名成员。他们发给你一身灰色的布制服和一双布鞋。你胸前的布章上写着"腾蛟"二字——那是你们的番号,下面印着一个数目字"635"——那是你的代号。从那天起,你不再是刘兆虎,你只是635。美国人的培训计划是保密的,学生不能使用真名,也不能和亲友联络,不仅害怕泄密,也害怕牵累家人。那唯一一张能指向你真实身份的登记表,被锁进了美国教官的办公桌里。只是遗憾,在撤离月湖时,被千头万绪搅昏了头脑的美国人,竟忘了把这张纸带走。很久以后我才知道,就是这张纸,给你后来的一生带来如此深重的灾祸。

那时我们谁也没想到后来的局势会朝那样的方向发展。

距离你报考训练营二十年之后,我再次在月湖与你相聚。那天是一九六三年八月十五日。在我认出你之后,我惊讶地拉住你瘦得像刀子一样的手,问刘兆虎你怎么变成了这个样子?到底发生过什么事情?你叹了一口气,说一言难尽。我上一辈子的事,需要另外一辈子才说得清楚。还是等伊恩来了,我一并告诉你们,我实在没有力气重复两遍。

我没有勉强你。我只是带着你,沿着那条已经变了很多还将变得更多的小路走着,很轻,很慢。我们的步子不是用尺,而是用寸来丈量的,我们怕踩碎那些变化之下掩埋着的星星点点旧迹。

我们看见学员宿舍的外墙上,有人用石灰水刷了一幅标语。我判定它是不久前新写的,因为我早一年来的时候,看到的不是这一幅。这一幅字很工整,是一笔一画都很均衡尖利的仿宋体美术字:"向雷锋同志学习"!

我问你雷锋是谁?你想了想,才说是个好人。

这不是我见过的唯一一幅标语。在这幅标语之下,还压着好几层别的内容。这面墙是月湖最长的墙,算得上是全村的门脸,隔几年就会出现一些时兴的字眼。前几年是"人民公社好"!再早几年是"百花齐放,百家争鸣"。再往前是"我们一定要解放台湾"!"台湾"之下的那一层,才是你们训练营的规训。

哦,不对,我漏算了一层。在"台湾"和训练营规训之间,还隔着一层"抗美援朝,保家卫国"。

"还记得吗?那个规训?"我问你。

"每一个字。"你说。

我们俩就在落日的余晖里,一字一句地背起了规训。你没有任何迟疑停顿,也没有漏掉任何一个字。我也没有。我们都是严丝合缝。

你一字未错是应当的,因为你们每天上课下课之前,都要以立正敬礼的姿势,对着你们的中国长官高声背诵一遍。而我一字未错,应当是件稀罕事,因为我不过是个传教士,我没有入伍,我既不是教官,也不是学员。我只是那阵子和我的美国同胞走得很近,在替他们做着一些一个牧师也许不该做的事情。那时我每天都会在我的教堂和你们的营地之间穿梭行走,来来去去的,我就记住了你们的规训。

　　长官看不到想不到听不到做不到的,
　　我们要替长官看到想到听到做到。

我们背完了,彼此对看一眼,不约而同地哈哈大笑起来。时间真是件奇怪的事,能把一切肃穆的外皮冲走,裸露出万物荒诞的本质。当年,你们以为这就是金科玉律,你们只知道军人的天职就是服从。不过,你的忍耐还是有限度的,你脑子里的那根橡皮筋弹性很好,但也有扯断的时候。所以多少年后,我还记得在你们的院门外,你那一场不动声色却又惊天动地的叛逆。

你用手指抚摸着你住过的宿舍院墙,喃喃地说怎么比以前矮了呢？我说是让标语给压的,这么些年,这么多层。

我们就不再说话,继续沿着院墙外边的那条小路往前走。

我们就走到了我的老教堂门前。迄今为止它还是一乡里最结实、密封采光最好的建筑物,所以没人舍得拆它。只是大门上方那块石匾上刻的"福音堂"三个字,早已被钎子凿除。石匾上覆盖了一块桐油涂过的木板,中间用红漆画了一个五角星,下面写着"红星小学"。正值暑期,学校放假,校门里空空荡荡的听不见读书声。大些的孩子们大概都在帮家里干活,只有几个六七岁左右的小女孩在门口跳橡皮筋,口里念着：

一二三四五六七,
马兰花开二十一。
二二五六,
二二五七,
二八二九三十一。

这是中国女孩子最流行的歌谣,我从来也没搞清楚过里边的数学逻辑,但只是喜欢她们的声音。那声音还没经过日子的揉搓,找不见皱褶和斑痕,脆得像风铃。

女孩们一遍一遍地念着歌谣,手里的皮筋随着歌谣一段一段地升高,从膝盖到腰,到肩膀,到头顶,每一个新的高度都在冲刺着筋骨柔韧度的极限。

有一个个子矮些的女孩子,终于被难倒了。在皮筋升到头顶的那个高度时,她没能跨过。因用力太猛而失去了平衡,一个趔趄坐到了地上。她的同伴并没有去拉她,只是前仰后翻地笑成了一团。她很窘,嘴角一瘪似乎要哭。

这时小女孩的姐姐,一个大约十三四岁的大女孩走了过来。她像是要下河洗衣,背上的竹篓里装着满满一篓脏衣服,篓边上用稻草绳拴着一根棒槌。姐姐把妹妹拉起来,拍了拍她裤子上的土。

"这点破事也值得哭?往后该你哭的事情还多得很。"姐姐说。

姐姐说这话的语气不像是姐姐,倒像是母亲。不,更像是祖母。

你突然停住了步子,你的目光落在了那个背着洗衣篓的女孩身上,久久的,一动不动。

我知道你想起了谁,可是我不能说那个名字。那个名字能叫天下起雨来,地生出痛来。

从那次以后,我一年一度的月湖之行,就多出了一个伴。这些年里,我和刘兆虎一直在等你,伊恩·弗格森。

没想到你这么能活,一口气让我们等了五十二年。

在头三十年里,我和刘兆虎都还沉得住气。我们猜想你大概还在工作,为你的房屋贷款付着最后几笔尾数;你或许刚刚退休,正和你的妻子乘坐游轮到一些你听过却没有去过的地方旅行,你想好好补偿这一辈子对她的所有亏欠;或许你的孙儿孙女都还小,你还想在他们的童年记忆中留下关于爷爷的印象……总之,我们为了你的缺席揣测编织了种种理由和借口。

到了第四十个年头的时候,我们的耐心就被渐渐磨薄了。一个七八十多岁的老人不会再有房贷需要负担,儿女需要抚养。一个七八十岁的老人即便马上离世,妻子——假若妻子还在,也不应有太大的遗憾。那是自然界树叶凋零瓜果落地的时节,那是一个人死的合宜时光。你难道,真的如此贪恋那个生的世界,而把我们的约定彻底忘却了吗?

可是你依旧一直没有现身。

到了第五十个年头的时候,我们不仅已经失去了全部的耐心,我们的情绪里开始掺杂进了愤怒。

我们和你一样经过了战争,我们却没有得到生命的垂青。我们如此年轻就走了,你却可以一直逍遥在大自然的法外,迟迟不归。凭什么?凭什么?你已经九十多岁,你这个连呼吸都散发着腐朽之气的馊老头子,难道不应该把你脚下的那片土地让给那些找不到立足之地的年轻人?你可以死了,你早就可以!

你大概听见了我和刘兆虎的震怒,就在我们等待了五十二年之后的今天,你终于慢腾腾地来了。

伊恩·弗格森：战友，杂役服，不速之客，如此种种

我来了，几乎没有任何耽搁。假若此时你们在底特律郊外的那座墓园里的话，你们会发现写着我名字的墓碑上，鲜花的颜色和水分都还没有完全丢失。

你们大概注意到了，我穿的是我们在训练营穿过的灰卡其杂役服。其实，我的箱子里还完好地保存着那件在上海缝制的海军服——那是我在中国的唯一一身军装。上海的裁缝们大概永远也没料想到，胜利的日子竟会给他们带来如此源源不绝的财路。我们从进入中国的那天起，压根就没穿过正式军装。当我们被派往各地的训练营时，梅乐斯下过命令，我们只能穿没有军帽没有任何军种军衔区别的灰卡其杂役服。这样，我们就免去了见到长官立正敬礼的繁文缛节；更重要的是，万一我们落到日本人手中，他们将无法获取任何关于我们身份的信息。

一九四五年秋天，当我们终于离开穷乡僻壤的月湖进入上海的时候，每个人的心都在期待中颤动。军中流传着这样一句话："上海就是上海。上海不是中国。"（Shanghai is Shanghai. Shanghai is not China）。上海把全世界的稀罕都装下了，唯独漏掉了中国。进入这样一个都市，谁也不敢轻慢，我们都需要一身铮亮挺

括的新行头,和一种踮着脚尖走路的姿势。我们进城做的第一件事,就是跟旅馆前台打听到了一家历史悠久的裁缝铺,赶制了一身带着领巾的蓝色水手服,袖口裹着白边,裤腿呈现着时髦的喇叭形,臂章上歇着一只威武的雄鹰,雄鹰脚下是三道鲜红的尖杠——那是一等军械师的标记。该我们登场的日子终于到了,外滩黄包车里时髦女子的眼光,不能永远只属于空军和陆军。

那身在上海裁缝铺里缝制的海军服,一直装在我的箱子里,跟着我走过了许多城市。它的颜色虽然有些褪了,蓝却依然纯正,摸上去质地依旧像铜板一样硬实。即使在七十年之后,它的针脚和做工依旧还在替它的产地挣着面子。

可我却是穿着那身灰色杂役服离开这个世界的——我在遗嘱里已经交代了我的社工。一个人活着的时候可能穿过百套千套的行头,可到他死的时候,他只能穿走一身。我挑了这套毫不起眼的灰衣作为我的裹尸布,是因为它带给了我关于平等和尊严的记忆。

我知道我让你们久等了,但我毕竟还是来了,而且是在第一时间。请别用那样的眼神欢迎我,我的同伴,我的战友。

我活到了九十四岁才死。我活得太久了,难免会认识一些朋友。他们有的是我的同学,有的是我多年的同事,有的是因为共同的兴趣而聚集的知己。我们参加过彼此的婚礼、孩子的命名礼、银婚金婚庆典以及各种其他聚会,甚至做过彼此孩子的教父母。我们把生活轨迹和情绪起伏交托给彼此,但不是生命。所以他们只能是朋友,而不是战友。

我把"战友"这个称谓像东方少女的贞洁一样保存着,不轻易送人。

在战前我与你们素昧平生,在战后也几乎没和你们联系过。我曾经按照牧师比利留给我的美国地址写过一封信,这封信在辗转了几个月后被退回,直到今天我才明白了原委。在分别五年之后,在我们美国教官的一次周年聚会上,众人回忆起了月湖旧事,讲到了水牛、"鼻涕虫"和刘兆虎。那天夜里回到旅馆,我心情有些激动,就忍不住提笔给刘兆虎写了一封信。我事先就想到了这封信极有可能石沉大海,因为那边的国度正在经历一场跨时代的风云骤变。从此,我没有再作任何努力联系你们,我的有生之年里就再也没有你们的任何信息。

虽然我们的生命交集是如此短暂,可是我却会把你们称为"战友"。

当年我是美国教官,而你,刘兆虎,则是我班上的一名中国学员。按照中国师道尊严的文化传统,我们之间有着鲜明的等级鸿沟。可是一旦我们外出执行任务时,所有的等级区分就变得毫无意义,因为我们的生命都悬在同一根脆弱的绳索上,你牵着其中的一段,我牵着另外一段,你的闪失就是我的闪失,我的也是你的。我们可以同生,也可以在顷刻之间同死。所以,我们得彼此守护。

记得那次夜行军,我们行走在伸手不见五指的山路上,怕有伏兵,我们不能吸烟,不能发出任何声音。你在我的肩膀上轻轻一拍,我就知道我的脚走到了危险的边缘。这是你的国家你的乡土你的山路,你知道我所不知道的地形密码。你的一个暗号救了我一命,我若再踩出去一脚就有可能坠下万丈深渊,粉身碎骨。我把性命托付给你——这是一种无与伦比的信任。所以,你是战友,他们不是。

还有那次，我们收到可靠情报，运载着日军重要军需用品的车辆，即将在两天之后的夜间经过离我们九十多公里的铁路线。我们长途步行抵达目的地，提前埋伏在铁路线附近。日军的货物连日遭到偷袭，他们已经学会了应对。他们把最前面的车皮空置，以防遭遇爆炸，而之后的车皮里才是真正的货物。他们把战线拉得太长了，他们的供应跟不上，所以军需物资成了压在他们神经上的山岩。

其实我们的运气也没有比他们强多少，我们几次都没有成功击中目标，我们甚至牺牲了几名中国学员。我们没再敢冒进，而是决定使用一款新式感应爆破装置。这个装置可以按照车皮的重量来决定是否引爆，日本人的空车再也不能哄骗过我们的眼睛。那天我们第一次尝试这款"新式武器"，而操控那个玩意儿的人就是你，刘兆虎。你手里捏着那个引爆器，在等待我的一个眼神来决定引爆的时机和距离。我的眼神至关紧要，它不仅决定了能否准确地炸毁目标，而且还决定了掌控引爆装置的人能否毫发无损地撤离。这是我，一个一等美国军械师的特殊技能。

在我刚刚担任你们教官的时候，你们对遥控或定时炸药毫无兴趣。你们只喜欢手榴弹之类的近距离杀伤武器，因为你们要亲眼看见血肉横飞的即时效应。对你们来说，未亲眼所见的战果不能算为战果，正如不敢豁出去的生命不能称之为生命。我像一把钎子，一寸一寸耐心地凿改着你们固执的思路。我告诉你们一个经过特种训练的士兵假如牺牲了，那是人力物力的极大浪费；只有活着，才能有效地消灭敌人；任何不能安全撤离的行动方案，都不值得一试。你们对我的看法不屑一顾，我成了你们私下议论中那个贪生怕死的懦夫。我的思维模式被慢慢接受，还是后来的事,因为你们终于尝到了特种技术巨大杀伤力的甜头。

那天,你,刘兆虎,蹲在我身边,等候着我的一个眼神。你把性命毫无保留地交付给了我,因为我是你的战友。

还有你,牧师比利。虽然你不穿我们的灰色杂役服,也不在我们的登记名录之中,你没有和我们一起参加过任何一次行动,可是,我依旧把你叫作"战友"。

我们叫你"篮球比利""牧师比利",其实你不知道,背地里我们对你还有一个称呼,那就是"疯狂的比利"(Crazy Billy),因为你不是我们在美国见惯了的那种正襟危坐、动不动就掏出上帝的震怒来恐吓我们的牧师。你穿着当地老乡的长衫,骑着一辆破旧的自行车,风风火火地行走在你的教堂和我们的营地之间。你怕长衫的下摆会缠进自行车的辐条中间,你就把下摆撩起来,掖进裤腰里头,你已经开始稀疏的头发被风吹得像一朵盛开的蒲公英。你的自行车没有刹车装置,你只能靠倒骑来停车。你就是这样在正骑和倒骑的频繁交织中行走着你的山路。

你是牧师,而且行医,所以你的教堂里,终日走动着各式各样的人,有教书先生、屠夫、茶农、织娘甚至有行乞经过的流浪汉。你认识的人中,或许有一个人的妻舅,在县城的大酒楼里当伙夫,而从那个酒楼里进出的,有青帮红帮、地痞流氓、烟土贩子;或许还有一个人的婶子,在给某个日本防卫军官当厨娘,而当她把茶汤端上来的时候,会在不经意间听见一两句不该听的话;或许还有一个人的儿子,正在城里的学堂念书,而他的同桌,正是某位伪政府成员的公子,而那位公子,又恰恰是一位喜欢显摆的饶舌小生。你总能用你狗一样敏锐的鼻子、蛇一样灵巧的簧舌,从那些人嘴里捕出各样的信息,然后用你那辆正骑或倒骑的自行车,传送到我们的情报官手里。所以,我们的定时炸药,常常能在恰当的时间里在恰当的地点引爆。

梅乐斯那个老头子(虽然当年他才四十多岁)跟我们啰嗦过很多次,说我们的安全取决于与当地百姓的关系。"几乎任何人,只要他能得到在这个地区的中国人的信任和保护,就能随心所欲地穿过其中,或是绕道而行。"这是他后来总结出的经验。作为一个已经在当地生活了十几年的美国牧师,你告诫我们:美国人不仅不能冒犯当地人,而且还要学会怎样不显山不露水地混在当地老乡中间。你教我们如何穿中国布衫,在裤脚上拴一根带子,在我们的袜子外边套上草鞋(我们还没有习惯光脚)。你说我们的平均身高比中国人高出许多,为了在人群中间不惹人注目,我们要练习合宜的行走姿势。最能暴露我们真实身份的,是我们的步态和坐姿。你反反复复地告诫我们,要把肩和腰的重心放得很低,腿始终保持弯曲。你说我们要像当地人一样用扁担挑箩筐,而箩筐中用来伪装的货物,不能是米,不能是番薯,也不能是绿豆——这些东西都太沉,一筐我们挑不动,半筐又容易引起怀疑。最适宜的货物是豇豆。晒干之后的豇豆很轻,可以装满一筐,又有空隙,能在底下不露痕迹地藏起短武器,抽取时也很容易。你甚至让我们服用阿涤平,说它既能治疟疾又能使我们的肤色变黄,更接近当地人。你的这个建议几乎惹恼了我们的驻营医疗官,可是你知道怎样用几杯米酒把他的情绪摆平,让他最终认同你的主张。

你知道我们想家。有一天,你听到我们在诅咒厨子千年不变的猪肉丝瓜饭食,你钻进我们的厨房,教厨子把刨木头的刨子翻过来刨土豆,用当地的菜油给我们炸了一盘几乎可以和母亲的厨艺比美的薯片。

你的自行车杠上,永远捆着一个被我们称为"百宝箱"的小木箱,因为那里随时会弹出各种各样的疯狂物件。一本厚厚的祈祷书,大概是里边唯一一件一个牧师应该拥有的物品。剩下的,除了几样应急的药物,可能会是一两包骆驼牌香烟,一本撕坏了封皮磨厚了边的《时代周刊》,一罐巧克力奶糖,一瓶科贝尔白兰地,一袋哥伦比亚咖啡粉。你结识的那些三教九流朋友,为了感激你的免费诊治,总有办法从黑市里捞到那些我们得千难万险通过驼峰运输线才能获取的美国稀罕物件。你拥有了,却从不囤积,往往左手刚拿到,右手已经传到了我们的教官宿舍。你的"百宝箱"里,有时也会藏着几包避孕套——你看见过那几个偶尔从我们宿舍进出的卖笑女子。你怕我们耐不住月湖的闭塞和寂寞,会违抗命令私下进城找乐子,惹祸丢失了性命——那阵子日本人在每一个参加秘密使命的美国兵头上都挂了悬赏。与其那样丢了小命,你不如让我们待在小窝里犯点上帝也会原谅的小过错。每逢礼拜天,你看见我们穿戴齐整来到你的教堂做礼拜,你笑得像个老孩子。假若有人偷了一次懒,你也只是摇着头,嘴里发出些说不清是责备还是纵容的啧啧声。

你就是这样天天为我们的性命和灵魂操着心,所以,尽管我们从来没有一起上过战场,你却是我的战友,而他们不是。

我知道你们已经等了我五十二年。不,对牧师比利来说,你已经等了我七十年。我理解你们的不耐烦,甚至愠怒。可是你们应该明白,生死的事不在我们的掌控之中。正如当年牧师比利恳切祈求上苍能够让你多活几年一样,我曾多次祈求上帝赐我速死。早在我七十二岁那一年,当我的妻子离我而去的时候,她就已经带走了我生命的热情。而八十四岁那一年,我在浴室里摔了一跤,被送进了底特律的荣军医院。脑溢血,瘫痪,失语,却没有失忆。从那时起,我就再也没有离开过医院。在病床上,我一次又一次质问上帝:为什么将我的身体打入死囚的监牢,却让我的脑子享受全然的清醒和自由?可是命运的遥控装置不捏在我手里,我无法掌控它的起爆时间。就像命运用早死来惩罚你们一样,它用苟生来嘲弄我,让我在病床上又活了整整十年。

我其实本来还可以再活一些年月的。对于一个身上没有几根肌肉还听从大脑使唤的人来说,我身体能量的消耗几乎被压缩到了极限,就像一盏芯得极低的油灯,虽然接近黑暗,却还能燃烧很久。

假若不是那个不速之客的话。

那天,就在我已经在荣军医院的慢性病房里居住了十年之后,我的护工告诉我,接待室里有一位名叫凯瑟琳·姚的女士,想进来探望我。我在脑子里搜索了一遍我还能记得的亲友名单,里边没有这个名字。我的两个儿子都已先我而去,而我的小女儿,已经在十五年前和她的丈夫搬去了巴西的里约热内卢。当你活到将近和一个世纪等长时,你最大的福气是:你几乎参加过了所有人的葬礼;而你最大的苦恼是这些人都没能回报你对他们显示的敬意。他们都不会,哦不,他们是不能,来参加你的葬礼。他们不仅不能来参加你的葬礼,他们也不能来看望你。这些年里几乎没有人光顾过我的病房,除了我的社工。经过漫长的语言康复治疗,我的说话功能已经部分恢复,可是我几乎没有可以说话的人。我多么希望,我的舌头能把它重新获得的自由转让给我的肢体。一个九十四岁的老人能用上舌头的机会,远远少于手脚。所以那天，我没有任何犹豫就同意了那个叫凯瑟琳的女人的请求。我太寂寞了，我很想和一个来自外边世界的人聊一聊天，即便她是个陌生人。

那是七月接近尾声的一天，潮湿，不合时宜的阴冷，连绵不断的雨丝在玻璃窗上画着一条又一条泪痕，窗外的大丽花如同莫奈的油画般面容模糊。女人走进来，站在我的床前，默不作声地看着我塌陷在枕头上的骷髅般消瘦的脸。她戴着一顶精致而赶在季节之前的布帽子，穿着一件同样精致也赶在季节之前的风衣。我无法从她的五官准确地判断出她的族裔，或者年纪，只是那一缕从她的帽子里溜出来的灰白卷发，还有她在风衣里微微佝偻的身子，提醒我她已经站在中年和老年之间的那个灰色地带里。

不管她改变了多少，我还是一眼就认出她来了，尽管距离那个我把她从我家门前赶走的秋天，已经过去了整整二十三年。那时她还不叫凯瑟琳——凯瑟琳大约是她为了适应环境而改的英文名。这二十三年里，我没有一天不在为那天的行为懊悔，我甚至觉得，我妻子的死和我的病，都是上帝对我持久而耐心的惩罚和征讨。这二十三年里，我从来没有停止过对她的寻找。我在报纸上发过寻人启事，在电台里播放过有关她的信息，我通过当年海军中国事务团的战友们，甚至通过中国的相关政府部门，一轮又一轮地打听她的下落，可是都没有用，她似乎已从世界上消失。

没想到那一天，在我几乎放弃希望的时候，她却把自己送到了我眼前。

"温德哦，你真像，小温德。"我口齿不清地说。

我惊奇地发现，我右手的一个手指，在冬眠了十年之后，突然颤了一颤。

她竟然听懂了。我看见她的眼窝里渐渐聚集起一股潮气。她没有掏出手绢或者手纸,因为她不想认领眼泪。她只是假装整理帽子,把头朝后略略仰了一仰,让泪水顺着原路慢慢退回。然后,她清了清嗓子,一字一顿地说:

"我不认识……什么温德。"

她从她精致的风衣口袋里掏出一张印制得很精致的名片,放在我的床头。她说她是华盛顿特区一家知名的华文媒体的记者,在抗战胜利七十周年之际,他们要采访一些在世的援华美军,编写一个纪念专辑。她是从国会的海军中国事务团的旧名录里找到我的名字的。

她的英文在这二十三年里已经进步了太多太多,假如不把一个句子拖得过长,你几乎找不出明显的破绽,尽管她依旧还会把"thank you"发成"sank you"。她说话的语气里带着一个久经沙场的新闻记者的干练,声调结实平稳得几乎找不到一丝情绪的裂缝。她就像一枚大头针一样地把我牢牢地钉在她的视线里,即使不说话,我也知道谁在掌控空气。

我突然明白了她来这里的目的。她是要赶在我死之前,提醒我她知道我的下落,而且,无论我走到哪里,她手里永远捏着我的愧疚。她穿戴全副盔甲,与我保持着一个陌生人才会有的礼貌距离,让我知道她已经从她的记忆里完全抹去了我的印记。她恨我,不是那种可以用语言表述的恨。任何可以找到表达方式的恨,都还不是恨。恨只有走到山穷水尽的地步,才能撞到遗忘。

解释和争辩都毫无意义了,我收拾了自己的情绪,让她在我床前坐下。我让护工来做翻译,因为只有她听得懂我因中风而变得古怪的口音。我告诉凯瑟琳,我的精力大概只允许我讲一个故事。我的舌头尚不能完全听从我的使唤,所以我讲得很慢。凯瑟琳打开了录音笔,同时也仔细地做着笔记。有那么几次,她打断过我,让我重复几个连护工也没听清楚的词。大多数时候,她低着头,我看不见她的表情,只是从她变得粗重起来的鼻息里,隐隐听出了她情绪的潜流。可是潜流始终没有泛上水面,她从头到尾表现得冷静克制。

等我讲完那个故事,我已精疲力尽,瘫软得像条抹了太多盐粒的腌鱼。

"那个叫温德的女孩,你后来还有她的消息吗?"

沉默了很久,凯瑟琳才问。

我摇了摇头。

"记忆是一样很脆弱的东西。"我说。

我说的是实话。

在我来到上海,换上那套新缝制的蓝色军装,坐在美军俱乐部里,舒舒服服地喝着久违的第一杯啤酒时,月湖就已经成为往事。用不了三个月,甚至用不了三十天。

当我坐上从加尔各答返回美国的飞机时,一路上我也想起过温德。与其说我想起了温德,倒不如说我想起了牧师比利离开月湖时给我的忠告,尽管那时听起来逆耳。牧师比利毕竟比我年长了十五岁,到底比我更近地听到过上帝的声音,他知道人性是怎样一件千疮百孔的东西。战争是一个世界,和平是另一个世界,两个世界各自有门,却不通往彼此。

其实淡忘也是彼此的。多年后我还在诘问自己:当年温德是否在我淡忘她之前,就已经先淡忘了我?否则她如何会一直没有回应我的那封信?对于她的沉默,我到底应该感到遗憾,还是庆幸?

回到美国之后,偶尔,我也会想起温德,比如说在高速公路上独自驾驶夜车时,再比如睡眠迟迟不肯来临时。在这些匪夷所思的时刻,温德就毫无预兆地闯入了我的思绪。即使是在想她的时候,我也并不是真的在想她,我只是在想几十年前的自己。

这时,护工站了起来,要给我量血压。

"弗格森先生已经很久没有说过这么长时间的话了。"护工说。

护工的喉咙里似乎含了一块东西,嗓音浑浊喑哑——那是我的故事给她留下的伤疤。

凯瑟琳马上听懂了护工的提醒,站起身来,准备离开。

"别了,弗格森先生。谢谢你这个……令人难忘的故事。"她说。

我注意到了她在寻找一个合宜的形容词时遭遇的困窘。

我同时也注意到了,她说的是"别了"(farewell),而不是"再见"(goodbye)。

我和她都知道,她从这扇门里跨出去,我们就是永别了。

我从背后叫住了她。

"你能再告诉我一遍,你从前的那个名字——那个你从娘胎里带出来的名字吗?"我让护工问她。

她没有回答,但她停下了步子。

"你会接受一个九十四岁老人的道歉,很可能,这是他咽气之前的,最后一个道歉?"我嗫嚅道。

这句话我是闭着眼睛说的,因为我无法承受她转过身来的表情。我也无法承受这屋里所有东西的表情,包括桌上那个空了一半的水杯,房角上那只瞪着大眼睛的蜘蛛,还有百叶帘缝隙里堆积的那些陈年灰尘。

她依旧沉默,但我听见了空气撞击在她身体四周发出的震颤声。

"世上每一件发生的事,都有它当时的理由。"

终于,她说。

她走了,空气在她身后安静了下来。

她走后,我连续两夜未能入眠。第三天夜里,我睁大眼睛望着窗户上的百叶帘,一直看到它从深黑渐渐变成浅灰。当我听到知更鸟在窗外的树枝上发出第一声唧啾时,我才终于合上了眼睛。

这一次,是永远。

我知道我们正在渐渐接近事物的核心。我早就从你们闪烁的眼神里,看出你们最期待的话题,是那个被我称为温德的女人。不,女孩。她其实是我们在这里相聚的最主要原因。假若我们各自的生活是三个圆,那么她,就是这三个圆的交汇点。你们很想谈到她,却又不敢,或者说,不忍。现在我终于把这个话题挑开了,就从你开始吧,刘兆虎。你认识她的年数,远比我和牧师比利长久。她来到营地之前的生活,对于我是一个谜。请你来给我们捅开这个谜,说一说她的过去吧。

或许还有,她的后来。

刘兆虎:四十一步村

伊恩,在你的故事里她叫温德,而在我的故事里,她叫阿燕。

你认识阿燕的时候,她已经在牧师比利那里住了差不多一年,但她并不是月湖村的人。她的家在一个叫四十一步村的地方,离月湖四五十里地。在今天看来,这两个村子几乎是近邻,而在那个年代,四五十里地之外的人,是可以老死不相往来的——这也是阿燕来到月湖的原因。

阿燕的村子也是我的村子,我们是乡邻,小时候我抱过她,也喂她吃过米糊。

我们的村子之所以叫四十一步村,是因为一条河。那条河离地面很远,要走一长条石阶。从上往下是四十一级,从下往上是三十九级,因为往上爬的时候,在坡三分之一的地方,有一个石头压出来的坑。熟路的人,沿着坑底轻轻一跳,就能绕过两级台阶。

这个数目字是指河脾气好的时候。若遇到雨季,或是夏秋交接的台风时节,河犯起浑来,就能一口气吞掉十几级台阶。村里年岁最大的杨太公说过一件光绪爷二十一年间发生的事。那年秋季下了七七四十九天的雨。待雨停了,他赶着鸭子出院门,低头一看,以为走错了路,因为那四十一级台阶全不见了,只剩得浅浅半层石皮。

即便是杨太公这样的老古董,也不知道这石阶到底是什么年代里铺成的,只猜大约是先有河有石阶才有村落的,因为村落就是跟着石阶起的名。

这村里的人只有两个姓,不是姓杨就是姓姚——阿燕家就姓姚。若不姓杨也不姓姚,那就一定是外乡人。现在你们大概已经猜出来了,我们家是外来人。

四十一步村三面傍山,出口进口都只有一条水路。河没名,也不算宽,不过撑条舢板也得狠摇几橹才过得了岸。下得船来想进村,就得爬石阶。四十一条石板说高不算高,可没走熟山路的人,爬到顶上也得流一身汗。这个地方的地形易守难攻,所以尽管从京城到广东,中国沿海的码头都叫日本人占了,可四十一步村的人,连日本人的毛也没见过一根。这种地方不值得东洋人费枪炮人马来强攻。

这话不是阿燕的话。阿燕最远也才去过县城,她哪知道京城广东东洋的事?这话是阿燕从她阿爸的结拜兄弟阿权叔那里听来的。阿权叔也不懂那些事,阿权叔是从县城中学读书的儿子虎娃那里听来的。虎娃一个月回一趟家,从家里背米背咸菜走,也从城里带新闻回来。阿燕时不时捎着俩耳朵,才知道外边在闹日本人。

这个虎娃,就是我。而我关于地形和战局的种种揣测,最后都证明是半介书生的纸上谈兵。

阿燕听是听了,却没往心里去。闹日本人是怎么个闹法,她想不明白。她只知道她阿爸跟她讲过,三十多年前四十一步村和邻近的六铺岭为村界上一块石板闹起了事。两个村的男人男娃还有公狗全都上了阵,那一架从日出打到日落,一直打到天黑得连自己人和外人都分不清了才罢手。第二天早上,才看见满地都是牙齿,拱土的猪狗好几天鼻子上都沾着红泥。日本人闹得再凶,还能凶过那一场争斗吗?那一架打过了,两个村磕硬了好些年,后来村里老人出面摆了几桌酒,吃过了,现在不照常还是你娶我的女,我嫁你的郎,太太平平过日脚了吗?所以阿燕没把东洋人当一回事。

阿燕的故事很长,我只能跳过她的童年,从她十四岁,也就是我被学堂押送回家的那个时候开始吧。

我回家的第二天,阿燕一早背了一个竹篓下河洗衣裳。出门的时候,雾还没有散尽,屋檐,青石板路面,树枝丫,还有街上跑动寻食的猫狗,都看得见,却又看不真。伸出手来一抓,就能从半空攥出一把水来。

"压一压,再压最后那么一下,今年的年成就算把牢了。"

这是我阿爸——她叫阿权叔的那个人,和她阿爸坐着喝酒时说的话。我阿爸嘴里的那个"压一压",说的就是今天这样的雾气。阿燕就笑我阿爸说话的神气,好像雾气还真有重量似的。

我阿爸就拿竹筷敲她的脑壳:

"娃你别不信,人爱吃肉,狗爱吃屎,茶叶就好一口雾气。你看看全天下的好茶叶,哪一款不是出在山里有雾气的地方?"

我阿爸不仅是她阿爸的结拜兄弟,也是她家茶园的总管。这一带种茶的远不止她一家。她家的茶园也不大,统共不过十几亩地,可是她家的茶叶却是远近出名的,不仅味正色正形正,而且喝了扛饿,一杯茶胜过一碗肉汤。茶园虽是她家的,而真正管事的人却是我阿爸。我阿爸给她家的茶叶起了一个听了就不会忘的名字,叫"云山饱茶"。那茶叶不仅有名,而且价格公道,所以能卖得很远,一路卖到东北广西。

乡里总有人来问我阿爸是怎么种出"能吃饱的茶"来的。我阿爸但笑不语。人又问有祖传秘法吗?我阿爸还是但笑不语。众人就深信不疑他手里捏着一张秘方。乡里人常私下揣测,这秘方将来到底会传给谁。我阿爸虽然有两个儿子,我阿哥从小就跟村里的杨木匠做了伙计,而我则在县城读书,我们兄弟俩都不像是种茶的人。阿燕有一天偷偷问她阿爸:"阿权叔的秘方到底藏在哪里?"她阿爸回头看了看四下无人,才嘿嘿笑了,说他有个屁,茶吃了不饿的话,是他自己第一个说出去的。一传十,十传百,越传越邪乎,传多了,就有人信。

阿燕听了,才明白原来生意是可以这样做的。

再过几天,就该到采摘清明早茶的时节了。连茶树上飞过的雀子都知道,今年该是个大好年成。我阿爸说多少年没见过这么顺的天候了,日头风雨还有雾气,好像在一块喝过了酒似的,和和气气有商有量,谁该来的时候就来了,谁该走的时候就走了,谁也没有磕绊过谁。

新茶的芽尖还没见过一片,阿燕妈就已经在和我阿妈嘀咕着收茶后的打算:前屋的房顶有点漏雨,该叫泥瓦匠来补一补瓦;还有,该请裁缝来家里给每个人都缝一件新丝棉袄。阿燕妈今年的高兴,还不全在年成上,她只是再也不用去想,到底该不该给另外一个女人也添置一件新衣了。

过完了年,阿燕爸就把那个女人好生打发走了。在那个女人之前,他也同样打发过另外一个女人。阿燕爸收了别的女人,不是觉得自己的婆姨不好,而是他一心想要一个儿子。他娶下婆姨的第二年，就有了阿燕。可是从那以后，婆姨的肚子却再也没有响动。他就收了另外一个女人，是四川逃荒过来的，三两个铜板就被哥哥卖给了姚家。那女人在姚家里待了三年，肚子也没响动，阿燕爸就把她打发走了，又收了另外一个。这个女人是姚家的远亲，还是个黄花闺女，因为穷，才肯给人做小。阿燕爸以为一块地里种不出庄稼来，换块地就行了，他从没想过问题出在种子上。直到去年年底，他找了一个方圆几百里有名的瞎子神算给算了一卦，人说他命中只得半子，多求无益，他才彻底死了心，从此不做纳小的打算。

阿燕爸把第二个女人送走了，就和婆姨商量是不是该托人寻访一个合适的男孩收作养子。婆姨说再好的养子，也不是你的骨肉，何不找个合适的后生招上门来——那才是算命先生说的半子，将来阿燕生下的儿女，才是你真正的骨血。婆姨说这话，自有婆姨自己的打算，可是阿燕爸听了，却没回嘴。他不说话，多半就是点头的意思了。

这些话是背着阿燕说的，却由我阿妈传到了我家的饭桌上。我说阿燕的婚事难道不该和阿燕自己商量吗？我阿妈就骂我读书读坏了脑子，一年比一年糊涂。

天还早，阿燕背着竹篓走到河边时，四十一步村刚醒，各家正开门往街上轰鸡，满耳都是唧唧咕咕的鸡叫声和噗嗤噗嗤的风箱声——那是婆姨们在烧水煮饭。阿燕手脚麻利，等她洗完竹篓里的衣裳，她阿妈差不多也刚煮完泡饭。

阿燕卷起裤腿，正想下河，我从岸边的那棵大槐树底下冲她嚷了一声。她吃了一惊，揉了揉眼睛看清楚是我，就咕的笑了，露出两排白晃晃的牙齿。

"虎娃哥你别装神弄鬼吓人。"

一个月不见,阿燕又变了些,我也说不清楚到底变在哪里,只觉得她的衣裳似乎又短了几分,却还是瘦,两个肩膀在布衫里戳出两把弯刀。

这个年纪的孩子,野草似的,一眨眼睛就要往上蹿一寸。我暗想。

我比她大四岁。在我们那个年龄段里,相差一年就可能是两茬人。所以,在我眼中她就是个孩子。

"这么早,湿气这么重,洗什么衣裳?太阳出来了再洗不好吗?"我说。

我是昨天晚上回到家的——是学堂的一位先生把我押送回来的。先生告诉我阿爸,说我在学堂里不好好念书,整天招了一群同学上街游行,骂政府不抗日,骂物价飞涨民不聊生,骂教育体制迂腐落后。一群学生越闹越凶,竟闹到了县政府门前。我是领头的,就给抓了进去,坐了两天班房。后来是校长拼了老命保出来的,怕再惹事,学堂赶紧把我送回家来避避风头。

先生说的基本是实话,唯一的错处是:我并不是那个领头的人。真正领头的是我们的国文先生,他在幕后,我在幕前,他动脑子,我动嘴。

我阿爸听了,火冒三丈,关起门就骂我,说家里省了这几个银子,是供你读书的,不是供你上街胡闹的。我回嘴说国家都没了,还读什么书,读东洋书算了。我阿爸说就靠你一个人,扛得动一个国家的事?我说我一个人自然扛不动,大家一起就扛得动了。父子两个就一声高一声低地吵了起来。我在外头读了几年的书,学会了些新道理,论说道我阿爸不是我的对手。他说不过,就恼羞成怒，抽出门栓要打人。我阿妈舍不得，就拿身子来挡。结果我阿爸没打着我，我阿妈倒替我挨了一记，疼得坐在地上呜呜地哭。

阿燕爸听见了，忍不住过来劝架。我们那时就住在阿燕家的后屋里，我阿爸自己有房子，和阿燕家隔个百十步路。可是那房子小，我阿哥成亲又接连生了两个娃，一家六七口人住着，就显挤。正好阿燕爸把那个女人打发走了，空出一间房来，就让我阿爸阿妈带着我搬过来住了。阿燕爸说前后屋住着，只隔一个天井，商量茶园的事也方便些。其实我知道，他是想和我阿爸喝酒方便些。

阿燕爸把我拉出屋来，说后生儿你以为一人做事果真一人担当得了？你懂不懂这世上还有连坐这等事？你若把祸真惹大了，还非得叫你阿爸阿妈也跟着你坐班房？你好生在家躲过这个风头。

我这才不吭声了。

阿燕见我在树下看书，就问我在看什么。我对她扬了扬书皮，让她自己认。那书名是三个字，阿燕认得第一个是"天"，最末一个是"论"，说中间那个字隐约眼熟，却没想起来。

阿燕从前在邻村的耶稣教士学堂里读过几天书，认得日月水火山石田土。后来她阿妈得了偏头疼，家里事多，就让她停了学。而我在县城读书，学堂里每天都号召学生"送字上门"，所以我每逢回到家来，就抽空教两个侄儿识字。阿燕听说了，便也拿着针线活过来，边纳鞋底边听我讲课。一来二去的，就又多识了几个字。

"这本书叫《天演论》，是讲世上万物生存竞争发展的道理的。"我说。

阿燕听我说话的时候,眼睛睁得很大,大得仿佛要吞掉脸颊。

"这个严几道,是教书先生吗?"阿燕指了指封皮上的那个名字问我。

"他可是个大学问家,见识过东洋也见识过西洋。不过这书不是他写的,他只是翻译,把洋文翻译成中文。"我说。

我就问阿燕前一回教的字,是不是都记住了?阿燕说我每天用火钳子在地上划二十遍,都记熟了。我说下次回家,给你买个写字本子还有铅笔,是尾巴上带橡皮擦的那种。阿燕说虎娃哥你还要去县城读书吗?我阿爸说你阿爸再也不放你走了。我哼了一声,说,我想走谁能拦得住我?只不过暂且不跟他较真就是了。

阿燕没说话。其实阿燕心里还是有话的。我知道她想问什么。她想说你走是能走,可是谁供你呢?谁给你买米买咸菜买书买纸笔的铜钿呢?

可是阿燕没把这话问出来。

"告诉你吧,阿燕,我不是要去读书,我是要去当兵。"我说。

阿燕怔了一怔,嗓子就沙地裂了一条缝:"保、保长找你了?"

我哈哈大笑起来,说他们那个兵,算个球,还没摸到枪就吓得拉稀。我们几个同学约好的,要去西安。

我跟阿燕讲的是实话,又不全是实话。我的确想去西安,但西安并不是我的终点。我们真正想去的地方,比西安更远。

我们想去延安。

阿燕不知道西安在哪里,却也猜得出那地方很远,怕是个舢板摇不到的去处。她还没说话,眼泪就不听使唤地掉了出来,啪嗒啪嗒地摔在手背上。她觉出了疼。她知道眼泪丢人,可是她只是没忍住。

"哭什么啊,傻女娃!我们是去参加战地宣传队的,不一定真去扛枪,死不了人的。鬼子快把中国的地盘都占完了,你要是个男儿,你也该去当兵。"

"可是四十一步村,不是太太平平的吗?"阿燕疑疑惑惑地问。

"往东往北一二百里地,就是日本人的天下了。城墙上挂的是日本旗,进进出出的人都得脱帽行礼。若是不行礼,就得挨枪托。你说这还是中国人的天下吗?"我说。

"一二百里地远得很呢,舢板得摇多少个时辰?那边的地方没有男人吗?怎么就不能自己保护自己?"阿燕说。

我想说国家有难匹夫有责,想了想,到底也没说。对一个十四岁的乡下女娃来说,这样的道理近乎天书。

"将来,你就懂了。"我说。

"我阿权叔阿权婶知道你要走吗?"阿燕问。

"我走了再给他们写信。"我说。

"一定得走吗?"阿燕又问。

我点了点头。

"姚归燕,我托你一件事。"我看着阿燕,一字一顿地说。

阿燕吃了一惊。姚归燕是她的大名,可是从小到大,除了在耶稣教士学堂的登记名册上使用过一回,没有人这么叫过她。这个名字听起来文绉绉的,像是村里那个专给人代写书信的德顺爷爷给起的,其实只不过是她阿妈的随心所致。她阿妈怀她的时候,她阿爸满心以为是儿子,早早的就焚香祭祖,按族谱辈分起过一个男儿名字。可是一看生下来是个女娃,她阿爸就没当回事,懒得起大名。她阿爸开始拿她当回事,还是他知道自己生不了儿子之后。她阿妈生下她,正好看见屋檐下旧年的燕子又飞回来筑巢,就随口给她取了个名字叫"归燕"。可是村里无论男女老少,都只管她叫阿燕。天长日久,她几乎忘了自己还有个大名。我乍一叫,她以为在喊别人,便知道我真是有要紧的话要跟她说了。

"我走的事,只告诉给你一个人。我不在的时候,要是我阿爸阿妈有点什么事,你多照看一眼。"我说。

阿燕想点头,可是她不能。她知道她一点头,眼泪又会落下来。她已经丢过一次脸了,她不想再丢一次。

她只是哽咽。

我说好了好了,你让我高高兴兴上路。我要是活着回来,再教你识字,把你教成个女先生。

阿燕擤了擤鼻子,就往河下走去。先脱了鞋,把两个鞋襻儿拴成一个结子挂在树枝上,才赤脚下石阶。石板湿湿腻腻的——那是早晨的水汽。隔着四十多级台阶往下一望,那河像是一个冒着白烟的深渊,她恍恍惚惚的几乎一脚踩空。平日里阿燕是闭着眼睛都能认得下河的路的。阿燕生下来刚满月,她阿妈就把她背在身上走这条路了。小时候她跟着阿妈走,后来是她独自走。淘米洗菜洗衣裳涮马桶,这条路一天里也不知要走多少个来回。她的脚认得每一级石阶,她甚至给石阶起了名字,比如从上往下的第三条石板上有一条歪歪扭扭的裂缝,她管它叫"歪嘴";第十二条石板坑坑洼洼的很不平整,她就管它叫"麻脸";再往下走,走到临河的第三个台阶,那条石板的缝里生着一丛病病恹恹的茅草,她就管它叫"黄毛"。

阿燕不仅认得石板,阿燕也认得水。每一季收完茶,我阿爸和她阿爸摇着舢板到县城贩茶叶,他们有时会带上她。他俩摇橹摇得手酸的时候,她就替一下手。她知道河道在哪里拐第一个弯,舢板摇到哪一个弯道会碰上第一个漩涡,哪一片水表面上看起来太太平平,底下却藏着尖峭险恶的岩石。

可是今天的石板今天的水似乎都叫她心慌。

阿燕刚走出几步路,突然听得耳畔嗖的一声响,背上的篓子颤了一颤。回头一看,衣篓里多了一个蓝布团,抖开来,是一件褂子。

那是我扔过去的脏衣服。

"阿燕劳你顺便替我洗一洗。"

阿燕肯定在心里惊叹我的好眼力。隔着这么远,我竟能把衣裳分毫不差地扔到她的篓子里。村里的男孩人人裤腰上都拴着一把弹弓,我也一样。可是别人打的是歇在树枝上的雀子,而我打的是天上飞的雀子。一颗石子一只雀子,很少失手。我阿爸曾经在众人面前夸过口:我家儿子要是入了行伍,一定是个神枪手。阿爸这无心的话倒是说中了,我到底还是没逃过当兵的命。

阿燕把我的褂子拿起来,团在鼻子跟前闻了一闻,那神情竟有几分扭捏。

我的心噔的扯了一扯。阿燕从来不是这个样子的,莫不是,她的耳朵里也刮进了那些蠢话?

昨天送走押我回来的学堂先生之后,两家大人在前屋关起门来商量事。保长刚刚递过话来,上头要过来抓丁,两丁抽一,要我阿爸预备着。我阿哥有两个细娃,要充丁也只能是我。阿燕爸说不是三丁抽一吗?什么时候变的戏?我阿爸说这阵子战事吃紧,人丁跟不上,哪里还讲什么规矩?阿燕爸说打战可不是唱戏文,子弹不长眼睛。要不让虎娃去阿燕她三舅家里避一避?我阿爸说保长说逃了小的抓大的顶,逃了大的抓老的顶。户籍上登过名字的,谁也逃不了,铁板钉钉的事。保长自己有三个儿子,也非走一个不成。阿燕爸说能不能花点钱找个人顶?我阿爸说这可不是一点小钱,要两百块光洋呢,真金白银。阿燕爸便说不得话了——茶叶还没收下来,谁的荷包里也没有这样的闲钱。

众人便都沉默了,只听得一屋都是吧嗒吧嗒的烟斗声。

过了一会儿,阿燕爸咳咳地嗽了几声,说我倒有个想法。

他的声音突然低了下去,我就知道他有要紧的话说。我把耳朵紧紧地贴在了门缝上。

"要不,就把虎娃招进我们家,改了户籍……"

阿燕爸的声音低成了一片模糊不清的嘤嗡,不过我的耳朵已经摸索着了那片嘤嗡里头裹着的那枚仁子,我的脑袋在黑暗中嗡的裂成一堆碎瓷。

"只是,难为了阿燕,她还小……"我阿妈犹犹豫豫地说。我阿妈的话拖着一个尾巴,仿佛在等着什么人的接应。

阿燕妈回了一句话。阿燕妈的话也像阿燕爸那样模糊不清,我只刮到了几个字:"……没来……身子……"

又是一阵吧嗒吧嗒的烟斗声,半晌,阿燕爸终于开了声。

"不叫他们圆房就是了,各住各的屋。"

阿燕爸的话如刀落地,大家都松了一口气。

那一刻我只想一头撞进屋门,纷乱的想法前拥后挤地冲上来,把我的脑门憋成一坨红肉。

我想说阿燕还是个孩子,请你们放过她;我想说外头在打仗,容不下一张安宁的床,请不要制造一个娃娃寡妇;我想说我爹我爷爷我太爷爷都姓刘,我也只能姓刘……可是我终于冷静了下来,因为我想起了我的计划。在抽丁入赘的盘算变成现实之前,我就已经离开了家,也许是一阵子,也许是永远。我没有必要制造新的争执。

所以我站在门外,最终把一切都忍下了。第二天早上起床,我若无其事地来到了河边看书,就像以往我在家的每一个早晨一样。乱世里的乱事再不能烦扰我,因为我已经有了自己的定海神针。我要去的那个地方,哦,只要默默念出那两个字,心里就仿佛烧着一盆炭火。没有什么事能拦得住我的步子。只要第一步跨出去了,脚自然认得前面的路。

只是,我当时并不知道,我一生的灾难即将开始,它不仅会毁了我的脚,也会毁了我的路。

我从书里抬起头来,发现阿燕已经下了河。她把衣裳在水里泡湿了,铺在石板上,涂上皂角,拿起棒槌锤了起来。雾把她的身子拉出了毛边,棒槌声被水气浸得很沉。那山,那水,那景,那人,合起来是一幅静谧清淡的水墨画,全然不知外边正打着一场惨烈的战争。

假若没有那场战争,这个叫姚归燕的女孩子,会慢慢地长大,长成一个美丽的女子——我已经从她的眉眼里看出了端倪。她会找一个敦实可靠,最好识点文墨的男人嫁了,生下几个在茶园里跑来跑去的娃子。

那个人也许是我。

那个人完全可以是我。

她生下来我就认得她了,我不用专门走很远的路去认识她,我早就知道她的一切。我信她,也知道她信我。要不,我为何会将出走的事瞒过了全世界,却单单告诉了她?我为什么会把我的亲爹亲娘托付给她,而不是我的哥哥嫂子?

可是战争的手一抹,就抹乱了世间万物的自然生长过程。我们都没时间了,我没时间逐渐生长爱情,她没时间悠悠地长成大人。我只能尽快地没有牵挂地离开,而她只能以一个孩子的身躯,立刻承担起两家的担子。

阿燕,可怜的阿燕。我暗自叹息。

阿燕的棒槌才咚咚锤了几声,雾气倏地散了——仿佛是叫棒槌给打散的,水上干干净净地跳出了一个太阳。河醒透了,窸窸窣窣地抖着一滩子碎金。

阿燕终于把衣裳洗完,拧干了,放进竹篓里,慢慢地往上爬那三十九级石阶。今天的衣裳多,篓子沉,她恹恹的仿佛使不上劲,平日里一口气爬完的路,她竟坐下来歇了两回。终于爬到顶上,她突然听到了风。这风很古怪,声响极大,轰轰的有点像扯长了的雷声,震得脚底下的石板嘤嘤嗡嗡地颤,可树却纹丝不动。阿燕拿手遮在额上挡着阳光,抬头望天,想看这风到底是哪里生出来的。她没找见风,却看见了一群鸟。

鸟也古怪,只只长得一模一样,翅膀都是尖尖硬硬的,却一点儿也不扑扇,长在身上仿佛只是个摆设。

阿燕数了数,是六只。一只领头,余下的几只紧跟在后头,排成一个齐齐整整的三角。

阿燕正纳闷什么样的鸟儿能不扑扇翅膀就飞得这么快,那鸟群已经飞到了河中央。鸟飞得近了低了,阿燕才明白风原来是鸟儿带过来的,两岸的树像得了失心疯似的摇晃起来,河边的蒲草把腰弯到了泥里。阿燕发现每只鸟身上都长着一颗圆圆的太阳。太阳红是红,却红得有些腻歪。六颗太阳挤在一处,一只好端端的蓝天突然就脏了。

"赶紧趴下,阿燕!"我从树下跳出来,一把扯过阿燕。

阿燕刚说了一句"鞋子",就被我压在了身下。

我压得很紧,阿燕在我的身下黑洞洞的喘不出气来,正想挣动一下,突然就听见了轰隆隆几声巨响。也许是八下,也许是十下,也许更多,我没顾上数。那声响是从地底下发出来的,地用自己的雷声把自己震裂了,那裂口里又传出另一阵声响。是哀号。很尖,比阿燕纳鞋底的锥子还尖,在耳朵里一下一下地扎着洞眼。我从来不知道耳朵也会疼,而且耳朵的疼长着脚,那脚一下子踹到心尖,心疼得抽成一团。

也不知过了多久,地终于颤累了,不再动弹。我松开阿燕,两人都坐了起来。阿燕看了我一眼,啊呀一声惊叫了起来:

"你,你的脸!"

我用袖子抹了一把脸,袖子上是一片湿黏黏的血。我摇了摇手又蹬了蹬脚,都能动,就放下了心,说是石子嘣的,没事。这狗日的鬼子,连一个啥都没有的小村子也……

我的话突然噎在了喉咙里,因为我看见阿燕身后不远处窜出了一根烟柱。那烟柱先是淡淡的薄薄的,几乎像雾气,渐渐就变黑变粗了,最后轰的炸出一团火苗。那火苗见风就长,越长越高,很快就舔着了树梢。树软了下来,发出噼噼啪啪的声响。

"茶园!"我喊道。

我们同时想了起来,今天天刚亮,两家的阿爸就一起去了茶园,说要在开采之前最后松一次土,好好透一透水气。

阿燕跳起来,疯了似的朝茶园跑去。她跑得太急,来不及躲开路上的尖石子和草刺,它们在她赤裸的脚板上扎下一根根血针。

她顾不上,她什么也顾不上,她只想赶紧找到人。

我跟在她身后跑,很快就追上了她。到了路的拐弯处,我们突然停了下来,因为我们的脚认不得路了。原本是路的地方,现在是一个装得下两三座房子的大坑。坑足足有一丈深,里头堆满了东西。我怔了好一会儿,才渐渐认出来是树、斗笠、砖瓦、牲畜,还有人,都碎成了片。碎成片后它们就不再是原本的样子了,我只觉得眼生。

在一棵断成半截的树杈上,阿燕发现了一条腿,一条脱离了身子的孤孤单单的人腿。那条腿像是要挣开身子急急赶路,鞋子只穿了一半,露出一只捂了一个冬天的惨白的脚后跟。

阿燕不认得腿,可是她认得鞋子。这只鞋尖曾经被脚指头顶出一个窟窿,那上面的黑布补丁,是她亲手缝的。

阿燕两眼一黑,仰面朝天倒了下去。

关于那天发生的事,几十年后的县志里是这样记载的:

一九四三年三月三十一日早晨七时二十分左右,六架日军轰炸机突袭我县四十一步村,投下十一枚炸弹。除一枚落入水中,一枚落在山坳之外,其余九枚皆在居民区和茶林爆炸,炸毁民房九间,造成八人死亡,二十九人受伤。牲畜伤亡不计其数。

那日炸死的八个人中,就有阿燕的父亲和我的父亲。

从那个废墟里刨出来的,都是些残片:一个脑袋,半拉身子,一条腿,几根指头,一片肺叶,分不清谁是谁,怎么也凑不齐一副齐全的尸身。村里最德高望重的杨太公看了老泪纵横,说罢了罢了,别认了,都一起落葬了吧。将来不论哪家上坟,都顺带着给那几家烧炷香就是了。

我哥的师傅杨木匠,连夜打了一口大号棺材,将那几个人入殓了。那八个人若是全尸,本该躺满八口棺材的,可如今竟一口棺材就都装下了,看得人不胜唏嘘。

出殡那日,村里人凑了钱,请癞痢头来哭丧。

癞痢头是村里的绝户杨八叔从山上的畲客婆(畲族女人)那里领养过来的儿子。杨八叔专门请德顺爷爷给儿子起了个大名叫杨保久——是长长久久的意思。杨保久因生过癞头疮,头上有几个铜钱大小的秃斑,村里大人细娃便都喊他癞痢头。杨八叔没想到这个花了一个光洋起的名字竟是一场空欢喜——癞痢头跟了杨八叔不过六七年光景,还没来得及娶亲生子,杨八叔就毫无缘由一夜暴毙,把癞痢头孤孤单单地扔下了。

杨八叔在世时,对这个半路儿子端的十分疼惜,家里田里诸般事体,大都亲力亲为,结果身后留下这个少年人,竟肩不能挑担,手不能提篮,种茶嫌爬高,耕地怕起早,只能靠卖杨八叔名下的那几亩薄田和一间瓦房度日。坐吃山空,很快就把钱花光了,如今借住在别人的一间柴火房里,四面透风,夏天铺一张破席,冬日盖一床露着窟窿的棉絮,日子过得很有几分恓惶。三十二岁了,也没娶下婆姨。

不过癞痢头日脚虽然没过好,却到底也没饿死。癞痢头有一样别人没有的本事:他的亲娘是畲客婆,畲客婆个个会唱歌,他从他亲娘那里继承了一副好嗓门,也听会了几个小调调。别人靠汗水挣嘴里的饭食,他靠嗓子——村里大凡死了人,大多喊他来哭丧。

癞痢头哭丧,有好几样哭法。若人给的是几卷挂面几个鸡蛋,他就给人哀号。那嚎也不是敷衍了事的号,癞痢头在号声里加进了歌调,高高低低,抑扬顿挫,远比一群婆姨哭得悲切响亮。若有人在挂面和鸡蛋之上添几个铜板,他就不仅在哀号里加上调门,也加上几句词。那词虽简单,却也是应情应景得十分相宜。若有人不给铜板,给的是白信封,癞痢头两个指头轻轻一捻便知道了分量,他就给人唱长曲。长曲不是即兴瞎诌的,长曲是根据死人生前的事编的。遇山唱山,遇水唱水,遇树唱树,从家门口一路唱到坟山,这里头得有多少戏文。

所以,癞痢头在村里的日脚,是和村里人反着过的。若那一年里有病有灾,死的人多,癞痢头的碗里隔三岔五就能看见鸡蛋;若那一年风调雨顺,家家太平无事,癞痢头就饿得两眼发光。连村里的狗都知道,要是癞痢头背着双手佝着腰,在街上抽着鼻子逛来逛去,他一定是断了顿,正在满街嗅哪里有死人味。

　　苦哦,苦,你命比黄连……

那日发送,刚摔过了瓦罐,癞痢头就吼出了第一声。那一声太高,一下子把天捅出了一个窟窿,山给镇住了,一动不敢动,树簌簌发抖。

两家阿妈一听见那个调调,就哭得昏死了过去。后来的路,是阿燕和邻家的一个婆姨架着走完的。

阿燕也想哭,可是阿燕的眼泪只走到肚腹就再也不肯往上走了,阿燕哭得越凶,眼中却越是干涩。

　　清明时节哦,雾沉沉,
　　摔罢瓦罐哦,
　　我送你哩过茶林。
　　茶树本是你,亲手种啊,
　　如今只见茶树哦,我不见人,
　　茶山哦泪涟涟……

　　送丧的队伍走到了茶林。那日的轰炸,把阿燕家的茶园毁了一半,只是那活着的一半并不知道另外一半已经死了,依旧没心没肺地疯绿着,浑然不知天底下有乱世二字。日子像水,一股劲朝前流去,不回头也不等候,天塌下来的祸事,它也不会停一停步子。

　　金桥过去哎,银桥迎,
　　一桥哟接一桥,
　　桥桥哟通西天,
　　黄泉路上哦,你慢慢地行……

　　四十一步村没有金桥,也没有银桥,甚至也没有木桥。四十一步村里压根没有桥。癞痢头长曲里唱的桥,其实就是舢板。坟山在对岸,送丧的队伍要坐舢板渡河。八个青壮汉子抬起了那口大棺,放进最宽的那条舢板里,舢板颤了几颤,总算稳住了身。余下的人,便坐余下的舢板,一条接一条划着水过岸,哭声连天。那天的河水,又比平常涨高了几分,都是眼泪。

> 黄金一送哦,一千两,
> 我送你归山哦,去找你的娘。
> 你娘见你心欢喜啊,
> 哪还管我哦,哭断肠……

过了岸,就要把我们的阿爸留在那儿了,他们可是再也回不了家了。

阿燕的眼泪,到这时才找到了正路,汹涌地流了下来。

阿燕爸下了葬,阿燕妈不吃不喝躺了三天,我阿妈戴着重孝过来相劝。我阿妈能撑住,是因为我阿妈有儿孙。其实阿燕妈要撑也是可以撑得住的,她只是不想撑了,她没有可以为她撑的人。

"燕她妈,走的人已经走了,活着的人总还得活着,阿燕还小,得靠你呢。你好歹吃一口。"

我阿妈端了一碗米汤,用调羹一点一点地撬阿燕妈的口。阿燕妈闭着眼睛闭着嘴,不动也不说话,听凭米汤洒了一下巴。

我阿妈的话像是在隔着棉袄抓虱子,不解痛痒。阿燕不过是个小女子,阿燕太轻,坠不住她阿妈的念想,拦不住她阿妈想死的心。

这一屋子的人里,只有我的一句话管用。

那句话是:你放心,我也是你的儿子。

可是我没有开口。我的脸很紧,腮帮子一鼓一瘪的——我是在咬牙。我能说的话不管用,而管用的话却不能说。

阿燕知道她指望不上我,我心里装的是别的事,她不在我的事里头。

阿燕抢过我阿妈手里的碗,往地下一掼。碗嚯啦一声碎成了几瓣,尖碴子把地戳了几个坑。

众人吓了一跳。阿燕向来是个温顺的女娃,谁也没见她犯过这样的浑。

"阿妈我知道你嫌我不是男儿,可是我会种茶养猪砍柴绣花,我能挣钱,我给你养老送终。"

阿燕从窗台的针线篾里嚯的抽出一把剪子。我不知她要做什么,就慌慌地冲过来攥住了她的腕子。

"阿燕你别胡来,我不会马上走,我帮你收完茶才走,一定。"我贴着阿燕的耳朵轻声说。

这句话是临时冲上头来的,像喝多了的一口酒。我当时还没考虑到那几个在县城等候我的同学。

阿燕将我狠命一推,我不防备,一个踉跄几乎跌坐到地上,心里却暗暗吃惊:这女子竟有这般力气。

阿燕拿起剪刀,将一根辫子齐齐剪断,往她阿妈床前一扔。那辫子松松地散开来,像一条瘫在地上的黑蛇。

阿燕扑通一声跪了下来。

"阿妈,你睁开眼看看,我是男儿,从今往后我就是你的男儿。"阿燕喊道。

她阿妈依旧没说话,却缓缓地睁开了眼睛。

这阵子我都在准备上路的事。我和几个同学原本约好在县城外的一家茶馆里集合,一起步行去诸暨,到了诸暨再找条船去杭州。杭州往北的铁路线全叫日本人给占了,我们只能走一步再盘算下一步的事。去杭州的行程是国文老师帮我们安排的,他给我们提供了几家路上可以投宿的便宜车马店的地址。集合的时间就在三天以后。可是我答应了阿燕收完茶再走,我只能叫那几人先行几步,在诸暨城里等我。

我先前并未见过日本人,所有关于日本人的描述,都是从县城的报纸、广播,还有街头偶尔看见的难民口中听说的。我那时要走,是国仇,是年轻后生的义气,也是受了国文老师的鼓动。国仇是从脑子里生出来的,和心隔着几步路,还不是揪心揪肺的疼。直到阿爸被炸死,那些耳朵里的日本人才变成了眼睛里的日本人,国仇就成了家仇。家仇是从心底里生出来的,扯着我五脏六腑,我若不走,我会叫这重量给活活坠死,所以我非走不可。

我知道这一走关山万里,不能无备而行。第一样要备的当然是盘缠。家里遭了这等祸事,我自然不能问阿妈掏钱。幸好平日里阿爸给的零花,我都小心翼翼地攒着,现在手头还有几个小钱,若把每个铜板掰成几瓣,或许够我走到杭州。

再者就是衣物。我的衣物都在学堂的宿舍里,可是我不能回去拿——怕引起注意。自从我在学堂里闹事,总觉得有人盯梢,我得格外小心。幸好有阿爸的衣裳。阿爸只比我略高一点,阿爸留下的全部衣物,我都能穿。

最难预备的是护身的利器。这一路行程遥远,遇山要爬山,遇水要行船,即使不碰上日本人,也能碰上海盗山匪,我总得有一样防身的武器。家里倒不缺菜刀剪子,阿妈还有几把大大小小扎鞋底的锥子,可是它们不是太笨就是太单薄,派不得我想要的用场。昨天早上我路过屠夫姚二的肉铺子,从那挂了一墙的刀斧中,我一眼就相中了一把刀。那刀大概是剔骨头用的,刀尖上还沾着血。刀虽尖,却不大,掖在裤腰上正好。

我相中了那把刀,那把刀也相中了我,在墙上发出嗖嗖的震颤——我知道那是它在呼唤我。这大概就是我命中该有的那把刀了,可是我不知道该怎么把它弄到手。我呆呆地在铺子门口站了半晌,却不知如何行事。姚二见我迟迟不走,抬头看了一眼我手臂上缠的那条麻布,叹了一口气,说要不给你割一条五花肉,带回去叫你阿妈炒菜吃?我知道姚二是可怜我的意思,我还不习惯这样的怜悯,我的脸唰地涨得通红,摇摇头,飞也似的走了。

到了下午,我心里依旧痒痒的,满脑袋都是那把刀的样子。熬不住,就假装买酱油,提了个空瓶子在街上闲逛。逛到肉铺门口,姚二不在——大约去了后院小解。我的耳朵嗡的一声,没容细想,手已经不听使唤地伸了出去,一把从墙上摘下那把刀,藏在褂子里,转身就走,心跳得一街都听得见。

回到家,我把刀藏在枕芯里,吃了晚饭便早早地上了床。一夜枕着那把刀,只觉得枕头在噗噗地跳,不知道是我的脑勺还是那把刀,就翻来覆去没敢合眼。早上起床,怕阿妈来收拾床,也怕姚二追到家里来,便悄悄找了块油布把刀包了,埋在了门外僻静处的一块石板底下,等走时再取。

埋了刀走回家来,手还在颤。我从没偷过东西,也从没藏过凶器,这一天里我一下子破了两个戒。我知道刀是要派什么用场的。总有一天,刀尖上会再次粘上血,这次却不是牲畜的血,而是人血,兴许还是我自己的血——从定下来要走的那刻起,我就没指望活着回来。

我脱下自己的衣裳,换上了阿爸的褂子。阿爸的褂子还带着阿爸的气味,河水和皂角都没有叫它褪尽。很奇怪,换了衣服我突然就镇定了下来。穿上阿爸的衣裳好像就穿上了阿爸的胆气，一个人有了两副胆气，就不再慌悚。到这时我才醒悟，原来这一路最需要预备的，不是盘缠，也不是衣物，甚至也不是利器。

我最需要预备的，是胆气。

我兜里的这几个钱，是走不了多远的路的，到陕北的盘缠，还悬在半空。我兴许得给人拉纤搬货做苦力，说不定还得张开嘴来讨口饭吃。我得预备吃家里不曾吃过的一切苦头，受家里不曾受过的一切屈辱。我不仅得学会站，还得学会跪，甚至得学会爬。我得预备着把脸皮撕下来，踩在泥里尘里。死是一样胆气，活是另一样胆气，我得至少活到那把刀子派上用场的那一日。

换好衣裳，我就出屋张罗茶园的事。

我把前屋后屋的走廊，都拿长条帚打扫干净了，腾空了堆在那里的零杂物件，又取下了挂在屋檐下的咸鱼干。这里是茶叶摊青的地方，茶叶娇贵，一不小心就会沾染上别的气味。

清完了场地，便在灶房中支起了炒青的大锅。我问阿妈要了一卷挂面五个鸡蛋，提着篮子出去看望村里的炒青师傅。平常年年炒青都是阿爸和那位师傅替手，今年却不行。日本人飞机来的那天，师傅也在茶园，离我阿爸大约有数十步远，就逃过了一命。师傅虽然逃过了弹片，却被塌下来的一棵树砸伤了半边身子。我去他家，是探视的意思，也是恳请他过来指点杀青。师傅躺在床上走不得路，要来也只能让人抬着过来——那是天大的面子。

我从小就看着阿爸侍弄茶叶，即使上了县里的学堂，茶季里也会请几天假回来帮忙。但我一直只是个下手，从来没当过主角。灶火炒锅茶叶都会合着伙儿欺生，这一季的茶算是坑了，一年的好天候，末了却只能烘出一堆烂茶。

昨日看见阿燕掏出剪子剪辫子的时候,我其实心里软了一软,那一刻我几乎有些动摇,想留下来算了,姚家人对我家有恩。我阿爸不是本地人,他的老家在皖南。那年阿爸的老家遭了雹旱,颗粒无收,阿爸带着一家人逃荒一路走到四十一步村。那时我还不到两岁,阿爸走投无路,就起了卖我救全家的心思。姚家听说阿爸种过茶,就把我们收留了下来,阿爸从此一直帮姚家看管茶园。若没有姚家,我现在还不知在哪一户人家做奴仆小厮呢。

可是我不能留下。天塌地陷,山河破碎,我留下了也只能叫她们多苟活几日。苟活是扯长了的死,我不想看着她们那样活着。

所以,我至多只能救下她们眼前的急,收完茶我必须上路。

天一直在下雨。雨不大,但很拧,淅淅沥沥的一刻也不肯停歇。可是茶叶不能等,茶叶一等就老了。茶叶老了,一文不值。

阿燕和我阿妈一早就披着蓑衣出了门,我赶着驴给她们送竹篓。采茶是女人的事,男人插不上手。阿燕妈不进茶园,她只管给众人预备饭食汤茶,年年如此。

到了茶园,只见稀稀拉拉的几个婆姨已经等在那里了。我阿妈数了数人头,缺了一半。

"人呢?"我阿妈问。

众人彼此看了看,却都不吭声。我阿妈又问了一遍,才有个小媳妇支支吾吾地说:"她们想问,今年,还是摘了茶,现、现给工钱不?"

采茶工是我阿爸在世的时候就找下的,大部分是同村的,也有少数几个是外村的。这会儿知道姚家出了大变故,她们怕支不出工钱。

我阿妈抬头望了望天色,就叹气,悄悄跟阿燕说那些个没良心的不知是不是要去别家揽活。下雨天摘得慢,人手不够。要不你去那几家看一看情景?

阿燕想了想,说不去,一去就让她们看短了。

阿燕从驴背上往下卸篓子。她抽得太急,叫一条露着头的竹篾划破了手。她把那根指头呲呲的含在嘴里吮着,我把兜里的手帕递给她,让她包一包止血,她摇摇头,却不看我。

她不能看我,她怕一看我就会兜不住眼里的怨气。这几天她瘦了许多,眼皮底下包着两个大大的黑圈。这几天她心里的事太多,她都没能把心腾空了好好哭一哭她阿爸。我怕她会把我要走的事告诉我阿妈——她知道这世上现在唯一可能拦住我的人,是我的寡母。

可是她没有。

她开始给众人发竹篓。其实她只是装个样子,她心里和我阿妈一样没有底。可是她知道众人的眼睛这会儿都在她身上,那目光正水草似的一下一下地扫着她的脸,探着她到底有多硬实,或者说,到底有多软绵。

"千万不能,叫她们看出你心慌。今天你要是软了,你在她们眼里就永远是个细娃。"

我悄悄对她说。

阿燕抬起头来,正正地看着众人。

"诸位婶娘阿姨姐姐,今年我们家虽然遭了事,工钱却一分不会短。今年我们不按天数,按活算。活干得精细的,摘满二十斤一篓的,给三个铜板,收工时我来验收过秤。阿权叔从前立下的干活规矩,大家都清楚的,就辛劳各位了。"

众人脑子里的算盘珠子滴滴答答地响了起来,一算,若勤快点,收入能比往年高出两成。

我阿妈正诧异,没容得她发问,阿燕已经把竹篓往脖子上一挂,扯着她进了茶园。我阿妈回头一看,又少了几人,便越发慌张起来。

阿燕说婶子你别着急,她们是回家喊人去了。

果真,过了一刻钟,那几个人就回来了,身后又跟了几个人。

姚家的茶叶价格公道,却不是一芽一叶的金贵茶种,我阿爸定下的摘采标准是一个芽带两片叶子。这些年里姚家茶园已经有了一批固定的主顾,姚家靠的是信誉。从前采茶工中也有过粗心大意的婆姨,摘下的茶叶里混进了好些个三叶四叶还有茶梗的。我阿爸若是查出来,就让走人。乡里虽然种茶的人家不少,采茶工在茶季里总能找到活,但姚家给的工钱比别人高,而且姚家的午饭不仅管够,还有猪油蛋花汤,所以姚家的采茶工都舍不得走。众人都知道规矩,也不多言,就各自开摘。

阿燕会走路的时候就会采茶了,别人采茶是用一只手,她却可以双手齐下左右开弓。阿燕采茶是不用眼睛的,阿燕的指头上另有一副眼睛。阿燕指头上的眼睛指点着阿燕的指头,蛇一样的在树枝间窸窸窣窣穿行,知道什么时候走,什么时候停,什么时候下手。食指拇指一伸一缩间,芽叶就落进了竹篓中。

阿燕指头上的眼睛忙碌着,脸上的眼睛也没闲着。从前阿燕采茶的时候,脸上的那副眼睛滴溜溜地四下转,在看着茶林里的蝴蝶这一季换了什么衣裳,从山上下河洗衣的畲客婆,发簪上又改插了什么花。可是今年她脸上的眼睛不管用了。蝴蝶被雨打湿了,躲在树枝里她找不见的地方;坡上的野花开还是开的,却都是灰蒙蒙的一片。失去了阿爸的女娃,眼睛里再也没有颜色。

今天采下来的茶,一定会比哪一天都多。刚才发竹篓的时候,阿燕早在心里盘算过了:从前是按天算工钱的,按天算就管不得人的快慢,指头有自己的法子偷懒。现在当然也可以偷懒,只是现在要偷懒,偷的就是自己兜里的铜板。一只竹篓实打实地装满,是二十斤重。按重付钱,一天的工钱多不了几个铜板,可是五天的活四天就能干完。只是今天下雨,茶叶带了水的重量,她要吃点亏,过秤的时候记得要多篦一遍水。

开采没多久,雨便渐渐停了,云裂成了一块块瓦,瓦又化成了一片片鱼鳞,鱼鳞被风吹得越来越远,突然间,天就大晴了,茶树上到处是亮闪闪的珠子。清明的太阳照在身上仿佛有了端午的重量,隔着一个时辰像是隔了一个季节。阿燕脱了蓑衣斗笠,撸了撸辫子,才想起她已经没有辫子了,如今脑袋上蒙的是一块白孝帕。

我坐在茶树下歇着阴凉,我还没到忙的时候,我接的是阿燕的下手。这样的热天,收下来的茶叶湿气太重,摊青不能摊得太久,摊得太久茶叶就要变红,要边摊边炒边搓形,今天恐怕得熬个通宵了。

中午时分,婆姨们采满了第一篓茶,就往阿燕家里送,正好歇口气吃午饭。路上看见了那几间被日本人飞机炸塌了的房屋。有的只剩下半堵墙,有的还留了一个门脸。被火烧过的地方是一片焦黑,没被火燎着的地方,垂挂着的梁木露出惨白的断面,像枯骨。这些人家大多已经搬离,投奔了各自的亲戚,只剩下一家走投无路的,依旧还住在断壁残墙之中。这家婆姨用残砖搭了个生火的炉灶,几个光着身子的娃围着一床从火里抢下来的黑黢黢的被子,正等着婆姨把一锅红薯煮熟。

痢痢头正站在那婆姨边上,有一搭无一搭地扯着闲话。见婆姨没空搭理他,便拿着一根棍子在废墟里掏来翻去找东西。

婆姨们背着茶篓走得热了,便取下了裹头的帕子扇风凉。痢痢头看见我阿妈,就站起来迎上去说,我的婶啊,我那天唱得长曲,没偷懒吧?阿权叔的那一段,我可是特别上了心的,回家嗓子疼了好几天呢。

他是在讨赏。我阿妈一听却眼圈红了,撩起衣角擦起了眼睛。

旁边的一个婆姨就骂:"痢痢头你长没长心啊,不知道这话惹人难受?"

痢痢头就拧自己的嘴巴,说该死该死,我哪是这个意思?

痢痢头退后一步,歪着头瞅了几眼站在我阿妈身后的阿燕,啊呀了一声说,阿燕你剪辫子了?城里的女娃都剪短头发的,那是新潮呢。

阿燕的脸唰的涨得通红。

就有婆姨打趣,说痢痢头你什么时候进过城了?是梦里吧?

众人就笑。

痢痢头顿脚,说别把人看扁了,哪天我真进了城,你拿什么跟我赌?

我阿妈就叹气,说痢痢头你年纪还轻,有力气,茶忙的时候,谁家都缺帮手,找个事做不好吗?净扯这个嘴皮。

痢痢头就涎皮涎脸地说就我婶子疼我呢,你说得极是。

婆姨们就感叹，说杨八叔挺老实的一个人，前世造下什么孽，竟养了这么个没心没肝的人。

阿燕隔好远就闻到了猪油渣的香味，肚子发出一串响亮的呼喊。她阿妈早把饭菜预备下了，每个茶季都是油渣焖饭，她阿妈说油渣饭是天底下最经饿的饭。

到了家，卸下茶叶，婆姨们就端起碗吃饭。人太多，桌子椅子都不够，只能黑压压的蹲一地。可是阿燕还不能吃，她得把婆姨们的茶篓一一验收过秤。都完了事，坐下来，她竟端不动饭碗了。其实每一季采茶都是一样的辛苦，可是哪一季也没有这一季累人，因为从前她只用动身子，却不用动脑子——动脑子是她爸和我阿爸的事。

姚家茶园出的是条索茶，炒青之后不能晾放太久，晾久了叶子一硬就很难搓揉成形。一下子收进这么多茶叶，手工赶不上，只能用脚踩揉。做茶人有个规矩：婆姨可以上手，下脚的事却只能是男人——女人的脚不吉利。自从有茶庄便有了这规矩，没有一家敢违逆。从前姚家有四个男人轮番炒青踩揉，如今两死一伤，只剩下我一人。各家茶庄有经验的帮工，都是事先雇下的，临时找不着帮手。而我的手脚只能各做一样事，我纵有天大的本事也分不了身。

采茶收工之后，阿燕妈立即噗嗤噗嗤地拉开了风箱，给炒青的锅供火。受了伤的炒青师傅浑身贴满了纱布膏药，躺在一张藤椅上，声音虚弱地指点着火候。炒青的火候是一门大本事，阿燕妈会是会一点，却不是大师傅。可是今天顾不上了，今天所有的人手都得当大师傅使。

阿燕妈的脸随着灶火一明一暗，眼角低低地垂挂下来，像坠了两块铅。头发很脏,上面落了厚厚一层灶灰。阿燕走过去想给她阿妈掸一掸,却怎么也掸不动,仔细看了一眼,才明白是头发——她阿妈一夜之间白了头。

"阿妈,你莫愁。踩揉的事,我会。"阿燕突然说。

阿燕妈手上的风箱停了下来,两个眼睛瞪成了两只铜铃。

"阿燕你疯了?这话要叫人听见了,咱家的茶叶还能卖吗?"

"阿妈我没疯。你若是让我干,咱家还能卖出几斤茶。你若不肯,这一季的茶就全糟蹋了。"阿燕说。

我阿妈赶紧跑出去关门,说阿燕别说了,你不怕神灵怪罪?

阿燕哼了一声,说该出的祸事都出过了,我还怕哪一个?

阿燕说这话的时候,还没意识到:她的灾难才刚刚开了个头。还有很多样祸事,正排着队一样一样地等候在她的路上。

我也吃了一惊。我没想到这个没见过什么世面的乡下女娃,倒比我学堂里那些娇滴滴的女同学有胆气。

"规矩是人定下的,又不是神灵定的。人到了难处,还不能求变通吗?你们就让阿燕试一试吧。"我说。

众人都不吭声。

炒青的师傅摇摇头,叹了口气,说:"你们把我送回家吧。我什么也没看见,什么也不会说。都这个世道了,规矩还顶个屁用?你们关起门来,爱怎么干怎么干,与我无干就是了。"

我把炒青师傅背回了家,回来拴上大门,把窗帘都扯严实了,便在院子里点上了松明火把。摇摇曳曳的火光里,阿燕坐在板凳上洗脚,两个妈长一声短一声地叹着气。我听得有些腻烦起来,便叫她们都回屋歇了。

我阿妈走了,阿燕妈却不肯走,低着头不看我们,蹲在地上塞窸窸窣窣地挑着混在茶叶里的茶梗。

我开始教阿燕怎么踩揉。"用力不能太轻,太轻了不成形;又不能太重,重了要踩碎茶叶。"我从来都是跟在阿爸后头干活的,出力却不上心,我不知怎么教她。阿燕一时不得要领,踩了一小会儿,腿就开始抽筋。看着眼前这堆成一地的茶叶,想到明天还会有更多的茶叶收进来,我心里不免着急,却不能说,我知道她俩比我更急。

这时突然啪的一声,火把里爆出个大灯花,那声响吓了我们一跳。阿燕的嘴唇突然哆嗦起来,我问怎么了?她不吱声,只是把手捂在了心口。

过了一会儿,终于回过神来,她才颤颤地说:"阿爸,我见着我阿爸了。"

阿燕妈转过身来,脸色煞白。

"在、在哪儿?"她问。

阿燕指了指火把后头的那块阴影。"他走了。"

我的汗毛一根根地竖了起来。

"你累了,你看花眼了。"我说。

"我真的,看见了阿爸。"阿燕说,"阿爸跟我说踩揉的时候,要在脚指头上使力。左脚翻过去,右脚卷回来,动的是趾头,脚掌只轻轻一抬就行了。他骂我把脚抬得那么高做什么?又不是蹬水车。这个样子一天踩下来,多壮的人都得累死。"

阿燕妈把头埋在膝盖里,嘤嘤地哭了起来。

阿燕把腿上的那根筋揉顺了,就接着踩。再看她的样子,仿佛真就得着了几分要领,进展就快了起来。

眼看着到了半夜,我就催阿燕先去睡,因为她一早还得接着采茶。

"一会儿,一会儿就完了。"阿燕说。

阿燕的舌头打着结,已经累得口齿不清。

阿燕的"一会儿"其实是一个时辰。等我们把最后一堆茶叶踩揉成形,回锅烘焙完毕时,已过了四更。我们的腿都已经不在我们身上了,身子想站,人却泥浆似的瘫在了地上。

阿燕妈去灶上舀了一盆温水,说你们洗把脸,赶紧睡了,明天晚点起身。

阿燕没回话,她已经歪在我的膝盖上睡着了,参差不齐的短发从帕子里钻出来,盖住了小半个脸颊,嘴角流着细细一丝口涎。

我没敢动,只是把身上的围裙摘下来,盖住了她的身子。

孩子,她还是个孩子啊。

可是乱世里容不下孩子。乱世是一把六亲不认的刀,乱世将童年一刀砍断,叫所有经过它的少年人,一下子从孩子跳到了大人。

这时村里醒得最早的鸡,已经啼开了第一声。

我上床才睡了不到半个时辰,就被一阵敲门声惊醒。那声响急剧,凶猛,毫无耐心,像报丧。

我打个滚起了身,跑到门口时,发现一屋子的人都已经被惊醒了,趿拉着鞋子,蓬头垢面衣衫不整。

门外站着的是保长。

"抓丁的人到六铺岭了,照着名册挨家挨户捆人。过不了半个时辰就要到这儿啦。"保长气喘吁吁地说。保长已经跑了好几家,跑得一头一脸是汗。

"不是说过了茶季才来的吗?"我阿妈慌得声音直打颤。

"日本人太凶猛,招架不住啊,一个团转眼就成一个营,一个营转眼就剩一个连,等不到收完茶啦。"保长说。

我阿妈听了这话,心散成了一万片,一句话也说不出来,只知道呜呜地哭。阿燕妈扯了扯她的袖子,说先想个法子,找个地方躲一躲。

保长摇了摇头,说想都别想,村头村尾,都有人把守上了,下河的出口停着兵船,就是防着你们逃跑。

我阿妈扑通一声跪了下来,扯住了保长的裤腿。

"我家龙娃不在家,虎娃就是我的命啊。求求,求求你。"

我阿妈把那个"求"字反反复复说了很多遍,她知道那个字贱,不值几个钱,不值钱的东西只能靠数量来堆积——那是我死去的阿爸教给她的生意经。

保长说这事我清明前就告诉阿权了,他凑不齐钱。到了这一刻,你就是凑齐了钱也找不着人来顶啦。命啊,人是拗不过命的。

保长自己的儿子,就是出钱找了人充丁的,保长就拗过了命。

阿燕妈也跪了下来,扯住了保长的另一只裤腿。

"阿权刚过世,虎娃再走,你让他这个家怎么活啊?"

保长的两条腿上坠了两个女人,眼泪鼻涕糊了一鞋面。他甩不开,也踢不得,就叹了一口气,说我也想村里的后生都不抽丁,可我说的不管用。都这个时辰了,还是赶紧预备些散钱,让虎娃带在身上。听说这次是往安徽开拔,那里比这儿冷,给几个铜钱打点打点,路上能多发件衣服,少挨顿饿。

两个女人什么也听不进,只是紧抓着保长的裤腿不放,仿佛那裤腿是水和岸中间的一条绳子,那上面拴着她们的性命。

我看不下去,就弯下腰来拉扯我阿妈。我阿妈趴在地上怎么也不肯起来,尘土被泪水混成一个个灰团,从眼窝一路粘到颈脖。

我听见我腮帮子上的肉在一鼓一凹地跳动着,有一句话正从肚腹赶往舌头。

阿燕看出来了,她知道这句话一旦出了口,便是一千匹马也追不上了。她得赶在那话没出口之前,赶紧堵住路。

阿燕走上前来,给保长欠腰行了个大礼。

"保长阿叔,抓我男人可以,总得讲个道理吧?"阿燕说。

保长吃了一惊:"你男人?你什么时候嫁给虎娃了?我怎么没听说?"

我阿妈一下子给点醒了,站起身来,说年前我们两家就换过龙凤帖了,本想收了茶就摆酒请客的,谁知遭了这天大的祸事,守孝期里,不能张扬办红喜。

保长将信将疑,看了一眼阿燕妈。阿燕妈也醒了,站起来,说其实两家老早就有这个意思了,龙凤帖的确是年前换的。

保长的目光转移到了一直没说话的我身上。我的嘴唇禽动了一下,还没张嘴,我阿妈就死死拽着我的胳膊。我一把挣开。阿燕走过来,趴在我耳边轻轻说了一句话,这句话让我一身乱滚的血终于沉静了下去。

"你不是不想当这个兵吗?逃过了这回再说。"阿燕说。

保长又叹气,说这也是好事,兵荒马乱的,女娃早有婆家早安生。只是,这丁,还是要抽啊。

阿燕又行了一个礼,说保长阿叔,不是两丁抽一吗?轮不着我们家虎娃,我们不让你为难。

保长的眉头蹙成了一个团。"怎么个不为难法?你倒是说给我听听。"

"虎娃是上门女婿,做了他们姚家的儿子。他们家和我们家都只有一丁,轮不着虎娃当兵。"我阿妈立刻捡起了阿燕丢下的暗示。

保长狐疑地看了一眼我阿妈:"你肯让你儿子改姓?"

我阿妈愣了一愣。我阿妈像是个备了一年考的学堂生,到了考场却被先生的第一个粗浅问题给砸蒙了。

阿燕妈轻轻咳嗽了一声,我阿妈才回过神来,说是,是,自然改姓。

保长又问字据呢,口说无凭,人家要看白纸黑字。

我阿妈又愣了一愣,说还、还没立呢,这阵子家里出事,你也知道的,还来不及办。

保长就顿脚,说没有字据顶个屁用,谁信你?

阿燕说不就一张纸吗,我去喊德顺爷爷。

话没说完,人已经跑出了门。

保长就对我说,你这个婆姨比你急,你倒像是个没事人。

三五分钟的样子,阿燕就回来了,手里拎着一个文具匣子,身后跟着德顺爷爷。

德顺爷爷大概是从床上给拉起来的,长衫的扣子系歪了,满眼眵目糊,跑得急了,鱼儿似的张着嘴喘气,一屋都是口臭。

一路上阿燕已经把情形都说了,德顺爷爷也不多话,就立刻研墨润笔开写。这类文书,德顺爷爷一辈子也不知写过多少回了,无非是某某于某时某刻某地与某某立下某约,以此为凭,永不反悔之类的话,德顺爷一气呵成。

交给保长看过了,保长摇摇头,说重写一张吧,改个日期。写今天的日期太过明显,还是放年前吧。德顺爷爷说那两家男人都不在了,谁给按指印?保长说女人就替了吧,没人查得那么仔细。

两个阿妈千恩万谢地按了指印。我和阿燕也在她们的指印底下按下了自己的指印。

终于把保长送走了,都松了一口气。阿燕妈这才想起一件事,把我阿妈拉到了一边。

"先前她阿爸在的时候,我们两家是提过这事的,只是还来不及仔细商议。你问过虎娃的意思吗?"我听见阿燕妈悄悄地问。

我阿妈迟疑了一下,才说他阿爸是想问他的,还没来得及。

阿燕妈斜了我一眼,说不知道虎娃中不中意我们家阿燕呢。

我阿妈连忙说你别多想,谁都知道他最疼阿燕。

这一顿早饭,大家各有心事,都无话,只低头看着手里的饭碗,吃得无滋无味。救急的时候,谁也顾不上多想。等到这急过去了,众人才意识到:有些事是急不得的,一急就变味。

吃完饭,阿燕说虎娃哥你去后屋阁楼给我取几个竹篓,昨天那几个叫雨打湿了,占秤。

我去了,阿燕也跟了过来。

"等收完茶,我摇舢板送你几步路,去追你的同学。"阿燕看了看身后无人,才轻声说。

我怔怔地看着阿燕,半晌,才说:"阿燕,你知道按下那个指印对你来说是什么后果吗?"

阿燕摇了摇头。

"再也不会有人娶你了,你懂不懂?"我说。

阿燕茫然地看着我,说你不想娶我吗?

我沉沉地叹了一口气,说你没听保长说的话?前线损员这么厉害,我参加了队伍,十有八九是回不来的。

阿燕的嘴歪了一歪,我以为她要哭,没想到她只是嗯了一声,说不回来就不回来,我守着我阿妈就是了。

还有,你妈。

阿燕想了想,又补了一句。

我的喉咙冒上了一团柔软,没想到要哭的是我而不是她。

"行啦,别板着脸啦,干活吧。"阿燕说。

阿燕的头发上插着一根昨晚沾上的茶梗,我犹豫了一下,伸出手来替她摘了。

"傻女娃啊,你真是个。"我喃喃地说。

阿燕拴上舢板,让两家阿妈先行几步,自己留在后面,又检查了一遍船尾。那个茶碗还在,依旧倒扣着,似乎没人动过——那是她留的记号。

茶碗之下的那块木板是虚的,掀起来,里头有个洞,洞里藏着一个油布包袱。

这几天,借着洗脚洗茶篓的由头,她已经一样一样地把我上路需要的东西转移到舢板里了,包括那把埋在石板底下的刀。计划有千头万绪,到这会儿她已经把这千头万绪都理顺了,挽成了一个结。这个结就捏在她的手心,等着她来解。今天是两家阿爸的头七,烧完香上完供,吃过午饭,她和我就会借口下河洗衣和去茶园取工具,一先一后离开家,在河边会合,她撑舢板送我上路。

清明和谷雨之间,是一年里的腻歪时节,难得有好天气。可是今天不仅无雨,甚至无风,河面静得找不见一个褶子。这样的天气里舢板划到吴村集市,大概只用一两个时辰,阿燕天黑之前怎么也能赶回家来。而我从吴村步行去诸暨,可以少绕一长段山路,省许多脚力。

我把那本《天演论》留给了阿燕。"我不在的时候,你能学就多学几个字。我若是回来了,希望你能大体读懂这本书。我若是回不来了,这就算是个念心儿。"

她转过身去,不叫我看见她的脸。

"我没啥东西好送你。"她说。

后来我才知道,阿燕其实是有东西送我的,阿燕的礼物是一双鞋。这鞋是正月闲时她给她阿爸做的,密密实实的千层底,青直贡呢的鞋面,结实得像铜板,可惜她阿爸没穿上就走了。那天她瞄了一眼我脱下的鞋子,不用量就知道我穿她爸的鞋正正合适。她熬了两夜,在鞋上绣了花。那花不是寻常的花,是两朵并蒂莲,一朵粉红,一朵粉白,脸挨着脸。她不能把这样的花绣在鞋面上,怕我穿了要被人笑话,她只能把花绣在了鞋的内衬。

这双鞋是十几年之后我才看见的。它虽然一直很好地保存在那个油布包袱中,可它到底也没经得住时间的腐蚀。等我拿到它时,鞋上已经长满了霉斑。我看着鞋里绣的那两朵花,才明白了阿燕当年的用心。这样的鞋子她是没胆量当面交给我的,她只能偷偷放在那个油布包袱里等着我上路之后自己发现。我若穿上这双鞋,脚板一伸进去,立刻就会贴在这花上。这样结实的鞋子能走很长的路,路有多长,花就能跟我多久。

我最终穿上这双鞋子,是我躺在棺木里的时候——那当然是后话。

自从商定了出走的计划,阿燕就变了个样子。一个不经意的眼神碰撞,一句简短的对话,就能叫她脸红。她阿妈和我阿妈都以为,这是女娃捅破了那层纸之后的羞涩,而我却知道不仅如此。阿燕拥有了我的秘密,她在我的计划里占了一份子,她是为这个兴奋。这个秘密跟着天数长,越长越大,大得她的心都快盛不下了,身子肿胀得要炸成碎片片。她恨不得讲给歇在树上的鸟儿听,讲给天上飞过的云朵听,讲给爆了满枝芽叶的夹竹桃听,可是她却不能吱声。有时她看着村里人在她家门前来来回回地走过,就忍不住猜想别人心里是不是也有这样的秘密?

我问她怕不怕将来两个阿妈发现了这个秘密找她算账?她说不怕,一个人若一辈子都没有秘密,岂不是白活了?

我们爬了几步山路,就看见了那座新坟。已经有人在我们之前祭拜过了,坟前缭绕着些隐隐的青烟。远远看过去,阿燕觉得那坟的颜色有些古怪,以为是云投下来的暗影。抬头望天,天却像是一匹扯得很紧的蓝布,找不见一丝斑痕。又走近了几步,只觉得那土的颜色越发古怪起来。等到了紧跟前,才看清那土果真是黑色的。

坟像是没拍严实,有浮土在风里头微微地颤簌着,尽管没有风。阿燕把脸贴近了,身上的毛发刹那间唰的一声炸成了针。

叫那土变了颜色的,原来是蚂蚁。

千只?万只?千万只?阿燕不知道还有没有比千万更大的数目,她还不认识"亿"这个字。她只觉得全世界的蚂蚁都爬到了那座坟上聚头。她分不出哪些是领头的,哪些是跟班的,领头的和跟班的全混在了一处,彼此搭着肩勾着手,密密麻麻的,把一整个坟头完完全全地遮蔽了,竟找不见一寸裸土。

它们黑压压地蠕爬着,一拱一拱地朝前,也可以说是朝后,因为它们是在转着圈。一圈又一圈,不知疲倦,仿佛最终要把那座坟抬起来,搬到另一个去处。

"你阿爸是,不甘心啊。"阿燕妈两腿一软,瘫坐在了地上。

阿燕烧了一炷香,在坟前跪下了:"阿爸阿叔你们死得惨,我知道你们心里冤。"

阿燕突然直起身来,对我说:"虎娃哥你告诉他们,你是要替他们报仇的。你说话啊,现在。"

阿燕的眼神像钉子,死死地盯住了我的眼睛。

"此仇不报,誓不为人。"我说。

"阿爸阿叔,虎娃哥跟你们发过誓了,你们若信他,就叫那蚂蚁散了。"阿燕说。

蚂蚁依旧黑黢黢地在坟头蠕动着,一只没少。

我手里擎着一炷香,闭着眼睛跪在地上。我还有很多话,我却不能说。

爸,这兴许是儿子给你烧的最后一炷香了。我暗想。

阿燕跪在我身边,脸低低地埋在土里,肩膀在布衫子底下簌簌地颤动着,底下仿佛也爬满了虫子。

她也在说话,跟她的天说。我不知道她的天跟我的天是不是同一片天,我却知道,她的祈祷里一定有我的名字。

"阿爸,你保佑儿子这一路平安,即使缺了胳膊少了腿,你也让我回家。等我回来,还给你上坟。还有,给你生孙。"我默默地说。

"阿爸,你若听见了我的话,你就叫那蚂蚁散了,各自回家。"

我睁开眼睛,只见坟头依旧裹缠着一层厚厚的黑布,日头在,河在,树在,蚂蚁也在。

阿爸,莫非你是有话要捎给我吗?我心里一惊。一股凉气从我的脊梁爬上来,我打了个寒噤。

我阿妈拍了一下额头,说瞧我这丝瓜脑子,把酒落在家了,你阿爸爱喝酒,你阿爸在怪我呢。

阿妈就叫我摇舢板带她回家取酒。

回家的路上,阿妈的脑瓜仁子突然疼了起来,疼得说起了胡话。她说有人在她脑门里砸锤子,锤子砸下来,炸出来的都是星星,血红血红的。

我阿妈身子向来硬朗,从来没犯过这样的病,我想她是累的——这个茶季谁都累得脱了一层皮。我让她先在家歇着,等我把山上那母女两个接回来,就给她请郎中。

现在回想起来,那天我阿爸和阿燕爸都在声嘶力竭地给我们递着话,可惜,唯一听懂了的只有我阿妈。那天,我阿妈留在了家。

我取了酒,划着舢板往坟山走去。日头已经升到树枝分叉的地方了,清晨正在向正午过渡。阳光把一切洗得很白,天和水,水和树,几乎都是同一个颜色。

就在这时,我看见了半山坡上那几团奇奇怪怪的绿。那绿像是在尘土里滚过,有些脏,脏得几乎接近黄。那绿似乎是从地上突然冒出来的,没有脚,也听不见声响,在灌木丛里一窜一窜地飘浮着。那绿上还插着一根根棍子。哦,不是棍子,棍子不会这样尖,也不会这样亮。那像棍子又不是棍子的东西在接近正午的阳光里,发出一闪一闪的光,有点割眼。

过了一会儿,我才明白过来,那是刺刀。

天!他们来了,他们到底,还是来了。

我当时对这一带地形和攻守策略的分析,其实并没有错,错在我忽略了两个至关紧要的因素。一是这里完全没有驻军防守，大门洞开；二是我对地形的认知，恰恰与日本人不谋而合。那天他们派出这支小分队，就是为了勘探环境，看是否合宜在附近建立一个稳妥安全的军需品仓库。

我想低下身子，可是已经晚了，他们发现了我。

我听见一丝风嗖地从我耳边穿过，我的肩膀酥麻了一下。

接着，我听见了一阵模模糊糊的笑声。

然后我看见手里的船桨变了颜色，还要过一会儿我才会意识到，那是我的血。

"阿燕，快跑……"

这是我陷入昏迷之前的最后一个清醒想法。

我在舢板上顺流漂了很远，也许是五六十里，也许是七八十里。接近天黑的时候，一个在河边洗衣的妇人发现了我，把我救上了岸。

我因失血过多，昏迷了一个星期。当我最终可以走动的时候，已经是一个多月之后的事了。

接下来发生的事，牧师比利应该比我更清楚。

牧师比利：冈村宁次的狼

这个故事对讲的和听的人来说，都是磨难。这个故事里的每一个字从讲述者的心里爬出来，爬到喉咙口，爬到舌尖，再爬进聆听者的耳道，穿过耳膜，沿着头颅第八条听觉神经，抵达大脑的时候，沿途会挑伤多少皮肉，留下多少鲜血淋漓的创口？

可是，我们不能跳过这个故事。我们等待了七十年的重聚，难道不是为了缅怀那段烽火岁月吗？而那个女孩，是那段岁月里的前景、中景和背景，我们往前走往后退都逃不过去。

那个故事发生在七十二年前。很幸运，我不是在七十二年前讲述这个故事，也不是在五十二年前，甚至不是在三十二年前。假如在那些时候讲述这个故事，我会带着何等的愤怒、哀伤，还有怜悯？时间是一件多么神奇的事，它把情绪的荆棘磨烂了，慢慢沤成了土，而在这片土里，长出了一片芽叶。这片芽叶，就是生命的力量。我现在来讲述这个故事，那些旧情绪都还在，但它们只是铺垫了。现在涌动在我心头的，是一种静默无声的感动。那个女孩不就是这片芽叶吗？在她身上压上一座大山的重量，她依旧能从那山石底下探出她生命的芽尖，尽管和山相比，那片叶子是如此渺小，小得不成比例。

你也许会说,七十二年,才生出这么一小片芽叶啊?它得需要多少个七十二年,才能长成一棵大树?我告诉你吧,这片七十二年才长出来的小芽叶,却可以存活一千个一万个七十二年。

刘兆虎,在你的故事里她是姚归燕,或者阿燕。伊恩,在你的故事里她是温德。而在我的故事里,她是斯塔拉(Stella)。斯塔拉在英文里是"星星"的意思,这个名字是我向上帝讨来的。我的神啊,求你赐给她一颗星星,哪怕是最小的。我对上帝说。求你用这颗星星,照一照她的路,她迷失得太苦了。

上帝回应了我的祈求,祂果真赐了一颗星星,却不是给她的。后来我才慢慢醒悟,上帝的星星是给我的——她是我的星星,她照亮了我的路,给了我方向。

我才是那个迷失的人。

阿燕,温德,斯塔拉,它们是一个人的三个名字,或者说,一个人的三个侧面。你若把它们割离开来,它们是三个截然不同的版块,你很难想象它们同属一体。而当你把它们拼在一起时,你又几乎找不到它们之间的接缝——它们是水乳交融浑然天成的联合体。

纵然给你一千次一万次想象的机会,你大概都不会想到我和斯塔拉初次见面的情景——那已经超越了人类想象力的边界,只有动物世界里或许可能见到那样残酷的场景。

那是七十二年前一个春天的早晨,清明刚过,天气乍暖。假如我没记错,那一天是那一年里最美的一天,那样的天色之前没有过,之后也没有被重复。那天大自然所有的一切,似乎都在声嘶力竭地呐喊。太阳在呐喊着养育万物的力量,山野在呐喊着时雨过后的洁净和苍翠,树木在呐喊着枝叶彻底绽放时的快感,花朵在呐喊着蜂蝶的翅膀引发的欲望。谁会想到,在有成千上万个寻常日子可以挑选的时候,残暴偏偏选择了这样一个难得的好日子。就在那一天,我突然就理解了从前读过,却没有读懂的,T.S.艾略特的《荒原》,我明白了那一句令人费解的诗:

> April is the cruelest month, breeding
> Lilacs out of dead land …
> (四月是最残酷的月份,从死亡之地
> 哺育丁香 ……)

那天我是去一个村落探访一位草药师的——我在这一带有几位这样的朋友。草药师是一个比较正式的名称,这个名称的通俗叫法是江湖郎中。我找他的主要原因不是传福音(愿上帝饶恕我的冒犯),因为这一类人的脑袋是花岗岩筑成的,连上帝也很难找到通往那里的缝隙。我那天去,是为了讨教某种草药的生长环境以及它同别的相似植物的辨别方法。草药师们通常不情愿把这样高级的知识传授给别人,尤其是他们的同行,可我有我的敲门砖。我的敲门砖其实很简单,无非是几颗美国糖果,或是一块城里女人爱用的印花手绢。凭借在这一方居住多年的经验,我知道这些人家里更愿意给我开门的,往往是孩子和女人。

我之所以要结识这些人,是因为我的药库存货已经越来越浅。当年我从上海下船时用六个挑夫挑来的医疗用品,已经在这些年里消耗殆尽。虽然我在美国的母会每年都会利用各种渠道运送一批募捐而来的药物,我在当地结识的那些三教九流朋友,也时不时会从黑市替我搜刮到一些紧缺药品,可相对于我日益壮大的需求来说,那简直是杯水车薪。我只能把数量极其有限的西药,留在紧急情况使用,而对伤风感冒跌打损伤之类的病人,使用各种草药以及它们的变异体,如粉剂、药膏,等等。正如马太福音书所言,我在这些年里已学得"灵巧像蛇"。

从我的住处到这里,大约是四十五里地。这样的距离不算远也不算近,当地人可以有多种走法,依等级贵贱划分,可以分为轿子、骡马、手推车或者徒步,等等。而我,却拥有这一带十分罕见的一种交通工具:我有一辆自行车。这辆自行车是一位回国的传教士留给我的,我已经无法准确辨别它的年龄和产地。这辆车唯一安静的零件是车铃,它没有刹车,断了几根辐条,轮胎已经被各种具有创意性的材料修补过多回。然而,它依旧不失为乡野小道上最为高效便捷的交通工具,我用它救过许多急。

快抵达目的地的时候,我感觉有些累,就停下车,找了块岩石坐下歇脚,顺便喝一口从家里带出来的茶水。天起了风,吹得身上的汗渐渐溻下来,布衫不再黏在脊背上。路边的草在风里一忽儿高一忽儿低,唰啦唰啦的声音听起来像流水。

我突然发现身边有一片草被压平了,不像是骡马的蹄印,也不像是赶路人的脚印,因为无论是人还是畜的脚都踩不出那么大的面积,倒像是有什么笨重的物件在上面拖过。正奇怪间,就听见一阵窸窸窣窣的响动,回头一看,只见身后的一条浅沟里突然站起一个人,朝我啊啊喊了一声。背着光,我看不清她的脸,只依稀认得是个女人,身子佝偻着,手上像捧着一件什么东西。她想朝我走来,可是只踉跄了一步,便停住了,身子一晃似乎又要倒下去。

我连忙放下水碗,朝她跑了过去。她看见我时,怔了一怔。

我猜测她看见了我暴露在大太阳之下的深陷的眼窝,还有眼窝里那双蓝色的眼睛——她认出我是一个"洋番"。片刻的犹豫之后,她膝盖一软,人就不由自主地跪了下去。她跪下去的时候,身子是朝前倾的,那个姿势使得她的手臂微微朝前伸去,似乎要给我看她手里捧着的东西。

我走到近跟前,终于看清了她手里的东西。那东西像是一条缠得不怎么紧的蛇,一半黏在她肚腹里,一半散在她掌心,上面有一些凹凸不平的纹路,颜色红粉,又隐隐闪着些酱紫的光。

天!那是肠子。女人手里捧着的,是她自己的肠子。

我这才注意到女人的右手缺了三根手指,肚腹上有一道很长的口子,身穿的那件黑布衫,已经被血浆成硬硬的一坨。女人吃力地扭动了一下脖子,仿佛在指着坡上的某个方向,嘴唇翕动了一下,说了一句"我,女儿……"便麻袋似的倒了下去。我使劲拍打着她的脸颊,想让她的神志保持清醒,可是女人瞳孔里映射出来的蓝天和山野已经变得浑浊了。

我赶紧去取捆在自行车后面的药箱——那其实是一个下意识的举动,那箱子里根本没有东西可以救治这个女人。等我回来时,女人已经没有了脉搏。

女人其实早就死了,她只是把最后的一口气,顽强地留到了见到我的那一刻。

我立刻想起了女人临终前的话,便朝着女人所指的方向跑去。

一二十步之外的山坡上,有一团白晃晃的东西,像凸露在草上的石头。走近了,我才看出来是一件白色的布衫。不,更确切地说,是一块从布衫上撕下来的碎布片。布片底下,是一个蜷成一团的身体。我把那个身体翻过来,是一个昏迷过去的小女孩,十二三岁的样子,或许稍大一些。女孩几乎完全赤裸,身体上没有明显的外伤,只是大腿上有湿黏的血迹——血还没有止住。我分开她的两腿,发现中间插着一根已经被血染成紫酱色的粗木棍。

后来每当我回忆起那天的情景时,都似乎无法完全还原我当时的情绪。我只隐约记得疼。按理说那天的疼首先应该是从眼睛里生出的,然后到心,或许还有肠和胃。可是那天我的眼睛我的心我的肠胃都很麻木,唯一觉出疼的是耳朵。耳朵里似乎同时飞过了一万架飞机,巨大的轰鸣声绑架了我的思维能力,脑子陷入一片空白,嘴里只是反反复复地念叨着两个字:畜生、畜生、畜生、畜生……

这个女孩如果得不到及时的清创救治,一定会因失血过多而死。可是我的药箱里没有必要的外科器械,我必须马上回家。

我脑子里那个理智的医生终于打败了那个冲动的牧师,我冷静了下来,脱下身上的长衫,把它扭成一根绳子。我把女孩子抱起来,用绳子捆在自行车杠的前部。我飞快地上了车,骑车时我的身子尽量前倾,遮挡着女孩赤裸的胴体。那天假如你看见一个身上只穿着一件不合时节的贴身坎肩,顶着风拱着背在山间小路上狂骑自行车的"洋番",你一定会以为那是个疯子。可是我顾不上。

骑到半路时我想起了那个横尸荒野的女人,可是我也顾不上,我只能在祈祷中把她交给某个过路的好撒玛利亚人(圣经中以善心救助落难犹太人的外邦人)。一个死人的尊严,永远比不上一个活人的性命要紧。

我的自行车那天没有给我制造任何麻烦,我在路上消耗的时间比平常短了许多。下车时我发现车座上有血迹,那是我的血——我竟然丝毫没有察觉我磨破了腿根。

那辆我已经无法界定它的产地和年龄的破车,在那场战争中立下过赫赫军功。在月湖村后来成立的训练营里,经由它送出去的信息,有时能走得很远,一路到重庆,到昆明,甚至到缅甸和印度。当人们在报纸上读到飞虎队投下的炸弹和水雷,精准地炸毁了某条停泊在某个港口的日本军舰;某一位被日机击落的美国飞行员,在海上漂流了一夜之后,神奇地遇上一艘捕鱼的舢板而获救;某位日本高官某晚在某家风月场所里遭遇突袭身亡;或是某位南京来访的伪政府头目,在当地官员举行的欢迎晚宴上喝完一杯酒之后突然七窍流血而死时——没有人会把那些事件与这辆破旧不堪的自行车产生任何联想。

假若它是一个士兵,甚或是一条军犬,它早就该获得一枚显赫的军功章了。可惜它只是一辆自行车。在梅乐斯写下的一封又一封并没有引起华盛顿太多关注的战绩汇报信中,它没有得到哪怕一个字的记录。可是这些对我并不重要。假若我有权力授勋,我授予它的勋章,一定与以上事件无关,甚至与整场战争也无关。它的一生中最让我引以为傲的事迹,是它在那一天里救了斯塔拉的命。当然,当时她还不叫这个名字。

我把女孩带到住处,放到我的床上,立刻开始为她清创。我身边没有麻醉药,只能给她灌了一杯镇静剂。我尽量下手轻柔一些,可是她还是在这过程中间疼醒了。她嗷的喊了一声,想坐起来,可是终于没有力气,就瘫靠在了墙上。当她看见我时,她的眼睛里闪过的不是惊恐——惊恐还是后来的事,而是一种不知身在何处的茫然。

"别害怕,我是医生,美国人。"我尽量温柔地对她说,"你受了一点伤,我在给你医治。"

我的话似乎让她回忆起了那个还没有走远的噩梦,她突然意识到了她的赤裸,她用双手环抱住前胸,想把身子缩成一团。可是她的手太小,无论如何也遮蔽不住整个身体,强烈的羞耻感使她簌簌地发起抖来。

我脱下外套,披在她身上。她渐渐地平静了一些,就立刻想起了一件至关紧要的事情。

"阿妈,我阿妈呢?"她问。

我是从她的口型里猜出了她的问题的,她的嗓子已经完全喑哑了。

我的脑子在飞快地转动着,我在犹豫。我犹豫的原因是因为我不能确定这个女孩当时到底看见了多少。最后我编了一个模棱两可的谎言。

"你阿妈已经送回家去了,放心。"

她的嘴角扯了一扯,像是一个没有力气展开的笑,可是她没有继续追问——她信了我。

这是我对她撒的第一个也是唯一一个谎。我会告诉她真相的,但不是现在。我要等到她的身体恢复到有足够的弹性来承受那样的噩耗时。

她情绪虽然稳定了一些,却依旧不肯配合,无论如何不肯让我揭开那件裹在她胴体上的外套。我不得不惊诧,一个身受如此重创的人居然还有这般力气。

我只好告诉她:"你的伤有些严重,如果不尽快处理,会引发感染。"

她怔怔地望着我,我突然明白过来她不懂什么是"感染"。我就把"感染"换成了"发炎",她依旧不懂。后来我说你的伤口会溃烂,化脓。她终于懂了。我从她犹豫的眼神里看到了两样东西正在她脑子里激烈地撕扯争斗着,一样是耻辱,一样是溃烂化脓。最后耻辱赢了,她的手指依旧揪住身上的衣角不放。

"孩子,你知道吗?要是不赶紧治疗,你也许会死。"我说。

她的眼睛里闪过一丝惊恐。可是那丝惊恐太小,小得像一颗火星子,一下子就被耻辱给灭了。她的手依旧没有松开。

"要是不治,你或许将来,再也不能……"

我把后边的几个字在脑子里咀嚼了好几遍,换了好几个版本,最后才终于艰难地吐了出来。

"……生娃娃。"

对一个这么小的女孩说这样的话,我感觉自己几乎和残害她的那群人一样残忍无耻。可我只能试一试——在这样一个封闭落后的乡村里,不能生育的威慑力有时可能比死亡更甚。

果真,我看见她捏着衣角的手指头,微微动了一动。

我从裤兜里掏出我的手帕,蒙住了她的眼睛。

"假设我们现在是在一个什么也看不见的黑树林里,你没穿衣服,我也没有。你看不见我,我也看不见你,我们连自己也看不见,好吗?"

她终于慢慢平躺了下来,由着我把衣服抽走。

清创的过程很疼,我知道她很想喊,但耻辱封住了她的口,她只是紧紧地咬着自己的嘴唇。嘴唇上的牙印越来越深,后来,嘴唇和牙齿都变了颜色,嘴唇变得很青,牙齿变得很红——是她的血。我拿了一条毛巾塞进她嘴里,让她咬住。她终于喊出了声,毛巾吸收了那声音里的锋刃,只剩下一些边角模糊的呻吟。

终于缝合完毕。虽然想到了感染的可能性,我还是没舍得给她服用抗菌素,只是用米粥和鸡汤来补充她所需要的营养。我想赌一赌,想仰赖她年轻生命自身携带的抗体,来和细菌打一场没有后援的战争。可是我输了,女孩的创口开始感染。她发起了高烧,一直昏睡不醒,用喑哑的嗓音说着一串串我听不清楚的胡话。我唯一听懂了的词是"阿妈",还有某位名字模糊的哥哥。

我不停地喂她喝水,用酒精给她擦身子,用井水给她做凉敷,可是所有的物理降温方法都没有奏效。最后,我不得不给她使用了我所剩无几的抗菌素。她可能一辈子从未使用过西药,甚至从未使用过任何药物,所以她的身体对抗菌素的反应极为灵敏。第二天早上我推门进入她的房间时,她已经醒了,坐在床头——现在她睡在我为流动传教士预留的客房里。

她背朝着我,对着窗外一棵爆满了花骨朵的夹竹桃树发怔。她没有衣服,她现在穿的是我的一件旧长衫,袖子卷得很高,假若她站起来,那衣裳会一直盖上她的脚面。我已经嘱咐我的厨子,一个当地雇来的基督徒,去家里找一套这个女孩可以穿的旧衣服。女孩所遭遇的事,我只告诉了厨子一个人,因为我相信她可以守口如瓶。在月湖村里没有人认识这个女孩,她不仅可以安心养伤,也可以方便地避过各样的流言。凭我在当地的生活经验,我知道一个女孩子若摊上这等祸事,没有任何东西可以清洗她的耻辱,除了死。

我走过去,摸了摸她的额头,说孩子你的烧退了,真好。

她的身子往后缩了一缩,打了个哆嗦。

在那以后很长的一段时间里,任何人稍微靠近她,她就会噤若寒蝉。

"你可以叫我麦牧师,或者牧师比利。"我对她说。

我说话的口气非常小心翼翼,仿佛她是一件轻轻一碰就要碎的瓷器。

她没说话,只是点了点头。

"你呢?我还不知道,你的名字。"我问她。

她犹豫了很久,仿佛那是一道晦涩的考题,半晌,才怯怯地说:"三,我叫三妹。"

这个女孩大概还不习惯撒谎,她那闪烁的眼神一下子败露了她内心的忐忑不安。我醒悟过来这不是她的真名。

她为什么要告诉我真名呢?真名的后边,拴着长长的一串家人亲友邻舍,或许还有媒人。她不想让我卷进那些关系里去,因为我知道他们也许不知道的秘密。

这一刻里我才真正看清了女孩的面容。这是一个算得上清秀的女孩子,只是那双眼睛和那张脸之间,似乎存在着一些不可协调的别扭。过了一会儿我才看懂,那是一张十几岁的脸,而那双眼睛,却属于一个历经沧海的成年人。

我无法直视这样一双充满了忧伤的眼睛。

在我随身携带的那个小木箱里,有一本厚厚的祈祷文,那里有适合各种场合的祷告辞,比方说婚礼、葬礼、命名礼、献婴礼、洗礼、成人礼、毕业典礼、失业、生病、失去亲人,甚至还有小小的一段,是关于失去心爱的宠物的。可是上帝的词典里却没有一句话,是可以拿来安慰一个在还不太懂得什么是童贞的年纪里就已经失去了童贞的女孩子的。我搜肠刮肚,发觉自己终究是词穷。

"你家,住在哪里?"我问她。

她的脸上又出现了那丝我问她名字时所出现的犹豫,踌躇半晌,她才说是吴坳。吴坳是我那天要去探望的那个草药师所在的村子,离我发现她的地点很近。我一时无法判断她告诉我的是否是实情。

我想喊她"三妹",可是我怎么也喊不出口——那不是真的她,也不是真的我。

"斯塔拉,我可以叫你斯塔拉吗,在我这里?"我突然说。

她疑惑不解地看着我。

"斯塔拉在美国话里,就是星星。"我解释给她听,"你一个人出门的时候,天黑了,要是找着了星星,你就不会害怕,你就能找到回家的路。"

她的脸上飞过一丝光亮,那个十几岁的少女,突然间闯回了她的眸子。可是太短暂了,只有那么一个瞬间。

我的话大概勾起了她的另外一个念想。她沉默了一会儿,嚅嚅地说:"牧师比利,我想,回家。"

我叹了一口气,说孩子你现在不能。你身子太弱,你还需要好好吃饭,好好休息。等你好了,我送你回去。

我从厨房里端来厨子一早就给她炖好的鸡汤,她顺从地喝完了,却没有放下碗。她垂着眼帘,期期艾艾地说:"牧师比利,有饭吗?半碗也行。"

我这才想起,这两天我一直给她吃流食,她大概真是饿了。

我去厨房盛了一碗剩饭,用开水泡热了,又在饭上放了几根腌萝卜。她吃得很快,当她的筷子碰触到碗底的时候,她才放慢了速度——她开始感觉羞愧。她的脑子里压着一座挪不动的山,而她的肠胃却在妄自轻狂,她的脑子在咒骂着肠胃的厚颜。

年轻啊,她到底还是年轻。年轻的生命就像河流,纵然劈上一万刀,也总能自己合缝。

"厨房里,还有。"我拿过了她的空碗,替她添饭。

就这样,斯塔拉,也就是小星星,在我这里住了下来。

等她可以下地行走的时候,我就让她去帮厨子洗菜,摘豆角,或是帮我缝补一些旧衣物——主要是怕她烦闷。她的活动空间基本上在她自己的房间,厨房,还有后院。她的一切行动都在我的视线之内,我从不许她走出院门一步,因为我怕她一不小心招惹上村民们好奇的眼光和追问。

她做事很勤快麻利,厨子对她十分满意,但她几乎从来不和厨子搭话。即便是和我,我们之间的对话也都限制在客气简短的日常问候上。她和我讲话的时候,眼睛很少看我,仿佛我是藏在她鞋尖或者衣袖上的一样东西。我知道在我和她之间隔着一个脆弱而幽暗的秘密,一句稍不留神的话语,一个并不经意的眼神,都有可能将那个秘密捅破,她从那里落下去便是万丈深渊,粉身碎骨。所以,我恪守着那条无形的界限,始终小心行事。

有一天斯塔拉看见我在抄写赞美诗,就走了进来——那是她第一次主动走进我的房间。我对中文书法不够精通,我和纸笔都还处在笨拙的磨合之中。她在我身后静静地站了一会儿,突然怯怯地问:"牧师比利,我可以,替你抄吗?"

我吃了一大惊,问你上过学吗? 她说上过几天小学,后来是哥哥教的。

我就问是那个叫什么虎的哥哥吗?

这回轮到她吃了一惊,她说你是怎么知道的?

我说你发烧的时候,一直在喊这个人。

她的脸突然涨红了,一下子红到了脖子根。那一层绯红彻底改变了那张脸的神情,像是一块龟裂的土地上突然泅出了一丝潮润。那一刻,斯塔拉显得非常美丽。我怔怔地看着她,心里涌上一丝隐隐的感动:上帝啊,你总算让我看见了,一个十几岁的女孩本该有的面容。

"你哥哥,他现在,在哪里?"

话一出口我就知道了自己的唐突,我踩到了那条危险的边界,我又一次毁掉了一次正常对话的可能。我似乎总是在应该安全撤退的时候,再往前走出那么毁灭性的一小步。

果真,她脸上的那层绯红消失了,像来的时候那样突兀。代替它的,是一层苍白的忧伤。

"我不知道。"她说。

我不再说话,只是把我的座位让给了她。她使用毛笔的姿势并不娴熟,看得出她还缺乏操练,但是她执笔的手腕很稳,很有力气。很明显,她并不认得抄本上所有的字,我能轻而易举地判断出哪些是生字,因为她下笔时会有些犹豫,眼神频繁地在样本和抄写纸之间来回移动——她只是根据字形一笔一画地描绘。斯塔拉在写字的时候,似乎换了一个人,她把全身所有的意念都放在了笔尖上,连呼吸都变得凝重。那一刻的世界里没有战争,没有死亡,没有伤痛。那一刻的世界里甚至没有了她自身。

这一天我对她的观察,在后来的日子里被一次又一次地印证。尽管和她的谈话中存在着无数个可能的禁区,随时会踩入万劫不复的深渊,却有一个区域始终是畅通、安全、没有沟壑和隔阻的,我怎么走都不会越界。

那就是她对知识的渴求。

那天她抄的是《诗篇》第二十三篇:

> 耶和华是我的牧者,我必不至缺乏。
> 祂使我躺卧在青草地上,
> 领我在可安歇的水边。
> 我虽然行过死荫的幽谷,也不怕遭害,
> 因为你与我同在。
> 你的杖,你的竿,都安慰我。
> 在我敌人面前,你为我摆设筵席。
> 你用油膏了我的头,使我的福杯满溢。
> 我一生一世必有恩惠慈爱伴随着我,
> 我且要住在耶和华的殿中,直到永远。

抄完了,斯塔拉请我从头到尾给她念了一遍。我问她听懂了吗?她想了一想,说是不是叫人壮胆的话?

"你知道上帝?"我惊喜地问她。

她点了点头,说是你们的洋菩萨。

我说这个上帝不是菩萨,菩萨可以有很多个,而上帝却只有一个。

她说我明白了,你的上帝比那些菩萨都大,你的上帝管那些菩萨。

我啼笑皆非。

"上帝和菩萨都没有用,他们只管得住好人,却管不住坏人。"她说。

有一把小匕首在我心里轻轻捅了一下。那一刻,我差一点想对她说:那天当我看到她躺在草丛里的样子时,我心里涌上来的,正是这句话。

"斯塔拉,有时候我也弄不懂上帝。"我叹了一口气,"上帝不一定能保护你不遭人欺负,不一定能包治百病,也不一定能保证你一生平安。"

斯塔拉睁大了眼睛,疑惑地问:"那你还信他做什么?"

"他兴许管不了天底下的太平,可是他能管你心里的太平,只要你肯信。"我说。

她怔怔地看着那张她手抄的诗篇,久久无语。

"牧师比利,你能借我看一看吗,这张让人壮胆的纸?"她嚅嚅地问。

"送给你了,害怕的时候,你念一遍,心里就稳妥了。"我说。

她把纸上还带着潮意的墨迹吹干了,小心翼翼地卷起来,放进怀里。

斯塔拉当时没有,后来也没有,真正皈依基督,可是我总觉得她离上帝比我更近。她有一双天眼,总能跳过一切文字和概念制造的阻隔,直接进入信仰的核心。

斯塔拉现在终于接受了我作为医生的角色,不再抗拒我为她检查身体。她的伤口恢复得很好,这阵子她唯一的抱怨是伤口发痒,还有右侧腰部时隐时现的疼痛。痒是愈合的征兆,我并不担心,腰部的疼痛经过反复检查仍然没能找到原因。直到有一天,我让她给我仔细描述她的症状。

"就像有人用手指头抠你的肉,死死不松手。"她说。

我一下子想起了那天斯塔拉的母亲向我求救时的情形。电闪雷鸣间,我恍然醒悟:那个女人是用钢铁一样的意志死死抱住女儿不放的,直至被剁去三根手指。她把自己生命的一部分,移植到了女儿身上——这是一个母亲送给女儿的最后记忆。

我没有告诉斯塔拉真相。

"没事,过些日子,自然会好的。"我对她说。

斯塔拉在我那里住了大约一个月。

一天早上,我起床打开窗户,看见她站在院子里。前一天晚上下过一场雨,石头墙上的萝藤颜色又深了一层。天色还早,阳光带着一丝油画颜料似的厚腻。茉莉开了,空气中弥漫着隐隐的香气。斯塔拉站在一块石头上,张开双手接捧着从屋檐上滴下的积水。等盛满了一捧,她往高处一抛,满天便都是金灿灿的水珠。我发现她长胖了一些,布衫底下开始有了隐隐的线条和轮廓。

一切,都会过去的。我在心里暗暗感恩。她会很快长成一个年轻妇人,将来回想起这段日子,她会说,哦,那只是一场噩梦。或许,她压根就不会再想起这一段经历。她会像拔去杂草一样,把这段经历从她的一生的记忆中彻底去除。

吃早饭的时候,我问斯塔拉愿意回家吗?她怔了一怔。这段时间她曾几次提出要走,我都以她还未完全康复为由拒绝了。而当这一天终于要成为现实的时候,我却看出了她的犹豫。

"我送你回去,我会找一个很好的理由,跟你的家人解释。"沉吟片刻之后,我对她说。

其实,我并不知道该如何编造一个合情合理的借口。一个女孩子在外边待了一个月,再由一个"洋番"送回家来,不需任何粉饰加工,这本身就是一件需要一辈子来澄清的事。

她的脸色猝然变了,焦急地摇着头,说不能,千万不能。

我说好吧,那我送你到村口。

她没有拒绝。她知道在这个兵荒马乱的年月里,她不可能一个人上路,尤其是经过了这一遭之后。

斯塔拉对自行车感到无比惊奇。她坐在我的后座上,车子一加速,就吓得尖叫起来,两手紧紧攥住了我的衣服。我从来没听她这样放肆过,心里泅上一丝隐隐的快活:我看见一条绷得很紧的神经,正在慢慢地舒展放松。

可惜这种状况没能持久,斯塔拉马上意识到了自己的轻狂,羞愧地住了声。我渐渐觉出了后座的重量,我们都沉默着,各有各的心事。我能大体猜得出她的心事,她却不知道我的。

我欠她一个真相,关于她母亲的,这阵子我几乎每天都在思索该如何跟她开口。真相是把刀,我不忍让她在到家那一刻经受突兀的一捅,我只能在路上先慢慢地把她的皮磨粗磨厚。

走到半路,我假借口渴停了下来。我正倒着水,她突然在我面前倾金山倒玉柱地跪了下来,咚咚地磕了三个响头。

"牧师比利,你是我的救命菩萨,我不该跟你说假话。我不住在吴坳,我家和吴坳隔一条河,要摇舢板过去。"

我慌忙扯她起来,她却死活不肯。

"还有,我也不叫三妹,三妹是我阿妈的名字。我叫阿燕,天上飞的那个燕。"

我轻轻叹了一口气。

"不管你在家叫什么,在我这里你就是斯塔拉。"我说。

她终于站了起来,像是卸了一副重担。可我知道她还有别的重担——是我马上要加给她的。

我一边喝着水,一边斟酌着将要出口的话。真相很沉,我要慢慢清出道来让它行路。

"斯塔拉,那天,你看没看见日本人,是怎样对待,你阿妈的?"我试试探探地问。

她摇了摇头:"她死死抱着我,我什么也看不见,只听她喊了几声,就被他们踢到沟里去了。"

"后来呢,你知道吗?"

她抬起头来,看了我一眼,嘴角轻轻抽搐了一下。

"她死了。"她平静地说。

我吃了一大惊。

"你是什么时候知道的?"我问。

"那天你说我阿妈已经送回家了,后来你又问我家住哪里,我就知道你在骗我。"

天。一个成年人处心积虑编造的谎言,却经不起一个孩子毫无心机的一瞥。

"你,想她吗?"

我问得冷酷,甚至残忍。我私底里是希望她能靠在我的肩膀上哭一哭的。眼泪安慰不了她,眼泪其实是安慰我的。可是她没有。从我认识斯塔拉的第一天起,我就很少见到她流过眼泪。

"我很小的时候,我阿妈就告诉我,天上一颗星,地上一个人。人死了,不过是从地上搬到了天上。那天你给我取名叫斯塔拉,你说是星星的意思,我一下子就明白了,那是我阿妈托你捎话给我。"

我强忍住了我的眼泪。这个女孩子勇敢得令人心碎。

还要更后来一些,我才会意识到,斯塔拉的勇敢,除了上帝赐给她的胆气之外,还有另外一个原因:斯塔拉的心里有一根柱子,纵使天塌下来,把地压成齑粉,只要这根柱子在,斯塔拉就在。

这根柱子,就是刘兆虎。

斯塔拉真正的崩溃,是在她发现柱子倒了的那一日。

我把她的小手,团进我的手里。

"斯塔拉,我们在上帝面前发一个誓:从今天起,我们两人,永远都要讲实话,好吗?"

她点了点头。

我们继续上路。

自行车轮扬起一路飞尘,我们离她的家越来越近。当时无论是斯塔拉还是我都不知道,就在我们绞尽脑汁地编制了一个离家如此长久的理由时,她们母女两人的遭遇,早已在四十一步村里传得沸沸扬扬。那天她们遇到日本人时,其实离她们不远处,还有两个同村来的扫墓妇人。那两人亲眼看见了发生的一切,躲在一棵大树后面一动不敢动。直到日本人走后,她们才敢下山喊男人们过来救人。等救兵到时,他们只发现了斯塔拉母亲的尸首,因为斯塔拉已经被我救走。而那天的劫难,连同所有的细节,经过女人们一轮又一轮压低了嗓门的流传,已经成为村里每一户人家饭桌上最公开的秘密。

我们终于到了吴坳。我帮斯塔拉喊了舢板,看着她上船过岸。她走上了那一条长长的石阶,走到一半的时候,转过身来对我摇了摇手。

我一生都在诅咒那个日子,我情愿它从日历本上永久撕去。假若我有先知的眼睛,看得见将要发生的事情,我是绝对不会放斯塔拉走的。

我永远不能原谅自己,直到今天。

斯塔拉走后,我像往常一样布道,行医,赈济,做着一个乡村牧师通常都会做的事情。然而一旦安静下来,我就会不由自主地想起斯塔拉——她蹙着鼻子一丝不苟地抄写唱诗本的表情,她扬着手接捧从屋檐滴落下来的雨水的模样,她低着头一言不发地摘着豆角的神情。我好几次想去看她,但一想到一个"洋番"出现在她家门前将会引起什么样的骚动,我不得不打消了这个念头。

有一天夜里我突然梦见了斯塔拉。她睁大着眼睛,静默无声地从高处俯看着我,眼神里流溢着难以言说的哀怨。我伸手去抓她,却发现她没有手。她不仅没有手,她也没有身子,甚至没有头。她的眼睛没有附着之处,孤孤零零地漂浮在半空。我一下子惊醒过来,浑身被冷汗湿透。我决定无论如何要去探望她一次,哪怕只看一眼就走。

第二天,我骑车到了吴坳,然后坐舢板过河。上了岸,就到了那条长长的石阶。这些年里在山间小路上我已经练就了强壮的脚力,四五十里路的自行车程对我来说是家常便饭。可那是在平路,扛着一辆沉重的自行车爬四十一级台阶却完全是两码事。爬到顶上时,我和我的车都很狼狈。我把车停靠在一棵大树之下,一边坐着慢慢喘气,一边思忖着如何才能不引人注目地找到斯塔拉的家。最好的方法是等到一个过路的孩子,给几块糖果或是一个铜板,让他带我抄近路到她家。或者,让这个孩子把斯塔拉领到我这里来,避开人眼见上一面。

这时,我突然看见了一群半大不小的孩子一路呼喊着从不远处跑过,他们在追赶着另一个比他们稍大些的孩子。那孩子跑起来的样子像一只受了惊的兔子,身子一颠一颤的,脚几乎没有点地。那群孩子追不上他,就朝他扔石子。他左躲右闪,还是没躲过,背上肩上挨了几下,疼得缩成一团。他的速度明显慢了下来,但是没有停。他双手护着头,继续跌跌撞撞地跑,但是步子错乱了。他被一块埋在草丛里的岩石绊了一跤,鞋子掉了,重重地摔倒在地上。那群孩子终于追上了他,他们大声欢呼着将他团团围住,你一口我一口地朝他身上吐着口水。他捧着头坐在地上,不说话也不动弹。孩子们纷杂的声音渐渐齐整了起来,演变成了节奏分明的叫喊:

"脱裤子!脱裤子!脱裤子!"

有一个孩子领了头,其余的都跟着扑了上去,撕扯那孩子的衣服。

我急急冲下来制止那群孩子。他们看见我,一下子愣住了。我想是因为我的身高。接近六英尺的个子使得我在这个环境里看上去像个巨人。其次大概是因为我的长相。虽然我一身都是当地百姓的打扮,但那只能骗过远远走过的人。面对面的时候,我的蓝眼珠子一下子就会把我出卖——这个村子里的孩子可能还从未见过洋人。

我蹲下身去看那个跌倒在地上的孩子。像这一带的许多男孩一样,他剃了光头,脑袋上闪烁着隐隐的青光。他的额头、嘴角和手背都在流血,脸上和身上沾满了灰土和唾沫。他的裤腰带已经被扯开了,布衫的前襟撕破了,露出一个肩膀和半只瘦小的还没发育好的乳房。

天,这原来是个女孩。

我掏出手帕给她擦伤口上的血,我发现她手里攥着一个纸团。我取出那个纸团铺平了,是一张撕了只剩半页的米纸,上面的字迹已经被湿泥沾黏得模糊不清了,依稀只认得"耶和华……牧者……不怕遭害"几个字。我大吃一惊,仔细打量了一下那个女孩,才猛然醒悟,她是斯塔拉。

我的心紧紧地抽搐起来,我觉得我已经无法操控我的声音。

"斯塔拉,别怕,我是牧师比利。"

她定定地看着我,眼神空洞而茫然。那一刻,我甚至不能确定,她是否还认得我。

"你们怎么可以,这样欺负人!"我愤怒地质问那群孩子。

他们不作声。半晌,那个领头的孩子不服气地哼了一声,说日本人都看过了,我们还看不得?

另一个孩子也撇了撇嘴,说我阿妈说她就是破货,和谁都睡觉。她男人都不要她了。

"捣你十娘,滚!"我吼道。

我知道我把嗓子撕裂了,因为我的喉咙里泛上了一丝血腥味。

这是当地方言里的一句粗话。在中国官话里可以找到一些模糊的对应词,却没有一个词,能赶得上这句话里所包含的歹毒。如果把这句话的每个字掰开来分析,可以得出两种解释:一种是把你娘拖过来肏上十次;另一种是把你的十个娘(假如你有这么多娘)通通都拉过来肏上一次。即使把我这辈子使用过的每一种语言都算上,我也从来没有开过这样的粗口。我曾为比这小得多的事情乞求过上帝的宽恕,可是这一次,我毫无悔意。

那群孩子被我镇住了。大概他们从来没听过一个人高马大的蓝眼"洋番",能骂出如此字正腔圆的粗口。轰的一声,他们雀子似的散了。

"斯塔拉,原谅我,我来晚了。"

我跪在斯塔拉面前,哭了。我看不见自己的样子,但我知道,那天我一定哭得像个被强盗劫去了半生积蓄的乡野妇人。

她由着我帮她系好裤腰带,穿上鞋子,把衣裳上的泥土掸去。她那件男式布衫的扣子已经被扯断了,怎么也系不上,无法挡住那半只裸露的乳房,我只好把我的手帕像围巾一样地围在她前襟。在我做这些事情的时候,她一动不动地坐着,既不配合,也不反抗,脸上找不见一丝曾经如此强烈的羞耻感。

这时从坡下跑上来一个中年妇人。那妇人大概跑了一程路了,气喘得很急,一只手捂着心口,仿佛心要随时掉落到她的掌上。

"童子痨啊,这群死不了的童子痨(浙南方言:刁顽的孩子)!"女人一边跑,一边咒骂着。

她看到了斯塔拉,也看到了斯塔拉身边的我。她用警觉的眼光上上下下打量着我,问我:"你是谁?"

我说我是牧师比利,阿燕的朋友。

女人松了一口气,说我知道,你是那个好心的"洋番",阿燕说你救了她的命。

"你是谁?"我问女人。

女人犹豫了一下,才说我是阿燕的婶子。

"才一个月,她怎么就变成了这个样子?"我问。

女人坐在地上,撩起衣襟擦起了眼泪。

"阿燕刚回家的时候,还算太平。村里人虽然背后指指点点,当面倒也没怎么样。我怕再遇上日本人,就把她的头发剃光了,出门穿男娃的衣裳。谁知道这回坏她的不是日本人,却是癞痢头。"女人说。

"谁是癞痢头?"我问。

"村里的一个闲人。"女人说。

"阿燕出去砍柴,路上遇到了癞痢头,他把阿燕按倒在树林里,就、就把她给糟践了。"

我看了一眼斯塔拉,示意女人别往下说了。女人叹了一口气,说她脑子坏了,说什么也不往里进。

"阿燕回来也没告诉我,只是不敢一个人出门了。那癞痢头见不着阿燕,就来家里找。半夜翻墙爬窗进阿燕的屋,阿燕把我叫醒了,他才没有得手。阿燕再也不敢一个人睡觉,就搬到了我屋里。"

"谁知那个癞痢头还不肯罢手,欺负我们家里没有男人,夜里竟敢来敲我屋的门。我不开,他就在门外骂,说日本人做过的贱货,还装什么清白?我拿了菜刀出来跟他拼命,他才逃走了。他不甘心,就到处在村里跟婆姨们吹风,说阿燕跟她们男人都睡过了,一次一个铜板,说得有鼻子有眼。那些蠢货就信了,阿燕走到哪里,她们就跟着骂到哪里,还指使娃娃追着打。"

"后来她脑子就不行了,一时糊涂一时清醒,我只好日日夜夜锁着门,不让她出去。今天有急事,出门忘了锁,她就自己跑出来了。"

斯塔拉怔怔地望着我们,那眼神落在我们身上,却又穿过我们,遥遥地落在我们身后某个不知名的远方,嘴角挑着细细一丝的笑意。那笑意和欢喜嘲讽都无关,那笑意只是肌肉的惯性。

我知道斯塔拉的心丢了。斯塔拉的心不知落在什么地方了，如今行走在世上的，只是一具没有心的躯体。

我心如刀割。

我闭上眼睛，默默祈祷："神啊，你若不想让她死，你就把心还给她吧，求你。"

那一刻我感觉我的祷告苍白无力，上帝离我很远。那一刻我不知道祂在哪里，我甚至也不知道我在哪里。

"神啊，我知道所有的索取都有代价，假若这是你的旨意，我可以少活几年，我把我的命交在你手里。只是，你让这个可怜的孩子，好好活着吧。"我说。

从我学会说话开始，我就已经从我父母那里学会了祈祷。从小到大，我为各种各样的事，大至救人一条性命，小至一张马戏团的票子，无数次求过神。若把我一生的祷告叠加起来，大概可以一直通往月球。可是我不知道上帝到底听到了多少，因为我很少得到回应。

可是这一次，我一时冲动未经深思熟虑的祈求，祂却听见了，也回应了，在两年半之后。

两年半以后，当我躺在"杰弗逊号"轮船的船舱里，看见死神的翅膀在墙上落下的阴影时，我才听懂了上帝的回应。

"男人呢，哪里去了？那群孩子说她的男人把她丢了。"我问。

女人愣了一愣，扭头看了阿燕一眼，就摇头，说哪有什么男人，阿燕还没有说下婆家。

"那个哥哥呢？阿燕说她有个哥哥的。"我追问。

女人犹豫了一下，又摇头，说阿燕是个独养女，没有哥哥。

就在那一瞬间，我做出了一个决定。通常做这样重大的决定时,我都会先询问上帝的意思。可是这一次我没有——我知道上帝绝不会对我说不。

"我想把阿燕带走,这里的环境不适合她。"我对女人说。

女人很意外——她大概没想到我会提出这样的要求。她思忖了一会儿,突然跪下来,对我磕了一个响头。

"你是她的救命菩萨,我替她阿爸阿妈,谢你的大恩大德。她在这里,真是没法活了。我一个妇道人家,我护不了她,我要是眼睛一闭腿一伸走了,她就再也没人管了。"

我站起来,把手伸给斯塔拉。

"孩子,跟我回家,好吗?"我柔声说。

斯塔拉木偶一样地站起来,顺从地跟在我身后,仿佛我手里捏着一根牵着她身子的绳索。

我们走出几步远,女人突然说你们在这里等我一等,我立马就回。

过了一刻钟的样子,女人回来了,手里拿着一本旧书。

"这是阿燕最爱看的书,你给她带上。"女人把书交给了我。

我们就慢慢地往下爬那四十一级台阶。从高处看水,水是另外一种样子,我看不清水底的鹅卵石,可是我却看清了河道的形状。河道在不远处缓缓地拐了一道弯,又在更远的地方拐了一个更大的弯,就拐入了一个我看不见的去处。山坡上蒲公英开过花了,正在扬絮,远远望过去,像一片雾气腾腾的云。捕鱼的舢板拴在岸边的石头上,艄公坐在船头抽着水烟,看着鹭鸶叽叽咕咕地在水里钻进钻出。

我一只手扶着肩上的自行车,一只手提着随身携带的药箱子,斯塔拉默默地低着头走在我的身边。她不是在看路,她用不着,她闭着眼睛也认得脚下的每一块石板,她是在看鞋子上刚刚挂破的一个洞眼。

长长的四十一级台阶走完了,斯塔拉没有回头,一次也没有。她没有再看一眼,这个她生活了十四年的,名叫四十一步的村子。

女人跟在我们身后,一路把我们送上了舢板。艄公解开缆绳的那一刻,女人突然抓住了斯塔拉的手。

"阿燕,婶子对不住你,你别怪罪婶子。"

舢板摇出好远,我还听得见那个女人的哭声。

斯塔拉到家之后,我立刻吩咐厨子烧了一大锅热水,让她好好洗了一个澡,又找了一块花头巾给她缠头。用不了多久,她的头发就会像草一样地长起来,她就可以重新梳起辫子了。我想。

我又从箱子里找出几样珍妮的旧衣物,喊来村里的裁缝,照着斯塔拉的身量改缝了两套衣服。等她换过了装,我拿出珍妮用过的镜子,想让她照一照自己的模样,她扭过脸去,眼中闪过一丝憎恶。

我心里涌上一丝窃喜:我终于看见了她情绪的蛛丝马迹。她的心没丢,它只是沉睡了。给它一个太平的环境,给它足够的时间和耐心,总有一天它会醒的。现在她在我身边了,我再也不用遥遥地牵挂她,我可以放心地慢慢地找寻着通往她情绪的裂缝。

夜里睡下时,我突然感到了许久未曾感觉过的兴奋。珍妮死了,我还活着,我依旧在做着我们从前一起做的事情,只是引领我的不再是这些事情原本的目的,而仅仅是身体和思维的惯性。惯性截取了我的双腿,我漫无目的地飘在了空中。而这个叫斯塔拉的小女孩,却是上帝赐给我的一块石头,她用她的重量把我坠回到地上来,让我知道我原来是有腿的,我不仅能行走,我也会寻路。每日的琐事不再是漫天飞扬的轻尘,它们都归落到了一个去处——我突然有了目的。我救不了全天下的人,那是上帝的事,可是我或许可以救得了一个人。在上帝的眼中,千年如一日,一日如千年;一个人即是宇宙,而宇宙,可能也就是一个人。

我不再像前次那样,把斯塔拉藏在屋里。我带着斯塔拉在村里到处行走,把她介绍给每一个和我相识的人:

"这是我收留的一个孤儿,她叫斯塔拉,就是星星的意思。她从今往后就住在我这里,帮我做些杂活。"

我让斯塔拉和我一起耕种教堂门前的那块菜地,像任何一家村民那样沤肥下种除草收割。我让厨子支使她拉风箱烧水洗菜洗碗,也帮我洗衣织补。周三发放赈济粥的时候,我同她一起架锅生火煮粥分粥。周日做礼拜,我让她来听道,她总是坐在最后一排那个角落里,有时睡,有时醒,我不知道她在没在听。等礼拜散了,我就吩咐她打扫卫生,擦拭烛台和窗玻璃。我暗暗观察她在做这些事情时的神情,发现她对哪件事也不推脱偷懒,却也没有哪一件事,能叫她显示出比别的事更大的兴趣。我小心地控制着对她态度,不流露出格外的关切,也只字不提我们从前的交识。我知道询问和安慰都是一种提醒,而她现在最需要的,却是遗忘。

晚上教堂关了门,我就让她帮我抄写诗篇,或者修补散了页的诗歌本。这曾经是她最喜欢做的事情,而现在,她表现出来的却只是一种顺从。她不再问我生字,也不再要求我给她念书,似乎对从她手里经过的文字没有任何好奇,而仅仅只是把这作为诸多家务事中的一种。抄完了一篇,若我没有要求她接着抄,她就静静地坐着,可以是十分钟,也可以是一个时辰。

有几次我故意把她婶子交给我的那本书放在她伸手可及的地方,她却从未瞟过一眼。在她不在场的时候,我曾偷偷翻阅过这本书,发现是赫胥黎的《天演论》的中译本。书可能被装在某个口袋中行走过很多的路程,书脊和封皮角都已经磨出了毛边,扉页上有一个用自来水笔写的名字:"刘兆虎"。我猜测他是这本书最初的主人。他应该是个在城里读书的年轻学生,因为在乡村很少见到使用自来水笔的人。我突然明白了,斯塔拉不可能看懂这样一本混文工史哲于一身的高深书籍,她曾经爱翻看的,仅仅只是写在扉页的那个名字。

生活就这样无波无澜地延续下去,日出日落,巡回往复。我和她的对话依旧停留在我说她听,或者我问她答的模式,她几乎从来不会主动挑起任何一个话题,或者给哪场已经开了头的对话收尾——那都是我一个人的事。那些日子里的唯一变化,是她的头发长了。有一天我偶然看见她在后院洗头,她从木盆里捞出来的湿发,已经是盈盈的一捧。她是一株我强行挪移过来的苗,我不知道她的断茬是否已经愈合,我也不知道她是否已在新土里长出了新根须。我看不见根,我只能从叶片猜测根。可是叶片似乎纹丝不动,叶片不肯泄露根的秘密。

我每天都在为斯塔拉祈祷,而这些祈祷,和我从前的许多祈祷一样,大多还未抵达上帝的耳目,便已经被风劫走。可是有一天,在祈祷中,我突然听见了上帝的一句话。

"我的仆人,你的叶子难道黄了吗?"上帝说。

上帝的话有些费解,我不知道这是喻示,还是追问。琢磨了很久，我才恍然大悟：是的，斯塔拉的叶子虽然没有长出新绿，可是它也没有变得枯黄，她的根并没朽烂。我看不见苗叶的变化，只是因为我没有足够的耐心。

就在这样长久的几乎无望的等待中，我们错过了春天，错过了秋天，迎来了一九四三年的冬天。那个冬天格外漫长寒冷，我那些三教九流的朋友，从外边带给我的都是些和那样的严寒相吻合的坏消息：轰炸，失守，沦陷，溃逃……很奇怪，这些噩耗似乎和月湖毫无干连。月湖仿佛是那部神奇的中国小说《西游记》里的某个地方，被某个无所不能的菩萨用金箍棒画进了一个圈。只要月湖的人安心守在这个圈内，外边的世界仿佛百毒不侵。战争已经打了几个年头，月湖的天，却从来没有飞机翅膀划过的痕迹；月湖的地，也从来没有留下过军靴的鞋印。

那年的腊月二十六，天开始下起雪，下了整整三天三夜，村里的老人说这样大的雪是三十年里罕见的。等雪停了，我打开窗户一看，树木和房屋都不见了，雪削去了所有的线条和棱角，万物都变成了大大小小的圆包。

厨子已经被我打发回家过年了，教堂里只剩下我和斯塔拉。为了节省炭火，我们只烧一个炉子。大雪封门，我和斯塔拉围着火炉取暖，我在看班扬的《天路历程》，她在纳鞋底。只要有闲着的工夫，她大多都在给我纳鞋底。她做的布鞋可以让我从这里一直穿到天堂，再在天堂里转上几个圈。外边的风和雪都静了，树枝不再刮划着窗户，虫子和鸟儿都在休眠中，冬天的寂寥被沉默扯得长出了许多倍。斯塔拉的手冻僵了，就停下来，在炭火上煨一煨，再接着纳。炉边上摆放着的红薯开始散发出第一缕香气，斯塔拉的锥子在厚布层里穿来穿去，发出嗤啦嗤啦的声响，听起来像猫爪在我的耳膜上抓出一条条血痕。

我再也忍耐不住,突然把书在桌子上一扔。我很想对斯塔拉吼一声:"为了上帝的缘故你能说句话吗?说句话你会死吗?"但是话溜到喉咙口时被我硬咽了回去。

斯塔拉被我的举动吓了一跳,放下鞋底,怯怯地看了我一眼,那眼神里有惊恐,也有疑惑。

那一刻我很庆幸没让那句莽撞的话溜出舌尖,假若她回我一句:"不说话,你会死吗?"我将无地自容。我每天都在揣测着怎样修复斯塔拉的根,其实,她比我强壮。她的根可以在陌生的土壤里孤独地找路,而我,却总要搭在另一株植物上,我需要伴。

小年夜的那天,半夜里我突然被一阵急剧的敲门声惊醒。半夜的敲门声通常不是好事,况且是在如此接近过年的时候。我慌慌地下床开门,门外是两个抬着一副担架的汉子。所谓的担架,其实只是两根扁担中间拴着一条被子而已,被子上躺着的是一个病人——他们都是邻近村子里的农民。病人两天前便已经有腹痛症状,却因为大雪,也因为是年底了,他们想熬过年后再说,没想到到底没熬得过去。今天疼痛越发剧烈,病人疼昏过去了,才不得已抬到我这里来。

我做了腹部检查,发现所有的症状都和急性阑尾炎相吻合。离这里最近的一家医院在一百八十公里以外,这样深的雪地,徒步走到那里恐怕至少要三天三夜。唯一的办法是就地施行阑尾切除手术。我虽然给附近的村民治疗过各种外伤,但从未在教堂里做过开腹手术。可是情境所逼,我别无选择,我总不能眼睁睁地看着他在我面前死去。万幸的是当时我刚刚通过朋友在黑市里弄到了少量的麻醉药物,于是我叫起了斯塔拉,让她生火烧水,蒸煮手术器械，准备煤油灯和酒精灯，把桌子抬到屋子中间，铺上干净床单，开始手术。

虽然桌子四个角上都挂了煤油灯，但光线依旧不够，还需要使用手电筒。我让抬担架来的汉子打着手电给我照明，谁知那汉子晕血，一刀切下去，他便支撑不住瘫软了下去。我只好让另外那个汉子接替。第二个汉子倒不晕血，可他只坚持了几分钟，就跑到屋外哇哇地呕吐了起来。

我正不知如何是好，斯塔拉突然走过来，说牧师比利我来吧。

这是斯塔拉第二次主动请缨。第一次是帮我抄诗歌本。

我不能想象自己会把一个未经过任何医学训练的小女孩卷进这种血肉模糊的场景之中，但我顾不上了。病人随时都有可能从麻醉中醒来，我只能让斯塔拉接替照明。

"你要不想看，就闭上眼睛。只是把电筒捏稳了，手腕不要转动。"我吩咐她。

可是她一直睁大了眼睛，手电筒的光亮忠诚坚定地跟随着我的手术刀行走。一直到我完成最后的缝合，我也没有听见她发出任何一声惊恐的呻吟。

当我终于结束手术，满头大汗地坐下来的时候，院子里已经传来第一声鸡鸣。

斯塔拉给我拧了一条湿毛巾擦脸。

"能活吗，他？"她问我。

这是这么久以来，她第一次挑起的一个话头。

"十有八九。冬天感染的机会比夏天少，而且，我们有药。"

前几天我同时收到了美国母会和另外几个渠道送来的药，我的药柜子比往常丰盛了许多，我感觉像个富豪。

斯塔拉脸上的肌肉很奇怪地走动起来,过了一会儿我才醒悟,那是微笑。我已经太久没看过她笑了,所以我一下子竟没能辨认出来。

我就是在那一刻里同时看清了她的脆弱和她的勇敢。她可以脆弱到为一本书上的一个名字丢失了生命的兴致,她也可以勇敢到在鲜血和刀痕面前具备十个男人叠加在一起也不具备的镇定。我终于找到了医治斯塔拉的最好方法:她需要的不是安慰,也不是遗忘,她需要的是在拯救他人的过程中拯救自身。

最让我担心的事情没有发生,病人术后只发了半天的低烧,体温就很快得到了控制。在我这里观察了三天之后,便被送回家去休养。正月初五的早上,他们村来了十几个婆姨汉子,敲锣打鼓地给我送来半片猪肉、三只母鸡、一篮子的鸡蛋,并把教堂通往外边那条路上的积雪,挖铲得干干净净。接下来的一个月里,我和斯塔拉的饱嗝里打出来的,都是令人恶心的腌肉味。

元宵节那天,我把斯塔拉叫到我的房间里,我要告诉她一个这阵子一直在缠绕着我的想法。

"旧年的时候我们曾经在上帝面前发过誓,彼此再也不可以撒谎,你还记得吗?"我问她。

这是我第一次提起我们过往的交识。我不想再去包裹真相,我想一刀把真相捅破,脓血横流之后,或许才有愈合的可能。

她点了点头。

"你这几个月遭了大灾祸,吃了太多苦头。这些苦头放在许多男人身上,都不见得能熬得过去。"

我捅下了第一刀。

她的嘴角抽搐了一下,她已经走到了情绪的悬崖边上。可就在离悬崖一寸之遥的地方,她停住了脚步,她绷紧了脸上所有的裂纹。

"你活下来了,可是你想过将来吗?将来怎么办?"

她低下头来,盯着鞋尖。

"是等一个好男人娶了你,给你一个家?万一那个好男人根本就不会来,来的又是一个癞痢头那样的混账东西,你就坐等着,再遭人一轮一轮的欺负?"

我的刀下得很准,包裹得很严实的心终于被彻底戳透,涌上来的是一股夹杂着脓血的恶臭。积攒了多日的情绪终于决堤,她开始号啕大哭。

斯塔拉那天的哭声可以用惊天动地来形容,它足可以遮蔽九个太阳的光亮,让十座高山发出震颤。可是我没有心动。我以往的过错就在于心软,我只知道心病要用心药治,可是我忘了我是外科医生。有些心病需要动大手术,甚至是没有麻醉药的手术。

我由着她哭完了,掏出手绢来窸窸窣窣地擦着鼻子。

"我可以教你一样本事,你凭着这样本事,再也用不着指望任何一个男人。他们再也不能捏住你的命,你倒可以反过来捏住他们的命。"我说。

"世上哪有,这样的本事?"斯塔拉瓮声瓮气地问。

"我可以教你行医。"我说。

她吃惊地抬起头来望着我,仿佛我要教她飞檐走壁,或是上天摘星。

"这一带的西医,最近的也在两百公里之外。你可以给这里的老乡看病,先看头疼脑热和简单外伤,将来可以给婆姨们接生。你学会了这门本事,看有谁还敢欺负你?因为他们对你的需要,会远远超过你对他们的需要。"

"从前我吩咐你做的事情,都是我自己的意思。这一回,我要你自己做个决定。你不用马上回话,你好好想一想再告诉我。"我说。

斯塔拉默默无语地走了,脚步有些犹豫。

走出了门,她突然又折回来,跪在地上,对我咚咚地磕了三个响头。

我有些生气。

"斯塔拉我告诉过你,我的上帝不允许我给任何人下跪,也不允许我接受任何人的跪拜。第一次你是不知道,无知者无罪,这一次你就是明知故犯了。"

斯塔拉抬起头来,为难地看着我:"你要是不受我的拜,我怎么做你的徒弟啊?"

从那以后,我就免除了斯塔拉的大部分家务活,而把精力集中在两样事情上:一是教她学英文,让她能看懂普通的医学书籍;二是教她医学知识。我把当年在医学院和实习医院里学到的知识,筛选浓缩成最简单浅显的语言传授给她。这其实是一种委婉客气的说法,更为赤裸的真相是:我把系统医学大卸三百六十块,剔除其中的高深理论原理,还有它们之间千丝万缕的逻辑关联,只给她讲解最表面最实用的部分。我跳过了人体解剖,神经系统的分布和作用,药物的化学成分,病情内因和外因之间的联系,我只教她如何量体温,如何消毒,如何做简单的清创缝合,如何治疗头疼脑热腹泻,或者救治被蛇咬伤的病人……如果我的教授看见我用这种头痛医头脚痛医脚的方式传授医学知识,他一定会以亵渎医学的罪名建议医生协会将我开除。可是我别无选择,我必须在最快的时间里把斯塔拉培训成一个可以治疗常见病痛的乡村医生。

斯塔拉的领悟力和记忆力都超出了我的想象,而且动手能力很强。她拥有一个医生必须具备的三样基本素质:同情心,直觉,还有临危不乱的镇定。当我遇到病情不十分紧急的病人时,我也会鼓励斯塔拉根据症状得出她自己的直觉推理。她大部分时间会悟到点子上,偶尔也会谬行于千里之外,可是无论如何,她都在以进三步退一步的节奏,踏踏实实地朝前行走着。

我告诉村里的每一个人,斯塔拉不再是教堂里收留的勤杂工,她已经正式拜我为师。我看病或出诊时,都会带上她,她成了我自行车后座的一个固定装置。在自行车不便行走的路段,我们有时也依靠舢板。斯塔拉驾驭舢板的技巧和耐力都远胜过我,有时我已经累得抬不动手的时候,她依旧可以一个人摇橹。

我之所以敢带斯塔拉外出行走,而且行动的半径越来越大,是因为我有了一样让我心安的防身武器——一把有两个弹匣的勃朗宁袖珍手枪。这把手枪很新,枪身上闪烁着蓝色的亮光,据说是一位日本武官的私人藏品。我是从一位海匪头目那里得来的。这位海匪头目的老母亲身患异症,据说有厉鬼终日不停在她耳中嚎叫厮打,使她夜夜不能入寐,几欲发狂,甚至想以一死了事。海匪头目是个孝子,花巨资请了多位道士神婆驱鬼,竟然毫无效果。一日偶然跟我提起此事,我建议他把母亲送来让我看一眼。我做了一个简单的耳镜检查,发现那厉鬼原来不过是两只在耳道里筑巢的蟑螂。我只用几滴甘油就驱出了恶鬼,从此老太太安享太平,我也因而赢得了海匪头目可以为我赴汤蹈火的感激和忠诚。我谢绝了他的一切谢礼,只告诉他我需要一件防身的武器。半个月后,他就送来了这把手枪。唯一的遗憾是:这把手枪只有自身弹匣里装的二十六发子弹。不过对我来说这已经足够了——假如二十五发子弹还不能击退进犯我们的人,剩下的那一发,我会把它留给斯塔拉。我在上帝面前起过誓,今生今世,只要我在,我不会再让斯塔拉陷入她从前遭遇过的凌辱。绝不。

我发觉自己比以前更节省了,开始关心教堂的每一项细小开支。我在悄悄积攒收入。我有了一个更大更远的目标:我想在战争结束以后送斯塔拉去医学院读书,接受正规的医学训练,以弥补我这些本末倒置挂一漏万的启蒙教育。

几个月后的一天,我的教堂里来了一个六七岁的男孩,他在砍柴的时候误伤了自己,手背上血流如注。平日里我已经多次指导过斯塔拉做清创缝合处理,这一天我决定让她自己独立操作,我只做壁上观。斯塔拉很得孩子们的人缘,也许是她的声音,也许是她说话的语气,也许是她脸上的神情,她总有办法劝孩子们喝下最苦的药,熬住清创缝合的痛楚。可是那天她表现得有些反常,她捏着消毒药瓶的手在颤抖,坐在凳子上的身子在不安地扭动着,对孩子没能忍住的哭声置若罔闻。

终于完了事,我问斯塔拉你今天怎么了?她神情有些局促,半晌,才站起来,嗫嚅地说:"牧师比利,我的伤口,可能又感染了。"

我看见她坐过的凳子上,有斑斑血迹。

我立刻给她做了检查。检查完毕,我沉吟了许久,因为我在掂酌该怎么对她开口。她的嘴唇突然颤抖起来,声音里充满了恐惧。

"牧师比利,告诉我实话,我是不是,要死了?"

我这才醒悟过来是我的沉默给她造成了错觉。我微微一笑，说斯塔拉，我可能从来没有给你讲授过妇科的基本原理，我们可以从现在开始。你不是要死了，你只是要长大了，因为你来了月经。

那一刻我感觉身上的每一个毛孔都想唱歌。最阴郁的日子总算过去了，斯塔拉的生活不过是一个写坏了开头的故事，总还可以有无数个机会补救。只要我肯再多付出一点努力，她终将成为一个有用而快乐的人。

现在回想起来，那时的我是一个多么愚蠢而浅薄的乐观主义者，我对命运的强悍和个人的无助竟然都毫无认知。

没过多久，中美特种技术合作所训练营的人，就来到了月湖村。我和斯塔拉的生活轨道，被这群人意想不到地引入了另一个方向。

美国海军历史档案馆收藏品:战地家书三封

第一封信:

寄自:
伊恩·劳伦斯·弗格森
美国海军情报处86号邮件分派站
重庆美国军人邮政服务处(盖章)
邮戳日期:1944年6月29日
美国海军情报处战时邮件审查通过(盖章)

寄往:
美利坚合众国伊利诺伊州
芝加哥道格拉斯大街307号
伊丽莎白·玛利亚·弗格森太太

亲爱的妈妈:

我已经到了一个新的地方,我知道你急切地想知道我的状况，原谅我不能告诉你更多的——相信你会注意到信封上的战时审查邮戳，我只能和你聊聊家常。可是请你放心，我一切平安。你写回信时依旧可以使用原来的军邮地址，他们会转给我的，只是不知道什么时候。战争阻塞了每一条邮路，你上次的来信就在路上辗转了差不多两个月，希望下一封信不至于这么慢。

我在这里遇到的第一个挑战是睡眠。中国人的个子普遍比我们矮小，我每天必须侧着身子蜷着腿才能勉强把自己装进他们的床。但和蚊子跳蚤的骚扰相比，床的尺寸几乎是个可以忽略不计的困难。上封信里我给你详细讲过如何和蚊子斗智斗勇的故事，这封信我们可以谈谈跳蚤。

我从来没在显微镜底下观察过跳蚤，所以我不知道它们到底长有多少条腿。假如有一天我发现它们身上有一百条腿，我都不会感到惊讶，因为它们爬行跳跃的本事超过人类百倍千倍。它们总能从一个村子爬到另外一个村子，一个房间爬到另外一个房间，一张床跳到另外一张床。它们是最精锐的侦察兵，无论你穿着多少层衣服，它们总能准确无误地找到你的皮肉。不过，它们只喜欢活人的血，它们对死人毫无兴趣。我亲眼看见过一个躺在路边垂死的老人，跳蚤从他身上纷纷跌落。如果你非要对付它们，倒不如选在夏天，因为你至少只用和一层衣服搏斗。想象一下跳蚤在毛衣里筑巢的情形，只有在滚水里沸煮才能彻底消灭它们。不过倘若你这样做了，你同时也毁掉了毛衣。

我们的随团医官刘易斯先生说叮过老鼠的跳蚤可能会使我们感染伤寒，所以我们每一周换一次铺床的稻草，每十天换一次床单，至少每两天洗一次澡（幸好现在是夏天），可是你依旧无法阻挡跳蚤在别处滋生，再爬入我们的床铺。昨天晚上睡在我上铺的杰克痒醒了,坐在床上纠结了半天到底该选择蚊子还是跳蚤的磨难,最终他选择了蚊子。他钻出蚊帐,喊醒我们可怜的中国仆人水牛,让他烧火煮了一锅热水,把我们平常坐的一张木头椅子从头到尾浇过几个来回,又在四只椅子腿上抹上跳蚤药,在旁边点上驱蚊的艾草。他就坐在这张经过特殊处理的木椅子上睡觉,没想到他既没有逃脱跳蚤也没有逃脱蚊子,早上醒来手臂上的叮痕可以组成两个红色军团。

水牛经常说美国人皮香,招虫子。还真有些奇怪,水牛睡觉都是光膀子,从不挂蚊帐,至多点一根艾条,可他真没怎么抱怨过叮咬。也许当地人已经习惯了,产生了自身的抵抗力。

真无法想象一个大多数人还饿着肚子的国家,竟然可以喂饱如此庞大络绎不绝的跳蚤队伍。与人类两个大人花十个月孕育一个孩子的漫长生育过程相比,跳蚤的繁殖速度用"无中生有,从零到千"来形容绝不为过。不过还好,我们队里至今还没有一个人感染伤寒——感谢上帝。

跳蚤不是唯一的惊奇,今天我和两只老鼠的奇遇,才真算得上是好莱坞喜剧默片的最佳台本。在吃早饭的路上,我经过厨房旁边的食品储藏室,从窗户望进去,我看见了两只偷鸡蛋的老鼠。它们是我迄今为止见过的体积最大的老鼠,身量接近一只瘦小的兔子。它们分工明确,一只在桌子上,一只在地上。桌子上的那只把尾巴绕成一个圈,勾着鸡蛋往桌子的边缘爬行;地上的那只四脚朝天仰卧着,用它肥硕柔软的肚腹毫厘不差地接住了它的同伙从桌子上滚下来的鸡蛋。然后桌子上的那只缘着桌腿爬下地,帮助地上的那只翻过身来,它们两个用爪子,齐心合力地滚雪球似的把赃物滚进了屋角的一个黑暗洞穴。

我完全可以大喝一声惊跑这两只胆大包天的小逆贼的,但是我没有,因为我实在为他们精湛的技艺折服。我不知道老鼠是怎样相互沟通,设计出这样天衣无缝的战略部署的,它们之间配合的默契程度,让每一个职业军人感到羞愧。

亲爱的妈妈,我是不是讲了太多可怕的事情?但愿我没有给你造成这个国家除了贫穷以外一无所有的印象。其实,这里的乡野,有许多让人叹为观止的美丽景致。因为人口众多,耕地不够,这里的农民珍惜每一寸土地。在美国,许多山坡可能被长期废置,而这里的山坡,却会被一层一层开辟成像平台一样的耕地,错落有致,每一层耕种不同的农作物,有水稻,有柑橘,有油菜,有紫云英,还有一些我叫不出名字的植物。在春天和夏天它们各自开花的时节里,黄的紫的粉的绿的……看上去几乎有些不真实,因为我只在油画中见过如此浓烈纯净的颜色。

这里的低洼之处大多是水田,田里经常可以看见水牛——那是一种和美国西部片中的水牛截然不同的农耕牲畜。耕种季节里,农民通常舍不得骑它,是为了保存它的体力。而在农闲的时候,你经常可以看见水牛懒洋洋地卧在水田里,或者跪在路边,孩子们有时会骑在它的背上行走。它们看起来老实温顺,任人驱使,可是你绝不能低估它们的脾气。我就犯过一次至今想起来还心有余悸的错误。有一天我路过一片水田,看见一头水牛卧在那里闭着眼睛恬息。它比一般的水牛略大一些,脊背浮在水面,几乎像一片长着皱褶的灰色岩石。我突然来了一股恶作剧的兴致,想用一块石子打断它的午觉。我大概击中了它的痛处,它嗷的嚎叫了一声,从田里拔腿而起,朝我凶猛地冲了过来。我猝不及防,转身就逃。我也不知道到底跑了多远,仿佛有一个世纪那么久。

我已经跑得精疲力尽,它却依旧穷追不舍。就在我觉得我快要像某位鲁莽的西班牙斗牛士那样被牛角戳死的时候,身后突然响起了一声尖利的呼哨,水牛停住了步子。

我回头一看,是一个十一二岁的中国男孩。他指了指我的脚,突然放声大笑。我低头一看,才发觉我的一只鞋子已经被湿泥吃掉了,我是光着一只脚在逃跑的。我也忍不住跟着他笑了起来。这是我这一辈子最畅快的一场大笑,我们俩对望着笑了很久,直笑到肚子生疼,蹲在地上起不了身。

后来男孩帮我找回了鞋子,我给了男孩一个子弹壳作为回报。我发现他长得很丑,面皮黝黑,两只眼睛一大一小,鼻孔朝天,两颗凸出的门牙使得他的嘴巴几乎无法合拢,但是我难以抑制地喜欢上了他的笑容。我问他愿不愿意给美国人干活,一个月两个光洋,管吃管住——这在当地是一份极好的收入。他答应了,从此就成了我们忠诚勤劳的小仆人。他的中国名字发音很古怪,我们没人能把那几个字说得清楚,于是我就给他起了个名字叫水牛,基于我们相识的缘由。

亲爱的妈妈,我一直没敢直接给爸爸写信。两个儿子同时决定参军,他的心情可想而知。但假若他在我们这个年纪的时候,我相信他也会做出和我们一样的决定。等到哪天他心情好的时候,请你试着把我的信念给他听,告诉他我很想念他。

还有,请你帮我一个忙。在麦迪逊大道和春田街交界的东南角上,紧挨着蓝湖咖啡馆,有一座名叫玛利亚公寓的四层小楼。在那座楼的三层八号房间里,住着一位艾米莉·威尔逊小姐——她和她的姨妈合租一个单位。我是在社区学院的机械师班读书时认识她的,那时她是护士班的学生。我非常喜欢她,看得出来她也很喜欢我,我们的关系已经进入认真严肃的阶段。假若没有战争,我应该已经把她带来见你和爸爸,或许已经向她求过婚了,现在我只能把这件事推到战后。我到中国之后给她写过很多信,也收到过她的几封回信,只是最近三个月突然失去了她的消息。请你找个时间去那里探访一下,看是不是出了什么事。按门铃时只要说你是我的母亲,她姨妈一定会给你开门的。

急切想听到家里的消息。雅各哥哥给家里写信了吗?你们知道他的部队现在驻扎在欧洲的哪个地方?爸爸的关节疼痛是否缓解一些了?你是否每个周三依旧和露易丝姨妈喝下午咖啡?请告诉丽雅妹妹,她和她的朋友们为出征士兵们制作的问候卡非常可爱。

暂时写到这里,祝你健康快乐。

爱你的儿子伊恩
1944.6.25写自中国某地

又:下一次寄包裹的时候,麻烦你记得放几包跳蚤粉和口香糖。我经常摔裂东西,用口香糖粘裂缝既方便又管用。

第二封信:

寄自:
伊恩·劳伦斯·弗格森
美国海军情报处86号邮件分派站
重庆美国军人邮政服务处(盖章)

邮戳日期：1944年7月31日
美国海军情报处战时邮件审查通过（盖章）

寄往：
美利坚合众国伊利诺伊州
芝加哥道格拉斯大街307号
伊丽莎白·玛利亚·弗格森太太

亲爱的爸爸妈妈：

今天对我来说是个盛大的节日，因为军邮一气给我带来了十二封信和两个包裹——那是沉甸甸的一捆。我的战友们都羡慕得快要把我杀了。十二封信里有三封是你们的（5月29日，6月18日和7月3日），两封是丽雅妹妹的，三封是雅各哥哥的，一封是露易丝姨妈的，一封是黛西表妹的，剩下的两封是汽车修理铺的同事安迪和高中同学雷恩的——就是那个你们觉得他讲起话来有点"娘娘腔"的小伙子。

最让我高兴的是我第一次收到了爸爸和雅各哥哥写来的信。雅各哥哥其实从比利时荷兰都给我写过信，由于邮路阻隔一直到今天我才收到。爸爸你终于肯给我写信了。我现在明白了你生我的气不是因为我执意要去参军，而是因为我事先没与你们沟通。其实我是怕一旦告诉了你们，尤其是妈妈，我的决心会产生动摇。相信哥哥也是如此。请你们理解和原谅我的行为。

今天一整天我都处在半癫狂的状态之中，我把这十二封信翻来覆去地看了不知多少遍，信上的句子几乎都可以背下来了。你们无法想象家书对一个远征在外的人具有何等的重要性。一些地处比我们边远的美国士兵,已经九个月没有收到任何书信了。九个月,你们能想象吗?九个月完全与世隔绝,不通讯息。听说罗斯福总统亲自下了命令,要竭尽全力改善军邮的邮递状况,希望在不久的将来,我可以以一周一封信而不是某一天十二封信的节奏,正常均衡地收到家书。

妈妈寄来的两个包裹里,每一样东西都极为珍贵。当然,排在第一的当属咖啡粉。在这里咖啡供应极其紧张,经常断顿。我现在每天只用半勺,而且冲了一回又一回。连最节省的水牛都看不下去了,说我最后一杯咖啡已经淡得像他妈妈的洗脚水(他妈妈是个裹小脚的妇人)。

牛肉罐头也是一件稀罕的东西。我们的伙食供应只能取之于当地的物产,我们不缺鸡肉和猪肉,但很少能吃到牛肉。蔬菜通常是豆角、丝瓜和油菜。在我刚来中国时,我很不适应当地厨子用热油煎炒出的食物,常常拉肚子。现在我的肠胃已经锻炼得和牛马一样强壮,几乎可以消化生铁。可是我还是忍不住会想念妈妈做的牛排和火鸡。这个牛肉罐头我可舍不得一两顿吃完,我给自己的定量是用"口"来计算的,希望它能持续到下一个包裹到来的日子,当然,是在不发霉的前提之下。

爸爸问我在这里的娱乐生活,我们在尽可能地自娱自乐。我们修了一个运动场,很简陋的那种,可以打篮球、排球,也可以跑步。空闲的时候我们去野外打山鸡和斑鸠,如果天气暖和,我们也下河游泳,尽管我们的军医不提倡我们下水,怕染上寄生虫。我们晚上没有电灯,所以都很早上床。吃完晚饭到上床之前的那段时间里,我们坐在一起听听收音机。美国的节目很难收到,大部分内容是当地的音乐和戏曲节目。当地的戏曲调子很古怪,高音和低音之间起伏得厉害,戏文也基本听不懂,可是我们的仆人水牛却听得津津有味,时不时地还摇头摆尾地应和几句。我们就捉弄他,有时候把收音机藏起来,有时头上顶个毛巾,学着想象中的戏文人物,围着他群魔乱舞一番。他说我们是一群美国疯子。

不过这两天倒有一桩在这里就算作顶顶轰动的新闻了:九月初完成夏收夏种之后,县城里有一个戏班要来这里演戏。这里的老百姓已经好多年没见过戏班了,我们的中国同事们干起活来已经明显心不在焉,他们聚在一起时就在讨论这件事。据说这个戏班有个主角很漂亮——其实没有人真正见过她,但是所有人谈起她来都仿佛已经和她生活了一辈子。他们谈论她的嗓子,谈论她的眉眼,也谈论她身体的其他部位……大家早早就在商讨戏台应该搭在哪里,该用什么样的灯光照明,还有,该在哪里给戏班安排住宿,该给他们准备什么样的伙食。总之,从现在起到那天,你和中国人在一起的时候,基本别期待听到别的话题。

这就是我们可怜的娱乐生活。所以妈妈包裹里寄来的那本《时代周刊》,才显得如此金贵。尽管是过期了,可对我们来说每件事都是新闻。我还没来得及从头到尾翻一遍,就已经被大家抢走了。等再传回到我手里的时候,封面已经没有了,内里也缺了一张彩色插页。后来我才发现杰克的床头,贴的正是那张撕下来的费雯丽的照片。

唯一的遗憾是妈妈寄来的巧克力大概是因为天气炎热的关系,已经长了绿毛。我百般不舍地把它们扔给了幽灵。幽灵是一只军犬,它跟随我从上一个驻扎地点一路到了这里。幽灵从没吃过巧克力,尝了一口之后就使劲摇头,可见它也觉得发霉的味道不对它的胃口。

最近我又做了一件愚蠢可笑的事。上个星期我借口取邮件,在小镇逛了一圈(很不应该的)。我路过一家家具店,忍不住多看了几眼。中国的家具分为方木和圆木两种,我看的这家是圆木店。店里陈设着一些很有意思的大大小小的木器,有些木桶上画了一些山水花卉的图案,有一只大概是洗衣服用的木盆上安了一个看上去像鹅头的把手,真的很别致。还有一个带盖的木桶,通身漆了一层闪闪发亮的油,桶边和盖边上都雕了一圈非常精致的花纹。我第一眼就迷上了,问了一下价格,折合成美金,才不过一美元多一点。我忍不住把它买了回来,打算放置我的书信还有衣物。由于它没有把手,我一路提回来有些困难,就把它顶在了头上。我一路走,发现行人不停地朝我笑,我百思不得其解。直到回到驻地,水牛才告诉我,我买的是当地人大小便用的马桶,通常是母亲给女儿预备的嫁妆。于是那一整个星期,我都成了队里的头号笑柄。

不知道妈妈是否已经抽时间去看望过艾米莉·威尔逊小姐?我至今还是没有接到她的来信,心里十分惦记。你那里一有消息,请以最快的速度告诉我,比如发个简短的电报。

天晚了,光线不好,我也该停笔了。明天我会给露易丝姨妈和她的女儿黛西写信的。黛西表妹说她现在每个周末都去街头献唱,为出征的士兵们募捐。我真为她感到骄傲。记得从前她总抱怨天生一副好嗓子却派不上用场,而现在她终于可以把歌喉使在最管用的地方了。战争使每一个人都改变了许多,唯一没变的是我对你们的思念和爱。

你们永远的儿子伊恩
1944.7.26写自中国某地

第三封信：

寄自：
伊恩·劳伦斯·弗格森
美国海军情报处86号邮件分派站
重庆美国军人邮政服务处（盖章）
邮戳日期：1945年4月21日
美国海军情报处战时邮件审查通过（盖章）

寄往：
美利坚合众国伊利诺伊州
芝加哥缅因街8号609室
丽雅·弗雷泽曼女士

我亲爱的美丽的淘气的丽雅妹妹：

　　我简直无法相信你已不再是丽雅·弗格森小姐，而是丽雅·弗雷泽曼太太了。你这样飞快地把自己嫁出去了，甚至不能等一等两个哥哥从战场上归来，我几乎要生你气了，可是一见到你寄来的结婚照片，我就心软了。你穿着婚纱的照片实在是太迷人了，我怎么能忍心跟这么一个美丽幸福的女人置气？你身边那个叫艾伦·弗雷泽曼的小伙子长得也还算凑合，尽管他跟你哥哥相比，还略差几个等级。有没有人告诉过艾伦：他是天底下最幸运的男人？你让他别忘了你有两个正在服役的哥哥，这两人都经过专业的格斗训练。假若他敢不好好待你，那他就得先数一数身上有几根骨头。

其实我理解你的决定,亲爱的丽雅。艾伦的哥哥在奥马哈战事中阵亡,一定让你们突然认识到了生命的脆弱和无常,你们不再相信明天那个靠不住的狗东西,只想把幸福即刻抓在手里。

艾米莉·威尔逊(她现在已改姓罗宾逊)在决定结婚的时候,也是这样想的。她结婚的消息,是她自己告诉我的,我知道全家人都在拼命瞒着我。沉默了几个月之后,去年秋天她终于给我写了一封信,告诉我她已经嫁人。她说她最亲近的一位女友的未婚夫,在远东战场上坠机身亡了。她说她亲眼看见了女友是如何用酒精和安眠药打发每天的日子的,她不想重蹈女友的命运,所以她决定了嫁给第一个向她求婚的男人。她的信很委婉克制,她至少没有明说她怕我会死在中国。她一再恳请我的原谅,其实,她有什么需要我原谅的呢?我们只是互有好感,尽管是非常认真的好感,但我们之间并没有婚约。况且,即使有婚约又如何呢?战争给一切承诺都松了绑。我回信祝她幸福,那天夜里睡觉时,杰克说他听见了我在哭。

我的心情一直很低沉,所以我做了一些蠢事——我是指感情上的蠢事。我尚不知道我的愚蠢会把我带进天堂还是地狱。

这一阵子最让人震惊的事莫过于罗斯福总统的辞世了。昨天我们和中国战友们一起举行了一个简单的追思仪式,主礼的是牧师比利,一位在中国传道多年的美国牧师。当地的老百姓听说后,也自动前来参加,教堂门里门外和过道上都站满了人。当牧师比利念祈祷文的时候,当地的百姓燃起了祭拜亡灵的香火,场面十分悲壮感人。我代表我的战友们念了一首惠特曼悼念林肯总统的诗《啊,船长!我的船长!》:

啊,船长!我的船长!

可怕的航程已抵达终点

我们的船安然渡过了每一场风暴

我们寻求的奖赏已经赢得

港口近了,听啊那钟声,人群都在欢呼

目迎着我们的船从容返航,它显得威严而勇敢。

可是啊,痛心!痛心!痛心!

鲜红的血滴落

在那甲板上,我的船长躺着

他已倒下,冰冷,而且死亡

读到一半的时候,很多人都哭了。

战争正处在一个关键点上,美国这只战舰却突然失去了船长,那位我们还没有来得及认识的杜鲁门先生,会带给我们什么样的惊讶和希望呢?

好了,我说了太多令人伤感的事情,你还是个新娘子,却叫我搅坏了心情。还是让我来说一说我给你和妈妈找到的新奇礼物吧。

前几天我和我们的仆人水牛走过村里的一条街,突然听见一家院子里传出一阵很有节奏的嘀嗒声响。我好奇地往院门里张望,原来是一个年轻的女人在织布。所谓的织布机,其实就是几根用钉子钉在一起的木板。我从来没见过这种原始的织布方式,女人的脚踩着踏板,两只手在来回传递着线梭子,一只手扔过去,另一只手接回来。这是一件需要眼睛、手和脚高度配合的事情,女人把它做得出神入化。女人手里织出来的布是绿色的,当然,在这里"绿"只是一种简化了的说法。它的绿其实有很多个层次,最浅的那个层次接近白,最深的那个层次几乎是墨色了。这样无数个层次的绿组合在一起,出来的效果有一种很奇幻的云雾一样的感觉,我看得有些痴呆。

女人织得很专注,踏板和梭子的声响使她没有注意到门外有人在看她。等到她抬头发现我们的时候,我们已经自说自话地走进了她的院子。她的脸唰的一下涨得通红——在中国乡村,女人,特别是年轻的女人,大多很羞涩,不习惯和陌生男人说话,尤其当这个男人还是个洋人的时候。水牛告诉我这个女人是个新嫁娘,因为她的发髻上缠着一段红头绳。我让水牛问她:这个花样是她自己想出来的吗?她点点头,指了指院子里晾晒的两大排彩线,说她还有别的花样。我很吃惊,一个多半不识字的村姑竟有这样好的艺术直觉,在美国,她说不定可以成为一个艺术家,要是有人发现她的话。

我走过去,摸了摸那些晾在竹竿上的线,它们很粗很硬,乍一看上去几乎像上了色的细面条。水牛说这些线都是放在番薯粉里浆过的,这样织起布来不会断纱,而且不易起毛头。

我让水牛去问那个女人肯不肯把布卖给我?女人有些犹豫,水牛就不耐烦起来,摆出阔佬的架势,说你织了布不就是要卖的吗?到集市也是卖,美国先生要买,你还不愿意?女人红着脸说了每尺布的价格,水牛朝我丢眼风,我明白他说贵了。可是我没有还价——女人给的这个价格换算成美金几乎让我感觉愧疚。在这样精美的乡村工艺面前,在这样可爱的一位新娘面前,我开不了口还价。

我交了一丈布的钱,吩咐水牛第二天来取。女人送我们出门,低低地朝我鞠了一躬。我已经想好了,我要按我们厨子的老婆的身量,再放长放宽一寸(因为她比你和妈妈都略矮略瘦一些),给你和妈妈各做一件中国式布衫,是那种很结实很扛风的春秋都可以穿的布衫,斜襟的,带着盘花纽扣。你们穿这样的衣服走在街上,应该是芝加哥城里最具异国风情的女人了。

从那个女人家里出来,水牛一路都在嘀咕:"不就是几尺土布吗?不值。"在水牛心里,我是个时而愚蠢时而疯狂,更多时候是两者兼备的美国人。自从我把水牛带到我们队里,到现在已经好几个月了,我的中文并没有长进多少,而他的英文也没比我的中文强多少,可是很奇怪,我们两人总能听得懂彼此的话。我发觉我们在沟通时,既不讲英文,也不讲中文,而是在讲一种介于英文和中文之间的,只有我们两人能懂的话。将来等我回到美国,我一定要问一问爸爸的朋友约翰叔叔,这到底是一种什么语言现象?他是语言学教授,他应该知道。

天已经大黑,不久就该响起熄灯号,我也该收笔了。请耐心等待我归来,带给你迟到的新婚祝福。到时我一定和我亲爱的妹妹,还有那个长得还算顺眼的妹夫,一起好好喝上一杯,用中国人的话来说,就是"干杯"。顺便告诉你,"干杯"是我到中国之后学会的第一个中文词。当时我对这个词的理解,还停留在它的字面意义上,那就是一口饮尽。所以那时每当我的中国朋友请我"干杯"的时候,我果真都喝得一滴不剩。当地制的米酒颜色味道都很诱人,入口的时候舌头喉咙和肠胃都感觉无害,其实它是延时炸弹,要在你胃里待上半个小时才爆炸,一路炸上你的头。等你明白过来,已为时晚矣。你可怜的哥哥被那些蜜汁般的液体撂倒过几回之后,才开始明智起来。现在我已经把"干杯"一词的定义,悄悄修整为"浅尝即止"。

请向弗雷泽曼一家子转达我的问候。还有,一定记得给我写信哦,要知道现在家书对我来说就是生命线,我靠它们活着。

永远爱你的哥哥伊恩
1945.4.18写于中国某地

伊恩·弗格森:梅乐斯的狗

其实,我这么着急地赶来月湖,不仅是为了赴你们的约,也是为了来看一眼幽灵的。我们三人离开月湖时,并没有在这里留下任何物质意义上的踪迹。假如一个世纪以后所有的档案记录都丢失了,没有人可以证明我们曾在这里生活过。而幽灵却不同。幽灵把自己身体的一部分,永久地存留在了这块土地上,它的DNA可以为它自己作证。

我记得很清楚,幽灵是和鼻涕虫一起下葬的,就在牧师比利的教堂后边的一块坡地上。我们立了一大一小两块石碑,大的是给鼻涕虫的。鼻涕虫是你们中国学员给他起的外号,因为他患有严重的鼻炎,上课时即使坐在最后排,满屋都能听得见他咝溜咝溜吸鼻涕的声响。而他布章上的代号是520——那是他在训练营里使用的名字,就像635号是刘兆虎的名字一样。只有在他的墓碑上,我们才庄重地刻下了他的真名:"爱国壮士杨连忠之墓,1926.9.9—1944.9.5"。他死的时候,还不到十八周岁,他是虚报了年龄才混进训练营的。他身旁的那块小墓碑,是属于幽灵的,上面刻了如下几个字:"忠犬幽灵之墓,1944.9.5"。我不知道幽灵是哪一天出生的,只能猜测它死的时候,大约是四岁。幽灵的坟墓里，其实只有一个藏着它一撮毛发的饼干盒子。待一会儿我们去找一找那两块石碑——我不敢确定它们还在原地。

我到月湖的最初日子是非常孤寂的，尤其是第一个冬天。战后回到美国，我和多位朋友谈起过月湖冬季的寒冷，他们都会指着地图上我给他们标出的那个位置，说那是亚热带啊，怎么被你描述得像西伯利亚？没有亲身经历过江南冬天的人，是永远无法仅仅靠知识来体验湿度和温度之间的复杂互动关系的。月湖浓重的湿气使冬天成了一件紧贴在皮肤上无法解脱的冰衣，火炉是个头痛医头脚痛医脚的蠢玩意儿，你既不能背着它走，也不能把它穿在身上，它只能在你静止时略微暖一下你身体的一个小局部。由于燃油的短缺，我们带来的发电机只能保证营地和重庆之间的通信联系，却无法提供日常的灯光照明。除了节庆日，我们夜晚的照明基本是靠煤油灯，所以我们和当地老百姓一样，不到九点就上床。每天入睡以前，水牛都会烧好一只煤炉，而且总是有意无意地把它搁置在离我床铺近一些的位置。可是炉子不到半夜就灭了，接下来一直到黎明的漫长时间里，我常常会被冻醒。我的夜晚不是在熄灯号响起的时候开始的，因为白天的劳累让人一贴到床铺就入睡了。我的夜晚始于炉子熄灭之后——那才是一切诅咒的真正开始。

我知道在刘兆虎面前抱怨寒冷，几乎接近于无耻。那时候战争已经在你的国家拖延了好些年，万物稀缺，不仅没有足够的燃油，连煤炭也一样断货。中国学员的宿舍里没有仆人，也不生煤炉。白天上课的时候，偌大的教室里只有一只火炉，是专供美国教官使用的，只有前排几张桌子的学生可以稍稍沾一点光。可是我从没听到任何一个中国学员发出过抱怨，即使是那个坐在最后排,永远擤着鼻涕的520号。请你原谅,刘兆虎,我们是一群过惯了相对舒适生活的美国人,我们还在慢慢学习如何吃苦。

睡不着的时候,一个人的脑子里会飞过无数件你觉得你早已忘却的,几乎和现在的你毫无关联的事情。比如说,我会突然想起小时候养的一只名叫乞丐的小猫,有一天放学回家它突然不见了,害得我和哥哥哭了一个晚上。第二天早上出门的时候,才发现它其实一直躺在爸爸的皮鞋里呼呼大睡。还有一次我想起了七岁那年逃学,在一条街上闲逛,隔着一扇玻璃窗我突然看见爸爸和一个陌生女人在喝咖啡。女人从窗子里瞟了我一眼,我吓得拔腿就跑。晚上回家见到爸爸,我非常害怕,尽管我在心里咒骂自己:应该害怕的是他而不是我。从那以后的一整个学期里,我每天都在想爸爸要是和妈妈离婚了,我到底该选择跟谁在一起生活。可是好几个月过去了,他们似乎没有分开的迹象,我才最终放下了心。还有一次我突然想起了我在芝加哥的房间里贴着的一首罗伯特·弗罗斯特的诗《一条没有走过的小径》,那是我手抄的,纸的左下角有一个烟头烫出来的洞。那阵子我很想成为诗人。我以为诗人大多是留长发,贫困潦倒而且烟抽得很凶的人,所以我留起了长发,也学会了抽烟,只是我最终还是因害怕贫困潦倒而没有成为诗人。

这些奇奇怪怪的回忆,平日里如鬼魅深锁在脑子的某个黑暗洞穴里,只有睡眠丢失的时候,洞穴的门才唰的一声大开,所有的魔鬼从潘多拉的盒子里钻出来,前拥后挤排着大队等候着意识把它们一一认领。我躺在床上,听着我的战友们发出各种各样的鼾声,有时候忍不住害怕会被这样的寒夜慢慢凌迟至死,在日本人取了我的首级之前。

在这种时刻,真正安慰我的不是牧师比利,也不是刘兆虎。你们只是我白天世界里的景物,到了夜晚你们就消失在你们自己的世界里,经受属于你们自己的孤寂的折磨,你们顾不上我。我夜晚的唯一安慰者是幽灵。我实在无法承受寒冷和孤寂的时候,就把手伸出床外——我知道幽灵就睡在我的床前。幽灵永远会用最温存的方式欢迎我。它用湿漉漉的舌头,一遍又一遍地舔着我的手背,直到把我舔痛;它用肥厚的肉爪子,轻轻地抚摸着我的手臂,仿佛在说:"行了,行了,我知道的,我懂。"

幽灵的父亲是一只柯利犬,而它的母亲是一只英国灰狗。幽灵取了父亲的头脑和母亲的腿脚,它是一只集智慧和速度于一身的公狗。它的皮毛是浅灰色的,行走在乡野的路上不容易被察觉。当我在重庆的军犬室里第一次与它相遇时,它就已经被一位极富经验的驯犬师训练成一只出类拔萃的侦察犬了。它可以在行军时成为队伍的先导,能搜捕到人耳所无法觉察的异常动静,看见人眼所不能发觉的陷阱和地雷导线,或者埋伏于树枝之下的武器装置。一旦发现异常,它不会发出任何声响,而只是用竖起耳朵或项背上的毛的方式,来提醒主人可能到来的危险。

幽灵跟着我从重庆一路辗转来到月湖。由于我们的任务性质都很隐秘,带着幽灵这样的大型洋狗出行过于惹眼,所以它的本事还没有机会张显。它身上的种种经过特殊训练获得的特殊技能,正在渐渐退化的过程中,它已经沦落为一群美国大男孩的宠物。每当我想到驯犬师在它身上耗费的时间和精力,我总感觉有些隐隐遗憾。它本该是翱翔长天的雄鹰,我们却叫它堕落成一只在树枝间窜来窜去的麻雀。可是与它带给我们的欢乐相比,那点遗憾也就微不足道了。

不过即使是宠物,幽灵也是一只不同寻常的宠物。我已经教会了它几个叫人乐不可支的小招数,比方说,每当有人喊"嘿,希特勒"时,它就会扬起右蹄子,行一个小丑似的礼。谁要是一喊"山本五十六",就是那个一手制造了珍珠港事件的元凶,它就会狠狠踏一下左蹄,表示它的蔑视和愤怒。我上完课回到宿舍时,它总会迫不及待地扑上来。我只要说一声你太脏了,它就会停下来,露出愧疚的神情,认认真真地舔过它的爪子,然后递给我验收。我们一群人打篮球,到中场休息时,我只要问谁打得最棒?它会立即跑过来,叼起我的衣角,发出呜呜咽咽的欢喜声。重庆的驯犬师临行前一再吩咐我,不可以用调教宠物的方式调教军犬,否则它在执行任务时会产生疑惑,可是我忍不住,我实在无法仅仅把幽灵当成是一只军犬。

就是在月湖,幽灵遭遇了它一生中第一次也是唯一一次爱情。

那时我们刚刚在月湖驻扎下来,每周要去几十公里外的军需处取一次邮件,并顺便投递我们写给家人亲友的信。我之所以使用了一个含糊的公里数,是因为对行走山路的人来说,地图上的直线距离毫无意义。当地人只用行路所耗费的时间来定义距离的远近,在交通落后的地区,这不失为一种简单易懂的度量方式。我们去军需处单程就需要步行大半天,可是大家都觉得是一桩美差,因为这是在军规允许的情况下合法离开营地的唯一机会。况且,路途将经过一个小集镇。营地长官再三强调我们不可以在镇上停留,可是后来的事实表明:每个取信归来的人口袋里都会多出几样只有集镇上才可能看见的新鲜玩意儿——那是大家心照不宣的秘密。全队的人都争抢着要当信使,为了公平起见,长官决定按姓氏的首字母轮值。我很幸运地成为了第一名信使,因为本该轮到的那位战友的脚上长了一个痈疽,不能走路。我把母亲寄给我的牛肉罐头分给他一小半,他终于同意和我轮换,尽管想要这个空缺的人可以排成长长的一支队伍。

牧师比利建议我走一段水路,省些脚力。他有一条舢板,他主动提出给我摇船。他现在已经成为我们营地的编外顾问,事无巨细我们都找他商量。

那天我按照牧师比利的吩咐换上了当地男人的全套行头:上身是直襟布衫,下身是一条腰上掖着烟斗、裤脚用绳子收紧的肥裆布裤,足蹬草鞋,头戴斗笠,地上放着一副随时可以挑在肩上的箩筐,筐里装的是牧师比利特意交代过的豆角。豆角当然是伪装用的,为的是掩盖埋藏在底下的短枪和手雷——希望我永远也不需要用到它们。

我坐在院子里等候牧师比利,幽灵看见我这身穿着似乎有些认不出来了,围着我警惕地转了几圈,却不肯近前。直到我伸出手来让它舔,它闻到了我熟悉的味道,才渐渐安下了心。它只在我身边坐了一小会儿,突然烦躁起来,绕着院子不安地走来走去,然后窜到门口,站在石板铺成的台阶上,高抬着颈脖眺视远方。它的眼睛凸暴着,露出了粉红色的眼皮,两耳前后摇动起来。幽灵那时的模样,有几分像发现了敌情。我的神经唰的一下扯紧了,开始怀疑在制高点观测水文情报的同事是否漏过了什么信息。我下意识地从箩筐里抽出手枪,朝门外冲去。这时,我才发现了幽灵为何如此激动的原因——不远处的泥路上,出现了一团白色的毛茸茸的东西。那东西似乎没有脚,行走的姿势更像是贴在地上滚动。那团东西朝我们越滚越近,我终于看清楚了,是一只白色的梗犬。

幽灵一根箭似的冲了出去,冲到白梗跟前时,却腼腆地停住了。白梗的身体非常娇小,它站在四十公斤重的幽灵身旁时,脑袋几乎还不到幽灵一条腿的高度。幽灵是一只非常骄傲的狗,它知道自己绝非鸡鼠之辈,每当我带着它出去散步时,若遇到村里的土狗,它连眼角的余光都不会丢给它们。它直直地从它们身边走过,仿佛它们只是一丝透明的没有任何体积和重量的风,而它们却都自动让开了道,至多躲在远方愤愤不平地低吠上几声。可是这只白梗丝毫也不怕幽灵,它睁着那两只闪动着水光的大眼睛,定定地看着幽灵,幽灵在它的眼光里蜡似的融化了,一寸一寸地矮了下去。

幽灵俯下身来,用鼻尖试试探探地闻白梗,见白梗没有反对,才开始一下一下地舔它的身子。幽灵舔白梗的时候,只敢伸出半只舌头,轻轻地,似乎怕舔化了一张上好的米纸。白梗似乎从一开始就知道它已经把这只比自己大出三五倍的巨狗绕在指尖上了,它一动不动地坐着,像一位高贵的女皇,闭着眼睛扬着头,示意幽灵来舔它自己舔不到的脖颈。幽灵像得到了一样天大的赏赐,喉咙里发出一阵阵呼噜呼噜的欢快声响。那一刻幽灵把自己的骄傲踩在了泥里,成为了一个低三下四的奴仆。

我正看得出神,牧师比利来了。我指了指那只白梗,说幽灵的心已经被偷走了,不到一秒钟。

牧师比利听了哈哈大笑起来,说你是说被我的蜜莉?

我吃了一惊,说原来这是你的狗?难怪不像是村里的土狗。

牧师比利说这狗其实是斯塔拉的。有个瑞典传教士回国之前把它留给我了,我又送给了斯塔拉,现在她才是蜜莉的主人。

我这才注意到牧师身后站着一个年轻的中国女孩。女孩子穿了一件月白色的布衫,梳两根短短的辫子,裤腿卷起来,露出两只瘦瘦的却很结实的小腿肚子。

我听说牧师比利收留了一个中国女孩,给他做看病时的助手,也帮他做点教堂里的杂事。看来就是这个人了。

"我让斯塔拉帮着我们摇橹。"牧师比利对我说。

女孩朝我点了点头,说先生你好。

女孩说的是英文,想必是牧师比利教的。

这个女孩和我所见过的其他乡村女子相比,身上并无任何扎眼之处,可我隐隐觉得她有些与众不同。后来我才明白过来,她的不同之处不在于穿衣打扮,而在于眼神。她跟我打招呼的时候,眼睛是直视我的。仅仅凭这一点,就足够把她从其他乡村女子中分离开来。这大概是牧师比利在她身上留下的潜移默化的美国痕迹之一,她已经和她出生长大的背景有了第一丝的不吻合。

我拍拍幽灵的头,跟它道别,幽灵漫不经心地对我晃了晃尾巴。我知道这一刻幽灵的世界里除了那条叫蜜莉的小白梗,再也装不下任何别的内容,幽灵已经把自己丢了。

从这天开始,幽灵和蜜莉就在家待不住了,不是幽灵出门去找蜜莉,就是蜜莉出门来找幽灵,或者它们在相互寻找的某段路程上相遇,藏匿在某个岩洞或某棵大树之下,度过销魂的半天。那阵子幽灵的表现完全像一只智商低下、出身卑微、被爱情冲昏了头脑的乡野土狗,我曾数次揪过它来训话,厉声斥责它的堕落,提醒它的出身和使命。它顺从地坐在我面前,抬头看着我,从不替自己辩解,两眼流露出可怜巴巴的羞愧神色,仿佛在说:"你说得极是,可是我实在是,管不了自己。"

我没有想到这件事还会引发另一个后果：我和牧师比利收留的那个女孩子，由于寻找各自走失的狗，从那以后倒意外地有了很多接触。两个人从陌生到熟稔的途径，竟然是因为两只动物毫无心机的引领。

后来我回忆起幽灵作为军犬的短暂一生，唯一感到欣慰的是：它在离开这个世界之前遇见了真正的爱情。

那天我挑起装着豆角的箩筐，跟着牧师比利朝河边走去。路上遇到了一队跑步行进的中国学员，他们正喊着口令绕山道而下，去操场开始每天不变的晨练。他们的常规训练方式沿袭了陆军学校的德国传统，整齐的方阵，严格的立正稍息刺杀动作。晨练在早餐和第一堂课之前，学员都还饿着肚子。他们的身形都很瘦小，几乎没有一个人能把那身制服撑满。可是他们已经是前来报名的年轻人中最为健壮的了。我们的军医淘汰了所有体重过低，或者患有砂眼疥疮之类传染病的人。可是，那是一个什么样的体重指标啊？我们把原本就很可怜的标准线又下调了两次。当美国教官在为单调的伙食抱怨连天的时候，我们几乎忘了这些可怜的中国小伙子一天却只能享用两餐饭食。

尽管梅乐斯颁布过严格的命令——美国教官的任务只限于传授特种作战技术，而决不能干预中方的任何管理制度——我们的长官还是忍不住对中方长官婉转地提起了中国学员的伙食问题。

"前方的将士还饿着肚子呢。"

这是中方长官的回应。他说的是实情。

我从跑步的队列中发现了你，635号刘兆虎。我就把你叫了出来，让你转告队长今天的军械课暂由史密逊教官代理。你是这批学员中唯一一个懂几句英文的人,每当翻译不在场的时候,我就让你传达一些简单的事务性指令。

当你看见站在我们身后的那个中国女孩时,你的脸上唰的一下浮现出一丝惊愕的神情。不,不是一丝,是一团,甚至是一片。那惊愕实在太明显了,站在三米以外的人都能感受到它的强度。你的嘴唇开始哆嗦起来,显然你想说话,但还没想好到底该说什么。

女孩没有等你找到那句合宜的话,就直直地从你面前走了过去。女孩走得很快,几乎接近于小跑。女孩布鞋底下的沙土四下飞溅开来,发出噼啪噼啪的声响。

"你认识她?"我问你。

你依旧还没有从震惊中回过神来,先是摇了摇头,后又点了点头。

我们撇下你,朝月湖走去。当时我心里根本就没把你的表情当作一件紧要的事。

路上我指了指走在我们前面的斯塔拉,轻声问牧师比利:"安全吗,带上她?"

"没事,她熟悉这一带的水道。"牧师比利说。

"况且,我有这个。"牧师比利撩起长衫的下摆,露出掖在裤腰里的一支勃朗宁手枪。

我很难把比利的形象跟牧师联系在一起,我始终觉得此人前生一定是带兵打仗的,否则谈起武器时眼里不会有那样的贼光。

和江南水乡的许多地名一样,月湖是河,也是村。把这段水道叫成河有些名不符实,它至多只是一条河的开端,或者说,是一条河的终结。这条河是山上几条小瀑布一路汇集而成的,还要再往前撑几步船,才能看见壮观些的水景。而现在我们下了河滩,要脱掉鞋子,光脚推着舢板走上几十步路,才能抵达可以行船的水域。

河滩上的石头很尖利,每走一步路,脚板都像踩在一把钝刀上。当年在华盛顿郊外针对中国国情设计的特殊集训中,为什么没有人想到过赤脚行路的可能?我看了一眼身旁的牧师比利和斯塔拉,他们的步子沉稳扎实,他们早已和脚下的土地厮混得烂熟。我难堪地咽下了多次浮到喉咙口的呻吟,这短短的一程路我走得度日如年。

搁浅的舢板推起来有些沉,斯塔拉把身子砥成弓状,撑在船尾的手臂上凸显出一根根肌肉的棱柱,粗重的喘息声在船板上凿下一个个洞眼。空气中飘浮着一团令人不安的沉默,那沉默像是一罐加了压的气体,随便一碰就可能引发爆炸。我隐隐觉得这团沉默和刘兆虎有点关联。

"他是那个送你书的人吗?"牧师比利终于发问。

他的语气小心翼翼。他没想引爆,他只想在那罐加压的气体上扎一个小小的缓压孔。

"不是。那个人,已经死了。"

斯塔拉的语气很平静,可是我看见她手臂上凸鼓的肌肉棱柱,已经变成了一条条青紫色的杠子。

我们不再有话,只是低头砥力向前。

终于把舢板推到了可以行船之处。水道依旧狭窄,水面几乎没有一丝涟漪,要不是舢板割出的裂缝及偶尔漂过的浮萍和落叶,那水看上去几乎是一片光洁的绿地。斯塔拉一人摇着橹,我和牧师比利躲进了遮风挡雨的篾棚里。虽然我们从头到脚都换上了当地人的行头,但是我们的身高依旧惹人眼目。

舢板划出约半小时的光景,水面就渐渐开阔了,两岸开始出现供船靠岸的小埠头。女人们在水边洗衣裳,棒槌声听起来潮湿而模糊。舢板过处,惊起在草丛中栖息的水禽,它们嘎嘎的飞窜起来,翅膀瞬间遮暗了半个天空。天还早,太阳还没升到树梢,光线被树枝剪成一条条直长的白线。河中央偶尔会出现一些小洲,岩石是看不见的,露出水面的只是一簇簇黑黢黢的水草。几次都觉得舢板要撞上了,斯塔拉不动声色,轻轻一点橹,船头便贴着暗礁擦身而过。牧师比利见我惊奇,就笑,说这对斯塔拉是小菜一碟,等到了风口,那才真叫本事。

我们很快就到了牧师说到的风口,那是一个河道急转弯的地方,风说来就来,几乎毫无预兆。那风不像是从天上来的,因为太阳正好,天空没有一丝可以衍化成风的闲云。那风像是从河底的某个洞穴里生出来的,一路冒上来,河面立时起了骚动。那骚动很快演变成一个漩涡,舢板开始剧烈地摇晃起来,贴着漩涡的边缘一忽儿上一忽儿下,浪花摔在篷棚顶上的动静,几乎像是炸弹溅起的砂石声,叫人听着不由得有些胆战心惊。牧师比利钻出棚子,帮着斯塔拉一起摇橹。橹很长,牧师比利握着橹的上端,斯塔拉握着橹的中间,牧师比利跨一大步的距离,正好是斯塔拉两小步的总和,两人的步子总是落在同一个点子上,仿佛有一个神秘的声音,在默默地调节指挥着他们的气力和节奏,他们配合得天衣无缝。

斯塔拉的辫子被风吹散了,头发高高扬起,仿佛是一片黑色的棕榈树叶子。她的衣裳已经被浪湿透了,紧紧地贴在身上,把她的身体勾勒成一尊石膏塑像。风不仅藏在她的头发和衣裳中,风也藏在了她的眼睛里,她的眼神里充满了风的力量,风的自由,还有风的愤怒。那一刻的斯塔拉似乎已经驾驭了风,把它驯化成了自己的坐骑。

不,那一刻她就是风本身。

我痴痴呆呆地看着她,我几乎忘记了害怕。那一刻斯塔拉的模样,从此定格在我的记忆中,时间既不能涂抹,也不能删除。

就在那时,我心里浮上了一个念头:我要给她起一个新名字,一个只有我可以叫的名字。我不想叫她斯塔拉,那是牧师比利的版本,而不是我的。

我要叫她温德("温德"是英文wind的中文音译,意为"风")。

很多年之后,当一切迷惑我们眼目的尘埃都已经落定,我才看清了我们对这个女孩子的感情的本质。女孩子,没错,在我心中,她一直是一个女孩子。我认识她的时候,她十五岁。我离开她的时候,她也才十七岁。我没有机会看到她成为妇人。

对她来说,我们是三个如此截然不同的男人。

你,刘兆虎,只是她的过去。在我认识她的时候,她已经把你这一页翻过。而你,牧师比利,虽然生活在她的身边,你却总在时时刻刻地操心着她的未来。而只有我,穿越了她的过去,无视着她的未来,直截了当地截取了她的当时。我是我们三人中间唯一一个懂得坐在当下,静静欣赏她正在绽放的青春,而不允许过去和将来闯进来破坏那一刻美好的人。

或许,正因为如此,温德才会被我吸引。

刘兆虎：死原来是一件如此艰难的事情

当我在月湖意外地见到阿燕时，我已经在外边流浪了一年。

在我父亲头七的那天，我挨了日本人的一枪，昏倒在舢板上，后被一个好心的外乡人救起，在她家养了一阵子伤。

约好在诸暨集合一同启程的同学们，一直没等到我的消息，只好先行出发了。他们在四个月后终于抵达延安，还曾给我写过信询问情况。延安是他们生命中的一个新起点，从那里出发，他们又行走了千山万水的路程，各人的命运千差万别。其中有一位在解放后回到了老家，在县里当了一个至关紧要的官。当我陷入最深最臭的烂泥淖时，他还算念旧情，伸手拉了我一把——那当然都是后话了。

等我的伤口大致痊愈可以行走了，我立刻动身回了家。到家已是晚饭时节，路上很安静。在村口我碰到了一个邻家的孩子，他看见我，像撞见了鬼似的掉头就跑。我并不惊讶：我已经消失了一个多月，村里人一定都以为我死在外头了。

我才走了几步路，那孩子就叫来了我阿妈。我阿妈急急地把我拉到一个僻静之处，坐下来，才说了一句"我的儿，你到底去了哪……"就抽抽噎噎地哭了起来。我说了说我遇到的事，她一边听,一边仍旧哭个不停。开始我想这是喜极而泣,后来渐渐觉出了蹊跷——阿妈眼中的泪已经哭干了,可她的喉咙还是不肯歇息。

我一下子想到了阿燕。那天朝我开枪的日本人就在离阿燕母女几步路的地方,他们不可能没看见这两个女人。

"阿燕呢?"我颤颤地问。

阿妈的哭声一下子停了下来,眼中却又有了新泪。新泪顺着老泪走过的路爬下来,在脸上刨出一条条沟。

她终于跟我讲了阿燕母女的遭遇。

我当时的感觉很奇怪,不是哀伤,也不是愤怒。我只是在怨老天爷为什么让我和阿燕活着?假若那一枪把我打死了,我永远也不会听到这样悲惨的事;假若那一刀刺死的是阿燕而不是阿燕的妈,那么阿燕永远也不会遭受那样的凌辱。在这个狼烟乱世里,死是一种慈悲。不是每一个求死的人都能得到死,上天把死当作一样礼物,爱分给谁就分给谁。上天没把这份礼物给我,或者给阿燕,所以我们就得承受活着的残酷。

"她现在,怎么样?"我问。

"可怜的女娃,你都不知道,村里人嚼的是什么样的舌头。"阿妈说。

"我要去看她。"

我站起来就要往家走,却被我阿妈死死拉住了。

"你不能去。她一会儿明白一会儿糊涂,老说你投军去杀日本人了。你这一回来,就给了她指望。你不能给她指望,你给不起。"

我被阿妈的话听糊涂了,就问什么指望?什么意思?

阿妈叹了一口气,说你是真糊涂还是装糊涂啊?你忘了你们是按过手印的,你要是回来了,你就得认她做婆姨。

我这才记起了抽丁和入赘的事。其实不过一两个月之前的事,如今想起来竟已恍然如隔世。

"你若真想认她做婆姨,我也拦不住你。可是你想一想,咱家的脸面往哪里搁啊?"

阿妈又开始哭泣。

我知道我可以为阿燕报仇,为她赤脚行一万里路,跨一千次火坑,为她手刃九百九十九个日本人,不惜搭上自己的三条性命。

可是,我会认她做我一生一世的妻子吗?

阿妈一眼就看出了我的犹豫。

"去找个同学家里躲一躲,再慢慢商议吧。快走,别让人看见。"

阿妈把兜里的钱都塞给了我,把我匆匆推走了。

我浑浑噩噩地离开了四十一步村。

我这才发觉我原来是无路可去的。我的同学们已经上了路,我不知道该去哪里找他们。我也不能回学校,我已经因闹事和逾期不归被学校除名。百般无奈中,我想起了我的国文老师。我步行了一夜找到他家,他听说了我的困境,就给我写了一封介绍信,让我先去参加金华的一支抗日学生宣传队,然后等到有合宜的时机,再安排我去延安。

就这样,我去了金华,加入了那支宣传队。我们在附近几个市县四处流动演出,几乎每一天就要换一个住处,大部分时间处于餐风露宿半饥半饱的状态。但是我毫不在乎。繁忙辛劳的行程使得我没有时间想起家里那些伤心事,况且,唱歌演戏从来不是我的志向,我的志向是扛枪打仗,我的最终目的地是延安,目前的一切都只不过是权宜之计。

一个月之后,我果真接到了国文老师捎来的消息,他让我三天之后在某个集镇的一家布店里和他会合,到时他会带两个学生过来,我们一起动身去陕北。

那个集镇离四十一步村不远,我决定在动身之前回家一趟。我终于可以理直气壮地告诉阿燕:我的确是要投军打日本人去了,而且,我不会再回来了。我终将要用我的生命来洗涤她的耻辱。而且,我也将用死,逃离婚姻的两难。

我那天是从水路回家的,爬过那三十九级台阶,到了那棵我平常从学校回家时躲在下面读书的大树时,我突然听见旁边的草丛里有些窸窣的响动。走近了,我看见是一个男人压在一个女人身上。男人在撕扯着女人的衣裳,女人不让,在拼命地踢蹬着两腿。女人虽然看起来有几斤蛮力,终究敌不过男人。眼见得女人的力气渐渐使完了,男人就要得手,女人突然又攒足了一股毒劲,腾出一只脚,蹬到了男人的要害之处。男人疼得哇地嚷了一声,恼羞成怒,就狠狠地扇了女人一记耳光。

"贱货,多少人都睡过了,还装什么黄花闺女?"

我听出来了,是村口那个靠替人唱丧曲糊口的癞痢头。

"你给我住手!"

我大喝了一声,男人和女人同时吃了一惊。两人都坐了起来,我这才看清癞痢头身子底下压着的那个女人,是阿燕。

两个月没见阿燕,我几乎认不出她来了。她剃了一个光头,两颊塌陷下去,一张脸上只剩下了一双眼睛。那双眼睛是两口枯井,里头除了惊恐,再无他物。

我心如刀绞。

我一把将瘌痢头从地上揪起来,朝着树干上撞去。嘭。嘭。嘭。一下又一下。他的身子像装满米的麻袋似的撞击着树干,树皮碎裂开来,一片片散落在他的布衫上。

"猪狗,禽兽!"我破口大骂。

我的脑子一片空白,我的灵魂那一刻逃脱了我的腔子,飘浮在半空中,遥遥地看着我的手机械地舞动着。我只觉得眼睛微微有些疼。过后才发现,我的眼角挣裂了,眼睛在淌血。

瘌痢头被我打蒙了。过了一会儿他才意识到如果再不逃跑,他可能会被我活活打死。他扭动了一下身子,找着了一个可以发力的角度,突然用膝盖凶猛地顶了我一下。我不防,被他顶得反坐在地上。

他跟跟跄跄地跑了。

跑出去十来步远,他知道我追不上了,才呸的吐了一口带血的痰,大声嚷道:

"你别给我唱什么道情,你用姚家的名逃了丁,见人家叫日本人奸了,就不想认人做婆姨。村里人哪个不晓得,你回了家都不去看她,嫌她脏。"

瘌痢头跑远了,我坐在地上,呼哧呼哧地喘着粗气。

草又有了些窸窸窣窣的响动,是阿燕在朝我挪动。

"你回来,还走吗,虎娃哥?"阿燕坐在我身边,怯怯地问。

我隐隐闻到了她身上的气味。那是一种我说不上来的复杂气味,是泥尘的味,是草皮的味,是呼吸的味,也是身体的味。谁的身体?日本人的?瘌痢头的?还是……

我突然感觉窒息。那一刻我感谢夜色,它合乎时宜地降落下来,遮住了我眼中无法掩盖的一丝厌恶。

"他的话,我不信,我只信你。"阿燕又说。

我沉默着。我在找话,找一句不伤人的真话。

可是我找不着。我知道此刻从我嘴里出来的任何一句话都是刀子。

"阿燕,其实,我和癞痢头一样,都不是人。"

我尽可能平静地说。

我知道她听懂了,不是从我的话语里,而是从我的举动上——我挪开身子,坐到了一个离她稍远些的地方。

我们都不再说话,许久许久,只听见林中的树叶子被风撩拨得唰啦唰啦地响,归巢的雀子叽叽啾啾地呱噪着。

她站起来,掸去身上的尘土,慢慢地朝家走去,身影单薄得宛如一根随时会被风折断的竹子。

我犹豫了一下,追上去,拉住了她的衣袖:"阿燕,你听我给你解释。"

她拂开了我的手,轻轻地,但却坚决地:"别再让我看见你!"

她头也不回地走进了浓重的夜色里。

我垂头丧气地离开了四十一步村,甚至都没和我阿妈道别。

那一刻支撑着我走完四十一级台阶的唯一念想,就是那个即将到来的行程。一夜,我只需要再熬过一夜,我就将走上一条与我以往截然不同的路,一条由火把和星辰照亮的路。

第二天一早,我就赶去了国文老师说的那个集镇,可是我等了整整一天也没有他的踪影,后来才知道他被捕入狱了。我们的北上计划,再次胎死腹中。

我只好又回到了金华的那支抗日宣传队,继续参加流动演出。上战场的渴望,一天比一天强烈。我已经失去了家,我也已经失去了家园,此生我再也没有什么可以牵挂的,我只求一死。过去我也曾想死,但那只是为了复仇。我现在求死,不仅是为了复仇,而且是为了赎罪——我只能用我的命来赎回欠下阿燕的债。

有一天,在我们演出经过的一个乡镇里,我看见了你们训练营的招生告示,当时我就知道,我等待已久的时机终于来了。我揭下告示,一分钟也没有耽搁,就赶去了月湖。

那天我猝然撞见阿燕时的惊诧神情,你们都亲眼看见了。我做梦也没想到今生今世还能活着见到她,而且是在月湖——月湖是我计划中死亡之旅的第一步。

阿燕看到我也很惊诧,只不过那惊诧一闪就过去了。接下来的表情,就像是好好的捧着一碗白米饭,正要开吃的时候一筷子挑到了蛆;又好像是一个人穿了一双簇新的鞋子,刚走出第一步,就踩着了一摊屎。

那天我神情恍惚地跑回了队列,甚至忘了传达弗格森教官要我传给队长的话。分组操练时听错了口令,被队长叫出来,当着这么多人的面掴了一巴掌。那一巴掌大概有些狠,脸颊先是热辣辣的,后来感觉像贴上了一层布。散操回来吃早饭,鼻涕虫见我怔怔的,就往我碗里夹了一筷子腌豆角。我们中国学员六个人一桌吃饭,饭菜的量只能说是让人不饿,离饱却还是有几步路,动作慢点的,常常抢不到菜。

"妈的,看看他的笔记,那几个字歪得都捡不起来,显摆给谁看呢?"鼻涕虫悄悄地对我说。

他在说队长。

他以为我还在为早操时挨的那一巴掌郁闷。

他不知道的是：我早上挨的那一巴掌，只不过是这些日子里我所受的屈辱中最上面的一层。那底下还不知堆积了多少层。屈辱太厚了，厚得结成了硬痂，再往上添多少层也碰不着我的皮肉了。

鼻涕虫更不知道，我其实是在想阿燕的事。

阿燕看上去跟从前很有些不同了，阿燕的腰上似乎长了一根新的骨头，走路硬挺挺的。不止是骨头，她仿佛把从前的那层皮肉都换过了——她是把日子从头来过了。

后来，我才听队里的人说她是牧师比利收留的流浪女，在跟牧师比利学诊病治人。至于她是如何流落到月湖的，我还要在几年之后才真正知晓。

从阿燕看我的眼神里，我明白我在她心中已经死了。可是我不甘心，我还想死一回——不是按照她觉得的样子，而是按照我设想的样子。我盘算自己的死，已经盘算了整整一年。没有阿燕在场的死和有阿燕在场的死，是有着天渊之别的。阿燕没在场，不管我死得如何悲壮，那也是锦衣夜行；而阿燕在场，我的死就有了观众。有阿燕在，我突然对死的方式有了更周全慎重的考虑。拿一条命换一条命的死法，那是连傻子都会的事。只有拿一条命换十条命的死法，才配得上阿燕这样的观众。

我不需要对全世界，我只需要对阿燕一个人证明：我不是忘恩负义的懦夫小人。

吃完早饭，我们进了教室上课。所谓的教室，其实就是两间打通了的旧民房，两扇门，四扇窗，门和窗都咧着缝。天冷的时候风从那些缝里钻进来,发出哨子一样的啸叫声。迎面的墙壁上挂着三幅地图,一幅是欧洲战区图,一幅是中国战区图,还有一幅是太平洋战区图。正面的,也就是教官背对的那面墙上也有图,不过那图不是挂上去的,而是画上去的,是两只肌肉强健、彼此紧握着的手。左边的手臂上画着一面星条旗,右边的手臂上画着一面青天白日旗子。教官讲课时站立的位置,正在两只手中间,看上去像是那两只手里捏着的一样东西。

早上的头两堂课是三民主义救国纲要和欧洲战场局势分析,授课的是中国教员。我坐得笔直板正,看上去聚精会神,除了没做笔记以外,没有人看得出来我在打瞌睡。这是抗日宣传队的经历教会我的一样本事——我早习惯了餐风露宿居无定所日夜兼程的生活状态,也学会了在走着坐着蹲着的各种姿势里随时入眠,甚至不用闭上眼睛。我知道离我两个座位的队长也在打盹,只是他没有我的这点本事。他打起盹来身子歪歪扭扭,甚至发出轻微的鼾声,为此他曾招惹过教鞭的提醒。

尽管我们都在打盹,我和队长打盹的原因却是大不相同。他是因为听不懂。训练营的招生标准是起码达到初中文化程度,而队长却只念到初小毕业。他被破格录取的原因,是因为他哥哥是这一带海面上的一个风云人物,各个码头的帮派头子见他哥都要欠身恭恭敬敬地喊一声老大。通过这层关系,我们可以在水上轻而易举地运货渡人。队长比我们年长几岁,在南方军的一支队伍里当过两年排长,人高马大嗓门粗,营地的长官就指派他来管教底下的兵卒。

而我的打盹,却是因为我在为接下来的第三堂课积攒全部的精力。我的脑子虽然睡着,可是我的耳朵却始终警醒。奥马哈海滩……朱诺海滩……第聂伯河-喀尔巴阡山战役……开罗,这些词只是一盘散沙,没能组合出任何意义。罗斯福,丘吉尔,斯大林……这些人也似乎和我没有干系。抗战最终的胜利……那是长官,长官的长官,或者是长官的长官的长官应该考虑的事,而我,却必定会在离胜利还很遥远的某一程路上死去。而且,我必定不会独自死去,陪我死的,一定还有另一群人。

所以,我不需要了解希特勒墨索里尼东条英机冈村宁次的计划,也不需要知道喀尔巴阡山在世界地图的哪一个角落,《开罗宣言》有多少条具体内容。我只需要知道卡宾枪汤姆逊冲锋枪柯尔特手枪火箭炮的操作程序和杀伤特点。在这几堂枪械课里,我几乎没费什么工夫就轻而易举地掌握了那几样武器的使用要领。站立蹲坐匍匐三种姿势的实弹打靶成绩,我都名列全队第一,而且我的环数把第二名甩出了几里路。记得那天报靶员高声报出成绩之后,你,弗格森教官走过来,向我握手致意。"你可以叫我伊恩。"你对我说。我想这可能是我们俩私人友情的开始——我们的友情始于一个军人对另一个军人的惺惺相惜。那天你还说我比别人多长一只眼睛,我是天生的狙击手。我若不生在战争年代,你会为我惋惜。

可是并不是军械课的每一个环节我都能取得像射击那样出众的成绩。比如枪械拆卸组装环节,我就几乎不及格。你以为我和大部分中国学员一样,属于动手能力较差的那类人。中国学员的这个弱点,你很早就发现了。当时你说在美国一个普通的男孩子上小学时就会懂得修自行车了,可是很多中国男人到了二十岁还没使用过螺丝刀。你说这句话的本意也许仅仅是惊讶,但惊讶在从肚腹走向喉咙的过程里裹挟了一些杂质,等最终出口时就带上了一丝讥诮和嘲讽。当时你并没有意识到,你刺伤了我们的自尊。而且,你将很快收获这句话结出的果子。

其实,你并不知道,我的动手能力虽然不能跟一个同龄的美国小伙子相比,但我并不像你想象得那么愚笨,我只是不肯上心。我不能平均分配我的精力,我不想成为机械师和维修工,我只想以最快的速度成为一名百发百中的枪手。

我没有时间了,我已经隐隐听见了死神笃笃的脚步声。

我浑浑噩噩地挨过了头两堂课,终于等来了第三堂课。第三堂课是军械知识课,教官是你,军械师伊恩·弗格森。你上次就作过预告,说这堂课你会介绍一种具有超强爆破力的新型炸药。"超强爆破力"这几个字在我心里嗤的一声烙下了一个带着焦味的印记,因为在我的词典里,它有另一种非同凡响的解释,那就是以一条性命换取多条性命。

你走进教室,腋下夹着一个厚纸卷,手里捏着几管牙膏似的玩意儿。我猜想那里储存着的就是你所说的特制炸药。当队长大声命令全体起立向教官敬礼时,我发觉我的手在微微颤抖——那是一个好骑手看见了一匹罕见的骏马时的激动。

大家落了座,我刚翻开笔记本,突然听见有人在喊我的代号:

"635号,起立!"

那是队长的声音。

"你今天做过军纪检查吗?"队长厉声问。

我摸了一下帽子,徽章在正中心。又顺势摸了一下衣领,心头猝然一紧:坏事了,军纪扣是松着的。今天早操完毕后,我满身是汗,就松了最上面的那个扣子想凉快一下,谁知就忘了系回去。

我慌慌张张地系好了衣扣,可是已经太晚了。

"这堂课,你给我站着听,也好给那些不守军纪的人,做个样子。"队长紧板着脸说。

我在众目睽睽之下站到了队长指定的那个墙角。我看见你朝我瞥了一眼,嘴角轻轻牵了一牵,像是有话,却最终咽了回去。

一屋子几十个人一百多双眼睛一下一下地挑去了我的衣装,我觉出了赤身裸体般的耻辱。很奇怪,早操时挨的那一巴掌,按道理远比罚站严重,可我却不记得有过这一刻所感受到的刺疼。我原以为耻辱早已在我的皮肉上结成了痂,我已是百毒不侵的金刚之身,没想到再厚的痂上也依旧有缝。

我的缝就是你,伊恩。我在乎自己在你面前的形象。

我的风纪扣从早饭到现在一直是松着的,队长在前边的两堂课上早该发现,他却选在了这一刻伸出他的拳头,因为他也知道我的软处,他要在软处下手。

队长对我的憎恶,几乎是从第一眼就开始了的。他不待见我周日下午整理完内务之后躺在床上看书,而不是像他那样逛一逛集市,顺便在口子上的那家面铺坐一坐,和那个新寡的女东家聊上一阵;他也不待见我隔三岔五地坐在凳子上剪指甲,把剪下的指甲扫在一起扔进门口的垃圾堆,而不是像他那样用一只手的指甲挑另一只手的指甲里的泥,把它们如同牙花般的弹到墙上或是别人的蚊帐顶;他也不待见我用一张油纸仔细地给每个课本包上封皮,而不是像他那样,把书封撕去一角来擦鼻涕或是牙龈上的血。

队长不待见我的地方很多,上面只是几个他可以说得出口的例子。他曾不止一次地在众人面前指桑骂槐地说过:"别给老子装什么鸡巴大先生。"

然而，队长还有另外一些不待见我的地方，却是他说不出口的。比如我总能第一个听懂美国教官的课，而他却总要焦急地等候着翻译官把那些话翻成拗口的中文；我可以漫不经心一只耳朵进一只耳朵出地上那些政治局势课，却总可以在考试时轻而易举地混上一个"良"，而他即使熬上几个通宵，也只能勉勉强强考个及格。

其实，一个人对另一个人的喜好或者憎恶，可以有诸多理由，也可以没有任何理由。用动物世界的现象来解释人际关系，兴许简单得多：我和队长仅仅是两只气味不相投的狗。

我与生俱来无法改变的气味，使我承受了许多惩罚。而且还有更多的惩罚正潜伏在前面的路途上，随时会朝我发起狙击，我防不胜防。我曾多次被队长使唤去端洗脚水倒夜盆，尽管他有自己的勤务兵；我曾因墙上挂笔记本的钉子比别人长出一两毫米而被罚连续两周的内务轮值；也曾为夜里睡觉不小心把被角拖到地上而挨过队长的拳脚；也曾为练瞄准时枪托不小心碰到身边的同学而被罚过在烈日下背沙包……类似的例子不胜枚举。后来我才渐渐领悟出一个真理：在显微镜的追踪之下，即使是天使的皮肤上也能找到毛孔。

我的鼻子很早就闻出了他的气味不对，我尽可能地躲避着他，把自己的体积缩到最小，并且努力把我的身子挪移到他视野的盲点。可是我没有成功。我时常会被身不由己地推到聚光灯下，比方说，每次翻译官不在场或者忙不过来的时候，我总会被挑出来做那个救急的临时翻译。再比方说那次打靶考核，我的脑子一再告诫我千万不能抢队长的风头，可是我的手和我的枪都悖逆了我的脑子，它们一意孤行地寻找着那个鲜红的靶心。我救不了自己，我只能眼睁睁地看着自己在队长怨气的烂泥淖中越陷越深。

队长罚我站的那个位置，却意想不到地把我摆在了一个制高点，我可以比任何一位同学都更清晰地看见讲台。渐渐地我被教官讲授的内容吸引，而忘却了自身的窘迫。

你在黑板上挂了三幅放大的照片，一幅是几团晾在筛子里的挂面，一幅是葱花麦饼，还有一幅是油条。

我听见后排的鼻涕虫咕地笑了一声，说美国人睡昏了头，走错门了吧。

你扭过头来问翻译，翻译说没听清楚。

鼻涕虫吃准了翻译官。这位翻译官除了说话口音太重，倒真是个老好人。他脑子里有张筛子，知道什么话该过，什么话该留。

"你们一定以为这是哪家餐馆的照片吧？我告诉你，这就是我们今天要讲的特种炸药。"

那天你从一开始就吊足了大家的胃口。

你从塑料管里挤出一小段软乎乎的东西，摊在手掌上，亮给我们看。

"这是我们新研制的软性炸药，它的爆破威力是普通TNT的五到八倍。它可以揉捻成多种食品形状。除了照片上这几样东西之外，它还可以做成你们这个地区最常见的麻团。若想效果更逼真，可以在表面滚上芝麻和碎花生。"

"除了强大的爆破威力之外，它还有很好的携带安全性，因为和普通炸药不同，它的雷管和导火索不需要事先安置，可以分开携带，在行动之前揉进中间部分即可使用。"

你用指头揪下一小块来，放进嘴里吞咽了下去。众人啊地惊叫了一声。

"遇到搜索和盘查的紧急关头,你们甚至可以当着对方的面吃上一口,以松懈他们的警惕性。当然,你不能全部吞下。"

大家这才松了一口气。

"我们做过精准的实验,依具体情况需要,导火索可以设置在八十公分到十米之间的任意长度。八十公分是针对美国人的平均身高计算的,而对比美国人矮小一些的亚洲人来说,导火索至少需要一米,因为身高和步子大小是成比例的。如果导火索过短,放置炸药的人会来不及安全脱身;而导火索过长,引爆时间太久,会给敌人留出足够的时间排除炸药。"

天爷。也只有美国人,能把杀人的事设计得如此精准干净,像数学公式。想起那时从屠夫姚二铺子里偷剔骨刀的情形,我只能感叹自己到底只是一只井蛙。

接着,你开始介绍软性炸药的另一种爆破方式:定时装置。

众人的注意力明显涣散,开始窃窃私语。那个嘴上没锁的鼻涕虫,又忍不住说了一句话,惹得大家轰的一声大笑起来。

你扭过脸去看翻译官。翻译官支支吾吾地说没听清楚。可是这一回你没有上当,你的目光水蛭似的叮在翻译官脸上没有松动。翻译官归根结底是个老实人,没经住那样的眼神,只好呵呵干笑了一声,说他们可能觉得,那个、看不到直接效果的爆破,不、不太兴奋。

这当然不是原话。鼻涕虫的原话其实有两句,第一句是:"听不到嘭的一声算个鸡巴炸药。"第二句是:"说来说去美国人就是他娘的怕死。"

翻译官磨去了第一句话里的棱角和毛刺,并干脆略去了第二句话。可是你那天头脑里的雷达天线特别灵敏,你听懂了鼻涕虫话里的那个象声词,又顺着那个象声词攀援上去,靠直觉摸准了鼻涕虫的意思。

你突然沉默了。

刚开始时我们还没有意识到你的愤怒,因为你,还有别的美国教官,都极少对中国学员发火。我们只是发觉你的脸色有些苍白。你们美国人的肤色本来就很苍白,所以我们并没有太在意。可是那苍白开始一点一点衍变成铁青。你的沉默持续了很久,超过了正常思路转换所需要的那个界限,我们开始有点惶惑不安起来。

后来你终于长长地吁出了一口气,从卡其裤的口袋里掏出一个皮夹子,又从皮夹子的夹层里拿出一张叠成方块的剪报,让我们一排一排地传递过去。

剪报上的英文字除了我和翻译之外谁也看不懂,大家能看明白的只是上面的一张照片。照片是一个看上去有些腼腆,身穿运动服的美国小伙子。

"这个年轻人名叫约翰·怀丁顿,他和我住在同一个城市,是我一个朋友的朋友的未婚夫。如果没有这场战争,他或许已经是一位职业橄榄球队员。"你说。

"他比我早一年参军,不过是空军,也在远东服役。他参加过十六次驼峰航线的飞行,每一次都安全着陆。但就在第十七次的航程中,他的飞机坠毁。而那天飞机上装载的,就是像我们今天课堂上看到的那样的特殊军械用品。"

"你们知道除了这架飞机之外,还有多少架飞机坠毁,或者被击落吗?你们知道从驼峰千山万水运过来的每一名教官每一件武器,需要每个家庭多少税银的支撑?你们每一个能坐在这里上课的学员,身后得有多少人为你们节衣缩食,甚至饿死冻死?你们不是普通的士兵,你们身上背着别人的性命。"

你说话的语气很疲惫,跟你平常打篮球遛狗时的大男孩神情截然不同。那一刻你听上去几乎像一个走了很长路途体力严重透支的老头。后来我才知道,就是照片上那个小伙子的阵亡消息,导致了你的女友离开你另嫁他人。

"如果只想痛痛快快打一战就死,那才是胆小鬼。你们的性命太贵重了,打一战就死岂不是太亏本?你们到这里不是来学怎么死的,冲在最前面死得最有样子的不一定是赢家。活到最后,活到你的敌人都被你撂倒的时候,你才是真正的英雄。"

翻译官突然不结巴了,那一段话他几乎是一口气翻完的,我听出他的嗓子喊哑了。

全场一片肃静,没有人知道该怎么样接应。

翻译官是第一个鼓掌的。他的掌声开始时很孤单,孤单到了接近于难堪的地步。后来就有了些犹犹豫豫稀稀落落的回应。再后来,那回应渐渐生出了骨头,变得理直气壮起来。

我没有鼓掌。我神情恍惚。我觉得心里一直堵着的那面墙塌了,有一丝很奇怪的光亮透进来。我说不清到底是得到了解脱,还是比从前更为沉重。

你从皮夹子里掏出几张纸币,塞到队长手里:"下课后劳驾你去村口的杂货铺买几只爆竹,最大号的。520号不是最爱听那嘭的一声响吗?你让他听个够。"

全场哄堂大笑。鼻涕虫用袖子擦了擦鼻涕,也嘿嘿地笑了起来。

那天的课程很短,只用了半个小时,接下来的内容是实地操作。野外的空地上已经事先搭出了三座简易砖房,导火索设置在一米、五米、十米三个长度上。每一次爆破的效果都基本相似:一团做成麦饼形状的软性炸药,瞬间把一座砖房变成一堆瓦砾。

我摘下帽子掸着身上溅上的尘土,你不知什么时候走到了我的身边。

"见过这样威猛的炸药之后,你还想马上去死吗?"你朝我眨了眨眼睛。

我吃了一惊。

"你是,怎么知道的?"我问。

"你没发觉我一直在观察你?你对射击和爆破的细节聚精会神,但对善后和撤退的环节毫无兴趣。"

我无语。你的脑子的确是雷达,你的天线覆盖面里几乎没有盲点。

在我们离别之后的漫长岁月里,每当我想起在月湖的那些日子,我都会觉得我之所以没有死在战场上,且在战后又活了将近二十年,在很大程度上是因为你的那堂课。

可是我不知道,我到底应该为那二十年感谢你,还是诅咒你。

"待会儿我找你出来,有事。"你悄悄对我说。

那天晚饭之后,你果真打发你的仆人水牛来找我。

水牛没有进屋,只是站在院门外大声嚷道:"635号,美国长官叫你去做翻译!"

我跟在水牛身后出了门,走了几步,见不是朝教室的方向,就忍不住问水牛要去哪儿。水牛没搭理我,只是嗯嗯地在前头领着路。我们走进林子里的一片空地,远远地,我看见你一个人坐在一块石头上抽烟,脚底下卧着你的军犬幽灵,幽灵身边站着那只白梗蜜莉。幽灵大概吃得太饱了,在眯着眼睛打盹。蜜莉不停地用它那只麻糍大小的爪子,扒拉着幽灵的脑袋。幽灵没有气恼,只是时不时地晃一下头,仿佛在轰苍蝇。

我并拢脚跟,立正,向你规规矩矩地敬了一个军礼。虽然你们的卡其服上没有配饰任何军衔标志,你们相互见面时无论官职大小都不需行礼,可是你们的规矩在我们这里不管用,我们依旧要向每一级长官和每一位教官敬礼。

你摆摆手,示意我在你身边坐下。

"人呢?"我问。

"什么人?"你不解地反问。

"不是需要我翻译吗?"我疑惑地看了一眼水牛。

水牛豁出两只凸暴在嘴外的大门牙,哈哈大笑起来。

"我要不这么说,他们能放你走吗?"

水牛说得不错。中国学员除了周日下午有四个小时假之外,平时没有任何自由活动时间。

你从口袋里掏出一个烟盒,抽出一根烟来递给我。

"会抽吧?"你问。

我点了点头。训练营的大部分弟兄在入营的头一两个星期里都学会了抽烟,我也不例外。只是,我们抽的都是当地土产的烟卷。

这是我的第一支美国烟。美国烟是稀罕货,除了美国教官之外,我只看见营地的大长官抽过。

只抽了一口我就觉出了不同。当地的卷烟是茅草,从舌头到喉咙到肚腹再返回到鼻腔,走到哪里都毛辣辣地扎人。美国烟也是茅草,只是那茅草上裹了一层丝棉,有些柔软,也有些说不出味道的清香。

我舍不得一气抽完,抽到半截就掐灭了,塞在耳后,准备留着明天再抽。

你却把一根烟抽到了头。你抽得很慢,一口和另一口之间仿佛隔着一个难以抵达的岛屿。我看出来你其实不是在抽烟,而是在寻找一个进入谈话的合宜开头。

"小时候,我父亲带我去动物园,你猜我最喜欢看的动物是什么?"

你终于开了口。

我没见过动物园,我只从书里读到过关于动物园的描述,所以我只能依赖想象来回答你的问题。我先猜了鹰,后猜了狮子——那是两样让我着迷的动物,你却都摇头否定了。

后来你才说是猴子。

我很奇怪你为什么会喜欢猴子,你说猴子跟人实在太相像了,动物园的猴馆简直是《格列弗游记》里头的那个小人国。你说你每一次去动物园,都会扔下别的一切,径直跑到猴馆,一待就是几个钟头。

"有一回我看见游客扔进去一只香蕉,所有的猴子一拥而上。一只大猴子伸出长臂第一个抢到了,可是它并没有吃到嘴。最后吃到香蕉的,却是一只身架比那只猴子小了几乎一倍的猴子。小猴子是从身后发起突袭的,它一跃跳上大猴子的背,从肩头抢过了那只香蕉。等大猴子终于转过身来的时候,小猴子手里只剩了一层香蕉皮。"

"就是在那一次,我突然明白了:即使在动物的世界里,强壮的并不一定保证能赢,力量和灵巧是可以相互制约的。"

我不知道你到底想说什么,但我知道你肯定不是真的在讲猴子,或者香蕉,你只是想引出一个话题。我隐隐觉得猴子和香蕉似乎和我有着某种关联。

可是你立刻转换了话题。

"635号,你在学校里学过数学吗?我听说中国的大部分中学只传授文科知识。"

我说我曾经就读的学校,是一所当地知名的教会学校,教国学也教西学,设有数学和基础科学课程。

但是我没有告诉你,我阿爸为什么会花钱送我去读书的理由。我阿爸当然不是为了让我会讲一口流利的洋文,也不是为了让我能推演几何代数公式——我只要能认清进账和出账的数目就已足矣,他更不是为了让我能了解雷电产生的原理。我阿爸没让我继承他的手艺成为种茶高手,而把我送去县城中学读书的唯一原因,是他想让我过村里那位给人代写文书的德顺爷爷的那种日子。阿爸说德顺爷爷没下过一天地、扶过一次犁、晒过一回毒日头,却顿顿碗里有肉杯里有酒。阿爸说德顺爷爷老朽了,写起字来手发颤,等我毕业了回家来,正好接德顺爷爷的手。

你问我在学校里数学成绩怎样,我迟疑了一下,才说论考试成绩,哪一科都是前三名。

"在近身擒拿格斗中,完成一个踢腿或者出拳动作所耗费的时间,是和身高体重成比例的。这对一个数学成绩不错的人来说,没有什么理解上的困难吧?"你问。

我点了点头。

"也就是说,当一个身高体重比你强百分之三十甚至五十的人踢出两脚或者打出两拳的时候,一个身高体重和你相仿的人,可能已经在同样的单位时间里完成了三次进攻。"你说。

"你觉得一个人的上半身能以最短的距离最快的速度出击的部位在哪里?"你问。

我闭上眼睛思索了一下,问是不是肘子?

"那下半身呢?"

我又顺着刚才的思路一寸一寸往下走,就想到了膝盖。

你让我继续闭上眼睛,设想格斗时对方的盲点在哪里?

我说身后。

你又问还有哪些接近盲点的地方?

我说侧面。

你呵呵地笑了起来,说你果真是个好学生。

你让我睁开眼睛,一眨不眨地盯住你看,你掏出秒表开始计时。

"五十八秒,这个成绩不错。格斗术中时常被忽略的一点,是眼神。眼睛能睁多久,是受身体条件限制的,但眼神不是,眼神与身高体重无关,眼神来自你的内心。格斗时,你的眼睛要像铁夹子那样紧咬住你的对手,眼神尤其紧要。一位著名的军事学家曾经说过:现代战争中一样不需要耗费巨额军费的秘密武器,是心理。这话不无道理。"

"从今天开始,你要锻炼三样力量:肘关节,膝关节,还有眼神。"

那天你带着我在林子里的那片空地上练习格斗,一直练到天色全黑。

接下来的几天也是如此。

我一直以为你这样做的原因是考虑到我在学员中间身形偏小,特意在格斗课程开始之前给我开点小灶。我最终领悟你的真实用意,是在我打赢了训练营历史上轰动一时的那一架时。

假若训练营也有历史的话。

伊恩·弗格森：一场据说是我操控的博弈

那天，当我在班上宣布格斗课的分组法时，我看见你，刘兆虎，眼中冒出一颗小小的火星。但它消失得太快了，快得几乎让我怀疑那仅仅是幻觉。我觉得你应该是性子里藏着火种的那类人。前几天在靶场上，当你捏着那把柯尔特手枪瞄准的时候，我就从你蹙成山川般的眉心和抿得极紧的嘴角上，隐隐看出了一些和火相近的东西。可是大部分时间里，你给自己周身裹了一张密不透风的锡纸，你封闭了一切情绪的出口。我不知道到底是什么东西如此深重地压迫着你，但我相信你的队长一定是其中的一个原因。

我的分组方法简单而原始，没有任何人能从那里挑出哪怕一根刺：我把相邻的两张课桌分成一个训练小组。按照这个分法，你和你的队长自然而然地落在了同一组里。两张课桌的四名学员成为轮番对练的伙伴，也就是说，你有33.333333%的时间，会和你的队长单练。考虑到你的数学成绩不错，我把小数点保留到了六位数。至于这个无懈可击的分组法里隐藏的那一丝小小的私心，除了上帝之外，只有你知我知。

你队长给你下的那些套子，我已从我的仆人水牛那里听了满满一耳朵。水牛不是目击者,故事传到水牛这里时,已经拐过了许多道弯。最直接的消息来源是520号学员,就是那个被你们叫作鼻涕虫的人。我敢断言:这个既管不了鼻子也管不了嘴巴的鲁莽小子,总有一天会为他患腹泻的舌头和患便秘的脑子闯下大祸。

鼻涕虫和你们的厨子来自同一个村庄,是真正意义上的乡邻。厨子时时会给他的小乡邻留半碗稀粥几根萝卜条之类的残羹剩饭,来满足他永远填不饱的辘辘饥肠。作为回报,鼻涕虫会把你们队里发生的种种鸡皮狗碎,悄悄地讲给厨子听。当然,每一次他都会吩咐厨子严守秘密,因为训练营的所有行动,在严格意义上来说都是军事机密。可是厨子听了,又难免会忍不住告诉自己的婆姨,而他的婆姨,又碰巧在牧师比利的教堂里做厨娘兼洗衣妇。两个躺在同一个被窝里的人,是很难持守秘密的。他们做梦也没有想到,他们在枕畔交换的那些私房话,有一天会泄漏出去,改写了另外一些人的生命轨迹。

而我的仆人水牛,则是美国教官队和牧师比利之间的信使,一天里他总会在我们宿舍和教堂之间跑上几个来回。

现在你应该明白了,流言就是这样走过曲曲折折的路程传到我的耳朵里来的。我很明白,一件事情每传过一副耳朵和一条舌头,就会沾上一些色彩和杂质,产生各样的扭曲和变形。水牛的耳朵是只敞着大口的麻袋,一天到晚收集着各式各样的传闻,我并不把水牛讲给我听的每一件事都当真。但是那天在软性炸药课上你所遭受的惩罚,使我开始相信那些传闻的真实性。

从你入营的第一天起,你给我留下的印象就是衣容整洁,帽徽和皮带扣总是一丝不苟地放置在身体的中轴线上。在指导你瞄准和射击时，我还注意到了你的指甲修剪得极为干净平整。对不起，我是一名军械师，我对数字和细节有着近乎于病态的癖好。所以，我可以推断那天的风纪扣事件应该是你极为偶然的一次疏忽。我完全可以理解，在你们这支号称风纪极为严明的队伍里，即使是这样一个疏忽也会得到处罚。但我所不能理解的，是这种处罚方式。

你明明可以被罚在课后打扫教室，或者夜里替轮值的哨兵站一班岗，甚至取消一次周日下午的自由活动。可是他，你的队长，却偏偏选择了当众羞辱你。就如同是一个犯了小错的孩子，父母明明可以拍一下屁股或打几下手心以示警诫，却偏偏要送他一记耳光。我明白在你们国家里，脸面有时和性命一样重要。我不得不说他选择的这种羞辱方式明显带了些个人情绪。

那天我的确是想替你出面说句话的，可是最终我还是忍住了——我不可以干预你们的内政。就如同你必须服从你的长官一样，我也必须服从我的上司。我的上司是美国海军中国事务团的总指挥梅乐斯将军，我的军规是一副沉重的镣铐，我无法戴着那样的镣铐伸手帮你。

况且，我即使帮了你这一次，我也帮不了你下一次。天知道你还会遇到多少个下一次！

你唯一可以依靠的，只有你自己。你必须用自己的力量搭救自己。

没错，上次在打靶场上，你已经用成绩证明了自己的实力。可是，你证明的只是你使用武器的能力。武器不过是一样独立于你身体之外的工具，而成绩只不过是一些数字一张纸，它无法证明你脱离了工具之后的独立战斗能力。你唯一可以彻底降服你队长的,只能是你赤手空拳时的身体。

所以我想到了给你开小灶的方式。

其实,我也没有太偏心。我私下里传给你的那些小招数,我在课堂上也同样给大家讲授过,只不过在课堂上我把它们一视同仁地混杂在了无数个分解动作中,而在私下里,我却根据你的身体条件把它们加以不同程度的强调和重塑。

在你们这个以武术著称,到处可以发现武林高手的国度里,让我这样的洋人给你们讲授擒拿格斗术其实有些荒唐,用你们的话来说就是"班门弄斧"。我们在设计课程时最原始的想法是试图在东方武术的基础上加添一些西方拳击技能,以迷惑那些无论在身体构成或武林传统上都与你们相似的日本人,从而打乱他们习以为常的动作套路。你们不是正规军,你们只是一群拥有特殊武器和技能的游击队伍,你们不是为方阵战而生的,你们存在的目的是出其不意地扰乱沦陷区的统治机制,打断日本人的物资储藏和运输链,擒拿格斗术只是为了能让你们在万一被困而陷入近身作战时得以安全脱身,它的宗旨是防卫和逃离,而非进攻。然而,在我私下给你一人授课时,我不动声色地加强了这些小招数里的攻击功能。所以,后来你把我称为那场轰动一时的搏斗事件的幕后策划和导演,倒也不算完全没有道理。

好几次我看见你趁午休的时间偷偷跑到林子里,在树干上练习用手肘和膝盖出击。你在肘关节和膝盖上缠了厚厚的布条,可见你果真是下了功夫。我还看见你盯着一个树洞死死不放,那眼光里的热度仿佛要把树洞烧出一柱青烟,我知道你是在练眼神。你是个聪明人,但世界上比你聪明的大有人在,聪明有时反而会成为一个人前行时最大的路障。幸好你还有勤奋和坚持。勤奋斩去了聪明的翅膀,让聪明可以稳稳地落到地上;而坚持磨去了聪明的棱角,使聪明无法削尖脑袋四下钻空子。失去了尖角的聪明只能靠整体的质量和体积穿透事物的表层,扎扎实实地进入内里。

凭着你的聪明勤奋和坚持,我对你有些信心,但信心和忧虑的分量几乎是各占一半。你的身体条件和你的队长相比差距很大,若把你俩安放在天平的两头,我得在你这头压上几块大石头,才能使你们达成水平。若是将你们的身体做一个解剖,他的声带厚度有可能是你的两倍,你的嘶吼在他听来只是轻言细语,而他的叫喊对你来说却可能是海啸雷鸣。

你最初的表现加深了我的忧虑。

格斗课程开始之后,你几乎没有在任何一次分解动作的对练中赢过你的对手。我说的对手,不仅是指队长,也包括你的其他两位队友。当然,你也是在努力抗争之后被击败的。无论过程如何惊险曲折,最终都不可避免地指向同一个结局。你被打败的次数太多了,到后来我已经对过程失去了耐心,因为在你还没开始的时候我就已经知道了结果,毫无悬念可言。

你的另外两名对手在击败你之后就会立即停手,而你的队长却不。他用斗牛的方式来对付一场斗鸡,而且,把你击倒在地只不过是他漫长胜利的开始。他总要把胜利演绎到极致,用鄙夷的眼光将你割上最后一刀,然后才弃你而去。有一回,你摔倒在地上之后,他又踢了你一脚。那一脚很凶,你的牙齿磕下了嘴里的一块肉,你的嘴唇肿得像一颗巨大的黑葡萄。还有一次,你被他一拳打到了墙角,在你已经完全停止反抗之后,他依旧给你脸上加了一拳,你流出的鼻血几乎把一条毛巾湿透。

我对你失望之极。假如你不能在任何一个分解动作上制胜，我如何期待你打赢一场格斗？就如同每一块砖头上都有裂缝，我又怎么能指望用它们搭建一座坚固的城楼？我开始怀疑自己的眼光。你在和我单独相处时表现出来的那些机警和敏锐，是不是只能用来对付像树干树洞那样的假想敌？当时我丝毫没有想到这些貌似艰难的失败其实都只是你用来蒙蔽耳目的开场锣鼓。你把自己做成锣鼓，而把棒槌塞在你对手的手里，让他们把你敲得昏天黑地。所有的人都被那样的声响震蒙了头，误以为锣鼓就是正剧。你把自己的每一次失败都垫在队长的身下，垫了一层又一层，等到正剧开场的时候，他的脚已经踩在云里了，他再也找不到回到地上的路。

分解动作训练全部完成之后的综合考评，才是正剧的开幕，每一个学员都要和自己的对手打完两场自由式格斗。那天训练营的操场上有另外一队学员在练习打靶，我们只好把格斗场地挪到了你们宿舍门前的那块空地上。场地不大，观战的学员围了一层又一层。最里面的一层是坐着的，稍外的一层是蹲着的，再外面的一层是站着的。还有几个身材矮小的，干脆爬到了树枝上。盛夏已经过去了，响午的阳光却依旧浓烈，沙土地上升腾着一股薄如蝉翼的微微悸动的热气。那是激动，一种任何兵器所无法代替的，只有赤手相搏才能唤起的激动。

我几乎想临时改变原定的分组方法，由我来随机组合对手——我真怕你会吃大亏。可是我最终没有这样做。我不是你的父母，也不是你的保镖，更不是你的保姆，我不能一直护着你走路。你是战士，你终究要走上战场，独自面对各种不可预测的险情。我无法替你挑选敌人。

轮到你上场的时候,我的心揪得很紧。你脱去了上衣,我第一次看见了你光膀子的模样。你的胳膊手腕腰上背上贴了好几块膏药,你身上裸露的部分显得瘦骨嶙峋。

可是那天很奇怪,你一上场,消瘦的身体像刀片,把空气割开了一条缝,有汁液从那中间流出来,瞬间改变了空气的气味。我无法解释这个现象,在几十年后才会有人给它找到一个名字,叫气场。那天你的气场当然不是来自肌肉,因为你身上几乎没有肌肉。也不是来自骨头,更不是来自那些膏药。

那天让你变了一个人的,是你的眼神。

你的眼神像是一只发现自己的幼崽被人掏走之后的母狼,眼珠子冒着一丝蓝幽幽的光。那光和火相近,却完全没有热度。那光落到哪里,哪里立刻就结成一块坚冰。那光叫遇见它的人忍不住打个寒战。

你一上场就用这样的光咬住了队长的眼睛。队长一怔,你没有给他任何机会从惊讶中脱身,你顺着眼神开出来的路立即出击。你把重心压得很低,你的身子是半蹲着的,大半个躯体处于他手臂可触及的范围之下。你的动作半径很小,看上去根本还没伸展开来,那一刻你的模样像是一个半蜷缩着的球。可是从那个看似毫无攻击力的球里突然飞出一把刀子——那是你的肘子。你的肘子柴刀似的砍在他的侧腰上。他完全没有预料到你会在这个角度发起进攻,他的脚步踉跄了一下。但他毕竟不是雏鸡,他立刻反手来抓你的身子。如果那天你穿着衣服,你们可能还会来回交几次手。可是你那天身上光溜得像条泥鳅,他的手在空中滑稽而无用地舞动了几下,终于没能扯回他失衡的身子,他扑通一声坐到了地上。

人群发出一声惊呼。这一切发生得太快了,他们几乎完全没看清楚你用的是什么招数。

队长站起来,朝我愤怒地挥动着拳头。翻译说他在向我抗议,抗议你没有按照上课时教的步骤出手。我耸了耸肩膀,说对不起,日本人也不会照我们的规矩出手。

他无可奈何,只好忍下怒气,准备下一轮的搏斗。

这一次他重新估计了你的能力。他和我一样,开始渐渐识破你前面的那些诡计。隔着几步路,我几乎可以看见他在用呼吸指挥着他的气力,他的太阳穴上凸爆起几条蚯蚓,它们沿着他的脖子一路蠕爬到胸腔,最后停止在腰胯和膝盖上。他的两脚相隔一尺,脚掌扎在地上宛如铁塔的地基。你已经打掉了他的锐气,他一开场就在潜意识里把自己禁锢在了一个防守的姿势。你像一只跳蚤绕着他的身体四下蹦跶嗅闻,在寻找着可以下嘴之处。可是他关上了每一个毛孔,他的身体紧密得没有一丝缝。

你们相持了很久,你不停地进犯,他不停地拨开你的拳脚,看起来谁也没占到什么便宜,其实你已经在走下坡路,因为无论是爆发力还是耐力你都不是他的对手,他只不过是在等待着你把气力消耗殆尽时再发起强攻。我开始替你担忧,我觉得你在一步一步进入他的陷阱,因为你的反应明显地迟缓了下来,动作开始出现毛边。

可是我们再次判断失误。这其实是你新一轮的烟雾弹,你不过是借几个不耗费什么气力的慢动作在积攒孤注一掷的气力。你突然两腿离地,猴子似的窜到了他的背后。他犯了一个战术错误,他防守得太严,肌肉和筋骨收缩得太紧,在这样僵硬的状态下转身非常耗时。你早看准了这一点,你前面所有的动作都不过在虚晃一枪,引逗着他的警觉,在他紧绷的身体上再上一圈发条。他上当了,他没能及时转身,你贴在他身后朝他的膝盖反关节踢出了铁锤般的一脚。铁塔的地基松了,他开始摇晃起来。尽管他没有跌倒,可是他的重心已经失衡。你没给他喘息的机会,你趁乱在他的右侧肩膀上猛击了一拳。那一拳像砸在熟透了的西瓜上,发出砰的一声闷响,他的平衡系统终于被彻底摧毁。他是右侧身体先着地的,落地的一刹那,我听见他嗷地嚷了一声,然后整个身体麻袋似的瘫了下去。

你走过去,我以为你要扶他起来,可是你没有。你在他背上坐了下来,用手背擦着额头上的汗。"衣服,鞋子。"你对围观的人说。就有人取下你挂在树枝上的衣服和草鞋,扔给你。你穿上那件已经洗旧了的灰布制服,一个一个地系上纽扣。然后拿过草鞋,抖了抖里头的灰土,穿上,站起来,慢慢地走了。

围观的人们自动给你让开了一条路,没有人说话。你走过每一个人跟前时,他们都在你的肩上重重地拍了一下。

你走过我跟前的时候,我觉得有什么东西在晃我的眼睛。过了一会儿我才明白过来,那是你的牙齿。你的牙齿白晃晃地裸露在你两片嘴唇之间的那条宽缝里。我从来没见过你这样的笑容,那一刻,你有些陌生。

过了一会儿,队长才坐了起来。这时我才知道为什么他在地上躺了这么久:他的右肩在着地时脱臼了,他的右手滑稽地垂挂下来,像一条被太阳晒蔫了的丝瓜。有人过去扶他,却被他一把推开了。

"看个卵,还不练你的功!"他冲着人群吼道。

他的声带突然瘦弱了许多。

牧师比利：一场从蛹到蝶的蜕变

斯塔拉在月湖前后住了五六年，其中接近三年是和我在一起的。那些日子是不同寻常的日子，那些日子里世界版图上二分之一以上的地方在燃烧着战火。战争把人生浓缩成几个瞬间，战争把一个人从生到死通常要经历的几十年，强行挤进出门和永别之间的那个狭窄空间。

斯塔拉就是在那些日子里飞快地完成了太平年月里几十年才能完成的成长。她的身体还按着大自然的规律循序渐进地长大，而她的心智却再也等不了按部就班的身体了，它抛下身体噌噌地朝前走了自己的路。她在月湖学会的最大一样本领，就是懂得了如何应对耻辱。她从前只知道躲，她以为把自己缩得很小，藏得很深，耻辱就再也找不到她了。可是她错了，耻辱是影子，她走多远，它也走多远；她有多快，它也有多快。她永远无法摆脱。

后来她学会了转身。"学"是一个渐进的行为，"会"却是电闪雷鸣的一刹那，那是一个从量变到质变的飞跃过程。突然有一天，斯塔拉就懂得了直面耻辱。她直立，转身，把自己迎头撞了上去，这才发现一直跟在身后的耻辱原来是个空壳子，只要戳破一个洞眼，它就瘪了气。

就在那迎头一撞里,耻辱突然就丢失了威慑力,斯塔拉完成了从蛹到蝶的蜕变。

斯塔拉的"迎头一撞",发生在刘兆虎打赢了那场格斗之后。这两件在训练营的历史上都算得上轰动一时的大事,彼此相隔了大约十天。

故事的最早起因,源自中国学员餐桌上的一场对话。那天是个周日,上午是整理内务的时间,下午大家约好要去逛集市。因为不集中上课,那天谈话的气氛不像平日那样严肃拘谨,话题如水似的蔓延开去,波及几件众人感觉兴奋的新闻。

第一件事是下礼拜就要举行的毕业典礼。这批学员在月湖虽然只上了几个月的课,但那是一场高密度的训练,抵得过寻常军校的一两年。他们手里掌握的,是许多正规部队都望尘莫及的精锐武器,他们是一群坐着都比别人高出一头的特种军人。关于毕业典礼上致辞贵宾的人选,训练营里流传着各种各样的说法。有人透出风来,说要来的那位长官是浙江人,他的级别之高,使得他的行踪决不可事先泄露。这个传闻让人不可避免地联想到几个浙江籍的将帅名字,大家嘴上不敢说,心里难免生出些颠颠颤颤的期盼来。

还有,他们毕业之前最大规模的一次实地战,将在今天揭开序幕。今天天黑之后,他们中的一部分人将出发去一个离月湖将近两百里地的小城镇,炸毁那里的一座日军军需仓库。根据可靠情报,日本人在那里囤积了几十吨的货物。参加这次行动的人员名单,将在晚饭后公布。这批学员这几个月里学到的各样本领,都将在那一战中分出高下雌雄。

还有,四天之后,一个戏班将到月湖演出。月湖地处偏僻,很少有人愿意来此地搭台唱戏。关于看戏的话题他们已经讨论了很久,每一天总会添加一两个或真或幻的细节,如新柴加旺着旧火,那火越烧越高。这一天的新细节是:剧目已经定下来了,是《梁山伯与祝英台》,出演祝英台的,就是剧团的头牌,远近闻名的正旦筱艳秋。其实月湖的人请剧团来演戏已经请了好几年了,都没请动。今年没请,却是剧团自己要来的,听说是筱艳秋的主张。筱艳秋的男人在置办戏装的路上被日本人抓去当挑夫,累得吐血死在半途,筱艳秋恨死了日本人。听说月湖有一个抗日训练营,她就要带着人马过来劳军。

那天的谈话在筱艳秋身上拐入了一条歧路,那条歧路从口子上看并无大碍,再往深里走才知道通往深渊。

那天刘兆虎那张饭桌上有一名学员,说自己有个亲戚在余姚城里做盐商,曾亲眼看见筱艳秋散戏后到一家茶馆吃宵夜——筱艳秋戏班的大本营,就在余姚城。没有人能证实此事的真伪,但真伪在这里并不重要。那人把传说中那个亲戚的话转述得绘声绘色,仿佛亲临其境。他说筱艳秋台下比台上还要好看,卸妆后脸色白嫩透亮,指头轻轻一弹就能弹出水来;他还说筱艳秋的右眼角下有一颗痣,这痣没长对地方,是颗泪痣,所以她才这么早就死了男人。

他的话叫一桌子的人听了心里不由得生出些躁动来。一句指头弹出水来已经令人心旌摇曳,再一句泪痣更让人生出无限爱怜。这些年轻力壮的男人已经在山沟里与世隔绝地生活了几个月,女人即使只是在嘴上走过,也能叫他们的声音变调。桌上有个岁数大些已经结了亲的学员就摇了摇头,说这么好看的一个人,夜夜睡空床该多冷清。

大家突然都安静了下来，仿佛在体会着那床那人的孤单。

这时，520号学员，也就是鼻涕虫，突然发出了长长的一声叹息。

"要是能和筱艳秋睡上一夜，就是死了也值。"他怔怔地说。

鼻涕虫是这群人中最小的一个，他的真实出生日期，还是在他死后才由他的乡邻，那位中国学员队的厨子告诉大家的。

他的这句话像在一锅热油上洒了一滴水，桌子上突然就炸开了锅。有人说鼻涕虫你才断了奶就到了这里，除了你娘，你还见过什么女人？

鼻涕虫不服，说没见过女人，还没见过公狗睡母狗？不都是一回事！

众人哈哈大笑起来，说小毛虫子反了，扒了他裤子看鸡鸡长没长成。

鼻涕虫恼羞成怒，丢下饭碗，满脸通红地跑出了门。

那天桌子上的话都没经过脑子，是直接从裤裆里钻出来的，谁也没想到荷尔蒙也是一个炸药库，他们只管一根根地往里扔着火柴，扔完就把这事丢在了脑后，直到晚饭时听到了爆炸声响，才明白过来他们是纵火的人。

鼻涕虫跑出门时，他们还没放过他，有人追出来，站在门槛上大声喊道："你赶紧的找个人练练手吧，省得筱艳秋嫌你是雏儿。"

鼻涕虫跑出院门，急急朝河边走去，他只觉得脑壳里烧着十盏火油灯，脸热得要爆皮。他想把脑袋搁在水里泡一泡，熄一熄里头的火油。他还不知道魔鬼已经在他的脚踝上套了一根绳子，正扯着他走向通往地狱的门。

他诨诨噩噩地跑到河边,撩起一捧水,正要往头上浇,却突然停住了。他看见离他几步远的地方,有一个年轻女孩正蹲在石阶上洗着篮子里的草药。草药大概是新采的,女孩正用指甲抠着根和叶子上的湿泥。天热,女孩只穿着一件单薄的短衫,低垂着头,露出一截白净的脖颈,上面长着一层水蜜桃似的细绒毛。

鼻涕虫觉得脑壳里的火油灯突然倒翻了,火油从灯盏里漏出来,一路顺着他的身体流下来,流到大腿的时候,突然轰的一声爆了,把他的身子炸成了好几块,脑袋和手脚各自分了家。

脑袋是第一个看见魔鬼的。脑袋对脚说你走啊,你赶紧走,你没长眼睛,你不知道有魔鬼。脚说我明天说不定嘎巴一声就没了,还要眼睛做什么?脑袋说你再不走,就要闯大祸了。脚说闯就闯吧,我总不能连那个滋味都没尝过就死。

鼻涕虫窜到女孩身边,一把搂住了女孩的腰。他突然就闻见了女孩身上的气味。那气味有些古怪,是香,却不是他从前闻过的任何一种香。不像花,不像草,不像酒曲,也不像稻米。那香乍一闻是清淡的,再一闻就有了一股烟熏火燎的浓烈,仿佛能一下子点着三座楼房,十捆草垛。

女孩吓了一大跳,回过身来,看见了鼻涕虫,还有他胸前缝的那块"腾蛟520"的布章。

"你,你要做什么?"女孩惊恐地睁大了眼睛。

鼻涕虫一下子慌了,他想好了要做的事,可是他却没想好要说的话。他不知道做这事的时候也要说话。

女孩死命挣扎着,想推开他的手。

"我,只想看,看一看……"他结结巴巴地说。

他突然就恼恨了自己,他觉得他已经叫女孩一眼看穿了,他原来是个啥也不懂的雏儿。

他的脑子这会儿不仅管不了他的手脚,甚至也管不了他的声音。

"老子啥没见过,你别给我装。"他冲她喊道。

那嗓门很粗,走出喉咙时沙沙地刮出几条血印,他几乎听不出来那是他自己的声音。

他哆哆嗦嗦地去解女孩的衣扣。他的手颤得太厉害,找来找去找不着路。他没想到女人衣裳上的扣子竟有这么多门道,他等不及了,就丢下扣子,直接撕扯起布衫来。

女孩的手脚都使不上劲,女孩只剩下牙齿。女孩在他的手上狠狠咬了一口。

鼻涕虫嗷地叫了一声,松开了手。他的手背上出现了一朵梅花,先是淡粉色的,后来变成了深红。

"长官,我要,告诉你长官!"女孩气喘吁吁地往后退着身子。

鼻涕虫撩起衣襟擦了擦手背上的血,一脚跨过去,将女孩绊倒在地上。

"你不敢。你丢不起这个脸,你以为我不知道你是谁?你那点烂事瞒天瞒地瞒不过老子。"

女孩怔住了。她只觉得日头在天上颠来颤去,身下的那块地变得很软,似乎撑不起她的重量。她在往下坠,越坠越深,一直坠到了地心。

躲了这么久,逃了这么远,可是那条鬼影,最终还是追上了她。她想。

那天我布完两堂道回到住处,直接钻进厨房找斯塔拉。通常这个时候斯塔拉总是在厨房里,帮着厨娘准备晚餐,可是那天她不在。我问厨娘,厨娘努了努嘴,说在那儿呢,一个人坐了一下午了。

厨娘指的是后院。

我去了后院,只见斯塔拉坐在夹竹桃边上的一张石凳上,两个肘子撑在膝盖上,手托着下巴发怔。斯塔拉的神情有些奇怪,五官纹丝不动,脸上泛着一层铜黄,看上去几乎像一尊雕像。她仿佛在思考人类起源宇宙本质之类的旷世学问,容不得一丝一缕的纷扰。

我在她身后站了许久,终于忍不住咳嗽了一声。

"你今天怎么没来做礼拜?"我问。

从斯塔拉来月湖的第一周开始,她从来没错过一堂礼拜。与其说她来坐礼拜是为了上帝,倒不如说她是为了哄我开心。请注意我在这里使用了"坐"而不是"做",因为我实在不知道她听进了多少。

她转过身来,却没有回我的话。她呆呆地看着我,半晌才说:"牧师比利,你说一个人该有几边脸?"

我茫然地看着她,不知道她说的是什么意思。

她哼了一声,说你忘了你自己说的故事,左脸和右脸?

我这才明白过来,她说的是马太福音书上"有人打你的右脸,连左脸也转过来由他打"的话——那是我上个礼拜教给她的圣经课程。

"你怎么突然想起这个?"我好奇地问。

她的嘴唇扯了一扯,像有话说,却又咽了回去。

"我随便一问。"她说。

"斯塔拉,你知道主耶稣其实不是在讲脸,脸在这里只是一个比喻……"

她没等我说完就打断了我:"我知道,他是说一个人到底能饶别人多少回。"

她好像突然想起了什么,站起身,咚咚地往外走去。

"两回。右脸一回,左脸一回,够了。"她说。

斯塔拉走在路上时,日头已经西斜。九月的天光还长,天边的云到这个时候还没有变色,她是从头顶飞过的野雁的鸣叫声中听出了秋意的。

斯塔拉那天走得很慢,步子很沉稳,她甚至还有心情在一棵大树底下歇了歇脚,抬头看着一只雀子把一条肥虫叼回巢里喂它的雏儿。她已经把该说的话都想妥了,她的心到这时总算落到了实处。她已经沉到谷底了,她对自己说,再也没有比谷底更低的地方了。

后来她告诉我,那天她走在路上的感觉像是去做一场犹豫了很久却最终不得不做的手术,不是给别人,而是给自己。她说她的一只手溃烂了,脓血流得到处都是,流到哪里就感染到哪里。她终于明白了,手和性命她只能挑一样——她只有狠狠心把那只烂手剁了,她才能保住性命。

你们都应该清楚这是比喻,斯塔拉已经从福音书里学会了如何运用比喻。

斯塔拉在中国学员宿舍门前停下了步子。院门紧闭着,台阶上站着一个持枪的哨兵。

"我找你们的长官,最大的那个。"斯塔拉对哨兵说。

哨兵吃了一惊。这里警备森严,很少有外人进来。中国学员大多认识我,可是见过斯塔拉的却没有几个,因为斯塔拉从不走这条路——她不愿意遇见刘兆虎。

"你是谁?"哨兵问。

"待会儿你就知道了。"斯塔拉说。

"我们长官这会儿不见人。"

"为什么?"

"长官在开会,你有什么话,我可以给你传。"

哨兵没撒谎,长官的确在开参谋会,落实晚上军事行动的最后细节。

"我的话你传不动,太重。"

斯塔拉板着脸,直直地就要往院子里闯。

哨兵就把身子挡在她跟前。

"长官交代了,这里不能随便进人。"

斯塔拉瞪了哨兵一眼,说我不是随便,你耽误不起我的事。

斯塔拉见哨兵依旧不肯挪身,突然弯下腰去,搬起路边的一块石头,朝着院门砸了过去。

中国学员的宿舍借的是一户殷实人家的宅院,门是两扇对开的黑木门,很厚实,石头砸上去轰的一声响,听起来像一声闷雷,门面瘪进了一个坑。

哨兵回过神来,慌慌张张地取下枪来对准了斯塔拉。

斯塔拉愣住了。她把今天可能发生的事都想过了一遍,但她却忽略了枪。枪是一桩半路杀进来的意外。

后退已经来不及了,枪子比她快,她退到哪儿枪子都追得上。她只有豁出去了。

斯塔拉朝哨兵迎了上去:"你要是不怕你的长官,你就开枪吧。"

院子里的人正在吃晚饭,听见门外有动静,便有人跑出来看热闹,其中就有刘兆虎。

刘兆虎看到哨兵正持枪瞄着一个年轻女子,走近了,才看清那人是谁,脸色顿时吓得煞白。

他不敢夺哨兵的枪,怕走火,他只能小心翼翼地走到了哨兵视野的正中。

"别,别开枪!"他说。

他发觉他的嘴唇抖得厉害,嗓子走了音。

哨兵扫了一眼刘兆虎:"你认识她?"

刘兆虎说她是我的乡党,不是奸细。

斯塔拉冷冷地笑了一声,说光是乡党吗?还有什么?要说就全说,别留半截。

刘兆虎不接她的话茬,只是问出了什么事。

斯塔拉一把拨开刘兆虎,径自跨上台阶,走进了院门:"我只找你们的长官。"

众人见状,赶紧去喊了队长过来。

队长叫哨兵把枪撤了,问斯塔拉你有啥事不能说的,为啥非要砸门呢?

斯塔拉指了指哨兵,说这个你得问他。他要好好地放我进去,我能砸门吗?我是有事,但我不找你。我找长官。

队长说你有话跟我讲,我就是长官。

人群渐渐聚成了一个圈,把队长和斯塔拉围在了中间。空气有些紧,斯塔拉的脑瓜仁子一跳一跳地疼。他们是一伙,而她,却只是一个。她对付不了一伙,她只能对付一个。

她前胸后背到处都长着眼睛,她知道离她很近的地方,刘兆虎在焦急地来回踱步,他急于想知道她来这里的原因。

她也知道身后那口大水缸旁边蹲着的那个人就是鼻涕虫,此刻他一定腿脚绵软,面如死灰。

他们都在心里秤过她了,他们赌定了她不敢,因为她还要面皮。可是他们做错了一件事:他们把她逼过了头。十步整好的事,他们偏偏走了十一步。就是那一步,把她推到了谷底。坐在谷底看天,天又是另外一副样子,竟让她把没有一丝缝隙的黑暗,硬是看出了一条破绽。她突然就懂了,面皮再紧要,也紧要不过性命。

她懂了,他们却还没懂。他们不知道,一个人若敢把面皮舍了,能做出什么样惊天动地的事来。

斯塔拉上上下下地打量了队长一遍,说我要找大长官,你不是。

队长说谁告诉你我不是?

斯塔拉指了指队长制服胸前缝着的那块布章,说大长官没有号码。

有人窃窃地笑出了声——谁也没想到一个村姑竟有这样的眼力。

队长的脸紧了,嗓门就粗大了起来:"大长官有公务,你扯啥子皮?"

斯塔拉说那好,我不打扰,我就在这里等着大长官办完公务。

她往前走了几步,在楼梯口坐了下来。她知道大长官在楼上的第二个房间里开会,她一进院子就看见那个房间关着窗户。没有人会在这样的热天里把帘子拉扯得这么严实,除非他有要紧的事要商议。

斯塔拉刚在楼梯脚上坐稳,只见一院子的人突然哗啦地全站了起来,索索索索地排成了队伍,并拢脚跟,规规矩矩地敬了一个礼。斯塔拉转过身来,只见楼梯上站着一个脸膛黝黑的高个子男人。男人穿着和众人一样的灰布制服,也戴着一顶灰布帽子,只是胸前没有布章。

她便知道是大长官了。

"你岁数不大,胆子不小,竟不怕吃枪子啊?"男人说。

男人的话狠,神情却有几分温存。斯塔拉站起来,欠了欠身,突然觉得眼眶子一热。

千万,不能,在这群猪面前,哭。

斯塔拉紧紧地咬住了嘴唇,可是没用,眼泪不听她使唤。有两条虫子顺着她的脸颊爬下来,停在她的嘴角,灼热,刺疼。

"有话你就说,我真的有很紧要的事,今天。"长官摸出口袋里的挂表看了一眼。

"天下哪有不怕枪子的人?"斯塔拉哽咽着说。

"那么,你是有委屈?"长官问。

路上想好的话,叫刚才这一折腾,全都走散了。斯塔拉捏起拳头,用指甲狠狠抠了一下手心,尖锐的疼痛让她渐渐清醒,那些走散的话才又一句一句地回到了脑子里。

"长官,我只问你一句话:你的人马,是打日本人的吗?"她问。

"不打日本人,我们上这个鬼地方忍冻挨饿做什么?"长官说。

"要是你们的家人你们的乡亲遭了日本人的祸害,你们怎么办?"

"报仇。要不报仇,还是个人吗?"长官的声音大了起来。

斯塔拉转过身来,在一院子攒动的人头里寻找那个她要找的人。他们排着齐整的队列,都穿着一模一样的制服,戴着一模一样的帽子,束着一模一样的皮带,他们看上去就像是同一个模子里浇铸出来的许多个副本。

可是斯塔拉还是很快从人群中找到了鼻涕虫,尽管他一直在往人身后躲。

"那好,长官,你问一问你手下这个520号,他是怎么样报仇的。"斯塔拉说。

鼻涕虫被人推出了队伍,低着头盯着从草鞋里露出来的脚指头,默不作声。

"你要自己说,还是我替你说?"斯塔拉问。

长官用一根手指托起了鼻涕虫的脸:"躲是躲不过去的,说实话吧。"

鼻涕虫哭丧着脸,嚅嚅地开了口:"我、我早上在河边,碰、碰到了她。是她、她先……"

鼻涕虫停住了。

斯塔拉听出了那没说出口的半截话里隐藏的那个意思,脸色唰地涨得通红。

"猪!长官你查查他的胳膊和手!"

长官撩起"鼻涕虫"的袖子,只见他的两只胳膊和手背上有好几块牙咬的伤痕,有的刚刚结了痂,有的还汪着半干不干的血水。

长官的脸阴沉了下来,太阳穴上鼓出两个赤红色的肉包。那肉包在脸上四下游走起来,最后停在了腮帮子上,一鼓一瘪地跳动着。

院子突然安静了下来,静得仿佛能听得见一根松针落地,一屋子只剩下鼻涕虫嘶嘶地吸着鼻涕的声响,还有长官咯咯的咬牙声。

"队长!"

长官喊了一声。

"这是你的手下,你把他拉到后沟,毙了,叫大家都看一看,还有没有人敢做这样的事!"

队长走上前来,嘴唇哆嗦着,想要说话,却被长官一挥手给压住了。

"你的手下做了这等烂事,你还敢求情,你想让我一起毙了你?"

队长只好把卡在喉咙口的话噎了回去。

鼻涕虫扑通一声跪了下来。隔着一层薄薄的单裤,众人听见他的膝盖在砖地上磨出的嘎啦声响。

"长官我知道我犯了大错,可是我没有上手,真的,她太凶了。不信,你问她……"

斯塔拉觉得身上沾着无数只毛毛虫——那是众人的目光。所有的人都知道,这一刻里唯一能救鼻涕虫一条性命的,不是菩萨,不是上帝,而只有她一个人。

一路上她想到了她的话会引起的各样后果。她可能会被当成一个疯子或者一个笑话,像抹布一样地被人扔出门去;他们也可能把那个520号训斥一顿敷衍了事;他们也可能把他吊起来打一顿做个教训;甚至,他们还可能关他几天牢房以示警诫……

可是她唯独没想到要取他的性命。

"他是叫我,给打跑的。"斯塔拉低声说。

长官狠狠踢了鼻涕虫一脚:"光生出这个心来你就该死,你叫弟兄们的脸往哪儿塞?还有谁敢替他求情?"

没人再敢开口说话。

斯塔拉突然在长官面前跪了下来。

"长官,不能就叫他这么死,太便宜他了。"

长官怔了一怔,迷惑地看了斯塔拉一眼:"那你想让他怎么死?"

"我想让他,打完鬼子再死。"斯塔拉说。

鼻涕虫的脑子已经浑成了一锅糨糊,斯塔拉的话却突然把他点醒。他俯下身去,朝长官低低地磕了一个头。

"弗格森教官说,养我们一个学员要搭上好多钱财,还有性命。我就这样死了,白叫鬼子占了便宜。长官,你让我死在战场上吧,我捞几个鬼子作陪。"

长官沉吟了半晌,才重重地叹了一口气,把队长叫到了跟前。

"今天的行动之后,你把他交回来给我。他要是逃了,我找你顶罪。"

队长敬了一个礼,赶紧把鼻涕虫领回了队伍。

"姑娘你住哪里,回头告诉队长,叫他们给你挑一个月的水。"

长官扶着斯塔拉起了身,就往楼上走去。

"等等,我还有话。"斯塔拉叫住了长官。

"我家原来住在四十一步村,离这里四十多里地。去年清明,我阿爸叫日本人的飞机炸死了。阿爸头七那天,日本人经过我家,我阿妈被日本人挑了膛。我遭,遭了……"

斯塔拉闭上了眼睛。这一刻她不想看见任何人的脸。她也想捂上自己的耳朵,可是没有用,她纵然割去了两只耳朵,她依旧能听得见一个声音在空中浮游。那是个她不认得的声音,说的仿佛是别人家的事情。

"我遭了,日本人的欺负。"

斯塔拉知道眼泪已经走在路上了。这一回她有了准备,她早早地咬住了牙齿,把眼泪逼回了喉咙。

"我逃回家后,他们都不认我,他们觉得我遭了日本人的欺负,他们就都可以欺负我。"斯塔拉睁开了眼睛。最难的路走过去了,剩下的,再坎坷也是平地。

"后来,我就离开了四十一步村,来到月湖。我以为,我能过太平日脚了,可还是有人,把那些事传到了这里。"

斯塔拉在人群中找到了刘兆虎。可是他没有接她的眼神,他只是低着头,一下一下地剥着手掌上被枪磨出来的茧皮。

"你们为什么只知道欺负我,你们为什么不找日本人算账?!"

斯塔拉知道这句话是喊出来的,因为她觉出了喉咙和耳朵的疼。她听见水缸和墙壁在嘤嘤嗡嗡地颤动。

"混蛋,你们这群混蛋!"长官说。长官的声音有些喑哑,长官靠在楼梯扶手上,身子好像矮了一截。

"就这点事,我都说完了,看你们还剩下什么可嚼舌头的?"

斯塔拉噌噌地走出了院门。

《美东华文先驱报》抗战胜利七十周年纪念专辑：
人物特写之三——一个与热血相关的故事

  1921年12月7日,伊恩·弗格森出生于芝加哥的一个啤酒商家庭。1941年12月7日那一天,他刚满二十岁。那天正好是周日,全家人在参加完教堂的早礼拜之后,带他去一家意大利餐馆庆生。时隔七十四年,伊恩依旧记得那天的天空很阴沉,似乎随时要下雪,餐馆的暖气烧得不够热,他们坐下来半晌都没敢脱下大衣。他们刚刚翻开菜单,收音机里播放的音乐突然停了,插进来一则紧急新闻。播报员的声音是如此地低沉悲怆,以至伊恩在跳过了几个句子之后,才终于听懂了新闻的内容:珍珠港美国海军基地遭受日方突袭,舰队和人员损失惨重。

  那天餐馆里人很多,几乎所有的位置都坐满了,可是没有人说话,空气被沉默碾压成一块随时要爆碎的玻璃。

  后来终于有人站起来,缓缓走出自己的座位,拥抱素不相识的陌生人。接着,伊恩听见了妈妈低低的啜泣声。

  那个生日聚会彻底改变了伊恩的命运。回家的路上,伊恩做出了一个重要决定:他要去参加美国海军。

  那时他正在芝加哥南城的一家汽车修理铺里当学徒,业余时间进修着机械师的课程。他的梦想是在将来攒下足够的钱,开一家属于自己的汽车修理铺。

他的这个梦想在战争结束之后的第十个年头里终于成为现实。1955年的10月,他举家搬迁到汽车城底特律,开设了一家以他的名字注册的汽车修理铺。在那之后的二十年里,他的业务拓展了几倍,又衍生出了另外三家分铺。

不过那都是后来的事。在1941年12月7日的那一天,他满脑子装的都是些与汽车修理毫无关联的事。

就在第二年春天,二十一岁的伊恩成为了美国海军中国事务团的一名新兵。

入伍后他被送到华盛顿郊外的营地里接受了四个月的封闭式训练。训练内容包括短兵器和特殊爆破装置的使用,近距离刺杀和格斗术,密码通讯技术,飞机和军舰的型号吨位功能鉴别,只身陷入敌占区的自救技能,以及如何在完全黑暗的环境里仅依赖荧光指南针抵达目的地,等等。除此之外,他还需要参加一周十二小时的速成中文课程以及中国民俗民风培训。

本报资深记者凯瑟琳·姚在采访这位九十四岁的援华抗战老兵时,发现他至今还保存着一本当年集训时发的简易汉语课本和《士兵须知手册》。汉语课本中对中国官话的发声原则有如下的描述:

The first tone is even.

The second tone rises as spoken.

The third tone falls and stops with a hesitation.

The fourth tone is chopping off quickly.
（第一声是平声。
第二声发声时音调上扬。
第三声降下后犹犹豫豫地打住。
第四声落下如快刀斩乱麻。）

而在《士兵须知手册》里则有如下内容：

不要使用"中国佬"的称呼；
不要称当地劳工为"苦力"；
不要对中国人从后到前从右到左的阅读习惯评头论足；
不要在中国同事面前评论中国饮食习惯，或把美国饮食称为"文明"饮食；
如果不能使用中文沟通时，要尽量避免使用洋泾浜英文，以免造成对人不尊重的印象……

伊恩入伍时便已得知，他将被派往中国执行秘密使命。然而，直到他每天早晨被军号声唤醒，从宿舍被拉上严严实实地捂着黑布的军车，送往华盛顿特区郊外的秘密地点接受高密度培训时，他才真正意识到了这个"秘密"到底有多深。

培训完毕后，他被派往南加州一家兵工厂进行了三个月的实习，然后从旧金山搭邮轮来到印度的加尔各答，在那里等候拥挤的驼峰运输线给他腾出空位。等他终于坐上飞机抵达昆明，又从昆明用牛车一样的速度辗转抵达重庆时，已经是1943年的夏天了。他当时的军衔是三等军械师，后来由于他在制造和使用遥控定时爆破装置方面的杰出才能，他很快被提升为一等军械师。

从重庆，他被派往长江沿岸的几个营地，参与对中国军人的特殊培训工作，最后的落脚点是在浙江南部一个叫月湖的村庄。而这个村庄，就是他诸多中国故事的背景。

本报记者凯瑟琳·姚在底特律一家荣军医院的慢性病房里见到伊恩时，他已在病床上躺卧多年，但思维依旧敏捷。在一位护工的协助下，他用虚弱的声音，讲述了一个月湖训练营的作战故事。这个故事是美国海军在远东战场上和中国军民携手作战的一个感人事例，尽管由于他们肩负的使命的机密性质，美国援华海军在战中及战后所受到的关注，远远不及他们的陆军或空军同事。

以下的故事是凯瑟琳·姚根据伊恩·弗格森先生的讲话录音改写的，在人称和叙事角度上作了一些编辑调整。

在发出那声呼唤之前，伊恩·弗格森其实已经在山坡上站了很久，默默地看着幽灵和蜜莉玩耍。

幽灵和蜜莉是两只体型相差巨大的狗，幽灵是训练有素的军犬，而蜜莉则是附近一家教堂所领养的迷你白梗。

幽灵和蜜莉把身体蜷成一个圆球，从坡上滚到沟底，站定了，抖一抖皮毛，彼此舔落身上没有抖干净的泥土和草屑，然后撒着欢地往回跑。幽灵的速度是蜜莉的三五倍，如果蜜莉落得远了，幽灵就会趴在半山坡上，仰着脖子等候。会齐了，再一起朝坡顶作最后的冲刺。

到了坡上，它们会再次把身体蜷成圆球，朝坡下滚去。

一轮又一轮。

幽灵舔蜜莉的时候,神态极是小心翼翼,只敢使用小半条舌头和十分之一的力气,仿佛蜜莉是一只异常薄脆的玻璃瓶,略微碰重了就要碎成齑粉。而蜜莉只有踮起脚尖,才够得着幽灵的肚腹。蜜莉的舌头像是一把微型刷子,而幽灵的身体则是一块巨幅地毯,蜜莉即使穷其一生,恐怕也无法遍及地毯的每一个角落。可是它们不在乎。它们既不在乎力气,也不在乎效率,它们只在意舌头落在肌肤上的感觉。

伊恩不忍打断它们的亲昵。那一刻伊恩几乎有些感伤:人的世界里需要用语言微笑鲜花美酒诗歌哲学甚至金钱地位才能获取的东西,狗的世界里只需要一根舌头。

太阳已经很低了,云在天边聚集成浓腻的番茄汁似的暗红。九月的天还长,太阳落山是个缓慢的过程,可是一旦日头落尽,天黑却常常只是一瞬间的事。他没有多少时间了,此刻他的战友应该已经整装待发。

他把手指放进嘴里,发出一声响亮的呼哨。这是重庆的驯犬员教给他的信号,这个信号在人类语言系统里可以被解释成"集合"或者"报到"。

幽灵抖了抖耳朵,似乎有些吃惊——它已经有一阵子没听过这样的呼唤声了。它犹豫了片刻,最终还是恋恋不舍地看了蜜莉一眼,跑到了主人身边。

"立正!"伊恩对幽灵喊道。

这也是驯犬员教给伊恩的口令。每当听到这个口令,幽灵就知道它即将领受任务。当然,立正对一只狗来说仅仅只能是立坐。幽灵端端正正地坐下了,身板挺直,两眼望着伊恩,目光里却带着一丝难以掩饰的愧疚。它知道自己这段时间的表现辱没了父母遗传给它的辉煌基因,热恋中的它智商接近于零,剩下的那一点聪明只够它明白自己的糊涂。它收紧了一直放得很松的身体,正准备接受主人的严厉训斥,没想到主人从军用挎包里拿出一个牛肉罐头——那是他母亲从美国长途邮寄过来的礼物,用勺子挖出两大块肉来,放到手心喂它吃。

它已经很久没闻过这样鲜美的味道了,肠胃在发出不知廉耻的叫嚷。上一次尝到这样的美味,是在华盛顿的军犬基地,那是它完成了一项高难度训练任务时得到的奖赏。那时的情景回想起来已恍若隔世。幽灵知道自己的行为不配得到这样的奖赏,所以它迷惑地望着主人,却不敢动嘴。

伊恩拍了拍它的头,说吃吧吃吧,这兴许……伊恩没有把话说完,那咽回去的半截是"这兴许是你的最后一口牛肉了"。

主人的表情出奇地温存,近来挨过多次训斥的幽灵感觉受宠若惊。它努力保持着绅士风度,一小口一小口慢慢地把牛肉吃完了,又伸出舌头在伊恩的手掌上舔了很久,仿佛要把每一根掌纹里匿藏着的细微肉味,一丝不漏地舔到嘴里。

伊恩耐心地等着幽灵吃完了,才掏出一个项圈,套在了它的脖颈上。这是就位的信号。一旦套上这个项圈,幽灵就知道它在世上的一切其他身份——比如宠物,比如小丑,比如情人,便都不复存在了。从这一刻开始,它仅仅只是一只军犬,它唯一的职责就是服从主人的命令。

队伍是在天黑之后出发的。

这只队伍由十六名中国学员组成,他们都是在训练场上显示了某一方面特殊才干的人。领队的是训练营的一名队长,军事顾问是军械师伊恩·弗格森。这是美国教官第一次和中国学员一起参加实地作战,以前的几次小规模行动都是中国学员单独出行的。为了参加这次行动,伊恩和营地的中国长官之间爆发了一场几乎可以用激烈来形容的争执。考虑到美国人的生命安全,中方长官坚决不同意美国教官参加行动;而伊恩则认为如果他不能亲眼看到实战应用效果,他又怎能判断那些精心设计的训练课程是不是一叠废纸?

他们各执己见,谁也没能说服对方,最后只能诉诸重庆总部的裁决。重庆的电报是在出发之前的两小时抵达的,上面只有两个字:"批准"。

伊恩不是这支队伍中唯一的美国货,他还带上了从美国空运到中国的军犬幽灵。派军犬参战以减少人员伤亡是一群头脑发热的军事科学家多年来研究的课题,幽灵在美国经受了极为严苛的训练,这次行动是它的第一次实战体验,它将以此证明那些科学家到底是天才还是疯子。

今天他们将经过一段地形复杂的山路,那里是土匪出没之地,也曾驻扎过不明来路的军队。幽灵会行走在队伍之前,探测路况和敌情。然而幽灵处于懒散状况已经有一阵子了,伊恩对它的反应能力不无担忧。

那是一个异常阴郁的夜晚,云层浓厚,无星无月。在这样的状况下行军是福,也是祸。那夜的能见度极差,而路程中经过的大部分区域是山林,厚厚的腐殖层悄无声息地销蚀了脚步声。除非在近距离内迎面而过,行进中的队伍很难引起他人的注意。然而,黑暗是把双刃剑,它带来了好处也带来了困难:在这样一片几乎没有一丝破绽的黑暗中寻路,只能依赖脚板的记忆。这群中国士兵大多是附近区域的人，对这一带的山路并不陌生。只是脚板的记忆并非总是可靠，关键时刻还得仰赖伊恩手里那只带有荧光指示的指南针——那是伊恩在华盛顿接受秘密培训时留下的旧物。

黑暗使眼睛懈怠下来，眼睛就变成了无数只耳朵。伊恩额头上的那只耳朵，是专门用来追踪幽灵的一举一动的。如果行动是在白天，幽灵会用竖起体毛的方式，无声地向伊恩发出关于敌情的警报。而在黑夜里，一旦发现异常，它会停下步子，蹲在路中央阻止伊恩前行。

伊恩背上的那只耳朵，听见了一串比别人略微粗重一些的呼吸声——那是一名绰号叫鼻涕虫的战士。那位战士之所以得了这个雅号，是因为他患有严重的鼻炎，一年到头都流着鼻涕，而且鼻涕会随着时节的变换而改变着颜色和质地。出发前队长宣布过严格的命令：路上不许抽烟，不许交谈，不许发出声音。为了抑制擤鼻涕的声响，鼻涕虫用两块碎布堵住了鼻孔，他只能像鱼一样张着嘴呼吸。

走在伊恩左边的是队长，右边是战士刘兆虎。其实刘兆虎才应该是走在中间的那个人，因为他是这群中国学员中唯一懂得英文的人。他应该是中国领队和美国顾问中间的那条通道，保证他们在平行的时候不至于相隔太远，交叉的时候又不至于产生剧烈的碰撞。可是就在几天前的一次格斗训练中，体型瘦弱的刘兆虎出其不意地击败了身高马大不可一世的队长。那一场格斗之后，伊恩注意到他们一直在彼此逃避。对队长来说，逃避是因为不愿意承认失败；而对刘兆虎来说，逃避则是不屑于张扬胜利。

其实逃避也是一种角力，是一种互不相让永无结局的僵持。

两人嘴里呼出来的酸馊怨意，正在夜空中毕毕剥剥地结出一朵朵毒蘑菇。对于这样一次规模不大，细节却很复杂而且环环相扣的军事行动来说，诸如此类的僵持将毁坏一支队伍的整体默契。所以伊恩有意无意地走在了队长和刘兆虎中间，试图阻隔那两股气流的相互撞击。

这只是伊恩自己的回忆。事后当他们再次谈起那次行军时，刘兆虎的回忆却颠覆了伊恩的版本。刘兆虎告诉伊恩，他是有意让伊恩走在中间的。他说这一带的山路有一些猎人捕兽留下的陷阱和农民为引水下山凿出的沟壑。他走在外侧，是怕伊恩踩入陷阱或者跌入沟壑——他对山路的熟悉程度远胜过伊恩，他至少知道如何在迈出一个大步之前先用一个小步探路。

从天黑出发到第二天的黎明，他们将步行一百多里的山路，抵达一个人烟稀少地处偏僻的埠头。在那里，队长的哥哥，一位当地出名的海匪头目，已经给他们预备好了舢板。几个对当地河道和码头情况了如指掌的人，将化装成渔民带领他们抄水路靠近他们的目标——一座建在离河岸不远处的日军军需品仓库。

考虑到路途遥远，出发前队长对大家的行装都做了削减，除了一长一短两把枪之外，每人只带两顿的干粮和饮用水——训练营的美国军医严禁他们饮用沿途未经检疫的生水。中国战士的干粮是炒熟的米，装在一个系紧了口子的长布袋中，斜挎在身上。除了随枪的子弹，剩余的弹药都放置在两只木箱里，由战士用扁担轮流抬着行走。

伊恩的行装比别人的略轻一些，因为他的干粮不是沉重的炒米，而是中国人称之为"锯末"的压缩饼干。临行前队长提议伊恩把汤姆森枪卸下放在木箱里让战士抬着走，伊恩坚决地拒绝了，脸涨得通红——他觉得队长在质疑他的体能。

"上了路你可别后悔。"队长说,"我们中国人的孩子八九岁就能走一两百里地,而你们美国二三十岁的壮汉子,出门几步路也得开车。你走不惯我们的山道。"

刘兆虎翻译了队长的话,一丝未打折扣,甚至还拷贝了队长的语气和停顿。尽管他们之间存在着九千九百九十九桩矛盾,在这件事上他们的看法却相当一致。

伊恩到此时才突然意识到了他先前犯下的错误。前阵子伊恩在一堂军械课上将美国男孩的动手能力和中国男人作过一番对比,当时他并未察觉他在中国学员的自尊上插了一根刺。队长没有立即把这根刺拔出来,因为他一直未找到合宜的时机——直到此刻。

伊恩觉出了疼。但他必须忍耐,他必须等到路途的终点才可以把这根刺回赠给队长。他绝不相信一个在身材和体能上远占优势的美国人,会在脚力上输给瘦弱的中国人。

上路没多久,他就觉出了武器的重量。这支枪他已经使用了好几个月,他熟悉它的每一个部件,蒙着眼睛也能把它拆卸成一桌子零碎,再把它们一一装回。这枪在他手里的时候像吉卜赛人的蛇,他用一根指头就可以指挥它翩翩起舞。可是换到他肩上的时候,它就变成了一块毫无弹性的铁疙瘩,他的每一根肌肉都在无声地排斥着它的压迫。右肩开始酸痛,他只好换到了左肩。可是右肩的酸痛有着持久的记忆,左肩随之而来的酸痛并未取代右肩的感受,只是在右肩的感受上另加上了自己的感受。

渐渐地,重量从肩上感染到了两条腿。靴子和枪一样也化成了铁块,沉沉地坠着他的腿。他发觉他竟然抬不起腿来,他只能低低地蹭着路面行走。假若有天光,他很好奇这两块生铁会在那些陈年落叶上盖上什么样的印戳?

他没想到在身体如此疲倦的时刻脑子却还会如此清醒,他能清晰地分辨出身上每一样物件各自的重量。汤姆森枪的重量不是左轮的重量,正如左轮的重量不是靴子的重量,靴子的重量不是皮带的重量,皮带的重量不是水壶的重量那样。就连灰色卡其服上的金属纽扣,都有着自己不容置疑、不可混为一谈的独特重量。

他回头看了看他身后那两个抬着沉重的弹药箱行走的小战士。在这里"看"是一个边界模糊的词,可以与"听"互换使用。他看见了,或者说,他听出了,他们依旧和他相隔着大约两步路的距离——这个距离从一开始到现在既没有缩短也没有增长。他们的呼吸听起来平静均衡,缺乏高低起伏,既不兴奋也不疲软。他现在明白了,维系这些营养不良身形弱小的人行走长路的,和维系他们在长期的贫困中存活的,其实是同一个秘诀,那就是节约。他们把每一两力气掰成几块,就如同他们把每一个毫子掰成几瓣一样。他们决不把力气耗费在诸如紧张激动沮丧绝望之类的情绪上,他们既不会去想离出发点已经有多远,也不会去算距目的地还有多少路程,他们只专注在当前的每一个步子上。他们花在每一脚上的力气,仿佛都经过了最精密测算,少一分不够,多一分则是浪费。这种有效地分配体力的技能,不是哪一个课程可以急补的,那是日复一日年复一年所积累的惯性。

他知道他无法把那根刺拔出来还给队长了。那根刺只能永远存留在他的体内,用微微的刺疼来提醒着他曾经的无知和愚昧。他从小习以为常的美国人的巧手,和队长从小习以为常的中国人的捷足,在这场漫长得几乎看不到头的行军途中,打了一场不动声色的平手。

伊恩终于决定把汤姆森枪从肩上卸下来,放到弹药箱里抬着走。当一个小战士从他手里接过那杆枪时,他很庆幸一切发生在暗夜中,没有人看得清他脸上的表情。他也庆幸临行前颁发的那条"不许交谈"的命令,这条命令钳住了队长的嘴,让他无法说出"我早就告诉过你"的话。在黑暗和沉默的双重保护下,他可以独自地安静地消化他的惭愧。

在这次行动结束之后,伊恩写了一篇七页纸的日记,详细记录了行军过程中身体和心理的经历。当他在几天之后重读这篇日记时,他惊讶地发现了一些他下笔时没有觉察到的情绪。后来他把这篇日记作了一些修改,删除了那些情绪性的描述,把它交给了营地的美方长官,让其作为一份战地报告转给重庆总部。下边是这篇日记中的一些内容:

> 这次的行军从头天天黑持续到次日黎明,总共行走了八个半小时,其中大约五分之四的路程是山林,余下的部分是林子和林子交接处的荒地。
> 今天的天气非常适宜行军。已经进入初秋,白天依旧炽热,夜晚却相当凉爽,一路都有风。风穿过树林的声响,还有地上厚厚的腐殖层,都有效地掩盖了我们的脚步声,却也使军犬探测前方伏兵的任务变得尤为艰难。幽灵一路都保持着高度的警戒。
> 最初的一个半小时感觉良好,对按时抵达目的地充满了信心。事后我才明白,我犯了一个所有长途行军的新手都可

能犯的错误:我的步伐太大抬脚过高,情绪过于旺盛,行走在我身边的中国同事需要调节他们的步子才赶得上我的节奏。这样做的后果是导致了不必要的体力消耗。长途行军有些像马拉松长跑,需要均匀地分配全程的体力,而不是把力气在第一程里消耗殆尽……

进入第二个小时下半段的时候,开始出现疲劳,第一个症状就是觉出了武器和靴子的重量。由于这时离目的地尚非常遥远,遥遥无期的感觉使主观感受上的疲劳程度超过了身体自身真正的疲劳……

在第三个和第四个小时时进入了严重的疲劳期,脑子已经无法连贯性地思维,胃里开始产生饥饿的感觉。饥饿的感觉一旦产生之后,很快步步加深,脑子几乎无法从这张厚厚的蜘蛛网中挣脱,开始联想起在美国家中的各样食品;开始质疑自己当初擅自报名参军是否是一时的冲动;开始害怕如果在这次行动中受伤致残将如何应对停战之后漫长的未来?甚至开始质疑来到一个遥远的和美国并无接壤之地的外国参战是否真有意义?这一阶段身体的极度疲劳导致了心理的厌倦感,平时从未认真思考过的问题开始莫名其妙地浮现……

在差不多完成一半路程的时候,队长命令大家休息二十分钟。我松开了幽灵的项圈——这是下岗休息的信号。在除去项圈的那一刻,幽灵的身子从紧绷的状态一下子松懈下来,软软地趴在了我的腿上。我取出压缩饼干来喂它,它闻了一闻,却不动嘴。我把饼干瓣碎了,自己吃了几口,再强行送到它嘴边。它似乎在怜悯我,勉强尝了几口,就再也不肯吃了。

　　我拍了拍幽灵的头,示意它打个小盹,恢复一下体力。可是它却不肯合眼,只是转过头来,长久地默默地舔着我的手。后来回想起来我才醒悟:幽灵那时已经预见到了自己的死期,它不愿意把生命中最后的几个小时浪费在无谓的睡眠中,它只想把残留的时光交付给我。它的舌头温润柔和,似乎舔的不是我的手,而是我的心。一股近乎绝望的孤寂,如山林中潜伏已久的猛兽,突然朝我猛扑过来,将我掀翻在地。

　　假若世界上不存在一个叫珍珠港的地方,没有过一个叫山本五十六的疯子,此刻我会在做什么?现在正是芝加哥的中午时分,兴许我会趁着午休溜出来,和艾米莉·威尔逊去街角的那家老店里吃一份热狗,喝一碗鸡汤,用阴损的语气嘲笑几句各自的老板;或许我会和同事安迪一起,躲在换衣间里喝一瓶啤酒,谈论一下办公室里新来的那位秘书小姐;或许我会坐在卫生间的马桶盖上,闭着眼睛构思着一首永无可能发表的诗。

　　幽灵呢?假若没有战争,它说不定生活在肯塔基的某家农场里,尽心尽力地做着一只牧犬,每天早起凶悍地守护着羊群,晚上归家等候着主人奖赏它一根香肠。它不会遇见这个蜜莉,但它一定会遇见别的蜜莉,它们会生下一窝又一窝的小狗,每一只小狗身上,都带着它们的血气精华。

　　我伏在幽灵身上,闭上了眼睛。身体极想坠入睡眠,脑子却死死不让。假若我和幽灵都能活过这场战争,我一定会向军部提出申请,要求我和幽灵一起复员。我会带着它回到芝加哥,我们一起来慢慢适应从战争到和平的转换过程。

我周围的中国战士似乎都睡着了,除了那名哨兵,有的靠在树干上,有的直接躺在地上,有的趴在弹药箱上,发出轻轻的鼾声。

他们是谁?自从我把他们的报名表锁进办公室的抽屉之后,我再也不记得他们那些拗口的名字,我甚至记不全他们布章上的代号。我不知道他们家里有些什么人?他们是否有心爱的女子?他们将来想做什么样的事情?他们平时爱看什么样的书,有什么样的业余生活?假若没有这场战争,我大概永远也不会认识他们。我们吃的是不一样的食物,说的是不一样的话语,穿的是不一样的衣服,信奉的是不一样的神祇,不会为同一个笑话笑得前仰后翻。把我们聚集在一起的,不是同样的爱,而是同样的恨。恨的联盟比爱更坚固还是更脆弱?当共同的仇恨不复存在的时候,他们是否还会记得我?而我,是否还会想起他们?

……

休息结束后重新启程的头十五分钟,感觉比休息之前更为疲乏,因为肌肉松懈下来之后再次收紧,需要额外的气力。这个自我调节过程完成之后,短暂的休息所产生的效果开始显现,身体体验到了一种奇异的、很难用语言描述的感受,几乎接近于麻木——脑子不再指挥身体,脚的动作仿佛只是自发的机械式的重复……

最后的一个小时,我感觉到了与行程初始时相似的轻松,大约是因为知道终点在一尺一尺地临近,隧道已经看到了隐隐的尽头。这种心理暗示具有不可忽视的强大力量,最终抵达目的地时,身体甚至产生了一种错觉:似乎还残留着一些余力，可以维持更长的一段路程……

把这篇日记改写成作战报告之后，伊恩又在结尾处向重庆总部提出了几点建议：

  1.未来在训练远东战场的士兵时，应加强长途行军训练。长途行军不是简单的体能问题，它牵涉到体能的合理分配，生活和心理习惯等等的复杂变数，否则无法解释在体能上远弱于美国士兵的中国士兵，在行军上有远超于美国人的优势。

  2.为中国战场设计的军靴，可以考虑适当减轻一些重量。在这个运输工具十分匮乏、步行是最基本行进方式的国度里，过于结实沉重的军靴可能是长途跋涉的阻碍。

  3.沉默会加剧长途行军过程中的主观疲劳感受。据说延安的共产党军队在行军时有唱歌的传统，在心理作战方面，共产党军队走在了世界上所有军队的前沿，他们的一些传统完全可以借鉴。除非因安全因素而不能发出声音，可以提倡用唱歌和讲故事的方式来转移对疲劳的关注。

舢板是在第二天天黑之后抵达那座小镇的。

他们在离目的地大约两三百米的地方下了船。聚了一天的浓云这时终于散了，露出一弯淡淡的上弦月和稀稀落落的星星。夜风起处，芦苇发出窸窸窣窣的摩挲声，虫子扯着嗓子嘶鸣着，河滩上的青蛙敲起临睡前的最后一轮鼓。那天的夜色和秋声是一对紧密无间的合谋，在给他们照着路的同时，又遮掩了他们行走的脚步声。

伊恩从望远镜中清晰地看到了仓库的情况：这是一座临时搭建的平房，长长的墙身上只开了寥寥一两扇窗，墙头扎满了尖利的玻璃碴。前门有一个岗楼，岗楼的灯光可以照见大约五十米开外的地方。岗楼里站着两个手持冲锋枪的哨兵，他们背对背地站立着，掌握着接近于全方位的视角。此处的库房里存贮着几十吨的军需物资，大部分是冬衣和雨靴，日本人将在这几天里把它们运到一个中转站，然后转运至铁路沿线的各个军营。目前他们正在等待杭州方向来的卡车队，而停泊在门外的那五辆卡车，可能就是最先到达的运输车辆。提供这份情报的是给守库的日军做饭的厨子，据他说仓库的另一侧还有一个后门，也设有一个由两名士兵组成的岗哨，但却没有岗楼。驻守在仓库里的日军兵力是一个小分队，武器的大致状况是十余挺机枪和二三十支冲锋枪。

由于岗楼的照明程度和双方武器的悬殊，强攻是一个愚蠢的自杀行为。事前营地参谋部就根据掌握的情报制定了一个行动方案：狙击手刘兆虎将潜伏在灯光射程之外，远程射杀前门岗楼的哨兵。趁骚动之际，鼻涕虫将快速接近仓库外墙，把软性炸药扔进墙内。这次的软性炸药装在一只掏空了内脏的兔子尸体里，带有延时设置，有足够的时间让投掷者和整支队伍撤离至安全地带。这只兔子的腹部经过仔细缝合，外面又涂抹了泥浆，看上去仅仅只是恶心而已，却很难让人产生其他的联想。日本人在混乱之中十有八九不会注意到它的存在，即使发现了也很有可能会踢在一旁。之所以选择鼻涕虫做投掷手，是因为他是全队人马中身形最为轻盈、弹跳力最强的人。等鼻涕虫和他的战友撤离到照明区之外的地段，三条舢板已经停靠在那里接应他们。船老大熟知河里的每一块石头每一个弯道,他们可以贴着岸边箭一样敏捷地逃离探照灯的追踪。

周密的行动计划平平稳稳地走到这一步时,却突然打了一个磕巴。队伍在悄悄向仓库逼近的途中,出现了一个意外。走在最前面的队长在找路时偶一抬头,突然发现两步之外的地方亮起了一粒火星子。那火星子一忽儿明一忽儿暗——是有人在抽烟。借着火星子的光,队长依稀看见了一张戴着帽子的侧脸。从那顶帽子里,队长一下子猜出来那是一个从严禁烟火的库房里偷跑出来抽烟的日本兵。也许是在风的间隙里听到了一丝不同寻常的声响,那人猝然转过脸来。他们几乎是在同一个瞬间里看见了彼此的眼睛。只是日本兵在扔掉烟头的时候浪费了一秒钟,队长在那一秒钟的时间差里豹子似的一跃而起,迅雷不及掩耳地捂住了那人的嘴。那人像一条被捞上岸来的鱼那样在队长的怀里死命挣动着,队长瞪了身边的刘兆虎一眼,吐出了一个字:"刀!"刘兆虎这才想起了腰上别的那把匕首。

刘兆虎拔出匕首,朝着那人的心窝上猛扎了下去,有一股温热湿黏的东西,唰的一下溅到了他的额上,又顺着他的眉骨往下流去,糊住了他的一只眼睛。他用手背给眼睛抹出了一条路,又在那人的胸腹部连扎了六七刀。他用力太猛了,身子几乎失去平衡,最后的一刀似乎扎在一样硬东西上,刀尖滑了一滑,卡住了。他搅动了几下,才终于把刀拔了出来。他觉得有一根拴着五脏六腑筋腱骨架的绳子断了,那个身子突然面团似的瘫软了下去。他这才知道前面的那几刀都不过是花架子,最后这一刀才真正找着了路。

上弦月惨白的光亮里,他看清了地上的那张脸。那是个很年轻的后生，嘴唇上刚长出细细的一圈绒毛，蜡黄的脸上结着一串黑紫色的痂——那是夏天的痱子化脓之后留下的疤。他的眼睛睁得很大，月光在他的眼中凿了一汪湖，水清明得几乎可以看得见底下的脑子。那人定定地看着刘兆虎，嘴唇微微动了一动。刘兆虎把耳朵贴过去，只依稀听见他说了一句话，过了一会儿才醒悟过来他说的是"Oka-san"。刘兆虎在抗战宣传队里学过几句简单的日语，知道那个词是什么意思。等他抬起头来再看那人时，那人眼中的湖水已经浑浊黯淡了。

刘兆虎扔了刀子，身子打摆子似的发起抖来。他长长地呼了一口气，突然觉得那口气里有一股浓烈的腥膻，那味道叫他想起了四十一步村里屠夫姚二的肉铺子。他以为那仅仅是空气中携带的气味，可是即使在多年之后，他依旧会在梦醒时分从鼻孔里猝然闻到这股气味，到那时他才会明白：这气味已经像虫子钻过他的毛孔，在他的肚腹里筑了巢，将随着他的呼吸进进出出跟随他一辈子，直到他死。他最终渐渐习惯了那种气味，可那还是很后来的事。而在这天晚上，他的鼻子肠胃都还不肯给那气味让路，他只觉得肚腹里有一样东西在翻江倒海地搅动着，忍不住趴在一棵树下哇的吐了一地。

鼻涕虫悄悄地问刘兆虎那鬼子临死前跟你说了什么？刘兆虎靠在树干上，沉沉地叹了一口气，说他在念他阿妈呢。

两人便都静了下来，没再说话。

有两个战士围了过来，要扒死人身上的皮带和靴子。刘兆虎突然捡起扔在草丛里的匕首，蹲在尸体跟前，轻轻地、一字一顿地说："谁，敢？"刘兆虎脸上的血已经结成了半硬的痂，眼睛像两口冰穴，正往外冒着一股阴森森的寒气。那两人被刘兆虎的样子吓了一跳,不敢动手,只是向队长投去试探的一瞥。他们夏天行军穿的是草鞋,冬天是布鞋,他们的脚从来不认得皮鞋,他们总不能眼看着一双上好的牛皮靴烂在一具很快就会爬满蛆虫长满毒菇的尸体上。他们希望队长发一句话。

可是队长没有接应他们的眼神,队长默不作声地低下了头,揪过几条芦叶擦着手里溅上的血。

那个日本人看起来是个懒散之徒,并不在意军纪,而今夜,他的懒散索了他的命。他不过是想从长官的严厉管辖中偷偷溜出来抽一根烟的,假若他稍微警觉一些,怎么会走出那么远,到一个灯光照不到的去处?他只顾得逃离眼前的惩处,却没想到身后的埋伏,他一脚踩入了一个万劫不复的深渊。

刘兆虎把尸体拖到了一个平整之处,搬了一块石头垫在那人的脑勺之下,脱下他身上那件已经被鲜血结成了一个硬团的军装,用干净的后襟覆盖住了他那个被匕首掏得不堪入目的身体。

做完这一切,他终于镇静下来。他无数次设想过第一次杀人时的情景,他总以为会以狙击手的形象登场的,匍匐在暗处,用毫厘不差的精准枪法,一个一个地把身在明处的目标击毙。但他却从未想过他的第一次杀人经历竟会是如此近距离的刺杀。使枪和使刀虽然都是索命,但枪和刀却有一个根本的区别:使枪他不用看着那个人的眼睛。而使刀,他们都如此清晰地看到了彼此的面容,他知道他杀的是谁,他也知道他是被谁杀的。他不仅看见了那人的眼睛,他还听见了那人临死前的最后一声呻吟。那一声Oka-san像一根细铁丝紧紧缠住了他的心,叫他不由得想起了自己的母亲。他甚至不知道她是否还活着。

那最可怕的一步已经跨出去了,他总算杀过了第一个人。胆气像面皮,磨着磨着就厚了。他对自己说。

当时他并不知道,更大的惊恐其实还潜伏在后头。

"时间不多了,准备行动吧。"伊恩拍了拍刘兆虎的肩膀说。

伊恩没有告诉刘兆虎,这其实也是伊恩的第一次。无论他在华盛顿郊外经受了怎样严苛的训练,也无论他给中国学员上过了多少堂高深的军械知识课,那都不过是纸上谈兵。而今天,他才第一次亲眼看见一个活生生的人,死在了离他一尺之遥的地方,用他教导的近距离刺杀技能。

队伍行进到灯光照射区域的边缘时停了下来,伊恩对幽灵做了一个原地待命的手势,幽灵便在伊恩身边安静地蹲了下来。刘兆虎单腿下跪,用膝盖支住步枪。刘兆虎的枪和其他人的不同,枪筒上套了一个抑声器。在这样一个晴朗的夜晚,隔着这样的距离开枪,抑声器并不真能完全压住枪声。抑声器此时的作用,其实是抑制火光的亮度和改变子弹出膛时的音质,叫岗楼上的人一时无法判断是否是枪声,或者声响具体来自何方。

刘兆虎在瞄准的时候,鼻涕虫已经拎起那只肚腹里填满了炸药的死兔子,随时准备出发。刘兆虎的第一个目标,是面朝他们的那个哨兵。岗楼的照明区内几乎没有盲点,突袭的人很难在这个区域内接近岗楼而不被发现。可是这样清晰的灯光也把哨兵摆在了一个惹眼的明处,刘兆虎毫不费力地看清了那人身体各个部位的细节。他眯着眼睛,将准星对准了那人的眉心。一枪,只需一枪。他暗暗地对自己说,然后轻轻扣动了扳机。一声接近于豆子在炒锅里蹦跳起来的声响之后,岗楼上的那个人晃了一晃,身子像被一根看不见的线索扯绊住了,古怪地扭动了几下,就倒了下去。

另外那个哨兵听见响动转过身来,举起手里的冲锋枪,向夜空突突突突地发射了一梭子弹——这是警报。那人举枪的手挡住了脸,刘兆虎只好降低枪口瞄准了他的心窝。指头轻轻一勾,那人靠在了墙上,却没有立即倒下,可是举着枪的手却低垂了下去。刘兆虎终于找见了他的眉心,就朝那里补了一枪。那人还想举枪,可是手已经不听使唤,肩膀抽搐了几下之后,身子就布袋似的矮了下去。

鼻涕虫拔腿就朝仓库方向跑去。鼻涕虫没有待在芦苇丛里,而是跑到了泥土路上,他那个拱成一张弓似的身子,已经毫无遮拦地暴露在灯光之下,可是他别无选择。芦叶太高,绊住他的脚步,使他的速度减慢。他必须在后门的哨兵赶到前门之前,以最快的速度接近目标。

这时第二桩意外发生了,他们出发前接到的情报在这里掉落了一个链接。听见枪声,仓库门前停着的那五辆卡车,突然唰唰的亮起了大灯,每一辆车里都站起了五名持枪的士兵——他们是在车里过夜,等待第二天早晨押车上路的护兵。这些人没敢贸然下车,但都把枪架在车的护栏上,蹲下身来观测四周的情况。在这样强烈的光照下,训练营的队伍略有动静就会被察觉,他们只能低低地俯在芦苇丛中,一动不动。

仓库里出现了大骚动,灯光一盏一盏地亮了起来,响起了嘈杂的脚步声和喧嚷声。有人已经登上了岗楼,大概是匍匐着上来的,伊恩看不见那些人的身子,却看见了砖墙的枪眼里伸出来的黑森森的机枪口。瞬间枪声大作。尽管这时的枪声尚是漫无目的的威慑性信号,但刘兆虎和他的弟兄们已经落入了绝境。等到大规模的搜查一开始,他们将立即失去藏身之地。

鼻涕虫抢在乱枪响起之前跑到了仓库的围墙跟前,他轻轻一跳,将死兔子扔过了墙。可是,完成任务之后的鼻涕虫并没有按事先规定的方案撤退,而是朝河的方向跑去。鼻涕虫跑到一块大石头上,纵身一跃。哗的一声响,鼻涕虫的身子在平静的水面上戳出了一个浪花四溅的窟窿,同时,他手里的汤姆森枪朝着夜空嘭嘭嘭嘭连射了几发子弹。伊恩和队长同时明白了,鼻涕虫是想把注意力引到自己身上,掩护队伍撤退。

果真,岗楼和卡车上的枪,全部都对准了鼻涕虫的方向,子弹在河面开出一朵又一朵的浪花。鼻涕虫的身子沉了下去,水上泛起一层暗红色的泡沫,可是他的双手依旧高高地举在半空——他还在开枪,一只手用左轮,另一只手用汤姆森。他是在用不同的枪声,制造有多人参战的假象。

队长指挥着全队人马飞快地撤退。这时,有一样东西咚的一声落在了伊恩的脚前,呲呲地冒着烟——那是一颗拉了弦的手雷。他们到后来也没弄清楚那到底是一颗没有目标的流雷,还是日本人已经识破了鼻涕虫的计谋,对他们藏身的那片芦苇滩起了疑心。他们进入了不知所措的僵局:退到手雷的安全区域就意味着把自己暴露在岗楼的强光照明之中。

就在那个千钧一发之际,幽灵突然腾空一跃,扑过去叼起了那颗蛇一样发出呲声的东西,朝前跑去。幽灵的父亲给它的头脑和母亲给它的速度在这之前一直在它的身体里各自潜伏休眠,而在那一刻,它们同时清醒过来,联手结成了最坚固的同盟。幽灵那天跑起来的姿势更像美洲豹,几乎是一种脚不点地的跳跃。在跑到泥土路的边缘时,它突然回头看了伊恩一眼——那是它的道别。幽灵留给伊恩的最后印象,是它的身影在半空中呈现的那条灰色弧线,还有它回眸一望时眼中的那丝泪光。

轰的一声响,幽灵的身子在夜空中散成了无数个碎片。

紧接着,在幽灵身后,爆发出另外一声巨响。和这个声响相比,前面的那个声响似乎只是雷暴之前的一滴细雨。第二个声响仿佛是地底下发出来的,声音过去许久之后,地依旧还在簌簌地震颤着,树枝还在惊恐不安地摇晃。伊恩看见队长的嘴唇在动,却听不见任何话语声,他知道自己的耳朵被震蒙了。

队伍借着混乱继续撤离,队长却渐渐落在了后面。刘兆虎回头一看,才发觉队长是拖着一条腿在走路。队长受伤了,不是被弹片,而是被手雷飞溅过来的一块石头。那块石头很尖,削去了他脚踝上的一块肉,鲜血已经把他的裤腿湿透。

刘兆虎蹲下了身子。

"上来。"他说。

队长怔了一怔,过了一会儿他才明白过来刘兆虎是要背他。

"你怎么背得动我?"队长扭过身去,继续拖着一条腿朝前走。

"你要弟兄们都陪你一起死吗?"刘兆虎沉下了脸。

队长终于矮下了身子,爬上了刘兆虎的背。

刘兆虎的身子朝前倾了一倾,没稳住,单腿跪倒在地上。他咬住牙,把一口气聚在丹田里,又送到了喉咙。他喑哑地嘶吼了一声,太阳穴上爬起一根紫色的蚯蚓,终于颤颤地站起了身,趔趔趄趄地迈出了第一个步子。那第一步是开山的斧,后来的步子借的都是第一步的惯性。那天刘兆虎背着队长的模样,就像是一匹瘦骨嶙峋的马在驮着一座山,马的骨架在山的重压下发出咯吱咯吱的折裂声。马的瘦骨尽管弯了、裂了,却总还有一根筋吊着,没让它成为碎片,马终于跌跌撞撞地把山扛进了接应的舢板。

放下人,刘兆虎瘫坐在舢板上,大口喘着气。有队友过来,脱了自己的上衣给队长包扎伤口。队长吼了一声,水呢?老子渴得冒烟。一个战士递过来一只剩了一个底的水壶,队长开了盖子,刚要喝,又停住了,把水壶递给了刘兆虎。

终于坐定了,伊恩摸索着找到了口袋里的烟盒,打开来,发现只剩了两支。便扔了一支给船老大,另外一支点起来,自己吸了一口,又传给身边的一个战士。那人吸了一口,又往后传。再传回伊恩手里的时候,只剩了一个烟屁股。

谁也没有说话。回头望着那片被火烧得彤红的天空,便知道这个冬天日本人得穿着单衣在雨雪里行军了。可是他们却快活不起来,他们在想着舢板里空出来的那个位置。出发的时候,他们是十六个人一条狗,回来的时候,他们却只剩下十五个人。

他们把他们的战友留在了身后,永远地。

他们甚至不知道他的姓名。

鼻涕虫的尸首,是第二天傍晚送回到营地的。

日本人包围住鼻涕虫时,他还剩下一口气。他把汤姆森枪扔进了水里,用左轮朝自己的太阳穴开了一枪,这才是最后致命的一击。日本人把他捞上岸后,砍了头,将他的头颅挂在城墙上示众。后来是队长的哥哥买通了一个日本军曹,用十个大洋的代价换回了鼻涕虫的尸身。

鼻涕虫的尸身抬进村的时候,军号奏出了一长串低音,那声音像是泉眼被石头堵住时发出的呜咽。还没见着人,光听见这调子,村里的狗就呜咽了。

训练营的中国学员和美国教官在路边排成两列队伍,立正敬礼,向他们倒下的战友致意。他们在这个姿势上站立了很久,一直等到人从村口抬进了中国学员宿舍的院门。几天以后他们在毕业典礼上见到他们的最高统帅时,阵势也不过如此。

伊恩在自己的国度里见过阵亡将士遗骸归来的情景,他们的棺材上覆盖的是星条旗,而这具尸体上裹着的,却是一床破旧不堪的草席。

棺材是从村里一个老人那里借来的,因为临时打造已经来不及了。鼻涕虫的乡邻,那位给中国学员做饭的厨子,一大早就张罗了两个伙夫去河边挑来几担清水,准备给鼻涕虫洗濯身子。

厨子掀开草席,只看了一眼,身子就稀泥似的瘫软了下去。

"天,我怎么,给他妈说啊?"厨子蹲在地上号啕大哭。

队长和刘兆虎上前来,接替了厨子,来清理鼻涕虫的尸身。他们用毛巾揩拭了他身上、脖子上和头颅上的血迹,给他换了一身干净的制服。衣裳终于遮挡住了他那个被子弹打得如米筛般的躯体,只是他们怎么也遮不住他头颅上的弹洞——这是他用左轮朝自己开的那一枪。子弹的入口并不惹眼,边缘清晰地朝里凹陷进去,干干净净的像是瓜果皮上的一个大蛀孔。真正惹眼的是出口。子弹在鼻涕虫的脑壳里憋足了劲,不顾一切地蹿出了一条出路,留下一个边角模糊的窟窿,血肉和脑浆已经封上了那个洞口。鼻涕虫该有多想活啊,这么多发子弹都没能叫他咽下那口他不想咽下的气。刘兆虎只好找来一块毛巾裹住了鼻涕虫的额头。

终于洗濯干净穿戴整齐,鼻涕虫的眼睛却依旧半睁着,刘兆虎用手抹了几回也抹不下去。那眼神与其说是不甘,倒不如说是嘲讽。他的嘴角微微朝上拐着,露出一丝吊儿郎当的笑意,仿佛刚刚讲完一个阴损的笑话,正不耐烦地等待着别人迟迟不来的起哄。刘兆虎问身旁的人讨了一只角子,要压眼睛,队长叹了一口气,说算了,他活着也是这副德行,由他去吧。

两人抬起鼻涕虫的尸身,正要往棺材里放,就听见大门外有人喊了一声"等一等",接着便是一阵自行车倒骑着刹车时发出的嘎吱声。不用回头,众人便知道来人是牧师比利。这一带除了牧师比利,没有第二个人拥有自行车。

牧师比利停下车子,后座上跳下一个手里挽着个白布包袱的年轻女子。队长见了牧师比利就摆手,说算了,你让他耳根清净些,他活着都不信你这个上帝,你还指望他死了能信?

牧师比利摇摇头,指了指跟在他身后进了院门的那个女子,说我不是来祷告的,我只是带斯塔拉过来,她要送他一送。

那个被牧师比利叫作斯塔拉的女子走到鼻涕虫的尸体跟前,两腿一矮,膝盖就触到了地上。众人都以为她要下跪,可是她没有,她只是将身子朝后一仰坐在了自己的脚后跟上。坐稳妥了,她就慢慢地拖过鼻涕虫的躯体,枕在了自己的腿上。

刘兆虎心里有些慌。几天以前这个女孩子在这个院子里惹了一场轩然大波,那件事在他记忆里扎下的刺,到现在还在悸动。

"你、你要做什么?"刘兆虎结结巴巴地问。

女孩没说话,也没抬头,仿佛刘兆虎只是一股无色无味的透明气体。在众人好奇的目光下,女孩小心翼翼地捧起鼻涕虫那颗已经和身子分了家的头颅,安放在自己的腿窝里。她捧着那颗头颅时的神情,就像捧着一个装满了金元宝的脆瓷瓶。

然后她打开了随身带来的那个白布包袱,找出一卷粗线,又从一个布囊上取下一根插在上面的大针,仰着脸,眯着眼睛,对着已经稀薄的日光穿起针来。穿完针,她俯下身来,把鼻涕虫的下巴对准了制服上的那个中缝,瞄了一眼,然后在鼻涕虫的颈脖上扎下了一针。

围看的人群"啊"的一声惊叫了起来,他们这才明白过来,原来女孩要把鼻涕虫的头缝回到身子上去。

女孩每一次下针之前,都有些犹豫,像是怕扎疼了手下的那个人。可是每次真下针的时候,却又很是决绝,手指沉稳有力,丝毫没有颤抖。鼻涕虫本来就瘦小,流完血之后的身体又缩了一大圈,衣袖和裤腿卷了好几卷,才露出手脚来。鼻涕虫枕靠在女孩腿上的样子,看起来像个赖在大人身上不肯起床的半大孩子,而女孩脸上那个温存而耐心的笑容,则像是一个在哄淘气的孩子入睡的母亲。

在漫长的犹豫和决绝之间,女孩终于把那具支离破碎的尸身缝成了一个整体。她把那颗重新连接到躯体上的头颅捧起来,远远地望了一眼,仿佛在欣赏一副精心完成的绣品。然后她取下扎在辫子上的手绢,在鼻涕虫的颈脖上围了一圈,遮住了那条缝痕。

女孩把鼻涕虫轻轻地放回到地上,对他说:"我们去看戏,好不好?你盼了这么多天。"

女孩对鼻涕虫说话的语气,像是在商量。女孩趴在地上静静地等了一会儿,仿佛在等着他的一句回应。

院子里的战士们这才想起来,戏班已经在祠堂门前临时搭起的戏台上等候半天了。

女孩收拾起自己的包袱,跟随牧师比利走出了院门。走到门外,像突然想起了什么事,又折了回来,趴在鼻涕虫的耳边,悄悄说了一句话。这句话说得太轻了,轻得几乎像一阵若有若无的风,唯一听清了她的话的,只有站在紧跟前的刘兆虎。

"别着急上路,一会儿有人来看你。"

女孩说。

伊恩看着女孩从容不迫地走出院门,扎实的脚步霍霍地扫开路上的灰尘,松散开来的头发随着她的步子在她的背上簌簌颤动,心里突然生出些感慨来。这个女孩,让他这一辈子认识的所有女人,包括母亲,包括妹妹,包括女友,都显得如此苍白无力。

月湖村的老人掰着指头数算过,村里前一次来戏班演戏,是三十六年以前的事了。那时候的天下还是大清皇帝的,老佛爷还坐在紫禁城里掌着玉玺。

戏班要来的事已经传了两个月,搅得村里的每一只鸡都心神不宁,下出的蛋都比平日红粉。今晚要演的是《梁山伯与祝英台》,村里人都觉得这出戏太温文,其实他们更爱看《白蛇传》。小青盗仙草救命,两条蛇惹得水漫金山,老秃驴法海竟斗不过区区两个女人,光听着都让人紧张得肝儿颤。可是人家戏班是来义演的,只受一餐一宿,并未讨要包银,看戏的自然没得挑,唱什么听什么。再说,三十六年没来过戏班了,三十六岁以下的后生娃娃连戏班是个啥样子都不知道,人家就是光在台上走一圈云步甩一回水袖,那都是新奇的。

戏台子很小,幕布是六块缝在一起的红被单,拉丝弦敲锣鼓的都没地方坐,只好坐在台下跟听戏的混在一处,却谁也没在意。这天的小戏台里三层外三层地围满了人,戏班的人想上个茅房都挤不出去。这样的阵势戏班见多了,一挂上筱艳秋的牌子,上哪儿演戏都是一样的红火。但这场戏跟别的戏有一样不同:占着前排最好位置的,是一口楠木棺材。

开场的锣鼓敲了很久,把人心敲得紧成了一根绳,筱艳秋才终于出场。三十六年没看过戏的月湖人以为筱艳秋在耍大牌,其实他们只是不懂,开场锣鼓就是用来吊胃口的。

月湖的人终于见到了传闻已久的名角,月湖人的嘴巴啊的一声张开了,半天没合拢。关于筱艳秋的容貌,他们已经听到了很多传言,他们只是没想到,眼见的那个人,竟比耳传的还要销魂。很多年后,当在场的后生都已经成了老公公的时候,村里的人还会时不时地说起那天看戏的经历。一个小后生问他的爷爷筱艳秋究竟有多好看,老人想了半天,才笨嘴拙舌地说:"筱艳秋害死人了,见过了筱艳秋,月湖村里最好看的女子全丑得连鸡狗都不爱瞅了。"

那天月湖的人只觉得筱艳秋脸蛋好看,戏装好看,头发好看,走路的样子好看,不走路的样子也好看,唱的时候好看,不唱的时候也好看。总之,筱艳秋无论怎么都好看。那天场上吃奶的孩子丢下娘的奶头,公狗扔下母狗,母鸡躲开公鸡,雀子不再窜来窜去,齐齐地站在枝子上,把枝子坠得沉到了地上。那天连星星月牙都不敢透气,怕错过了筱艳秋的一颦一笑。

美国人是跟着来看热闹的,毕竟在营地里憋了这么久。他们也觉得筱艳秋好看,不过美国人眼里的好看和中国人眼里的好看不是一回事,审美观在这里分了岔,各走了各的路。美国人只觉得那花花绿绿的戏装很热闹,那咿咿呀呀的丝弦很新奇,那拐了七七四十九道弯的拖腔很古怪。新奇腿短,走不了多长的路,没过一会儿,新奇就把棱角磨没了,变成了无趣。出于礼貌,他们熬到了最后,不过有一半的时间,他们没在听戏——他们反正也听不懂,他们只是在一口烟和另一口烟的间隙里,彼此低声交谈。

真正懂戏的是几个中国学员。他们在县城上过中学,多少见过些世面,看过古装戏也看过文明戏,只有他们才真明白筱艳秋的戏好在哪里。他们甚至背得出有些唱段里的词,比方说当筱艳秋唱到:

> 青青荷叶清水塘,
> 鸳鸯成对又成双。
> 梁兄啊!
> 英台若是女红妆,
> 梁兄你愿不愿配鸳鸯?

他们就已经在心里暗暗哼着下面的那一段:

> 多承你梁兄情义深,
> 登山涉水送我行。
> 常言道"送君千里终须别",
> 请梁兄就此留步转回程。

可是他们渐渐发觉,筱艳秋那天有些心不在焉。筱艳秋的目光扫到某一个方向的时候,她的唱腔就会慢几个节拍,丝弦得咿咿呀呀地等在半路上,才能慢慢地把她找回来。

他们顺着筱艳秋的眼光望过去,发现是那口棺材。

到了"十八里相送到长亭"的伴唱——那是一整部戏里最熟悉的片段,有一半的兵哥哥都在轻轻地哼着那个拖腔。那拖腔长得好像永远也走不完,兵哥哥并不嫌烦。兵哥哥在那咿咿呀呀的曲调里走啊走啊,只觉得走着就好,走到哪里已经无关紧要。

终于走完了那条长长的弯路,该筱艳秋开口的时候,她却突然怔在了台上。丝弦把过门拉了一轮又一轮,演梁山伯的小生走了好几圈戏里没有的台步,也没能把筱艳秋催回来。兵哥哥知道筱艳秋忘词了,兵哥哥把心揪到了喉咙口。

筱艳秋突然双手掩面,跑下台去。

有人慌慌张张地拉上了幕布。看戏的人开始骚动起来,吃奶的孩子大声哭叫着,鸡狗在场子里四下疯跑,雀子从这棵树飞窜到那棵树。大家突然发现:看过了筱艳秋,就再也回不到没看过筱艳秋的日子里去了。

骚动很快演变成了不满,月湖的人全然忘了这本是一场义演,反觉得他们被筱艳秋耍了,仿佛是筱艳秋卷了他们的钱财趁月黑风高跑了。村里人开始往台上扔瓜子皮花生壳,有个喂奶的女人竟把孩子抱到了台上把尿。

过了大约一刻钟的光景,幕布再次拉开,筱艳秋换下戏服,洗去了脸上的彩妆,一身缟素地出现在台上。台下瞬间静了下来,他们发现素妆的筱艳秋竟然比彩妆的筱艳秋更美。彩妆的筱艳秋是站在台上供人膜拜的,素妆的筱艳秋却是可以坐在桌子旁一同吃饭嗑瓜子的。人们立刻忘记了刚才的愤愤不平——对这样好看的一个女人生气,简直是一桩和杀人放火一样大的罪过。

筱艳秋朝台下低低地鞠了一躬。

"诸位乡亲,我们唱戏的要想在江湖上混口饭吃,靠的是真功夫。若是上台忘词,那是天爷都不容的懒惰。"

"刚才我没忘词。我五岁学戏,我已经演过了几百场的小九妹,我睡着都能把一出戏一字不差地唱完。"

筱艳秋顿了一顿,目光落在了那口棺材上。

"可是今天,我看见这位弟兄躺在那里,我就唱不成那个小九妹了。"

筱艳秋的嗓音裂开了一条缝。

"我听说了这位弟兄的事。这位弟兄难道没有爹娘在等他回家吗?可是他爹娘再也等不着他了。他是替谁死的?我一想就实在唱不下……那样的戏了。"

筱艳秋沉默了一会儿,终于忍回了眼中的泪。

"各位将士,各位父老乡亲,不如我清唱一曲《穆桂英挂帅》,是唱给这位弟兄听的,也算我向大家赔个不是。这不是我的角,我唱得对不对路子,都请大家包涵。"

筱艳秋深吸了一口气,慢慢地挺直身子,拉开了声。

> 辕门外三声炮响如雷震,
> 天波府走出我保国臣。
> 头戴金盔压苍鬓,
> 铁甲的战袍又披上身。
> 帅字旗斗大穆字显威风,
> 穆桂英五十三岁又出征。

筱艳秋这回用的是本嗓。筱艳秋的本嗓比假嗓亮,假嗓里那些千回百转的旖旎温婉都不见了,化作了一股丹田之气。那气一路从肚腹走来,聚集在喉咙口,遇到低调的时候不动声色地潜伏着,遇到高调才猛烈爆发,余音绕梁,众人看见幕布在簌簌发颤:

叫那满朝文武看一看,
谁是治国保朝人。
穆桂英五十三岁不服老,
不平贼人誓不回营门……

筱艳秋唱完这一曲,全场鸦雀无声,静得能听见呼吸溜出鼻孔的响动。

刘兆虎是第一个醒过来的,他站起来,朝筱艳秋行了一个军礼,然后拍起了巴掌。

那天的掌声响了很久很久,直到筱艳秋鞠了第十五次躬,众人才终于放她下台。

散戏之后,半夜里,给鼻涕虫守灵的两个士兵突然听见了轻轻的敲门声。他们虽然不信鬼也不信神,可是这个时辰的敲门声还是叫他们身上的汗毛禁不住竖成了针。

他们犹豫了半晌,才哆哆嗦嗦地打开了门,发现门外站着一个全身黑衣头裹黑帕的人。那人摘下帕子,说别怕,是我。

那两人才看清楚是筱艳秋。

"你们出去一下,我要和这位弟兄说句话。"筱艳秋指了指屋里的棺材说。

待那两人出去了,筱艳秋咔嗒一声从里面闩上了门。

那两人站在门外,只是好奇,忍不住趴在窗户上往里张望,可是窗帘已经严严实实地拉上了。

他们依稀听见屋里传出一阵窸窸窣窣的响动,像是有人在脱衣裳。接着,帘子上出现了一个朦朦胧胧的身影。

"好弟兄,姐姐算是送过你了,你好安心上路了。"

他们听见筱艳秋在屋里说。

后记:在接受本报采访三天之后,伊恩·弗格森先生于睡眠中平安离世。本报把这个故事作为对这位二战援华老兵的祭奠之礼,敬呈在他的墓前。

幽灵和蜜莉:两只狗的对话

第一天

幽灵:

蜜莉,我最亲爱的蜜莉,从早上他们给我立下这块墓碑,到现在日头已被山剡去了半张脸,差不多整整一天了,你一直蹲在这里,不吃,不动,也不说话。你的主人,也就是那个被我的主人称作温德的中国女孩子,中午时给你端来一碗你最爱啃的鸡骨头,你连看都没看一眼。

我知道你在生我的气,因为我为了我的主人而舍弃了你。确实,在那个一秒,不,半秒,甚至更短的时间里,我没有想起你——我没有时间想任何事情。在那个头发丝一样细的瞬间里,我只是凭直觉做了一件任何一只军犬都会做的事,那就是保护自己的主人。我们不是猫,不是金鱼,也不是鹦鹉,它们可以仅仅作为宠物而存在着,尽情享受主人给予的温饱舒适,却丝毫不用操心主人的安危和命运。我们生而为狗,我们的使命在我们尚在母腹里的时候就已经定下了,我们别无选择,我们活着的意义就是为主人效命。

假如我有选择,我更愿意只做一条普通的牧犬,每天只关心天气和牲口。这样我就可以把剩下的精力,全部都给你,我的蜜莉。我们可以用身子滚遍山上的每一寸草地,就像我们用舌头舔遍彼此的身体那样。假如我还有下一辈子,我决不愿再做一只军犬,需要竭尽自己的脑汁和体力,来换取一口美味的食品;在还不会好好走路的时候,就被训练飞奔和跳跃。他们,那些军犬训练师,是想把我训练成半人半犬的。不,他们是想把我训练成超人。他们让我充当人类所有感官的延长线,希望我能闻到他们闻不到的微妙气味,看见他们看不见的蛛丝马迹,听到他们听不到的鸟语风声。他们总想把那根线拉得长一些,更长一些,直至拉断为止。

可惜我没有选择。我父母在肯塔基兰草乡的一次激情相遇,注定了我成为一只军犬的命运。柯利和灰狗的混种,灰色毛皮,一岁左右,公狗。我严丝合缝地落入了最具潜力的军犬的一切条框。于是,我被卷进了战争这部绞肉机。进去的时候,我是一条身心强壮的良狗;出来的时候,我只是一团肉泥。

亲爱的蜜莉,我不该说这样的话,这对我的主人不仅不够厚道,而且,也不公平。其实,我的主人很少把我当成军犬。对他来说我既不是超人,也不是半人半狗,甚至都不是狗。他经常忘了我的身份,而把我仅仅当成一个他可以完全信任的朋友,因为他知道我能守口如瓶。

比如那天,他收到了一封来自芝加哥的信,是他的女友艾米莉·威尔逊写来的。哦,不,当他收到那封信时,她已经成为了他的前女友。我的主人看完那封信,没有告诉任何人,独自一人跑上了山顶。"独自"在这里不完全准确,因为他还带上了我。当他确信周围只有我的时候,他才靠在一棵树身上号啕大哭。

"是我,把她,丢了,我把她,弄丢了啊。"他一遍又一遍地对我说。

他告诉我,他们认识几个月了,总共只亲过两次嘴。一次是电影散场,他送她回她的公寓,道别的时候,他忍不住亲了她。她家的窗户里亮着灯,她怕和她同住的姨妈会从窗口看见他们,所以他们只轻轻地碰了碰嘴唇,就匆忙分开了。还有一次,是在他的同事为他举办的送行晚会上,他邀请了她。在一个灯光黯淡的角落,趁着大家喝酒胡闹的空当里,他第二次亲了她。这一回他的舌头终于找到了她的舌头,他们的舌头本来该有一场天昏地暗的混战的,可是他的同事打断了他——他们要他致告别辞。

其实他们也是有过机会的,我的主人告诉我。有一回,他去她的公寓接她一起出去吃饭。她在屋里换衣服,他就在客厅等候。她屋子的门没关严,过道上的那面镜子把她的身子勾出来,递到了他的眼前。其实只是一个背影,一个赤裸的背影,他的血却轰的一声涌到了他的太阳穴,他只觉得太阳穴里有一万面鼓在狂锤。他完全可以趁着那一刻的癫狂推门进去的,他猜想她不会拒绝,或许她还故意留了门,可是他却没有这样做——他不想在向她求婚之前获取她的贞洁。如果那天他推门进去了,他就带走了她的一部分,当她离开他的时候,他不至于一无所有。我主人到现在才发现,除了被他翻来覆去看过多回的信上的那些字迹以外,他竟然没有一样东西可以证明,他的生命中曾经存在过一个叫艾米莉·威尔逊的女人。

当我的主人告诉我这一切的时候,我暗自庆幸我是一条狗。假若我和他一样不幸为人,我亲爱的蜜莉,我和你之间这会儿可能还隔着一座山,我得用九十九种吠声,唱着一百二十九首情歌,等着三百九十六个月圆之后,才敢舔你第一口。

幸亏,幸亏我们只是两条狗,所以我们在相见的第一天里,就做了一只公狗和一只母狗在看对眼了的时候要做的所有事情。所以,即使我走了,我也已带走了满满的你;而你,蜜莉,也留下了满满的我;所以,亲爱的蜜莉,我们其实无所谓分离,我们永远都装带着彼此。

所有的哀伤都有尽头,只是有的尽头要走远一些路。蜜莉,你有没有发现,我的主人近来眼睛里又有了火星子?你不觉得,这阵子他到牧师比利那里的次数,有明显增多?

当然,他到牧师比利那里,并不真的是去找牧师比利。他经常会趁牧师比利不在的时候去教堂,比方说周二晚上,牧师比利出门带领一个兄弟查经班的时候;或者是周五下午,在我主人教完两堂课到吃晚饭的那个空歇里,而那时牧师比利通常在几十里路之外的一个草药师那里学习中医知识。我的主人到了教堂,自己邀请自己坐下来。温德通常会沏上一杯茶,然后他们有一搭没一搭地聊着天,慢慢等待着牧师比利回家。

我的主人每一次去牧师比利那里,总是拿我,或者拿你,来做借口。"幽灵吃完晚饭就心神不宁,一个劲要我带它过来找蜜莉";或者是:"你们家的蜜莉在我们这儿待得太久了,怕你们担心,我就送它过来了。"我的主人会这样对温德说。

那是些多么美丽的借口啊,我们一点儿也不在意成为这样的借口。

我的主人坐下来,在喝茶的间歇里,用口哨给温德吹"杨基都德"的小调。他总是把调尾吹成一阵尖锐的旋风,惹得温德笑个不停。温德的笑大多藏在眼睛里,眼睛实在盛不下了,才会分一点给嘴唇。而就是那双眼睛,彻底迷倒了我的主人。

我的主人有时会带几本过时的美国杂志给温德看——那是他母亲从美国越洋寄来的。那些杂志上有一些好莱坞女星的照片,发型衣装和胭脂口红对温德来说都既陌生又新奇。温德把照片看了一遍又一遍,却只说了一句话:"穿得那么少啊。"我的主人歪着头,看着温德的眼睛,追着她问:"好看不好看?"温德被他追不过,只好点了点头。我主人就笑,说丑的东西要遮起来,好看的东西不用。温德怔了一下,因为从来没有人跟她说过这样的话。

有时我的主人也教温德说英文。温德有自己的英文老师,牧师比利已经教了她一年多。可是牧师比利教的是正儿八经的关于拯救生病的灵魂和生病的身体的英文,而我的主人教她的却是些叫人忍俊不禁插科打诨的句子。比如有一次,我主人教了她一句话:"电梯一路走不到顶层"(The elevator doesn't go all the way to the top),温德没见过电梯,不懂是什么意思,我主人就换了句中国话解释给她听。那句话是:"脑子缺根弦。"她一下子懂了,吃晚饭时就立竿见影地把这句话用在了你身上,因为你笨拙地打翻了饭碗。

还有一次,他叫温德猜"送你的马就别查牙口了"(Don't look a gift horse in the mouth)是什么意思,温德这时已经跟上了他的思路,略微想了想,就说是不是白给的东西就别挑三拣四?温德的聪明,常常让我的主人吃惊。有一回牧师比利从草药师那里回来,特别开心,说草药师答应以一个非常合理的价格,给教堂长期提供草药,他们从今以后再也不用自己满山去挖去找了。温德听了,冷不丁冒出一句英文:"他的话你得蘸点盐"(Take his words with a grain of salt,意为不能轻信)。牧师比利的下巴掉了下来,半天没合拢。"你从哪儿学的这些鬼话?"牧师比利问。我主人和温德两人同时笑瘫在椅子上。

每回从牧师比利那里出来,我的主人都会拉着我兴奋地狂跑。或者说,他会让我带着他狂跑。在这种时候,我倒像是他的主人,而他更像是被我牵着走的一条狗。跑不动了,他会歇下来,搂住我,趴在我的耳边说:"温德,真是个小可人儿,你说是不是?是不是?"我很想对他说:"不要再犯艾米莉·威尔逊式的错误,情歌唱几首就够了,该扑的时候,就要扑上去,毫不犹豫,像狗。"可惜我听得懂主人的每一句话,而他却一句也听不懂我。我唯一能做的,只是舔他的手。

亲爱的蜜莉,我说了这么多话,其实就想告诉你,我的主人是个多么好的朋友。他给了我一样我压根没有预料到的礼物,那就是你。驯狗师都知道,发情期的狗会影响训练效果,所以他们预备了各样的针药来抑制军犬的发情。我被带离重庆之前,驯狗师详细地指点过我主人该在何时给我服药,以及服药的剂量和方法。我知道,那些药就藏在我主人床铺边上的小木箱里,可是他从来没有开过封,一次也没有。他从自己的孤寂里,体会到了我的孤寂,他没有让那些药,成为我和你之间不可逾越的鸿沟。他给了我这一生最珍贵的东西,那就是爱的自由。所以,他值得我为他舍命。

蜜莉,哦,我的蜜莉,天黑了,你的主人温德要来带你回家了,我已经听见了她的脚步声。为了我的缘故,我请你回家,好好吃上一顿饭,美美地睡上一觉。明天,明天你再来的时候,我要看见你眼睛里的星星。

第五天

蜜莉：

  幽灵，其实那天没等你的主人来报信，我就已经知道你死了。手雷在你嘴里爆炸的那一刻，我正躺在我主人为我缝制的小布窝里酣睡。突然，我觉得我的脑子里砸进了一根铁钎，我的头顷刻间裂成了无数块碎片。我立刻明白，是你出事了。

  在你刚走的头几天里，悲伤像尘土漫天飞扬，还没找到落脚之地。我不知道该怎么应付悲伤，我只是一味地生你的气。不，不是生气，"生气"是一个过于轻浮的词，我想"恨"用在这里可能更为适宜。我恨你为了那个所谓的使命如此决绝地舍弃了我，我恨你那天走得如此地义无反顾，甚至没有回头再看我一眼。可是，那一天假若你为我而舍弃了你的使命，假若你的主人死了，你却安然而归，我虽然不会恨你，却会鄙视你，像鄙视一只苍蝇一条蛆虫那样。我宁愿用恨把你戳成一个蜂巢，也不愿意对你有一丝一毫的鄙视。在恨和鄙视之间，我只能选择恨。

  自从他们把你留在了这儿，我每天都过来看你，从早晨待到夜色在我眼中蒙上翳子，我再也看不清你墓碑上的字为止。我知道这样做有些荒唐。这不过是一个洞穴，这里埋着的，只是你的一缕毛发。那还是今年盛夏的时候，你的主人伊恩怕你招虱子而替你剪下的。冥冥之中，他一定预感到了你们在一起的时间不会太久了，他从垃圾篓里捡起了一缕已经丢弃的毛发，收藏在一个饼干盒里。谁想得到这缕毛发果真成了你在这个世界上存在过的唯一物证?

和你的主人伊恩不一样,我不必用一缕毛发证明你曾经存在过。我肚腹里孕育着的小生命,也许一条,也许两条,也许更多,就是你生命的铁证。

幽灵:

蜜莉,你是说,你已经怀了,我们的孩子?你是说,不久后的某一天,这块叫月湖的土地上,将会蠕爬着好几个小你,或者小我,不,好几个你我的小混合体?如果真是这样,蜜莉,我没有死啊,因为它们,还有它们的孩子,还有它们孩子的孩子,会把我们有限的血肉之躯延续到无限。

蜜莉:

那天当你听到你主人的一声召唤离我而去的时候,我本来就想告诉你这个消息,让你闻一闻我还没有来得及浑圆起来的小肚腹的。可是你走得太匆忙,甚至来不及和我道别。在这点上你和他们人类没有太多的区别:使命永远比女人更重要。尽管你一再说你的天职是为主人效命,但就在你看我的最后一眼里,我觉察到了你眼睛里闪烁着的火花。那是一只在体能和智力上远远超群的军犬在听到建功立业的号角时的激动,你只不过是借主人的呼召来掩饰你自己深藏已久的雄心罢了,就像你主人用你的行踪来遮掩他到牧师比利那里的真实用意一样。你们两个是彼此最可靠最忠诚的掩护。

可是,尽管如此,我依旧无法不爱你,包括你的雄心,也包括你的虚荣。我只是无法抗拒你。

自从你走之后,我见到伊恩就很兴奋,他站着的时候我会叼着他的裤腿不放,他坐着的时候我会跳到他的膝盖上,闻来闻去,躁动不安。对我突然表现出来的依恋伊恩大惑不解,男人在这些事情上总是粗心的。

"蜜莉是在你身上找幽灵的味道呢。"我的主人温德说。

我的主人是唯一一个看穿我心思的人。她猜得一点不错,我的确是在伊恩身上嗅闻着你的气味。只是我不知道,你在他衣服上存留的那点可怜痕迹,还能经得起几回洗衣妇手下皂角和棒槌的蹂躏?

你一定发觉了,我今天来得比平常晚。其实我从家里出发,是跟平常一样的时间,都是在牧师比利做完晨祷,温德打开院门的那个时刻,只是走到半路的时候,我被一阵军号声分了心。我一听见军号,耳朵就会不由自主地颤动起来,像一只没有出息的兔子——那是你在我脑袋瓜子里留下的毒瘾。其实在月湖,每天我们都会听见军号,只是今天的军号听起来有些不同寻常。平日的军号短短的,一声咬着一声,带着些明显的不耐烦,好像在一遍一遍地催着人:"晚了,你晚了。"可今天的军号很有耐心,调门拉得很高,拖得很长,好像在说:"瞧啊你瞧瞧,我多么有力气。"

我忍不住朝着军号的方向跑过去,才发现大操场里已经站满了人。我一看就知道今天有事,因为站岗的哨兵比平常多出了好几倍,营地外的人一个也不许进。当然,狗除外——没有人会想到提防一条狗,于是我就大摇大摆地穿行在他们的队伍之中。那些士兵昨天还穿着草鞋,今天全都换上了布鞋。而且,他们的绑腿和衣服都是新洗过的,隔着一里路,你都能闻见皂角和阳光的味道。我从没看见他们站得那么直,绑腿里好像都塞了一根棍子。后来我才知道,那是他们的毕业典礼。

幽灵:

哦,蜜莉,你不说我几乎忘了,那是他们的大日子。前阵子我主人和他的中国学员们每天都在猜测:那个要来训话的大长官到底是谁?上面一直对他们保密。

蜜莉:

是个精瘦的老头子,他们叫他委员长。这个称呼好奇怪,我只听说过团长旅长师长,还有军长,可我就是没听说过委员长。委员长是个多大的官?

幽灵:

蜜莉,你和月湖的那些婆姨一样,一点也不关心外边的事情。委员长是他们最大的官,别说是军长,即使是司令,也归他管。

蜜莉:

怪不得他们都怕他。营地的大长官,平日走路能刮起一阵风,说话像放山炮,今天见了那个委员长,一下子矮了许多,舌头好像丢了,说不全一句整话。

幽灵:

那个毕业典礼,好玩吗?

蜜莉：

好没意思。没有吃的，没有锣鼓，也不放炮仗。每个人站着一动不动，老老实实听长官一个接一个训话，听得我一脑袋糨糊。今天是个秋老虎的天，日头咬得肉疼，台上台下的人衣服都湿透了，皂角的香味很快冲没了，只剩下汗臭。我听见你的主人伊恩跟杰克咬耳朵："几个月的课程，有必要这么正式吗？"杰克的声音比伊恩还轻，轻得像蚊子哼哼，我费了好大劲只听清了两个词："仪式感""荣誉"。

当然，也有几件好玩的事。营地的大长官致辞的时候，特意感谢了美国随营医生刘易斯先生，说在他的严厉看管下，训练营只有一人得过疟疾，没有一例伤寒。就在长官提到名字的时候，刘易斯先生突然扑通一声倒在了地上，好像长官施了什么法——他是叫日头晒昏过去的，后来是两个大兵把他抬走了。他大概一辈子还没在日头底下站过这么久呢，你们美国人真是没用。

还有一件好玩的事，是发枪——每个毕业生都分到了一杆枪。他们拿到枪的时候，眼睛里全亮起了光，我一眼就知道他们是得着了宝。幽灵，你一定没见过那样的光，那是财主踢到银子、老鼠闻见到香油的光啊，把日头都衬暗了。长官说他们有了枪，明天就可以出发去补充队伍了。

幽灵：

那我的主人伊恩呢？他也要走吗？

蜜莉：

他哪儿也不去，他会待在月湖。新学员两天以后就要到了，伊恩马上要教新的班级。只是,伊恩留下了635号学员,他说635号懂英文,上课的时候可以当他的帮手。

第二十一天

蜜莉:

对不起,幽灵,我已经两天没来看你了,家里出了一些事,很乱,我的主人需要我——尽管她从来不说。

我的主人真是个奇怪的女子,她从来没有对我,或者对任何人,说过"需要"这两个字,她把这两个字看守得跟性命一样紧要。可是用不着她说,我总能准确地猜到她需要我的时候。

去年冬天,我来到了牧师比利家。我的前主人,一对瑞典传教士夫妇,因久病要返国休养,临行前他们把我,连同他们不能带走的许多零杂物件,送给了牧师比利。我的前主人把我从一个竹篮子里掏出来——一路上他们就是这样带着我旅行的,放到了牧师比利的会客厅兼书房兼诊病室的地上,对我说:"蜜莉,这就是你的新家了,你要乖乖地听话。"

就这样,我被留在了那个堆满了家具书籍和瓶瓶罐罐的房间里。因为燃料短缺,屋里没有生炉子,傍晚的阳光在青砖地上落下一个冰凉的白斑,来苏尔的气味刺着我的鼻子和眼睛。那是一个颜色气味光线都很陌生的世界,我感觉寒冷孤单。我畏畏缩缩地躲到一个墙角上,突然想哭。

这时一个年轻的女孩走过来,抱起我,把我放在她胸脯和臂弯构筑成的那个柔软窝巢里。她没说话,只是把脸贴在了我的身上,我一下子记住了她肌肤的气味:那是泥土植物和消毒水的混合体,说不上好闻,却叫我安心。我发觉那两只抱着我的胳膊在和我的身子一起簌簌颤抖,我突然醒悟过来:不仅我需要她,她其实也需要我。我需要她的臂膀和胸脯给我搭建一个热乎乎的窝巢,哪怕是带着消毒水气味的,而她,则需要我的身体来填堵她生命中的一个空缺。

从那以后,她就成了我的新主人。每当她抱起我来,把我贴近她的胸脯时,我就知道她需要我的安慰。我明白她的心思,正如她明白我的。

其实到现在我也不知道该怎么称呼我的主人。假如我顺着牧师比利的意思——他也算是我的半个主人,我该叫她斯塔拉,也就是小星星。可是你的主人伊恩不这样想。伊恩觉得她更应该叫温德,也就是风。因着你和你主人的关系,我的天平难免会朝温德那头稍稍偏斜一丁点。就让我权且叫她温德吧,至少在你面前。

其实无论是斯塔拉还是温德,都不是她的真名。只要把这两个名字稍微划开一个口子,就能发现起名字的人落在这名字上的私心:牧师比利期望她成为他漂泊不定的日子里那个定位的人,而伊恩则渴望她成为他与世隔绝缺乏变化的生活中的一丝涟漪。我看不出我的主人到底更偏好哪一个名字,我唯一可以断定的是:她最不愿意被人叫作阿燕——那个她出生时母亲赋予她的名字,因为在那个名字之后,隐藏着她不愿回首的过去。她的过去是一扇关上了的门,她已经在上面加了七七四十九道锁。

可是前几天,我却无意间从那扇关闭得极为严实的门里,发现了一条细缝。

前阵子连续下了几场雨,天气开始转凉,温德就把床上的篾席都擦干净收起来，换上褥子。在教堂里工作了十几年的厨子兼洗衣娘突然走了——她辞职的真正原因，牧师比利一直没有告诉我们。牧师比利正在四下寻访接替她的人，却又碰上干粗活的伙计老母亲病重，他得赶回家去送最后一程，教堂里一下子少了两员干将，洗衣煮饭打扫的琐事，都落在了温德身上，一下子难免有些忙乱。

　　温德给牧师比利换褥子的时候，偶然在他的床角发现了一本书。牧师比利爱看书，家里每一个奇奇怪怪的角落，比如水缸盖上，再比如脸盆架的夹缝里，再比如马桶边上，都有可能找到书——那都是他随手放在那里的。本来这也不是什么稀罕事，可是温德的手摸到这本书的时候，却像碰到了一个烧得火红的煤球，猛地缩了回来。过了一会儿，她又忍不住把它拿起来，两腿跪在床上，借着窗口射进来的亮光，翻看了起来。书大概被人读过很多遍了，书皮的四个角都翻卷起来，磨出了绒毛，书里的许多折页，把书撑得松松厚厚的。温德并不真的在看书，她只是熟门熟路地翻到扉页，找着了一个用自来水笔写的名字。她怔怔地看着那个名字，然后伸出食指，顺着笔画慢慢地抚摸着那几个字。

　　这时牧师比利突然推门进来，他是来拿一个忘在房间里的茶杯的。温德听见响动，倏地转过身来，想藏那本书，却已经来不及了。她像一个被人当场拿住的窃贼，手足无措地把赃物咚地往地上一扔，就接着擦起了篾席。温德那天擦篾席时下手很重，噜噜噜的仿佛要把席子刮去一层皮。

　　牧师比利弯下腰来捡起那本书，掸了掸上面的灰土。

　　"这本书在我这里放了很久了，应该物归原主了。"牧师比利说。

温德停住了,手里的抹布在疲惫地喘着气。

"我不要。你拿去撕了烧火。"温德说。

牧师比利把书放回到床上,嘿嘿地笑了,说这是气话吧?这事轮不着我,要烧也是你拿去烧。

温德哼了一声,说我烧就我烧。

牧师比利取了茶杯,走到房门口,突然又折回来,在温德身后站住了,口气有些犹豫。

"他没你想得那么坏,他只是有一道迈不过去的坎。"

温德不说话,只是俯下身子接着擦篾席,手上的劲道比刚才更狠,席子发出一声声凄厉的呻吟。

"其实,他还是在意你的。那天在学员宿舍,你找长官论事的时候,是他冲上来,挡住了哨兵的枪。"牧师比利说。

温德还是没说话,但我看见她的脊背起伏了一下。

"那是,上了膛的枪。"牧师比利小心翼翼地说。

温德突然转过身来,把手里的抹布往木桶里一扔,水花哗地溅了一地。

"先捅你一刀,再给你抹点止痛膏药,你管这,叫在意?"温德说。

一直蹲在温德脚边的我吃了一惊。自从我来到这个家,我从没见过我的主人用这样的口吻和牧师比利说过话。温德对牧师比利向来是顺从的,即使有时他说了不中听的话,她至多只用沉默表示她的不满。偶尔她也会对他采取一些阳奉阴违的小伎俩,但那也只是为了哄老头子开心。原谅我管他叫老头子,其实牧师比利还不到四十岁,但在一个人均寿命很短、六十岁已是长寿标尺的乡村里,牧师比利很自然被一些人看成了老头子,不管他是否情愿。我从未见过温德和牧师比利顶嘴,在那一刻之前。

牧师比利的嘴唇翕动了几下,不像是生气,倒更像是踌躇:他不知道该不该接着往下说,可是他到底也没能管住他的嘴。

"兴许,那些闲话,并不是他传的,而是另有,他人……"他欲言又止。

温德冷笑了一声,说除了你和他,还有谁知道我是四十一步村的人?不是他说出去的,难道是你?

牧师比利无语,他看了温德一眼,默默地走了。但我知道其实他还是有话的,他的话在他肚子里咕噜咕噜地一路发着响声。

温德从桶里捞出抹布,怔怔地跪在床上,也不动,听凭湿布上的水滴滴答答地落在篾席上,润出一个又一个暗褐色的圆圈。

直到这时我才猜到了,我主人那扇关得很紧的门后,站着的是刘兆虎。

对不起,幽灵,我扯得太远了。两天没见,家里发生了太多的事,我有太多的话想告诉你。

前天早晨,不,应该说是大前天的半夜,大约三更时分,突然有人来敲门。找牧师比利的人是从来不分时节的,我早已习惯了夜半的敲门声。牧师比利起来开了门,门外是一个躺在门板上抬过来的产妇。产妇阵痛发作一天多了,已经陷入半昏迷状态。村里的接生婆回娘家探亲去了,邻村虽也有个接生婆,那人却去了四十里外的一个村子接生,一时半刻赶不回来。这家人实在无法可想了,只好把产妇抬到了教堂。牧师比利在月湖生活十几年了,却从来没给妇人接过生,因为这一带的人脑子顽梗不化,绝不会让一个男人,尤其是洋人,来碰触自己婆姨的身子。

牧师比利虽然学的是外科,但毕竟不是妇产科医生,这会儿只能在脑子里飞快地回忆实习时见过的接生场景。没时间了,他只能一边现翻记忆,一边立即开始行动。他喊醒温德起来生火烧水,给毛巾刀剪消毒,腾空桌子,铺上白布,把产妇抬到了桌子上。

正要做检查,那两个抬产妇过来的男人——一个是丈夫,一个是小叔子,突然拦住了牧师比利,说"要那个郎中"。牧师没听明白,丈夫就期期艾艾地说:"还,还是,让女郎中来吧"。牧师比利这才明白过来,他们说的是温德。

牧师比利说不行,她从没给人接过生,连看都没看过。丈夫说那有什么紧要?女郎中医术高强,徐三财的婆姨肩膀脱臼,女郎中一掰就好了。刘麻子腿上的毒疮,流了半年的脓血,女郎中一刀就割干净,再也没犯过。生个娃还不比这些简单,也就跟母鸡下个蛋。女郎中怎么不行?

牧师比利就叹气,说你们这些无知的人啊,生个孩子是鸡下蛋吗?她阵痛发作这么久了,有可能是宫缩力量不够,有可能是胎位异常,有可能产道过于狭窄,再拖下去,会,会……"牧师比利猛然警觉过来,正要往外溜的那个字是中国人的大忌讳,就赶紧把后半截话咽了回去,换成了"后果很严重"。

两个男人茫然地看着牧师比利,仿佛他刚刚背完了一段天书,除了开头和结尾,他们竟然没有听懂一个字。

这时产妇疼醒了过来,手在空中乱抓着,嘴里喊着她丈夫的名字:"田林你这猪生狗养的,你害我,你害死我了!"那声音杀猪似的,叫人听了竖起一身汗毛。

牧师比利两眼一瞪,大声呵斥着两个男人:"出去,你们都给我出去。你们在这儿,女郎中怎么干活?"

两个男人无奈地出去了,坐在门外的台阶上等消息。

牧师比利就给产妇做检查。女人虽疼得一时清醒一时糊涂，却还知道羞耻，两腿交缠着，不肯让他碰。温德见状便上前来，俯在女人耳边，轻言细语地说："是我，都是女的，没事，你放松。"女人疼了这么久，到这时已经没剩下多少力气了，就由着温德把她的裤子脱了，做了消毒。

牧师比利检查过了，发现胎位正常，宫口也开够了，只是胎儿太大，女人的产道窄，一时半刻还出不来。牧师比利拿了一块干净的毛巾叫女人咬着，说你真忍不下了就喊，不过最好省着点力气，我叫你使劲的时候你再使劲。接着就吩咐温德去拿手术剪。温德拿了剪子递给牧师比利，他没接，只是用两只手紧紧抓了女人的腿。

"你来。你做过脓肿引流，你行。"牧师比利说。

温德一怔，过了一会儿才明白了牧师比利的意思，捏着剪子的手就微微地颤动起来。

"我力气比你大，我抓住她的腿。你做侧切，左侧四十五度角，长度四厘米左右。"牧师比利说。

温德还有些犹豫，牧师比利便在她耳边轻声说："忘了那是人，就想着那是鞋底，拿出你平时剪鞋底的功夫来，一剪子下去，稳，准。"

温德深深吸了一口气，心一横，就照着牧师比利的吩咐下了剪子。产妇的脸剧烈地扭动起来，塞着毛巾的嘴里发出一阵沉闷的呻吟声。过了一会儿，那含混不清的呻吟就被另外一阵声响全然淹没了。那声响像锥子，一下子捅到了房顶，将天花板捅出了一个窟窿，满屋子唰唰地掉着渣土。

那是一个男孩响亮的哭声。

终于缝合完毕,把大人小孩都清理包裹好了,才去开门让那两个男人进来。那个做丈夫的只看了一眼孩子,眼睛就红了,噗通一声跪下来,捣蒜似的给温德磕头,千恩万谢。牧师比利扶起他来,说大人孩子都得在教堂里待上一两天,观察一下看伤口会不会感染。丈夫死活不肯,一定要趁天亮之前把人抬回家去。牧师比利明白他是怕天亮了有人看见,说他婆姨是在教堂被男人接的生。牧师比利就呵呵地笑,说你都听见的,把孩子从你婆姨肚子里接出来的,的的确确是女郎中。你还怕人说什么?

　　终于把两个男人打发走了,牧师比利歪着头看着裹在他旧棉袄里的小毛头,忍不住感叹:"营养这么差的地方,母亲的身体又这么瘦小,竟能怀出这么大一个小子。"

　　孩子是温德用一根绳子吊起来挂在秤钩上秤的体重,八斤十二两,用的是十六两的老秤,秤尾巴翘得很高。

　　温德从水缸里舀了盆水出来,给自己洗手。

　　牧师比利突然发现了蹲在温德脚边的我,便伸出布鞋的鞋尖轻轻勾了勾我的肚子,说:"咱们蜜莉也一样,小小的身体要生一窝巨人,可别到时生不出来。"

　　牧师比利说得没错,虽然到生产还有一个多月的时间,在怀孕这条路上我还没走完一半的路程,可是我的肚子已经圆得几乎要开裂。我现在走路时若不特意绷紧身体,肚腹就几乎要拖到地面。

　　"祝贺你,斯塔拉,你成功接生了一个孩子,第一次。"牧师比利说。

　　温德摇了摇头,疲惫地说:"那是哄哄他们的话,我哪有这本事!接生的是你,不是我。"

牧师比利惊讶地看了温德一眼,说你怎么不为自己骄傲?你听没听见,他们口口声声叫你女郎中?斯塔拉你知道吗,你最大的本事是临危不惧。你只需要有个人站在你身后,时不时推你一把,你就能大进步。

温德想说你没看见我的手还在抖?我的衣服都已经被汗湿透了?可是她最终还是什么也没说,只是默默地在手上擦着肥皂。

"以后我多给你讲些妇产科方面的知识,这一带的几个接生婆,年纪都四五十岁了,她们很快就做不动了——接生是件力气活。她们不懂西药,不会做简单的手术处理,将来这里是你的天下。"牧师比利兴奋地说。

温德嚅嚅地说了半句"我,我……人家……",却又住了声。

牧师比利突然醒悟了过来。

"你是怕人家说你还没结婚,一个小姑娘,自己还没生孩子,却给别人接生?"

牧师比利猜到了温德的心思,却又没猜透。温德的婚姻状况,是一块界限模糊的地域。若依照那张盖了指印的文书上的说法,她早已嫁作人妇。可是她却从来没有真正做过妻子,一天也没有。若说她是姑娘,她却早已失去了童贞,可是她却又不能被称为媳妇。天底下没有哪个名词可以准确地界定她的名分,她是陷落在孩子和大人、闺女和婆姨中间的那条阴沟里的怪物。她无法把这样的一个怪物和产婆的身份联系在一起。

牧师比利的脸渐渐地紧了起来。

"斯塔拉,你要知道,闲话只是天上飞的尘土,飞一阵就会落到地上的。你总不能为了有尘土就不出门。你只要敢迈出第一脚,就知道尘土远没你想象得那么可怕。"

温德没吱声。

"在这一带,谁家婆姨肚子疼了会跑上百十里地到医院去生孩子?谁知道战争还会打多久,可是再乱的世道也挡不住人要生娃。你若当了助产士,将来你就永远不愁没有饭吃。万一将来我不在你身边,谁也不敢欺负你。即使有人想害你,也会有一百个人出来保护你,因为他们婆姨孩子的性命都捏在你手里。你不能只看到眼前,你一定要看到将来。"

那天牧师比利完全没有意识到他竟是一语成谶。他在不经意间预告了自己即将到来的死亡,还有后来的几十年里温德的生活状况。

那天牧师比利的话里反反复复地出现了一个词,而且,他每次说到这个词的时候都会自觉不自觉地加重语气,仿佛不这样做那个词就要轻飘飘地飞走似的。

这个词是"将来"。

他不知道温德不喜欢"将来",一如她不喜欢"过去"。其实,刚开始从牧师比利嘴里听到"将来"这个词的时候,她还是懵懵懂懂的,她还不懂到底应该欢喜还是讨厌。后来牧师比利又说了许多次,每说一次,都在她心里坠上一块石头,她终于明白了,"将来"原来是这样沉重的一样东西。

牧师比利忘了,温德还不到十六岁。

在十五六岁的年龄上,将来是想腻了现在的时候拿出来偶尔换一换脑子的东西,将来仅仅是拌在无数个没心没肺的现在里的调味品。牧师比利从来没有年轻过,牧师比利不懂。牧师比利以为对一个人好,就是时时刻刻惦记着这个人的将来。牧师比利以为温德最需要的,不是过去,也不是现在,而是将来。

在这点上,你的主人伊恩远比牧师比利聪明。伊恩懂得青春和忧虑是一对天敌,他知道怎样把严酷的现在零敲碎打成一小片一小片的快活。伊恩不是故意投温德的巧,伊恩只是还没想到将来——他不可能把自己没有的东西送给温德。

两人都洗了,温德便叫牧师比利回屋睡了,自己搬了一张凳子,拧暗了煤油灯,守在那个刚做了母亲的女人和那个刚做了儿子的男孩跟前。我跳上她的膝盖,趴在了她的腿上。夜色已经露出破绽,窗户纸从深黑变成了浅灰。大人和孩子都睡着了,发出细细碎碎的鼻息。孩子很难看,浓密的胎毛上好像蒙着一层土,赤红的面皮皱得如同一个乱线团。他似乎还没有从刀剪的惊吓中完全逃离,时不时身子会轻轻地抽搐一下,不知是不是梦。

温德把脸贴在我身上,轻轻地用脸颊厮磨着我的身子。

"孩子,第一次,我接生了,一个孩子。"她自言自语地说。

我没有从她的声音里听出喜悦和自得。我听出的,只是惊恐、后怕、不可思议,或许还有一丝狐疑。

我知道原因。因为温德,我的主人,她自己也还是个孩子。

我伸出舌头,温柔地舔着她的脸和手。我第一次感到了作为狗的无能和悲哀:我们理解人类九千九百九十九种情绪和感受,可是我们唯一能够安慰他们的方式,却只能用一根舌头。

不,不止一根舌头。其实我还有一样用处:我的鼻息。我发觉,每一次当我的主人陷入焦虑紧张时,只要我跳上她的膝盖,或者蹲在她脚边蹭着她的腿,发出近似于呼噜那样的响声时,她就会渐渐放松。我的鼻息像一根神奇的手指,能扯松她脑子里那根绷得很紧的弦。发现这一点以后,我就开始有意识地训练我的鼻息,揣摩怎样的音阶和节奏能最快地使她进入休息状态。我现在已经很在行了,比如刚才,我轻轻地呼噜了几声,她的眼神就懈怠了下来。

我以为这天的混乱终于到此终结了,没想到这才仅仅是开始。

温德刚打了一个小盹,便又有人敲门。这时村里最勤快的鸡已经醒了,在发出稀稀落落的啼叫声。敲门声听起来不像寂静的半夜里那样叫人心肝儿抖颤,可依旧暗含凶机。我从温德身上一下子跳下来,因为我鼻子轻轻一抽就闻到了你的味道——我立刻知道那是伊恩。三天前伊恩和刘兆虎带着一个新学员分队出发去执行任务,现在该回来了,可是他不该在这个猪狗都还没离窝的时辰里敲响教堂的门。

牧师比利和温德同时惊醒过来,他们慌慌张张地跑出去开了门。秋深了,风刮过来有几分清冽,树被夜露涂抹得一身灰褐,门前站着伊恩,眼神无光,脸色蜡黄。其实他并不是真正站着,而是被两个比他矮小许多的中国人架着,温德认得其中的一个是他的仆人水牛。伊恩一条腿点地,另外一条腿缩着,裤腿高高卷上去,露出一只沾满了乌紫色泥浆的腿肚子。让水牛随行是伊恩的意思。这次任务的目的地和上次差不多远,也需要在夜间长途行军。伊恩记取了前次的教训,决定带上水牛替他背负武器和食品。伊恩终于想明白了,在效率面前,自尊是一桩不值一提的小事。

牧师比利把他们让进屋里,问到底出了什么事?水牛只说了句"都怨我",便呜呜地哭了起来。他们这次去的是另一个小镇。那地方本无什么军事价值,却只因有一条河流,而这条河流又碰巧是另外一条大河的支流。这其实也没什么独特之处。江南地盘上这样的河流成千上万,却只因这镇上在道光爷年间出了一个榜眼,在京城做了大官,便捎钱回乡造了一座石桥。那石桥用了上好的人工和石料,极为结实,不仅可以过骡车马车,也经得住汽车。最近一个月以来,日本人开始动用这座桥运人载货,因为他们在原先走的大路上遭遇了几次伏击。训练营的任务是炸毁这座石桥,把日本人逼回到原来的路上去,让正规军队去收拾。

他们没想到日本人的防守很弱,只设了两个哨兵,桥头一个,桥尾一个,桥尾的那个竟然靠在桥栏上打着盹。这一个月里太平无事,他们的神经开始松懈。刘兆虎只用一枪就结果了那个醒着的哨兵。那天夜里风很大,刮得树枝噼啪乱响,加了抑制器的枪声裹在风声里,竟然没惊醒桥尾那个睡觉的哨兵。一名学员几乎没费什么力气就把软性炸药放置在了桥墩上。炸药灰坨坨的,像是一摊半湿半干的泥,天衣无缝地填塞在两块石头之间的缝隙里,定时装置会在半个小时以后引爆。日军的汽车通常挑在那个时候过桥——趁镇上的居民尚未起床,免得引人注目。

任务完成得极是顺利,当石桥在一声巨响中化为一堆乱石的时候,他们已经行走在绝对安全的山路上了,没折损一兵一卒。可是意外却发生在了离家只隔两三里路的地方。水牛太困了,没有顾得上照看伊恩,伊恩一脚踩空,掉进了一条沟。沟有一人多深,且没有可以攀援之处,水牛和刘兆虎费了九牛二虎之力,才终于把伊恩拉了出来,伊恩已不能走动。原先以为是骨折,后来才发现是皮肉的伤——一块棱角像刀的山岩在伊恩的腿肚子上拉了一条足有六七寸长的口子,皮肉翻卷开来,血流如注。

伊恩疼得满头大汗,水牛跑了几步路找到一块水田,捧了一大把湿泥往伤口上糊,说这是他爷爷教给他的止血止疼秘方。伊恩大骂水牛你是操蛋的非洲巫医吗？话音未落，他已觉得伤处有些隐隐的凉意，疼痛略减了几分，众人这才得以架着他回到月湖。营地的医疗官去重庆出差了，他们只能把他送到牧师比利这里来。

水牛把伊恩架到了客房里，温德舀了一大桶水，给伊恩清洗。伊恩的伤口很深，泥浆灰粒草叶嵌在肉里，温德得用湿纱布一点一点地蘸着洗。她擦一下，伊恩咝一声。他每咝一声，她的鼻子和眉毛就抽搐一下，等终于清理干净的时候，我发现温德脸上突然多出了很多皱纹。

温德把脏水倒了，就没有再回房间——她见不得牧师比利的缝合过程。他们现在既没有麻醉药止痛药，也没有任何抗菌素。教堂的药柜子几乎见了底，只剩下几片奎宁和安眠药。日本人最近看守得极是严密，查到走私药品的一律就地处决，连青帮海匪都不敢轻举妄为。黑市上剩下的那一丁点药物，价格就涨到了牧师比利的面子已经买不起的地步。营地医疗官的药品供应也断了，而驼峰过来的下一次空投，还要在三天之后。

牧师比利让水牛和另外那个战士按住伊恩的腿，开始缝合。屋里传出一声声的哀号，听着那声调的起伏你几乎可以猜得到牧师比利下针的节奏。客厅桌子上沉睡着的小毛头惊醒了，发出惊天动地的哭号。温德在门外蹲了下来，紧紧捂住自己的耳朵。可是手掌不够厚实，那些声响还是从指缝和毛孔里钻进来，在她的耳膜上锉下一片片肉屑。她的身子越缩越小，小得成了一个筋骨凸显的球。假如你看到她这时的模样，你一定无法将她同那个把死人的头颅和脑袋缝合在一起，能给产妇下刀剪的人联系起来。也就在那一刻，我突然明白过来她爱上了伊恩——天底下只有爱才可能让人一下子丢失了所有的勇气,叫人从无所不能的勇士变成一筹莫展的废物。我知道在这一刻我的舌头我的鼻息都派不了用场,没有任何东西能安慰得了一个被爱废挫了的人。我只能躲到一个清静点的角落,省得挡着他们的路。

终于缝合完毕,温德才敢进屋,伊恩身上的衣服已经被汗水湿透了,头发在额头贴成一个个金黄色的小卷。温德给他擦了身子,换过衣服,喂他吃了几口稀粥,扶着他在床上躺下。牧师比利让他服下一片安眠药,打发走了水牛和他的战友,伊恩终于精疲力竭地睡着了。

可是外边的那个小毛头却再也不肯安睡,嗓子哭得喑哑了,喉咙里发出可怜的嘶嘶声——大约是饿的。母亲还没下奶,牧师比利只好去后院把家里养的那头山羊牵出来,挤了一小碗奶,放在锅里煮过了,等凉了,才拿小勺喂给小毛头吃。牧师比利从来没喂过孩子,笨手笨脚的,把奶洒了一身。温德接过手来,把孩子横放在膝盖上,用手臂枕着孩子的头,一只手捏着那只碗,另一只手拿着勺子,用嘴唇试过了温度,试试探探地往孩子嘴里送。孩子还不会吃,嘴里发出些咕噜咕噜的声响,却还是咽不下去。温德把手在衣服上擦干净了,蘸着奶伸进孩子嘴里,孩子啧啧地吸吮了起来,终于把一小碗奶慢慢地喝完了,又沉沉地睡了过去。

牧师比利看了忍不住惊叹,温德抱孩子的模样几乎和她做针线一样娴熟。江南乡间这么大的女孩都帮着母亲带过弟弟妹妹,温德的本事大约也是这么练出来的。可一转念牧师比利突然想起温德是独生女,没有弟妹,便感慨有的人可能生来就知道怎么做母亲——那是来自上帝的神谕。

喂完孩子,温德让牧师比利回屋再睡一会儿——他们俩几乎都是一夜未眠。温德搬了一把椅子坐在床前守着伊恩,就像先前守着那对母子。这两种守候看起来模样相近,其实本质不同,前面的守候是用眼睛和耳朵,后边是用心。他的脸上和身上在不停地冒着虚汗,那天他简直就是一头水母,每一个毛孔都没完没了地往外溢水。她害怕起来,总觉得他身上的水分会流失殆尽,最终成为一具干涸的骨架。她一边给他擦汗,一边用棉花蘸着凉开水湿润他干裂的嘴唇和喉咙。

伊恩只睡了一小会儿,安眠药最终没能抵挡得过伤口的疼痛,他醒过来,恍然不知身在何处,嘴唇翕动了几下,迷迷糊糊地说了一个字。温德猜了半天,才猜到他说的是"冷"。她听见他的身子里发出一阵奇怪的咯咯声,过了一会儿她才醒悟过来那是他的牙齿在彼此撞击。

温德去自己的房间拿了一床被子,又开箱取出自己的棉衣棉裤——那都是她来月湖之后牧师比利给她置办的,一样一样盖在伊恩身上,可是他还是在不停地颤抖。后来温德去后院找了几块砖头,放在炉火上烤热了,用毛巾包起来放在他的周身,他才略微安稳了些。

过了一会儿他突然开始说胡话,是一串一串的人名,她都不认识,只听懂了一声"妈妈"。她心里有把小刀子尖尖地搅动了一下,嘴角抑制不住地抽动起来。她怕他看见,就把脸埋在了被子上。其实用不着,他神志依旧模糊。他开始踢蹬被子,一块砖头从床上踹落下来,差点砸到了她的脚面。她拭了拭他的额头,烫得几乎像那块砖头,便知道他在发高烧。

他的眼睛突然睁得很大,愣愣地瞪着她,看得她心里发毛,可是他却似乎不认得她。他的眼球在眼眶里浮游了几圈之后,突然斜向了天花板的某一个角落,脖子朝后仰去,仿佛在尽力去够一样看不见的东西,伸在被子外的手,指头蜷成了五个弯曲的铁钩。

天爷,他在痉挛。

温德惶乱地叫醒了隔壁屋里的牧师比利。可怜的牧师比利已经被叫醒过好几回,睡意像怨妇从他的眼睛毛孔和呼吸中愤怒地钻出来,把他一下子折腾成了一个真正的老头。他趿着鞋子给伊恩量了体温,四十度二。他默默地摇了摇头。不用他开口温德也知道,此刻除了物理降温之外,没有任何神医妙方。伊恩需要的药物,还在三天之外的路程中。而在这三天里,伊恩唯一能仰赖的,只能是他和上帝讨价还价的功夫。

水缸的水已经用光了,温德只能去后院的井里一桶一桶地打水。她用凉水浸湿的毛巾一遍一遍地擦拭着伊恩的额头和身体,在换过了好几桶水之后,他终于安静了下来,不再抽搐。温德让牧师比利再去补一觉,这时天已经大亮了,路上已有了人畜走动的声响。牧师比利抵挡不住疲乏,再一次睡下了,温德却毫无睡意。

她再次给伊恩量体温。当她对着窗外的晨光举起体温计的时候,她合眼喃喃地说了一句什么话,才敢睁开眼睛。

那条水银线依旧停留在四十度二,纹丝未动。

她丢下体温计,再次跑到自己的房间,回来时手里拿着她的针线箩子。她在他床前坐下来,翻出一卷做鞋底剪剩下来的碎布头,挑出一大一小两块,缝成一大一小两个圆球。又用四块更小的碎布,卷成四条小棍子。等到她把它们都缝合在一起的时候,我才看出来是个小布人。她拿出一块画粉,在那个小布人的肚子上写下"病鬼"两个字,然后从一个小布囊上取下几根粗细不等的针来,往那布人身上扎去。她使针的力气非常凶猛,有一次扎得太狠了,针滑下去,扎中了她的手指,一颗乌紫的血珠冒出来,很快爬成了一条黑虫。她吮了一下指头,把那条黑虫吸进去,又呸的一声啐在地上,那一刻她的眼神看上去像高烧中的伊恩一样谵妄癫狂,我几乎有些害怕起来。

伊恩的体温往下走了两分,停在了四十度那条线上,仿佛那是一条无法逾越的鸿沟,再也不肯挪步了。

我看见温德在墙角跪了下来,双手合十,嘴唇轻轻颤动着,我猜想她是在央求她的菩萨显灵。

> 耶和华是我的牧者,我必不至缺乏。
> 他使我躺卧在青草地上,
> 领我在可安歇的水边。
> 我虽然行过死荫的幽谷,也不怕遭害,
> 因为你与我同在。
> 你的杖,你的竿,都安慰我。

我吃了一大惊,因为我知道耶和华不是温德的菩萨,耶和华是牧师比利的菩萨,是伊恩的菩萨,是美国人的菩萨。牧师比利虽然救过温德的命,温德却始终没有真正拜过牧师比利的菩萨。可是为了伊恩,她竟肯丢弃了自己的菩萨。

> 在我敌人面前,你为我摆设筵席。
> 你用油膏了我的头,使我的福杯满溢。
> 我一生一世必有恩惠慈爱伴随着我,

我且要住在耶和华的殿中,直到永远。

温德把祈祷词重复了许多遍,每一遍都会吞掉几个词,到后来剩下的,只有"不怕遭害"四个字。她把这四个字从嘴里嚼碎了,吞下去,又从肚腹里吐上来,送回到喉咙,送上舌头。来来回回的次数太多了,那几个字在她的舌头上磨出了沟壑。

在接下来的一整天里她几乎没有一刻是静止的,她的体力被发烧的伊恩,虚弱的产妇,哭闹的孩子和饿着肚子的牧师瓜分着,连山羊和柴草都不肯搭一把手,给她送上能让那几个人安静下来的奶汁和炉火。牧师比利眼泪汪汪地抱着婴孩走来走去——是被烟熏的,布鞋底在青砖地上擦出令人厌烦的嚓嚓声。厨房里风箱的响声惊天动地,灶上的饭却一直是夹生的,因为柴一直引不上火。牧师比利终于明白,天下的灾祸太多,上帝顾不过来,今天他必须学会自救。他套上外衣出门,请来了村里一位还在哺乳期的婆姨,把小毛头暂时抱走。

牧师比利那天的中饭是锅巴和头天剩下的萝卜条,而温德却什么也没吃——她实在没有胃口。在牧师比利的严厉逼迫之下,她最后咬了一口腌菜疙瘩,却马上吐了出来,因为她满嘴都是燎泡,盐味杀得她火辣辣地疼。教堂的伙计临回家前砍了足够的柴,只是柴仓漏雨,剩下的柴都给浇湿了,生不着火。伊恩和产妇都需要热水,温德就把柴一捆一捆地搬到院子里,摊在太阳底下晒。深秋的日头有些色厉内荏,温德直起身来,看到树枝间漏下来一条一条白花花的光亮,觉得有些割眼,刚想伸手挡一挡眼睛,天突然倾斜了,日头咚的一声朝她砸了过来,把她毫无提防地砸倒在地上。

我慌慌张张地扑了上去,用我的舌头疯狂地舔着她的脸,她却没有醒过来。可是我觉出了她的呼吸——她还活着,只是太累了,她需要睡眠,哪怕是以这样可怜的方式。我决定不搅扰她了,只是静静地依偎在她身边,用我的体温给她一丝暖意。

后来她是被一阵奇怪的声音惊醒的。那声音有点像风,有气无力,打着小小的旋。她强睁开眼睛看了一眼院子里的那棵树,树枝纹丝不动,她便知道那不是风。她想起身,但身子实在太沉,就像有人在她的手和脚上都砸了铁钉,她只是挪不得身。她闭着眼睛又听了一会那像风又不是风的声响,渐渐地,她听出了隐隐约约的旋律,她猛然醒悟那是"杨基都德"的调子。

她一下子爬起来,跌跌撞撞地朝屋里跑去。身子很软,膝盖也软,几步远的路,她觉得像是跑了一个时辰。当她终于跑到房门口时,她已精疲力尽。她靠在门上,捂住心口,把一口气渐渐喘匀了,才推门进去,只见伊恩半躺半坐地斜靠在枕头上,在断断续续地吹着口哨。声气到底还是虚弱,嘴唇在嘶嘶地漏着风。

后来温德多次回忆起这一刻发生的事情,每一次的回忆都如模板压出来似的一模一样,严丝合缝:当时她的脑子是一片空白,她完全不知道她怎么会一下子扑过去,一把搂住了伊恩的脖子。

"你,你,你退,好,活了……"温德语无伦次。

伊恩笑了,疲软的,坏坏的。

"你想掐死我吗?"他说。

温德突然清醒了过来,松开手,脸涨得绯红,一路红到了指尖。那一层红如同是宣纸上落下的丹朱,慢慢地洇染开来,遮掩了疲惫留下的所有斑痕。我主人脸上的表情很复杂,有震惊,有难堪,有羞涩,有不知所措,还有许多其他。这些表情哪一样单独出现都是平淡无味的,甚至是贫瘠的,而当它们聚集在一处时,突然产生了某种不可言说的化学反应——那一刻温德显得异常美丽动人。

伊恩呆呆地看着她,突然捏住了她的手。

"你穿得太少了,你过来,暖一暖。"伊恩轻轻掀起了自己的被子。

温德犹豫了一下,突然掩脸跑出了屋子。

这天晚上吃过晚饭,伊恩问牧师比利要了纸笔,坐在床上给他的丽雅妹妹写信。他开了几次头,又都划掉了,后来他终于写下了这么几行字:

罗曼·罗兰说过奇迹是到处有的,好比石中的火,只要碰一下就会跳出来。我们万万想不到自己胸中有妖魔睡着……

他最终还是没能把这封信写下去。第二天早上温德来收拾他的房间时,发现地上扔了好几团纸。

第五十天

蜜莉:

幽灵,今天的一切仿佛只是一场梦,一场短促而荒诞不经的梦。事情来得那样突然,让人毫无防备。其实,没有人,也没有狗,能真正为那样的事做准备。它来的时候,像贼,让人防不胜防。在最初的几分钟里,我甚至还没意识到到底发生了什么。我感觉自己突然没有了手脚,没有了身子,甚至也没有了头。可是我还拥有鼻子眼睛和耳朵。这也只是我的猜测,因为我依旧还能听见声音看见形状闻见气味。

今天发生的事,颠覆了我在和人类共存的过程中积攒的所有经验和常识。人类爱说"皮之不存,毛将焉附"——这句话通常是拿来鼓动别人献上生命或是财产的,可是我的脸和身子虽然消失了,我的鼻子眼睛和耳朵却不依附于我的脑袋瓜子独立存在着。还有,在人类任何版本的词典里,对"爬"这个字的解释绝不可能逃脱和脚的密切联系。可是我明明已经没了脚,却竟然能匍匐于梁木之上,在屋子的最高之处俯视着屋里发生的一切。

我看见一个穿着长布夹袍的半老头子,一边脱着手上的胶皮手套,一边在屋里来来回回地踱步,唉声叹气。

"不该让它们在一起的,我们早该知道,两个体型相差太大的品种,必然会导致这样的结果。"

老头对屋里的一个女孩说。

女孩蹲在地上,看着她脚边一团气味颜色形状都令人作呕的秽物。女孩或许在哭,或许没有,我看不见她的脸,我只听见她低着头说:"它们玩得这样开心,谁能拦得住呢?

女孩从口袋里掏出一块干干净净的手帕,我以为她要擦眼泪,可是她却把它揉成一团,轻轻地擦着那团秽物上的血迹。我现在看清楚了,那是一条死狗。

"蜜莉,蜜莉,你怎么能说走就走呢?"女孩喃喃自语。

我吃了一大惊,因为我听见了我的名字。就在那一刻我猛然清醒了过来:我死了,我死于难产,我的主人温德正在为我收尸。

记得前阵子在为一个产妇接生的时候,牧师比利曾经顺嘴说过蜜莉的小身体要生一窝巨人,别生不出来的话。那天牧师比利还说过一些别的话,从他的话里我隐隐听出了他对自己和对温德未来生活的不祥预测。当时我只是没想到,他那魔咒般的预言里竟然也囊括了我。牧师比利的嘴唇被命运之神涂了毒药,每一个从那里经过的名字,都遭过了诅咒。

"牧师比利,狗死了也能进天堂吗?"温德抬起头来问。

牧师比利沉吟了许久,仿佛那是一个需要背下百科全书的每一个词条才能回答的问题。半晌,他才说:

"狗也是上帝的造物,上帝给所有造物的灵魂都预备了地方。"

女孩紧蹙的眉毛似乎松开了细细一条缝。她依旧在用她的手帕,轻轻地抹除着我身上的污血。

在我的记忆中,我主人温德的手,似乎总是在日复一日地重复着同一个动作:擦拭。擦拭灶台上的油污,擦拭篾席上的汗迹,擦拭地板上的脚印,擦拭产妇两腿之间的血,擦拭伊恩额上的虚汗,擦拭婴儿身上的胎垢……可是天底下的烂事太多,她纵然长了七七四十九双手,也擦不干净世上所有的污秽。

我真想告诉她别忙了,那只不过是,一副臭皮囊,那并不是真正的我。可是我却再也不能了,因为我已经失去了舌头。

"我去找个盒子,把蜜莉装起来,埋到幽灵身边去。"温德说。

幽灵,哦,幽灵,我再也不用每天从家里跑到墓地,再从墓地跑回家里,把时光和体力耗费在毫无意义的路程上。从今往后,我将会永远和你在一起,再不分离了。

你也许会感到遗憾,我们最终没能在这个世界上留下一个小你,或是一个小我,或是一个你和我的小小混合体。其实,我们并不需要它们来延续我们的生命。我们已经死了,我们就不会再死,我们在死里得到了永恒的生,我们的生命再也没有尽头。

幽灵,我来了,等着我。

牧师比利和伊恩：在道别和永别之间

牧师比利：

世界上所有的战争都必然会有终结的时候，就像所有的黑夜必然会结束一样，只是我们不知道它会终结在哪一天。胜利来的时候，像死亡，往往是猝不及防的。所以，在听到天皇"玉音播送"的那一刻，我最初的反应是怀疑和惊愕——狂喜还是稍后的事。

这场战争实在打得太久了，假若从卢沟桥事件算起，是八年；假若从满洲事变算起，是十四年；但假若把时间线拉到甲午海战——在很多人看来现在这场战争只不过是那场战争的接续，这场战争就已经打了半个世纪。可是，即使是半个世纪的战争，也终究会有画上句号的那一天。

我是从美军营地的无线电台里听到停战消息的。我扔下伊恩和他的战友，立刻朝家里跑去。那天我没骑自行车，跑得太急，在路上跑脱了一只鞋子。当我上气不接下气地把这个消息传给斯塔拉时，她的肩膀抽搐了一下——那是她唯一的表情。她没有流泪，也没有笑，她只是出乎意料地平静。后来她慢慢地朝门外走去，在路边的那棵大树下停住了，眺望着那条颜色泛黄、残留着牲畜蹄印的沙土小路，久久无语。

那是她家的方向。两年零四个月前,我就是沿着那条路,把她从四十一步村带到我家的。

我突然明白了,她在想家。

我望着斯塔拉的背影,突然发现她长高了许多。那棵树身上有一个碗大的疤,也许是虫害,也许是雷劈的。她刚来的时候,头刚刚够着那个疤,如今那块疤已经在她的耳朵之下了。当然,我不能确定,树是不是萎缩了。

这场战争叫每个人都失去了一些东西,但不是每个人的损失都像斯塔拉那样彻底,那样惨重:她失去了她的父亲,她的母亲,她的童贞,她的爱情。把这些东西从一个人的生活里剥走之后,还能剩下些什么?她剩下的只有故土了,哪怕那只是一片废墟。

就是那一刻里,我做出了一个重要的决定:我要回美国筹款,在四十一步村建立一座教堂,一间诊所,一个家——一个属于我和斯塔拉的家。

那日的狂欢,一直持续到深夜,全村的人都涌到了那个平日严禁闲人出入的练兵场,除了斯塔拉。在经历了这么多事情之后,斯塔拉不再信任人群,也不再信任任何比重过浓的情绪,比如大悲,或者大喜。她在每一种情绪的出口上,都设置了闸门。

半夜之后,人群终于累了,渐渐散去。伊恩却还未尽兴,悄悄拉住我和刘兆虎,说要到我家喝酒。他说他藏了两瓶威士忌,训练营有规矩,不许在营地喝酒。他今天并不在意破一破规矩,只是两小瓶酒分到这么多人嘴里,每人只分到一小口,所以只能是私下尽兴。

见我犹豫,伊恩就在我肩上擂了一拳,说别告诉我你的上帝如何如何的,今天除了杀人,什么样的浑事上帝都可以原谅。

伊恩不知道，我犹豫的原因不是因为上帝。今天这样的日子里醉汉太多，上帝纵然有八千双眼睛也管不过来，我担心的是斯塔拉。斯塔拉不愿意见到刘兆虎，尤其是鼻涕虫的事之后。

刘兆虎也在犹豫，伊恩以为他怕长官，不由分说地扯着他的袖子就走。

"明天我告诉他，是我用刀用枪用手榴弹逼着你喝酒的，他管不了我。"

伊恩的神经很大条，中间的空隙几乎可以穿过一头大象。他根本没想到刘兆虎犹豫的原因也是因为斯塔拉。

伊恩不知道刘兆虎为何犹豫，正如刘兆虎不知道伊恩为何急切。只有站在他俩中间的我，清清楚楚地看到了他的犹豫和他的热切都与同一个女孩相关。

我们在厨房坐下了，打开酒瓶。家里只有一小碟花生米，我们像当地老乡那样端着碗，用花生米，还有粘在花生米表面的盐粒下酒。每一只耳朵都兔子似的竖着，听着厨房外边的响动。斯塔拉的房间黑着灯，悄无声息，但我几乎可以肯定她醒着，她不可能没听见我们的动静。

可是那一晚她一直没有打开过房门。

我们谈起了战后的计划。伊恩说他得排在积分制的长队里，等着攒到足够的分数才能回美国。也许三个月，也许五个月，希望不会超过半年。至于回家之后，他会先睡上整整三天，在浴缸里泡上另外三天，再花三天时间把错过的电影都看过一遍，然后开始一一走访他在城里的亲友，假如他们还没有死于战场、疾病、劳累或者悲伤的话。"然后，"他说到这里的时候顿了一顿，露出两排像操练场上的士兵那样齐整的牙齿，嚯嚯地笑了，"然后再想以后。"他说。

我发现伊恩的牙齿染上了一层黄垢,也许是当地的水,也许是烟抽得太凶。战争把他的青春拦腰斩去了一截,他要做的,是找到断茬,再把它接续回来,像一个机械师该做的那样。

我问刘兆虎有什么打算,他踌躇了片刻,才犹犹豫豫地说:"听天由命。"我在这四个字里认真扒了扒,却没找到任何关于回家的暗示。战争是个风火轮,载着他一路疯狂地前行,也一路疯狂地逃离。他习惯了速度,等风火轮停下来的时候,他却不知所措。战争叫他扔下的一切,和平却逼着他捡起来,他似乎还不知道怎样应付和平。

我问过了他们的计划,他们却谁也没有问我。我突然感觉有些悲哀,我意识到他们都把我当作了地地道道的老头。老头是不配有计划或者变化的,老头只配在原地踏步,至多走个小圈,然后回到原处,百无聊赖地等候着更老的时候去死。

我有些负气,于是我自告奋勇地对他们说了我的打算。

我说我会在近期回一趟美国,我已经多年没回家了,我不知道我的父母是否健康。

说出这句话的时候我还没有意识到,那阵子我一直在不自觉地充当着命运的信使。我的任何一句话,哪怕是捕风捉影,甚至是无稽的,都会在不远的后来被一一坐实。一个月之后,我果真接到了母亲告知父亲病危的信。

我还告诉他们:我打算回美国筹一笔款,一笔大款,带回来在这一带拓建教堂和诊所,或许还有学校。我有意模糊了一个重要细节,是关于地点的。我没有提四十一步村,因为我还没有和斯塔拉商量过——斯塔拉才应该是第一个被告知的人。

刘兆虎听了,说牧师比利你这是行大善,这一带的老乡看病实在太难了。

伊恩兴奋地捉住我的手臂,说要是运气好的话,我们说不定还能坐上同一班船。

他们都没有丝毫怀疑,我的计划会和一个女孩相关。也许他们都认为像我这样的老头只配在别人的爱情里参与意见,以智者或长者的身份,而自己却不配拥有爱情。

把这两瓶威士忌最终喝完并把他们送走的时候,天边已经露出淡青色的光亮。鸟儿不认时辰,只认天光,便有一两声唧啾怯生生地响了起来,仿佛在试探。一只鸟儿醒了,一树的鸟儿也跟着醒了。紧接着,一个林子都醒了,连树叶子都在发声。黎明的风里带着细细一丝的水汽,眼睛觉不出来,只有脸知道。那空气吸入喉咙时有一丝清甜,像一根凉凉的绒草在轻轻地挠,让人只想嚷上一嗓子解痒。

我没有一丝一毫的睡意。虽然昨天跟着众人闹了一天,停战的消息到了这一刻,才真正从情绪的缠绕中剥离出来,成为一个清晰而冷静的现实。战争卷起的漫天风沙终于落下来了,生活被掩埋的自然脉络将要渐渐凸显,混乱终究要被捆上绳索,接受秩序的审判和掌管。那是社会的秩序,国家的秩序。而我个人的秩序呢?它是什么?它在哪里?那个计划中要兴建的教堂、诊所,还有院落,是我的答案吗?

不,它们只是我放置秩序的场所。它们只是秩序的标签,而不是内容。

我的秩序是斯塔拉,那个我将娶为妻子的女孩。

妻子。我被这个词吓了一跳。从前我一直用"在一起"或"共同的家园"之类的模糊词语来设想我和她未来的关系，直到这一刻，我才真正理清了自己的思路，不再回避那个不可能产生任何歧义的词——妻子。这个词在当地方言中的版本是"婆姨"。对，我要娶斯塔拉做我的婆姨。我从前回避这个词，很大程度上是因为年龄的差距。我三十九，她才十六，我的年龄足足可以做她的父亲。可年龄是什么？年龄只是一个数字，就像教堂和诊所只是建筑物一样——假若没有灵魂的支撑。斯塔拉的经历和胆识，早已超过了一个三十岁的成熟妇人。我只不过在等待着她的身体慢慢地追上她的心智。我完全可以等到她十八岁的时候，再向她正式求婚。

我打定了主意要在斯塔拉醒来的第一刻，告诉她我回美国的计划。

我也想到了伊恩，我怎么会看不出他一趟一趟往教堂跑的真实用意？当然，他以为我不明就里。年轻有一样好处，总以为自己的思维是一把最犀利的刀子，而比他们年长的人都已经糊涂。我看见过他们四目相遇时爆出的火星子。"火星子"在我的词典里的解释就是瞬间即逝。别看伊恩是一流的军械师，对武器对情报对游击战有天然的领悟，可是在感情上他还是个没有定性的孩子。战争把他扔到了乏味的月湖，月湖唯一的景致就是斯塔拉（斯塔拉在哪里都是景致）。我敢担保，只要伊恩一走出月湖，不出一个月，不，用不了一个月，只要一个星期，甚至三天，他就会把斯塔拉淡忘。斯塔拉当然会难过，我早就做好了她难过的准备。她沉沦下去的时候，总还有我，我会将她稳稳地接住。我过去这样做过，今后也会，一辈子都会。到那时她就该知道，在这个什么都靠不住的世界里，除了上帝，我就是那个唯一的永恒不变的常数。

想到这里,我感觉我再也不能等了,我想立刻就去叫起斯塔拉。就在我的指关节几乎挨上她的房门的那一刻,理智突然醒了过来,我知道我必须等到天亮。

那是我一生中最漫长的一次等待,从黎明到天亮,中间似乎经过了九十九个夜晚。

当斯塔拉最终起床打开房门,看见我靠墙坐在她门前的地上时,她吓了一跳。她一下子闻出了从我的毛孔和呼吸里散发出来的酒味。

"天,牧师比利,你、你喝醉了?"她的声音被惊讶撕扯得变了形。

她从来没看见我喝过这么多酒。不,确切地说,她压根没看见我喝过酒。

战争,这场该诅咒的战争,让一个循规蹈矩的牧师,变成了一个油头滑脑的探子、走私犯、青帮门客,还有酒鬼。

我朝她微微一笑。

"其实,我更愿意你叫我比利。"我说,"我没有喝醉。我从来没有像今天这样清醒。"

她把我扶起来,到厨房里坐下,餐桌上还残留着昨夜的不羁和狼藉。我把伊恩扔下的空烟盒揉成一团,扔进了灶膛。她从竹篓里掏出一个鸡蛋,打碎在碗里,要给我蒸蛋羹。

"斯塔拉,你过来,我有话要跟你说。"

我抓住了她的手,拖着她在我身边坐下。我的指尖有点黏,那是从她的手上沾过来的一丝蛋清。

"我想和你谈一谈,你的将来。"我说。

我发觉她的眉毛轻轻地蹙了一下,又倏地松开,像是怕我看见。

我第一次醒悟过来,她大概不喜欢听"将来"这个词。在她这个年纪的时候,我也不喜欢我的父母使用这个词。那时我觉得这个词专找柔软的部位欺压,这个词爱坠在心尖上,一挨上它,心就失去了自由。曾几何时,我竟在不知不觉中穿上了我父母的鞋子?

"其实,我就想和你商量一下,战争结束以后,我们该怎么生活。"我尽量把语气变得轻松一些。

我把我的计划小心翼翼地打成一块一块的碎片,尽量把语气的重点放在每一片碎块上,而避开了它们连接成一体时的宏伟和远大。但是在最后,我依旧没能管住自己,我谈到了送她去医学院读书和她毕业之后回乡行医的打算,当然是和我一起。

"两个具有医学理论知识和丰富实地经验的医生,在这块缺医少药的地方,开一家比诊所全备但又比正规医院小一些的医疗设施,应该是一个切实可行的目标。"我说。

我故意省略了计划中最重要的一个部分。那个部分我会留在她十八岁生日的时候告诉她,那时我应该从美国归来了。只是我完全没有意料到:三个月后我竟然会死在赴美的航程里,我的秘密将永远随着我的躯体葬身于大海之中。

她一声不吭地听我讲完了,一次也没有打断我,或是向我提问。沉吟许久之后,她突然在我面前跪了下来。

这不是她第一次向我下跪。过去她下跪的时候,我曾严厉地警告过她:在这个世界上,至少在我的世界里,她唯一可以用膝盖表达敬意的人,只有耶和华上帝。从那以后,她就再也没有对我下跪过。

我的心突然揪成了一团,我隐隐害怕她将用她的膝盖把我绑进一个我所不期望的关系之中。后来发生的事证明我的直觉没有欺骗我。

她对我深深地磕了一个头。

"你是我的再生父母,我会一直在你身边照顾你。将来你老了,我替你养老送终,就像给我阿爸那样。"

我在脑子里把她的话逐字过滤了一遍。我没听错,她没有提及我所说的计划,一个字也没有。

我觉得心口插进了一根锥子,不知道该往外拔还是往里捅,因为怎么做都是一样疼。我完全低估了斯塔拉在情感上的成熟,她已经不是一个小女孩,她早已猜出了我想等到她十八岁生日时再说的那句话。她赶在我前面,把那扇我还来不及打开的门堵上了,而且上了锁,以女儿的名义。

我赶不上她的步子。我也赶不上她的脑子。

我知道她门上那把锁的名字是伊恩。

我失望,但没有绝望。只要她的锁是伊恩,我仍然还有希望。伊恩的锁是纸做的,挨不过一个季节的风雨。我所需要做的,仅仅是耐心地守候在门口。

"斯塔拉你在世上只有一位父亲,就像你在天上只有一位父亲一样。我不可能做你的父亲。我想做的这一切事情,不光是为了帮你,也是为了我自己,因为我们是 partner。"

我扶她起来,把"partner"这个英文词蘸着茶水写在桌子上,一个字母一个字母地教她认。

"'partner'是指为共同的目标在一起同甘共苦做事情的人。"

我解释给她听。当然,我小心翼翼地回避了这个词的其他含义——我怕吓着她。

我告诉她我计划秋天动身去上海,再从上海搭国际邮轮回美国一趟;我会给她留下足够的钱,会让厨娘和伙计守候在她身边。我还交代了一些关于诊所日常开支、药品链、紧急情况下的求援方式等等的琐事。然后,我神情凝重地对她说:

"我只要你保证一件事情:在我走后的这段时间里,你不能做任何重大决定,你一定要等我回来再商量行事。"

她迟疑了一下,最终点头应允了。

几天之后的一个夜晚,我正在做晚祷的时候,突然听见了笃笃的声响。那人敲的是我卧室的窗,很明显是单为找我,而不想惊动屋里的其他人。

那敲窗声听起来怯怯的,举棋不定的,有些神秘,甚至有些诡异。我撩开窗帘,发现窗外站着刘兆虎。月色里他的脸显得惨白,窗台有些高,他踮着脚尖看我的时候,额头上出现了深刻的抬头纹。我隔着玻璃对着大门的方向做了个手势,告诉他我要去开大门。他还了我一个幅度很大的手势,强烈地阻止了我。我只好打开窗户,他把身子趴在窗台上,用接近耳语的声音对我说:

"牧师比利,我想让你传句话,给她。"

我当然知道他指的是斯塔拉。

"你自己跟她说,我去喊她。"我说。

"她,不会见我的。"他嗫嚅着。

"什么事,你说吧。"我叹了一口气,无可奈何地接受了他的请求。

"你告诉阿燕,我和家里联系上了,我阿妈还活着……"

"你是说,斯塔拉?"

我毫不客气地打断了他。我无法忍受"阿燕"这个名字,这个名字让我联想起一些从色彩形状到气味都龌龊的事。每一次听到这个名字,我的神经都不由自主地产生痉挛。

他没有争辩,而是无声地接受了我的更正。

"我阿妈还住在老地方。我阿妈说现在不打战了,要是阿……斯、斯塔拉愿意回家,她让人把房子收拾好了,等着她。"

我想起了当年我带着斯塔拉离开四十一步村时,那个追着我们的舢板一路哭喊着"你别见怪婶子"的女人。我早记不起她的容貌了,可我记得她的声音。那声音挂着一个剜肉的钩子,钩子的名字叫负疚。

"可是你妈想好了吗,斯塔拉是以什么身份回去?邻舍?亲戚?还是朋友?"我冷冷地问。

刘兆虎似乎被我的话冷不丁砸着了,两只手在制服上摸来摸去,好像哪儿都疼,那窸窸窣窣的声响在静夜里听起来像林子里的野兽在咀嚼腐肉。

"等你想好了,再来找我传话。"我砰的一声关上了窗户。

我听见他的脚步声在我窗前的那条土径上沙沙地远去,好像很沉,每一脚都会陷进去半个身子。

他再也没有找过我。

不久以后,开拔的命令下达了,训练营的全体成员将要动身去上海南通和苏北其他城市接收投降的日本军队。出发前一天,伊恩突然来找我。

"牧师比利,有件事,我想问问你的意见。"伊恩说。

"又买到了什么宝贝?"我问。

最近伊恩一直在逛市场,每次捞到一两样有意思的玩意儿,都会拿到我这里来,让我过目。

伊恩笑了,露出两排染着黄锈的牙齿。

"不是这事。我是想和温德结婚。按照战时新娘法,我可以申请她来美国。你觉得这个想法怎样?"

我的脑袋嗡的一声,一下子飞进了九千九百九十九只黄蜂。我做了这么些年的牧师,我自以为阅人无数,我可以从说出口的话里准确地猜到没说出口的意思,我可以隔着皮层脂肪骨架,单凭一个人的眼神测出他灵魂的健康程度,可是我对伊恩看走了眼。

"牧师比利,这事我跟谁也没说,只想听听你的想法。"

伊恩的声音在遮天蔽日的蜂群中穿出一个小小的洞眼,隐隐约约地传进我的耳朵。

那一刻,我只想蒙住耳朵,扯着嗓子狂喊:"上帝啊,求你把他们的秘密拿走,就像我从来没有过耳朵。凭什么,我只配聆听他们的秘密?我难道,没有自己的秘密?凭什么?凭什么啊?"

"牧师比利?"伊恩又问了一遍。

蜜蜂渐渐散去,嘤嘤嗡嗡声安静了,我也渐渐清醒了过来。

"你,和斯塔拉谈过吗?"我问。

我固执地叫她斯塔拉,正如伊恩固执地叫她温德一样。我们都没有想说服对方,我们只是在认可对方的固执的同时,默默地坚守了自己的主张。

"没有。我想到战区事务办公室问了申请程序之后,再写信告诉温德。"

我略微松了一口气。只要斯塔拉还不知情,木头就依旧还是木头,即使已经接近了舟的形状。

"听说战地婚姻申请在递交材料三十天之后,办公室才会接手处理。"我终于冷静下来,告诉了伊恩我的上海朋友传给我的一则新闻。

"你知道是为什么原因吗?"我问伊恩。

"是申请人数太多?需要排队?"伊恩猜测道。

"是,也不是。战区长官觉得有必要给这些头脑发昏的美国士兵一个冷静期。有很多人回到美国之后,是连看也不会再看一眼那些可怜的中国女人的。"

我深深地看了伊恩一眼。

"你觉得,你会是他们中的一个吗?"我问。

当时我还不知道,我传给伊恩的新闻,很快就要变成旧闻。战区事务办公室在不久之后,就会把三十天的冷静期延长到三个月。战时新娘申请个案的增长速度让他们产生了恐慌,他们不愿看到美国政府在不久的将来需投入巨大的人力财力,来处理那些由他们批准的草率婚姻的解体案——解体的过程往往比签发一张结婚证书的过程纷繁复杂得多。

伊恩显然被我传递过去的消息吃了一惊。过了一会儿,他突然笑了,五官平平直直地拉扯开来,像个梦中刚刚醒来的孩子。

"我知道了,反正有三十天的时间,可以慢慢考虑。"他说。

我的心终于放了下来。

我到底,还是没有看走眼。我对自己说。不管他是一个多么出色的军械师,也不管他在课堂上讲过多少高深莫测的狙击战术,他归根结底,还是个没定性的孩子。

"到了上海,好好洗一洗你的牙齿。"我冲着伊恩的背影说。

在一个秋风萧瑟的傍晚，训练营沿着教堂门前的那条沙土路撤离了月湖。当年我就是沿着同一条路，把斯塔拉带进了月湖。离去的脚印覆盖住了进来的脚印，而将来，又会有进来的脚印压在出去的脚印之上。人生大概就是这样一次次的重叠和交错。

那天的夕阳很古怪，看上去像是一面长着锈斑和裂纹的铜鼓。那样的阳光照在梧桐树上，阔大的叶面像洒了一层厚厚的碎砖末。队伍经过的时候，两侧路边站满了送别的老乡，鞭炮一连放了好几里路。最兴奋的是孩子，他们或是骑在大人肩膀上，或是爬到树杈上，嘶声力竭地高喊着："顶好，顶好！"这是美国人教他们说的中国话。从前孩子们每喊一遍"顶好"，就有可能得到一颗子弹壳，或是一粒花花绿绿的糖果。可是今天他们喊得再凶，得到的也仅仅只是一个微笑。美国人把子弹壳和糖果都分完了，现在他们口袋里装的，已经是另外一些内容。微笑当然不错，但与子弹壳和糖果相比起来，还是显得单薄贫瘠。孩子们有些失望。

长长的队伍终于走完了，队尾的那几个身影渐渐化作了路尽头一粒粉尘。假若没有那些在风中蛾子般飞舞的鞭炮纸屑，你几乎不能肯定这队人马真的在月湖存在过。村子陷入了一片深沉的、令人惊骇的静谧，人都能被自己的呼吸吓出一个噤颤。这沉静有些像是创世纪里的那个第七日。哦，不，第七日是什么也没有发生过的处女般的静谧，是苹果之前、蛇之前、亚当把罪责推给夏娃之前、夏娃尚不知赤身露体为羞耻之前的静谧，而月湖不是。月湖已经有过了训练营，有过了美国人，有过了战争。月湖永远也回不到第七日那样的静谧了。

战争会留下疤痕，和平也会。它们的疤痕彼此冷眼相看着，却不能彼此修复。

我没在人群中找到斯塔拉。我也没想去找。我知道她此刻正躲在某一个角落独自哀伤。我不能撞破她的哀伤,正如我不能让她撞破我的软弱一样。

伊恩:

从天皇"玉音播送"到训练营撤离月湖之间的那段日子,在我的记忆中只留下了旋风似的印象:一轮又一轮的"干杯"聚会,以各种各样的借口,比如密苏里战舰上的签字,比如南京的受降仪式。再后来,这些堂皇的借口用光了,某个家伙的新发型、厨子新换的一个菜式甚至某个角落里捕获的一只硕鼠,也上升为一种"干杯"的理由。那阵子几乎让人产生了天下真有不散的筵席的错觉。

日本人加在美国人脑袋上的悬赏失效了,我们终于可以在县城里自由活动。我们开始物色各种礼物,准备带回去给美国的家人和朋友。我们购买各样织品和绣品,在当铺里寻找主人无力赎回的金银玉石首饰。那阵子营地里最忙的人是水牛,他每天都带着我和我的战友在一家家店铺里钻进钻出,用各样的小狡诈,进行着一轮又一轮几乎像合约国会议那样错综复杂的谈判,而每一轮谈判最终总能在卖家佯装的心疼和买家佯装的无奈中落下帷幕。那一阵子我觉得水牛干瘪了不少,他像只马力超大的泵,把身上的水分全都汲取上来,消耗在口水战中。

开拔之前的一个星期,我们的"干杯"聚会进入了白炽化状态。我们终于把庆祝的借口使光了,我们开始动用感谢。我们把营地里所有和我们的生活产生过关联的人都感谢过了,我们甚至把厨子灌醉了,让他的妻子牵着一头骡子把他驮回家去。厨子趴在骡身上,走一路,吐一路。骡子走几步,晃一下脑袋,试图甩掉挂在它脑门上的呕吐物。牧师比利见了直摇头,说你们省一口力气,等到了上海再闹行不?杰克对我使了一个眼色,说咱们还没感谢过咱们的精神领袖,是不是?大家一哄而上,把他抬起来,高唱着"他是个快乐的好汉",绕着村子走了一大圈。牧师比利像一只被图钉钉住了肚腹的螳螂,在我们的肩膀上徒劳地挣扎着,最后被我们扔在路边的一垛柴草上。

我们感谢完了所有应该感谢的人,就开始感谢那些叮了我们又没有叫我们染上伤寒的跳蚤,那些叫跳蚤叮了却又没有把伤寒病菌传给跳蚤的老鼠,那些在日落之后就开始表演独唱、小合唱或者大合唱,却心生仁慈没让我们死于疟疾的蚊子,那些把自己粉身碎骨地摆到我们的盘子里,却让我们诅咒下辈子再也不要吃了的鸡,还有那些从驼峰千山万水地运过来,最后却出于各样原因始终没有落到我们嘴里的牛肉罐头……我甚至感谢了那头追着我跑了几里地,差点用它的尖角刺穿了我身体的水牛。我们为它们一一干杯。那真是一段快活的日子啊,战争的恐惧已经过去,和平的责任还没落下,我们在战争与和平中间的那块真空地带里狂欢着,几乎挣脱了地心引力。谁都知道这样的日子在一辈子里统共也没有几天,我们就把这几天扯成了一辈子来过。

有一天半夜,我毫无缘由地醒来。那夜月光很沉,把树枝压得扁扁的,鬼魅似的扑在窗玻璃上,我感觉我那个被酒精搅浑了的脑袋瓜子突然清亮无比。我一下子想起来了一件至关紧要的事,坐起来,从枕头底下掏出手电筒,朝每张床铺照过去,直到把每个人都一一照醒,于是激起了一片懵懵糟糟的叫骂声。

睡在我床前地铺上的水牛一个鲤鱼打挺坐起来,揉着眼睛说:"先生,紧、紧急集合?"

水牛觉得美国人的姓氏说起来太拗口,所以他省略了我们的姓,一概管我们叫先生。实在需要特指的时候,他会用手指点出我们其中的某一个人。

我用拳头砸了几下床板,说:"紧急集合个屁。你快,快去拿酒和杯子。"

"现在,这个时辰?"水牛勉强睁开了眼睛。

"立刻,马上,现在。"我说。

水牛趿着鞋子百般不情愿地去了伙房,踢踢踏踏的脚步声听起来像拖了个大尾巴。

"我们忘了,感谢水牛。"他刚一走,我就对我的同屋说。

"上帝,就为这个?你就不能等到天亮?"杰克嘟囔着说。

"我的脑子还能撑到天亮吗?再说,天亮还有天亮的干杯理由。"我说。

一屋子的人轰的一声笑了,就都醒利索了。众人说也是的,把跳蚤老鼠都想到了,怎么就忘了紧跟前的人?

我捻亮了煤油灯,众人都起来了,围着床铺坐成一个圈。水牛拿了最后剩下的一瓶威士忌和几个小竹筒子回来了,给我们一一斟上了酒——我们已经像当地人一样学会了用大大小小的竹筒喝水喝酒。

"先生,这样喝酒脑袋瓜子要喝成糨糊的,我太舅公就是这样喝傻了的。"水牛犹犹豫豫地扯了扯我的衣袖。

我没理他,拿过一个竹筒,倒满了,塞到他手里。

"喝了,这杯是你的。"

水牛吃了一大惊,他还从来没有喝过酒,在喝酒和女人的事上他都还是个童男子。

"这杯酒谢你每天四点起床生炉子,非得赶在军号之前把我们吵醒,差一点把我们熏成黄鼠狼。"我发觉这阵子我的中文大有长进,英文里开始出现越来越多的中国比喻。

我捏住了水牛的鼻子,逼他喝下了这杯酒。喝到一半的时候我的手一松,他就呸地把嘴里的酒往地上吐,说你这酒太难喝了,有股子烂皮鞋臭。

杰克也把他的竹筒端过来,捏住水牛的鼻子,说这杯酒谢谢你把我们都变成骡子,驮了这么多便宜货带回美国。

剩下的那几个也都过来灌水牛酒。两杯下肚,水牛的脸立时紫涨如猪肝,咔咔地咳嗽起来,喉咙里像藏着两把相互对磨的菜刀。

我走过去,抢过酒,替水牛喝了。

"烂皮鞋酒不喝,烂皮鞋总是要的吧?"

我把放在床底下的那双冬靴拎出来,递给水牛。皮靴已经一个夏天没穿了,靴底还沾着去年踩过水田时沾上的泥,或许还有去年漏在地上的谷粒。今年的梅雨也在上面留下过牙印,衬里的翻毛上有几块绿色的霉斑,左鞋尖上还蹭去了一小块皮。靴子其实还是个青壮后生,尽管看上去它远远超过了自己的实际年龄。

"擦擦干净,涂上一层鞋油,拿到集市上去还能卖几个钱。"我说。

停战以后黑市上的美国货突然多了起来,从香烟到咳嗽糖浆到皮带到军用匕首,有的货物上甚至还带着库房标签,可是一双真正的美国军靴却依旧是一样罕见的紧俏货品。

水牛接过靴子,突然就不咳嗽了。他拿一根指头轻轻地抚摸着鞋帮上翻出来的绒毛内衬,一圈一圈的,眼里闪着猪油一样的光亮。水牛一年四季几乎都穿草鞋,只有腊月里能穿几天布鞋,那也是他哥哥穿小了腾下来给他的,他从来没有过自己的鞋子。

"我不。"水牛抖了一下颈脖,"这鞋,我自己穿。"

水牛站起来,把脚从草鞋里脱出来,用手拍了拍脚掌上的泥尘,然后套进了我的军靴中。水牛的脚和水牛的身子一样瘦小,水牛站在靴子里的样子像两根棍子戳着两个地球。

"有一丁点大。"他说。

众人忍不住又是一阵大笑。

水牛把脚拔出来,将靴子仔仔细细地收在他平日放杂物的竹篓里,说我回家问我阿妈要点碎布,前头后头垫一垫,就能穿。

杰克从床底下掏出一个纸包,递给水牛,"给你留的,差一点忘了。"

水牛打开纸包,里边全是烟头。我们都看见过水牛捡我们丢下的烟头。水牛捡了烟头拆开来,掏出烟丝,再卷成烟卷,托人捎回家去卖。水牛家里四世同堂有十五口人,水牛的收入遭十五张嘴一分,就只剩下一小口。

水牛嘿嘿地笑,像捡了一个金元宝。

"先生你要是肯把那个东西也给我,花花绿绿的,卷起烟来能多卖几个铜板。"水牛指了指杰克枕边的那本杂志说。

那是一本早已过期的《时代周刊》,上面留有三千九百块指纹咖啡渍跳蚤血以及其他形迹可疑的斑点。

我突然有些心酸。我取下挂在墙上的帽子,倒过来,拿在手里在屋里走了一圈。

"把口袋都空一空吧,零钱都掏出来。"

屋里的人都取下挂在墙上的外衣,清出口袋里的内容,往帽子里扔,帽子在猝不及防的击打下颤抖了起来。我也空了口袋,又从皮夹子里掏出两张大票。

"水牛你给我听好了:这钱是给你娶媳妇用的,要是你拿它抽大烟打麻将斗鸡喝酒了,你生下孩子没屁眼。"这是我从水牛那里学来的一句粗话,我把它恰到好处地还给了教我这句话的人。

水牛的嘴张得很大,两颗蒜瓣似的大门牙虚虚地顶在下嘴唇上。我听见了哭声,可是我没有看见泪水——他的泪水绕过了他的眼睛从鼻子里淌了出来。他用手背去擦,却越擦越多,稀里呼噜的糊了一手。

我从兜里掏出手绢,扔给他,说行了行了,你早上不会用这双手给我们端咖啡吧?

水牛噗嗤一声笑了,鼻涕在鼻孔里炸出一个大气泡。

"谁要娶媳妇呢?好好的一个人,娶到家里就成了母老虎。"水牛嘟嘟囔囔地说。

漫长的告别持续了几乎一整个星期。我和温德的道别,混在这一轮又一轮的喧闹中间,反倒显得毫不起眼,因为潜意识里我把这次分手仅仅看成是某个长句子中的一个逗点而已。用不了多久,我们就会再见的,我想——至少在当时。

开拔的前一天,我约了她到幽灵,不,应该说,到幽灵和蜜莉的墓前见面。我们过去也常在那里见面,她来看蜜莉,我来看幽灵。或者说,我们用探望各自爱犬的借口,来探望彼此。

那天温德比我先到,背朝着我坐在墓碑跟前的那片草地上。那天的草和树叶都变了颜色,风已经长了细细的牙齿,但我既不是在草和树叶上,也不是在风里找到秋的痕迹的,真正告诉我季节变换的,是温德的背影。或许是在略微耸起的肩膀上,或许是在隐隐若现的肩胛骨上,或许是在布衫后襟那一大长条的皱褶上。我喊了她一声,她转过身来,我发觉秋也在她的脸颊、眼角还有嘴唇上。

"没睡好吗,昨天?"我问。

她点了点头,又用摇头否定了前边的点头。

"喝了这么多天了,还有剩的酒吗?"她文不对题地说。

我依稀听出来这句话并不真的是问话,但我不能确定这到底是谴责还是埋怨——这两种情绪在温德身上都很罕见。

我笑了笑,说想喝的时候总能找到酒的。

我问她知不知道牧师比利要回美国的事?她说知道了,只是还没定下具体日子。

这不是我真正想说的话,可我也不知道真正想说的是什么。这些日子里无数轮的"干杯"不仅损耗了我的肠胃,也损耗了我的唇舌,我突然感到我需要找话。

"温德,我忘了告诉你,你的英文长进得好快。下次见到你的时候,你该说得比我还顺溜了。"我终于从被酒精浸泡得烂糟糟的肚腹里扯出一句还算清爽的话。

"下次?"温德茫然地看了我一眼。

下次?我也在问自己。

有很多人回到美国之后,是连看也不会再看一眼那些可怜的中国女人的。

我想起了牧师比利的话。

三十天的冷静期。

三十天后,我还会记得温德吗?

我不知道。

三十天后我会在另一个世界,一个与月湖截然不同的世界。谁也无法预知三十天之后的日子,其实,我们连明天的日子也无法预知。我唯一能确信的,只能是今天,此刻。

今天我可以清楚地告诉自己:我深深记得这个叫温德的女子。深深的意思就是每一个细节。我记得她撑舢板时发梢里穿过的风,我记得她看我的时候眸子里闪过的星星,我记得她叫我的名字时尾巴上拖着的那个长长的鼻音。

"温德,你等着我,到上海后我会很快给你写信,或许,还是电报……"

那一刻我几乎说出了我的计划,但我很快把后半截话噎了回去。从这里到上海还有八九百公里的路途,要经过陆路和水路,每一个弯道都有可能指向完全不同的方向,每一阵风都有可能刮来无法预计的变迁,我不能告诉她我还没做的事。

就在这时,我看见水牛气喘吁吁地朝我的方向跑过来。

"先生,长官叫你,紧急!"

我站起来,正要走,温德突然扯了一下我的衣袖,吞吞吐吐地说:"伊恩,我想告诉你一件……"

水牛使劲地朝我挥着手,我拍了拍温德的脸颊,说我得先走,我会尽快联系你的。

这是我对温德说的最后一句话。而温德对我说的最后一句话,却还在她的肚子里,没来得及走上舌尖。

很多年过去之后,当那个手心捏着一粒纽扣的陌生女人敲响我在底特律的家门时,我才会恍然大悟,那一天我和温德彼此脑子里相隔的距离有多么遥远。

第二天出发的时候,水牛穿着那双还带着我的脚臭、鞋尖和后跟都塞满了破布的靴子来送我,执意要替我背那个每一个角落都塞满了东西、硬实得像一块大岩石的军用背包。尽管上头三申五令要轻装,可是每一个美国人的背上都驮着一座小山,而且我们都知道,这座小山到了上海之后将衍变成一座大山。战争来的时候,我们想的是活着。战争去的时候,光活着就不够了,我们都还想在战争的尸体上刮一片肉带走。

那天我走得有点心不在焉,因为我一直在路边的送行队伍里寻找温德的脸。

我没有找到。

水牛穿着我的靴子走了几步路,踢到一块石子儿上。他突然停下来,脱下靴子,用一根树枝刮去鞋底的泥,把鞋带相互连结着绑成一根绳子,将靴子挂在了脖子上。

"天还不冷,穿着直出脚汗。"水牛说。

我知道他是舍不得。他舍不得鞋尖被石子儿踢破。

一直送到鞭炮的声响都听不见了,水牛还是不肯回去。

"先生,最后几步,最后几步。"水牛咧着嘴嘿嘿地笑着,身子被我的背包压成一只蜗牛。

一直到了换乘舢板的地方,水牛才终于停了下来,把背包还给了我。他站在坡上,对着舢板挥手。舢板渐行渐远,他怕我们看不见,挥手的幅度越来越大,脖子上挂的那双军靴随着他的手势来回晃动着,像两只在他肩膀上跳来跳去的鹞子。后来他终于成了山景里的一个黑点。

当时我尚不知道这就是永别,和这爿山的永别,和这湾水的永别,和这一排排梯田的永别,和那几条半个身子卧在水里的奇怪耕牛的永别,和咬着我们脚跟追赶我们的疟疾霍乱伤寒永别,和这些除了战争之外绝无可能聚集在一起的人的永别。

还有,和我亲爱的温德的永别。

也许我猜到了这就是永别,但是我不想面对。对一个出发的人来说,前方的吸引力永远大于身后,回想身后还是许多年之后的事。

就这样,我离开了月湖。

刘兆虎:蒋介石的弃屣

来到月湖之前,我们三人各走各的路,各有各的故事。可是战争像一股强台风,把我们猛烈地刮离了各自的路,我们就猝不及防地撞到了一起。我们在相撞的过程里蹭伤了,于是你们的身上黏上了我的血,我的伤口里沾着你们的皮,你的故事里有了我,我的故事里有了你。

与我们一生的经历相比,我们重合的那段生活其实很短暂,尽管在记忆的错觉里,我总感到它长得不成比例。在我生前,我曾以日子为单位,把那些重合部分从我的生命中单独挑出来,像从砂子里挑矿石,我这才发现它们不过是区区两年。在我死后,我才意识到,那段日子对我和牧师比利来说,不过是我们生命总长的百分之五,而对活到了九十四岁的伊恩来说,那两年则短得像是小数点之后可以忽略不计的尾数。我们离开月湖时彼此挥手道别的那个岔路口,就是我们故事的终结。

我指的是我们共同的故事,我们各自的故事还要延续很久,除了牧师比利。其实,当我第一眼看到牧师比利的时候,我就隐隐有了一丝不祥的预感。牧师比利,你认真照过镜子吗?你的人中很短,短得几乎让人产生了你的嘴巴是直接长在鼻子之下的错觉。这种面相在中国人看来是难以活至天年的。我看见你在摇头,因为你的上帝不信这一套,你也一样。其实我也不信,只不过后来的事实证明了前人貌似无稽的断言其实是经验的多次堆积和重复。在我这个年纪,我已学会了用事实,而不是情绪,来说话。

伊恩,你看见你在打哈欠,我知道你听得有些不耐烦,你在等待着另一个话题。我惊讶地发现:即使做了鬼魂,人依旧还会嗜睡。记得那次停战消息传来,我们三人在牧师比利的厨房里喝酒,我实在太疲乏了,想回去睡觉,你扯着我的袖子不放我走。那天你教会了我一句在任何一本教科书上都找不到的英文:"死后任你睡个够"(There is enough sleep after death)。你和牧师比利虽然都操同一种语言,但我在你们身上发现了一个让我无比惊讶的现象:同一种语言可以被捏塑成这么多种表达方式。你和牧师比利的词语风格之间,隔着一个宇宙的距离。

我把你教的这句话记住了,还教给了我后来的学生。我只是没想到,现在你已经死了,居然还没睡够。我知道你们两人都有些心不在焉,因为你们急切地想知道阿燕后来的遭遇。可是别着急,我和她的故事是一环扣一环的,我不能把她单独从我的故事里抠出来。你们在听到她的故事之前,必须耐心地听完我的故事,因为我是她的前因,也是她的后果。

离开月湖之后,我和我的战友们抵达南通接受日本人的投降。受降的过程很快,接收敌产的过程却很冗长复杂,充满了明里暗里的各式交易,好在我几乎没有卷入其中。我脱离了原先的编制,被派送去专门进修了半年英文,然后分配到一所警官学校,当了一名英文教官。

在南通我遇上了一位我们共同的熟人,那位训练营里的队长。没想到他也到了警校,而且成了我的顶头上司。中国人有句话叫"冤家路窄",还有句话叫"不打不相识",说的就是我和队长的情景。在经历了无数的磕磕碰碰之后,我们的棱角都已经磨平,我们不仅是相安无事的同事,我们甚至成了寂寞时可以坐在一起喝一杯酒,悄悄发几句牢骚的朋友。在那个人人后脑勺都长着另外一副眼睛,用来监视并提防别人的年代里,测量真朋友的标准就是能否在一起小酌而不害怕酒后吐露真言。我和队长就是那样的朋友。我还一直延续着训练营的习惯喊他队长,尽管他那时的职位是警官学校的一个科室主任。

其实我有一千零一个理由离队还乡。虽然我只是一介教官,没有人期待我持枪上战场,但我依旧无法不对接踵而来的内战心怀巨大的失望和沮丧。我不能理解和平到底是战争的目的还是战争的借口,我已经对军装产生了厌倦;其次,自从我阿爸和阿燕的阿爸被日本人的飞机炸死之后,姚家的茶园已经荒芜了好几年,急需有人回去修复;而且,我家经过日本人的几轮糟践之后,我阿妈受了惊吓,身子骨大不如从前,时常卧病在床,现在已经搬到了我阿哥家里住。我阿哥常年在外揽活,我嫂子一个人要照顾一个病快快的老人和两个淘气的少年人,难免有些力不从心。

现在回想起来,当年我假若遵从了以上无论哪一个理由,离开行伍回到四十一步村,我和阿燕的生活可能就完全是另外一个样子。

可是我始终犹豫,没能下决心。

我写信告诉我阿妈,说我现在除了正常军俸之外,还有教书津贴,我在南通挣的钱,远比在家务农强,我待在外头可以适当减轻阿哥一家的负担。

这当然不是我的真实想法。我和我阿妈都很清楚我为什么久滞不归的真实原因,在这件事上我们母子从来都是心照不宣的同谋。

我怕我一旦回到四十一步村,阿燕也会尾随我回来。离开月湖之前我托牧师比利捎去我阿妈的话让阿燕回家,牧师比利曾经追问过我到底是以什么身份。我没有回答,我无法回答。我阿妈请她回家,是良心在说话。良心是世上最歹毒的蚊蝇,不分天日不分时节,叮咬得她没有一日安宁。而我替我阿妈传口信,也是良心在说话。蚊蝇怎样叮咬我阿妈,就怎样叮咬我,只不过加上几倍的凶狠。可是良心催生出来的是怪胎,见光就死,所以我不敢当着阿燕的面说出那句话,我甚至都没逃得过牧师比利的眼睛。其实我暗自期待的是阿燕的拒绝——尽管我到今天才敢承认。我不能不传我阿妈的话,就像我阿妈不能不说,我们的蚊蝇都不肯饶过我们。但假若阿燕拒绝了,蚊蝇便再无下嘴之处,于是良心太平,天下太平。我们母子之间从来没挑破这层想法,我们用不着。关键的时候,血缘是最牢靠的联盟。

在月湖的日子里,我亲眼看见了阿燕的蜕变。她的心长大了,她原先那层哀怨的薄皮再也裹不下她了,她把那层旧皮脱在身后,迎风长成了一个截然不同的新人。每一次从她身边走过(我在月湖和她相遇的次数屈指可数),我几乎都能感受到她的身体流溢出来的青气——那是树枝爆芽山草漫长时散发出来的气味。

可那只是在月湖的背景之下。我只要在脑子里把她搬到四十一步村,我立刻就会想起她被那个靠唱丧曲糊口的瘌痢头压在身子底下，两腿像螳螂一样踢蹬的模样。那个形象深深篆刻在我的脑子里，还要在多年之后才能慢慢被岁月蚀平。虽然我们没在祖宗神牌前拜过天地，也没在乡人面前摆过喜宴，可是我在那张契约纸上按下的手印，却是保长和代写书信的顺德爷爷亲眼所见的。即使没有他们两人，我也骗不过我自己。只要我和阿燕都在四十一步村，她就是我的婆姨，我就是她的汉子。我无法面对这个现实。在我身子很强壮脑子却很浅薄的岁数上，贞操是一条跨不过去的万丈壕沟，而当我身子渐渐萎败，脑子却变得坚实起来的时候，我才明白，贞操只是一层一捅就破的薄膜。可惜我认识到这一点的时候，我和阿燕已经走过了太多的冤枉路。

其实早在月湖我就隐隐意识到，阿燕已经把我的那一页翻过了，她看我的眼神像不小心踩着了一脚的屎，充满了不屑。可是我和天底下大多数男人一样，心底里总有一丝自尊在作祟。那一点可悲可怜的自尊像酵母慢慢和空气发生着作用，把自己在她心中的位置放大，把"不可能"衍变成"说不定"，我总还是暗自攥住自己在她心中并不存在的位置不肯松手。我害怕着，却也期待着，我是这个位置永久不变的主人。后来我才知道，就在我为阿燕是否会尾随我回到四十一步村而纠结不安时，阿燕其实一直死死守在月湖，等待着两封永远没能抵达的远方来信。当然，是带着不同的心境：一封是纯粹的挂念，而另一封除了挂念之外，还坠着一丝急切的期盼。

阿燕那时的心里塞得严严实实的，根本没有一丝空隙容得下我的存在。

现在回想起来，离开月湖之后的日子，完全是由一系列时间地点上的判断失误串联而成的，用中国话来说，叫作"阴差阳错"。我没有在最该回家的时候回家,而我真正决定回家的时候,却选在了一个最荒谬的时间点。那些年时机像一个和我捉迷藏的顽童,我找寻它的时候,它躲在某个我视野不及的暗处;而当我原地不动的时候,它却在我身边跑来跑去,引诱着我迈开谬误的一步。

在警校任职的第三年的秋天,我终于决定回家。这个决定并非一夕一旦的冲动,而是这三年里堆积的情绪垃圾最终被一两件突发事件燃爆的结果,就像是一包引信很长的炸药,人们只看到了爆炸的那一瞬间,却忽略了漫长的引爆过程。其实这样的说法还不够精确,因为我的炸药最终没能爆炸,引信断在了起爆前的那一瞬间。

那一年秋天,内战在辽沈拉开了关键而白炽化的一幕。在警校这样级别的机构里,我们能够获取信息的途径无非是报纸和电台上的那些大众新闻,而那些新闻基本都是内容大同小异的捷报,只要费心修改一下日期地点人名之类的细节,几乎适宜在任何时节任何场合传播。但警校里总有一些隐身人物可以通过别的渠道得到另一个版本的新闻。我们不知道他们是谁,但我们知道他们就在我们的身后,说不定正踩着我们的影子行走,因为我们脱在办公室的制服口袋里,隔三岔五总会出现一些神秘的纸条;我们早上起床时,时不时会在寝室的门缝里发现几张油印快讯。这些还散发着油墨气味的劣质印刷品上的内容,和公开发布的官方战绩相隔着三千八百里路程,两者迥异到几乎只需改动主语,就可以成为对方的宣传品的地步。我们假装随意地浏览一下那些纸张上的内容,又漫不经心地撕碎了扔进字纸篓。同事之间从不交谈关于这些神秘纸片的话题,可是我们都从彼此的眼睛里读出了心照不宣的会意。在那个阶段,对当局的不信任感早已不是我的个人情绪,几乎我所有的熟人都对时局失去了信心。

但这还不是我决定回家的最直接原因。

直接打消了我的犹豫的是队长冒着杀头的风险告诉我的一件事:我被上司列入了秘密调查的名单,他们不知通过什么渠道得知了我在报考月湖训练营之前曾与人合谋奔赴延安的事。这个调查终因没能找到确凿旁证而不了了之——我曾经的同谋们此时正身处辽沈战场的另一端,绝无可能成为我上司所需要的证人。然而我已是上司眼中不被信任的人,我的一举一动都受到了监控,我成了被禁锢在一个没有围墙的监狱中的囚徒。于是我决定以母亲病重为由离职。我甚至想好了阿燕的事。阿燕遭日本人糟践毕竟已经是五年以前的事了,这五年中又发生了许多别的事,新的记忆终将冲淡旧的记忆,如同新草终将覆盖旧草,我寄希望于健忘。我准备回乡安顿下来之后,就去月湖接阿燕。阿燕是个好女子,我也是个好男人,两个好人怎么可能会被一桩坏事搅死?我们总能找出一个办法,把我心里那个可怕的魔鬼杀死,哪怕是最笨的办法,用时间这张大号砂纸慢慢地磨平疤痕。

待我头脑冷静一些的时候,我意识到了我做出那个抉择并非是为了阿燕,阿燕只不过是那个抉择的实施过程中无法回避的一个现实。

可是我到底也没有走成。就在我准备递交辞呈的时候,我突然收到了我阿妈托人写来的一封信。我阿妈说阿燕回到四十一步村了,而且带回来一个不到两岁的孩子。有婆姨问过阿燕谁是这孩子的爸,阿燕说是老天爷给的。村里就有人传出闲话来,说收留阿燕的洋牧师回美国了,原先说好一两个月就回来,谁知一去就再无音信。他临走前留下的几个钱，阿燕三下两下花完了，没了着落，就逮着谁跟谁上床，今天从这个男人手里要一斗米，明天从那个男人口袋里讨两个铜板，混到肚皮都大了，还不知道到底是谁的种。后来名声睡得太烂了，男人只想图她便宜，却再也不肯给她好处了，她实在无法可想，只好回到四十一步村，因为这里至少还有一片茶园，虽然荒芜着，但就算是一块地皮好歹也能卖出几个钱。

多年后我才明白，村里流传的这些闲话，其实只是一个具有真实开头的虚构故事。可是我却信了，因为一个人年轻时的思维方式是直线型的，不知道从耳闻到结论的过程有可能是一条曲线，一个弯道，有时甚至是一些分叉繁多的歧路。我听到了一个貌似真实的开头，就自然而然地以为过程和结尾也应该是真实的。

阿燕带回来的那个孩子的年龄，也似乎佐证了传言的合理性：孩子还不到两岁，这就证明了阿燕和那个连她自己也不晓得到底是谁的男人之间发生的事情，是在我们离开月湖之后。我阿妈还告诉我，阿燕回到四十一步村之后做的第一件事，就是匆匆卖掉了姚家的茶园。这两件事越发使我深信了传闻的言之凿凿。

于是我愚蠢地，不，几乎是刻意地，忽略了传言中存在的一个明显纰漏：阿燕凭着牧师比利传授给她的看病本事，几乎可以在任何一个地方轻而易举地过上比一般村妇强许多倍的日子，尤其是在月湖——当地的老乡早已认可了她的本事，连田里的水牛都知道她是"女郎中"。阿燕既没有必要靠松开裤腰带来换取男人手中的饭食，也没有必要搬回到四十一步村重谋生计。

可是一个人总是相信自己愿意相信的。那时我还不懂孩子的年龄仅仅是一个数字,世上所有的数字都是可以更改的,生日的秘密掌握在母亲手中。当时我绝对没想到,阿燕为了隐瞒孩子的真实身世,刻意把孩子的出生日期往后推迟了大半年。我也没有想到,阿燕决定变卖祖宗留下的唯一田产,不是因为手头拮据,而仅仅是因为没有人手打理。这个并没有经过深思熟虑的随意决定,却意想不到地在不久的未来为她避开了一场大灾祸:由于她名下没有任何田产,阿燕的成分顺理成章地成了贫农——那是后话。

我还犯了一个愚昧到不可理喻的判断错误:我完全忽略了思乡可以是一个人回到故土的最直接最原始的理由。

总之,在收到我母亲的这封信之后,我一下子打消了立即回家的念头。假若在这之前我已经慢慢聚集了足够的勇气来对付一头心兽的话,那一刻我需要面对的是一个丛林的心兽。那些传言在阿燕身上泼下的墨水,我即使用尽了四十一级台阶之下那一河的水,也是洗刷不干净的。我不可能同那样的女人生活在一起,我不能想象我会在那样的耻辱中度过我的一生。

于是我改变了计划,我决定在警校再混上几个月的时光。我会利用那段时间在报纸上刊登一则和姚归燕脱离关系的声明——那时的城里人都是采取这种办法解除婚姻束缚的。对阿燕的彻底失望使我产生了急切想成家的念头。我会按照最古老的方式,托一个稳妥之人做媒,找一个老实规矩恪守妇道的女人结婚,把她带到四十一步村,让她来奉养这些年里我只见过几面的母亲。

那一年我其实只有二十三岁,却感觉自己已是一只折损了翅翼的老鸟,只想回到窝巢之中蜷着身子安守残年。在还没有真正见识过天空的时候,我就已经失去了对飞翔的全部渴望。

几天以后,我就在南通一家报纸上刊登了和阿燕脱离关系的声明。怕四十一步村看不见报纸,我特意把剪报寄回家去,嘱咐我阿妈亲手交给阿燕。办完这件事,我突然感觉卸下了一块压了我几年的大石头。或许,在潜意识里我早就想做这件事了,只是没有找到一个合宜的时机,而此刻阿燕自己却送了我一个天衣无缝的借口。

可是这样的轻快并没有维持多久。到夜深人静的时刻,那些安静了一阵子的蚊蝇又纷纷出动,嘤嘤嗡嗡地叮咬着我的良心,或者说,叮咬着那个曾经是良心如今只剩下几钱瘦肉的玩意儿,叫我无法安眠。世上有千种万种方法可以解决我和阿燕的关系,比如说当面找她好好谈一次,再比如说写一封口气温婉的信跟她解释清楚,再比如说委托一位德高望重的老人把话传给她。可是我为什么偏偏要选择这样一种形式来公开羞辱这个曾经有恩于我的女子?

愤怒。是愤怒。

我被这个答案惊得从床上弹了起来,半晌没能躺回去。

从阿燕出生的第一天起,我就认识她了,我见过她阿妈给她换第一块尿布时的情形,她开蒙的第一个字是我教会的。我对她的感情像河水似的朝前走,一路走一路变着景致。熟稔、怜惜、关爱、呵护、同情、厌恶、惊讶、欣赏、嫉妒……我在这七七四十九种复杂的情绪里翻过来找过去,就是没有发现爱情的蛛丝马迹——直到我找到了愤怒。

若不是爱,怎么会有如此极端的愤怒?

就是在那一刹那间,我突然明白了我这一辈子已经不可能从心里驱除这个女人了,无论她是不是我的妻子,也无论我在哪家报纸上发表过什么样的声明。

那个冬天我几乎完全是在病中度过的,不明原因的发烧,起起落落地拖了好几个月,有时烧得神志昏沉,竟然不知身在何处。我几乎有些庆幸这场适时到来的疾病,我的身子到底还是体恤我的心,它给我制造了一个不回家过年的恰当理由——我无法面对那个口袋里揣着一张剪报的女子。那阵子我的心情糟得像一件发霉的衣服,做每件事都需要借口:不起床的借口,不上班的借口,不出门的借口,不见人的借口,沉默的借口,说话的借口,隐忍的借口,爆发的借口……老天还算眷顾我,总会在我几近绝望的时候,不失时机地送给我一个借口。

到春天的时候,我的烧终于退了下去,我从床上坐起来,发现宿舍窗外的夹竹桃树上,已经爆满了粉红色的花骨朵。我叹了一口气,幸好我还没有错过春天。当我迈着颤颤悠悠的步子去敲队长的门时,他吃了一大惊。

"妈妈的,你小子躺着看不出来,站起来怎么裤子里没了屁股?"

我的心情终于慢慢地平复下来,甚至有兴致让队长陪我去城里最有名的裁缝铺,剪裁了一件藏青色的细布长衫。我打算穿着它去相亲——我不愿意穿着制服去见那个或许会成为我妻子的女人。只要还活着,总得过日子,我打算把以往的日子像破布头一样地剪去,给未来的日子重新开个头。

可是我永远也没能开成那个新头。

四月下旬的某一天,我刚刚从裁缝那里取回那件穿起来到处戳着骨头的新长衫,还没来得及和那个被介绍给我认识的女人见上第一面,警校里就出了大变故。

那天下半夜,我们突然被一阵尖利的哨声惊醒,全体教官和学员都被喊到学校的操场紧急集合。匆匆点亮的煤气灯光里,我看见地上乌乌泱泱地站满了人。校长的眼镜歪了,蓬乱的头发在帽子底下窜出来,遮住了半只眼睛——看来他也和我们一样遭遇了突袭。

他简短地传达了上头的紧急命令:我们要在半个小时内收拾所有的行装,准时出发执行一项特殊任务。我注意到了校长说到"所有"的时候,加重了语气。从前外出执行任务时上司都会提到轻装上阵,可是今天没有。至于目的地,校长只含糊地说了一句"到时另行通知"。

凌晨时分我们整装出发,走到附近才明白过来今天的目的地是轮船码头——我们是要上船。可是我们并非是唯一等候上船的人。码头上排着长长的队伍,各路人马都有,有些穿着军装,有些看得出来是刚刚换了便服的,有几个军衔高些的还带着家眷随行。家眷无一例外都拎着大大小小的箱笼,有一个像是仆人模样的,竟提了一笼鸡,在人群中钻来钻去的替主人开着路,那样子很有几分滑稽。

"我们到底会去哪儿,你觉得?"我轻声问走在我身边的队长。

"你没看早上塞在我们门缝底下的东西吗?南京攻陷了。我们十有八九是撤退去……"

队长的话突然噎在了喉咙口,就在那四目交汇的一瞬间里,我们不约而同地想到了那个隔着一条海峡的小岛。塞进我们门缝里的油印小报上说从去年下半年开始,就有军舰在络绎不绝地往那边运送着人马和金条。

"警校打仗派不上用场,但可以过去维持秩序,准备迎接大队人马来临。"队长耳语道。

电闪雷鸣间,那个悬在半空的谜底嘭地落了下来,我们拼出了一幅真相。

这时我们已经被身后拥挤的人群推上了舷梯。

"不能就这样走,总得跟家里说一声。"队长说。

队长两年前成了家,婆姨带着一个八个月大的娃娃住在老家。

这是队长和我说的最后一句话。

走到舷梯中间的时候,我听见了一下响亮的溅水声,扭头一看,我的左手边空了——队长已经纵身跳下了舷梯。几乎是同时,我也听见了枪声,是瞭望台上的哨兵开的枪。天还没有大亮,水看上去像是一团浓稠的墨汁。队长的头如同一只被人扔在水里的篮球,随着水波一浮一沉。我看不见他的表情,只看见他周围的那片水色比别的地方更深。

码头开始骚乱起来,领队的长官嘭嘭地朝天开着枪,鸡在笼子里疯狂地扑跳起来,声嘶力竭地叫喊着,羽毛从篾条缝里飞出来,像大片大片的灰尘。

枪声把我彻底惊醒了,我完全明白了目前的处境。

"镇定,记得使用你的眼睛。"

我想起了在月湖接受训练时听到最多的一句话。训练营教的那些东西,总会在最意想不到的时刻跳出来将我踹醒。我镇定下来,感官开始各司其职。耳朵把周遭的噪音一一清扫开来,替脑子开出一条安静的路。脑子一安静下来,就唰地打开了一千双眼睛。那一千双眼睛毛刷子一样地扫过灰褐色的晨光里的每一样物件,很快就找着了目标:左侧船舷上有一根粗大的缆绳,一路垂挂到水下——是用来固定铁锚的。那一侧船舷背光,细节看不清楚,但是就在那下部我发现了一团在风里轻轻摇曳的黑影。那黑影的形状和线条看起来很熟悉,假如我没有猜错,那应该是江南水边最常见的芦苇。苇草是空心的,含在嘴里,人可以在水底下潜伏很长时间。这样的把戏,我和我哥哥小时候在四十一步石阶底下的水里玩过很多回,有一回甚至待了整整一上午,回家时挨了我阿妈一阵痛打——她以为我们俩都已经做了水鬼。

我现在唯一需要做的,是找到船上与缆绳对应的参照物,并记住它的特征。我暗暗告诫自己。

我的眼睛攀援着缆绳一路往上,便找到了一排栏杆,其中的一段上晒着一块白布。这就是我的坐标。我只要沿着那段栏杆往下爬,就能找到那根缆绳。

"队长,你怎么就是改不了你的急性子呢?"我黯然叹息着。

我随着人流慢慢地攀上舷梯,一遍又一遍地在心里祈求着天能亮得慢一点,再慢一点。

"你是谁?"

我气喘吁吁地爬完了四十一级台阶,脚刚踩上平地,就听到了一个声音。那场大病把我的元气消耗得只剩了一个浅浅的底,这一路连一片叶子砸到我耳廓上都能惊起一阵哆嗦。

也许那声音很细,恐惧却将它放大了很多倍,它听起来几乎像一声炸雷。

我闭上眼睛,期待着腰间会顶上一杆枪,或是一把匕首。可是半晌没有动静。

我不是在路上,我到家了,我平安了。我暗暗对自己说。

我慢慢地睁开眼睛,看见我面前站着一个孩子。我吃不准他的岁数,他看上去像是一个高大的两岁,或者是一个矮小的四岁,尽管他的声音里还溢着奶味。他的头发剪得光光的,脑勺看起来像一块淡黄色的圆石——那种在有河水之前就已存在于河滩上的,被一季又一季的日头风雨打磨得光溜溜的石头。乡里的男孩居多都把毛发剃光,但总会在头顶留出一绺刘海,可他没有,他是彻头彻尾的光头。

"你是谁家的孩子?"我笑着问那个男孩。

笑在那一刻纯粹是我的想象。从船上出逃之后这一路上遭遇的惊险,已经使得我和笑容硌生,我得重新学会操纵那些掌控着笑容秘诀的肌肉。或许这个剃着光头的男孩会是我的第一个练习对象。

我离开四十一步村已经五六年了,中间偶尔回来看一眼我阿妈,也是过一两夜就走,几乎没跟邻里照过面。村里这些年里新添的人丁,我居多都不认得。

"我是阿美。"孩子抬起头来,看着我,嘴里含着一根手指。

原来这是一个女娃。

天,那是一双什么样的眼睛啊!白的地方很白,白得几乎接近淡蓝,黑的地方似乎也带着隐隐一丝的蓝,清澄得像没有被日头月光和风搅扰过的海水。那样的眼睛任什么物件掉进去,都能顷刻化成水,哪怕是岩石,哪怕是铁。

我情不自禁地把她抱了起来。

"女娃怎么不梳个辫子?"我问。

阿美不怕我,自自然然地把脸贴在我的肩上,从嘴里拔出那根黏糊糊的手指,在我的衣服上画着花儿,那熟稔的样子仿佛已经和我生活了一辈子。

"招虱子,阿妈说。"她说。

"你阿妈是谁?"我问。

阿美很认真地想了一会儿,好像我问的是个天大的难题。那汪海水泛起一圈细波纹,那是笑意。我心里隐隐一颤——我觉得我在哪儿见过这样的眼睛。

"我阿妈就是我阿妈。"她说。

这时,我听见了一阵踢踢踏踏的脚步声,一个女人旋风一样地跑了过来。看见被我抱着的孩子,她停下步子,捂住心口,狠狠地喘着气。

"你这个童子痨,一眼没看住,就跑到天边去了。"女人骂道。

"童子痨"是我们那一带骂孩子的话。其实也不全是骂,那狠辣里头有时也裹着一层亲昵,就像北方人嘴里的"小泼皮",或是上海人口中的"小赤佬"。

阿美从我身上爬下来,抱住了那女人的腿。

那女人穿的是四十一步村的衣裳,可衣裳里的身子,却不像是四十一步村婆姨的身子。四十一步村的女人都是扁瘦扁瘦的,而那女人身子壮实丰润,胸脯鼓鼓涨涨的,把一件布衫子撑得到处都是皱褶。

女人的身条虽然眼生,可女人的眉眼和说话的声音却有些熟悉。我盯着她又看了一眼,才终于认出了她是谁。

"阿燕。"我喊了她一声。

她显然没有认出我。我上岸的时候,全身都湿透了。那身警服太惹眼,我用兜里仅存的几个铜板跟码头的渔民买了一套旧衣裳和一顶草帽,那衣服和草帽都不是本地人的样式。

我脱下草帽,说我是阿虎。

阿燕吃了一大惊。她的眼光在我身上上上下下地刷了一遍,才压低了嗓门问:"你、你是逃出来的?"

我正想问你是怎么知道的,她没容我开口,就噌的一下把我的草帽抢过去,盖在我头上。

"跟我来,低头走路,路上见了谁也别打招呼。"她说。

她蹲下身子,叫阿美爬上来,背起阿美,咚咚地朝前走去。阿燕走得很急,路上的草在她的鞋子底下窸窸窣窣地矮了下去,两个裤腿鼓鼓地灌满了风。刹那间在月湖积攒的关于她的所有印象都清晰地凸显出来,我想起了伊恩给她起的名字。

温德。

是的,她就是风。

幸好,路上没有遇上任何人,我们很快就走到了阿燕家。那一度也是我的家,那时姚家住在前屋,我和阿爸阿妈住在后屋。曾经在这院里住过的六个人,如今已走了三个,剩下的,也早就面目全非。我怔怔地看着那道被鞋底踩出了凹痕的门槛,感觉恍如隔世。

阿燕放下阿美,收起门前摆着的一个木牌子,推着我和阿美进了屋,就急急地关上院门,插上了门闩。

我看见那个被她收进屋里的木牌子上贴着一张纸,那纸上工工整整地写了几行毛笔字:

姚氏中西医诊疗

主治各种寒热症状,跌打损伤,

小孩口疮,妇人生产及产后病症

价格公道,不见效不收费

"这阵子兵败如山倒,到处在抓逃兵。潜逃回家的,保长要不举报就得连坐。六铺岭前天找着一个,躲在水缸里都没躲过。当场毙了,就在家门前。"

阿燕用脚勾过一张凳子,示意我坐下。

我想告诉他队长跳船被击毙的事,想了想又忍住了——我不想吓到阿美。

"等天黑了,我就回我阿哥家。"我说。

阿燕从衣襟里掏出一方布帕来,给阿美擦着脸上的汗。

"有人要是想抓你,第一个会去哪里找人?脑子呢,你?"阿燕说。

我怔了一怔。我一时还不习惯阿燕这种说话的口气——那曾经是我对她说话的口气。世道只轻轻地颠颤了一下,我们的角色就换了,我不再是施教的先生,她也不再是受教的弟子。

"那我也不能牵连你。"我伸手将窗上的竹帘子掀开小小一个角,外边的日头已经斜了,离天黑大概还有一个时辰。

"我这儿比你哥那里太平,没人会想到你在这里。"阿燕说。

"为什么?"我有些惊讶。

阿燕把阿美抱起来放在一张矮凳上,脱了她的鞋子,抖落着鞋里的沙石。

"谁不知道我被你休了?我理当恨你都来不及。"

阿燕说这话的时候,并没有看我。她把阿美的两只鞋子面对面拍了几下,屋里扬起一阵飞尘。她的口气异常平静,仿佛说的是尘土,或者是鞋子。

那一刻我只希望地上有一个窟窿,能埋得下我的面孔。

屋里突然静默了下来,我听得见房角的蜘蛛吐丝的声响,还有阿美肚子里饿虫子在叽咕叫唤。我还听见一样东西蒸汽一样地从我的毛孔里嘶嘶地冒出来,带着一股馊味——那是难堪。阿燕家的凳子上仿佛生着刺,那刺穿过我身上那件裤裆耷拉到膝盖的渔夫裤子,扎在我的皮肤上,太多,太细,我怎么也摘不干净,除非我剥了自己的皮。

"你先在后屋躲几天,等风声过了,你再出来。"阿燕终于开了口。

阿燕扔下我,进了灶房,生火,量米,煮饭。从半开的门缝里,我看见她的手一伸一屈地拉着风箱,朝着我的那半侧脸颊是灰暗的,不知是灶灰,还是阴影。

阿美拿起地上那双已经被她阿妈拍打干净了的鞋子,想穿,却穿反了脚。她把穿反了的鞋子蹬了,抬头朝我看了一眼。我走过去,蹲下来,还没等我说话,她已经把脚搁在我的膝盖上。

"鞋鞋。"她说。她把脚丫子淘气地踹了一踹,那一踹正好轻轻软软地落在我的心尖上,那一刻我只觉得心像温火上的猪油一样化成了一摊水。

阿美和我的缘分,是从第一眼就开始的,不需要事先的铺垫,也不需要事后的培养。在她还没有出生的时候,老天爷就已经把我摆在她的路上了,好叫她刚懂得记人的时候就看见了我的脸。

我抱起阿美,走进了厨房。我站在阿燕的身后,灶火把我的身影揪起来甩在她的背上。她觉出了重量,却没回头。

我呵呵地清了清嗓子,说:"阿燕,我只想告诉你……"

"我知道你想说什么,"阿燕打断了我,"我收到那张报纸了。"

我很庆幸她没有回头,我不想让她看见我脸上的表情。

"其实,我本来是不想跳船的。我想去了那边,再看情景,如果不好再想法子回来。"我嚅嚅地说。

还要过很多年,我才会知道自己那天的无知。那些和我一起上了船,却没有和我一起跳船的同事们,大多从此永别家园。少数几个活得久些的,终于熬到回乡——那也是四五十年以后的事了。

"我回来,只想告诉你一件事……"我发觉话走到喉咙口的时候突然结成了痂,再也走不动了。

我又呵呵地清过了嗓子,终于啐出了那块痂。

"那年鼻涕虫对你说的那些混账话,不是我传出去的。真的不是我。"

风箱声突然停了下来,阿燕怔怔地盯着那堵被烟火熏成黑色的墙,仿佛要把它看出一个窟窿。

"你是说,你就是为了告诉我这句话,才跳下船来的?"过了半晌,她才转过身来问我。

阿燕把我送进后屋之后,从外边锁了门,又搬来几捆木柴堆放在门前。这屋子已经一阵子没住过人了,窗角和屋檐下结着亮晶晶的蜘蛛网,看上去是个能遮人眼目的藏身之处。

我进屋之前,阿燕把阿美叫过来,指了指我,说你知道他是谁吗?阿美摇了摇头。阿燕说他是你的,舅舅。在说出"舅舅"两个字的时候,阿燕顿了一顿,仿佛在一堆面目可憎的词语里寻找一个稍稍顺眼的词。阿美不知道"舅舅"是什么意思,她只是把这个称呼当作一个新鲜玩具翻来覆去地把玩着,用嘴巴和舌头。

"你想不想舅舅被人抓去,砍头?"阿燕绷紧了脸,用手在颈脖上做了一个咔嚓的姿势。

阿美的眉眼凝固了,嘴巴扁了一扁。

"别吓唬孩子。"我想把阿美脸上那个表情在演变成哭之前拦截在半路,阿燕却伸出胳膊,铁棍似的挡住了我的道。

"你要是不想舅舅被人抓去砍头,你绝对不能告诉别人舅舅在哪里。一句也不能提。你懂吗?"

阿美懵懵糟糟地点了点头。

"你懂什么了,给阿妈说一遍。"阿燕的目光钳子似的掐住了阿美的眼睛。

"舅舅,不能说。"阿美嚅嚅地说。

阿美突然从母亲的胯下钻过,紧紧抱住了我的裤腿。一条温热的虫子在我腿上蠕爬着,湿痒难耐,可是我一动也不想动。那是她的口水。

"舅舅你不要砍头。"阿美说。

我的鼻子一酸,我马上预见到了后果。我绝不能让这股酸水走上歪路,于是我抱起阿美,用她的脸遮住了我的眼睛。

我走进那间久未住人的屋子,听见尘粒被我的鞋底碾碎时发出的呻吟。等到那些隐秘的呻吟最终安静下来,我又听见了它的同伙,那些没有被我踩碎却被我翻搅在半空的灰尘,在发出忍气吞声的哀怨。一些生灵的安宁总得建筑在另外一些生灵的不安之上的,假若灰尘也可以被当作生灵。

端着阿燕留下的一盏豆大的油灯，我找到了我曾经睡过的那张小木床。那个角落似乎没有被人惊扰过，一切都还保持着我离家时的模样。我掀起满是尘土的铺盖卷，发现底下依旧是那个塞着稻秸的旧枕头，那枕头上隐隐有一个凹痕，不知是不是我最后一次睡过的头印？我躺下去，把脑勺放进那个凹痕里，竟然严丝合缝。身子在哭天抢地地呼唤着睡眠，脑子却始终不肯关门。脑子里不停地进出着各样稀奇古怪的念想，身子拗不过，只得做了无奈的陪客。

我突然想起了月湖。

此时离我们从牧师比利门前的那条沙土路上分手的那天，已经过去了整整三年半。在记忆的周期里，三年半是个尴尬的数字，它超出了需要维持短期兴奋的那个期限，又没抵达可以掸去积尘怀旧的那条界线。所以这些日子里，我很少想起过月湖。

我毫无缘由地想起了鼻涕虫。可是我竟然记不起他的名字，毕竟这个名字只在墓碑上出现过一次。我想起他的时候，其实是想起了一连串的画面，比如一块印着520数字的布章，一串带着丝溜声响从鼻孔里进进出出的鼻涕，一个比瓜果上的蛀眼略大一些的弹孔，一个没有脑袋的、肌肉收缩成粉红色的石榴籽似的颈脖……

我也想起了队长。队长的真名叫赵海发，那是我到了警校以后才知晓的，正如他也是在警校的花名册上才得知我叫刘兆虎一样。不过我从没叫过他赵先生，或者赵长官，那个称呼不代表他，至少不代表我脑袋瓜子里的那个他。我想起他的时候，脑子里也会出现一串画面：他被我打倒在地时眼睛里露出的豹子被山兔咬了一口时的震惊和羞辱，还有当他即将被墨汁般的海水吞没时死死不肯下沉的那一片白色的额头……

他和鼻涕虫都死了,但死法却很是不同。我倒宁愿队长能有鼻涕虫那样的死法,虽然死相难看,却能让一个憎恨他的女人忘记前嫌,带着圣母一样圣洁的神情,把他的身子搁在自己腿上,为他织补一个全尸;还有一个他做梦也不敢奢望的名角,素妆为他唱一出戏,甚至为他宽衣解带,一展女人的美艳胴体。

队长家里那个带着一个嗷嗷待哺的细娃的婆姨,大概还在等着一封永远也不会抵达的家书吧?世上唯一知道队长结局的人,都已经跟着那艘船到了海峡的那一岸,剩下的只有我。只有我能告诉那个可怜的女子真相,让她该哭的时候好好哭一哭,然后收拾了心情再往下过日子。老天把他安排在我眼前死,就是为了让我替他收拾后事的——一桩没有尸首参与的后事。只是遗憾,到我真正能够替他收拾后事,却已经是他死后六七年的事了。那年我刚从监狱里出来,凭着模糊的印象几经波折找到了队长的老家,把队长的最后结局告诉给了他的婆姨。她依旧守在他的家里,而他的儿子已经是个七八岁的少年人了。听到这个消息,她没有哭,只是咧了咧嘴,说死了好,活着倒要祸害娃子。我发觉她咧开的嘴里没剩下几颗牙齿。我想告诉她队长是为了回来看她和娃一眼才跳船的,最后却什么也没说。婆姨说得对,队长活着就会祸害家人,就像我一样。

那一夜我也想起了你,伊恩。我想你的时候和想他们时不同,我不用在臂章、代号和姓名之间纠结犹豫,因为从你被介绍给我们认识的第一刻起,我就知道你叫伊恩·弗格森。后来我们彼此熟悉了的时候,你让我叫你伊恩,但那是在私底里,在课堂上我依旧恭恭敬敬地叫你弗格森先生。你有我们所没有的踏实和自信，你走起路来两脚生风，因为你是一个可以携带着爹娘给的真姓名行走的人。除此之外，你还带着一副足以让人望而生畏的高大身材，那是牛肉鸡蛋黄油和奶酪催生出来的，而我们的肠胃里常年囤积着的，只是稀粥、萝卜条和咸鱼头。

那时中国学员和你之间隔着一堵高墙，那堵墙的名字叫英文。我和他们略有不同，因为我读书的那所中学是教会学校，崇尚西学，学校里教的那些英文，已经在你我之间的那堵墙上捣出了许多窟窿。你不停地从墙头扔过来一块块石头，让我把那些窟窿砸得更深更大，最后我终于把窟窿连成了片，于是，墙就只剩下一个空架子。我忘了我们是怎样穿墙而过的，也许是你爬过来，也许是我爬过去，也许是我们在中间的某一地带汇合？总之，我们很快学会了在没有墙的脑子里握手。你教给我的那些不成规矩方圆的英文句子，后来我又一一教给了阿美。等到她上大学的时候，她毫不犹豫地把这些插科打诨的句子试在了那些迂腐的老教授身上。他们瞠目结舌地看着她，仿佛看见了一个火星来的疯子。

我怎么也睡不着，只好起来，走到窗前，掀起一角竹帘。月亮并不圆，却很清朗，我看见了里边隐隐约约的阴影，像是水墨画里的亭台楼阁或重叠山岭。虫子已经闻出夏天的第一丝味道了，在怯生生地试着嗓子。虫子的嘶声断断续续的，每次停下来重新开始的时候，月亮似乎都要抖动一下，仿佛受了惊吓。我不是第一回看见月亮，可我从来没有如此静心地看过月亮。我没有手表，没有日历，没有报纸，没有收音机，从今往后，我只能借助和月亮的每一次会面，来翻新我对日期的记忆。我不知道我还要和月亮见上多少面，才可以再见到太阳？

我撩起竹帘子上的绳索，打了一个结——这是我在这个熟悉的囚笼里的第一天。

就这样，我在这个四处遮挡得严严实实的屋子里住了下来，过着每天在竹帘绳上打一个结子计日的生活。白天的时候，前屋总是人来人往，阿燕怕阿美莽莽撞撞跑到后屋找我，就用一个柜子把通往后屋的过道堵死，只有到晚上闲人都散尽了，收了牌子拴上大门之后，阿燕才会把柜子挪开。

阿燕来的时候，会在窗玻璃上轻轻敲三下，一长两短——这是我们约好的暗号，我就卷起竹帘打开窗户。她从窗口递过一个盛饭菜的锅，然后是一桶井水。阿燕每天带来的饭食要管三餐，井水不仅是给我洗漱用的，也是为了把剩饭放在里头镇着，时节渐渐热了，隔夜的饭食容易馊。

我虽然看不见前屋的情景，但却听得见前屋的动静。来找阿燕的不光有瞧病的，也有纯粹抱着孩子过来闲扯的婆姨们。乡里的日子单调乏味，闲着的时候到这里坐一坐，看着阿燕给别人诊病，顺便说几句家长里短的闲话，总比待在家里看婆婆的脸色有意思。居多时候是那些婆姨在说，阿燕只是静静地听着，偶尔笑一笑，插上一两句话。我惊奇地发觉，离家已经五六年了的阿燕，刚回来没多久，却已经赢得了这些婆姨们的信任。她们似乎已经忘记了日本人当年在她身上做下的丑事，还有她身后拖着的那个不知阿爹是谁的尴尬孩子。

听我妈说，阿燕回到四十一步村的第二天，就在家门口摆出了那块诊病的牌子。起初没有人信她，门庭冷落，后来村里有个孩子得了寒热症，不知找过多少个郎中，喝过多少服汤药，都没见效。眼看着奄奄一息，百般无奈，只好把孩子背到阿燕这里来试一试。没想到阿燕只从一个印着洋文的瓶子里取出几粒比豆子还小的白东西，让那孩子吞了，就把那寒热压了下去，从此村里人就认定了阿燕是神医。

牧师比利走的时候，给阿燕留下了一笔足可以维持几年的生活费，加上卖茶园的所得阿燕都托人在黑市上换了美金，阿燕的日子远没到捉襟见肘的地步。阿燕挂牌子诊病，其实是另有所图。阿燕诊病不定诊费，全凭自愿，若是西药，至多收点成本。所以阿燕家门口总会时不时地出现一斗舂好的米，一布包鸡蛋，一篮子新收的瓜果菜蔬，甚至杀猪时留着的下水。阿燕用自己的本事，一点一滴地收服着四十一步村的婆姨们的心，让她们记得她的好，也让她们忘了她的名声。阿燕只收服婆姨，阿燕不管男人，阿燕明白收服男人是婆姨的事，她只要收服了婆姨，她就收服了婆姨的一家子，包括鸡犬骡马。

阿燕不露声色地收服着人心，都是为了能给阿美铺一块可以立足的地皮。我完全没有想到，阿燕收服的这块地皮，后来也给了我一条生路。我曾经忍不住对阿燕感叹：她如何能拥有这般在最浓稠的泥坑里也伸缩自如的本事。阿燕只对我说了一句话。

"你抓住了一个人的病痛，你就抓住了他的脚后跟，他没法反过身来踢你。"她说。

当然，当时我并不知道，这句话最早源自牧师比利的口，阿燕只是在牧师比利的基础上做了绘声绘色的延伸。

我窝在那个黑洞洞的方盒子里，白天大半的时间都在昏睡。睡饱了，夜里便早早地醒来，瞪大眼睛盯着天花板，无聊地数着心跳和呼吸。人真是个怪异的动物，有光亮的时候，只有一双眼睛可用。而暗夜来临时，却会生出一万只眼睛。黑暗中我的鼻子、耳朵,身上的每一个毛孔,都变成了眼睛。鼻子能代替眼睛嗅出时辰。四更的味道是夜露的味道,夜露里沾着青草的味道,青草里沾着虫子的味道,虫子里沾着树枝的味道,树枝里沾着宿鸟的味道。到了五更,这些味道都还在,却多出了鸡犬在窝里翻动时发散出的味道。再往后,在这一切的味道之上就多出了人的味道。人的味道太浓烈,盖住了所有其他的一切,于是鼻子就不管用了,鼻子把守望的任务交给了耳朵。

前屋最早的响动是窸窸窣窣声,那是阿燕在穿衣服。接着便是吱扭一声,那是阿燕在开门。再接着是水泼在石板上的声响,那是阿燕在倒夜壶。紧接着,便是一阵踢踢踏踏的声响,是阿燕把那个木牌子拖到大门口。自从我来到这里,阿燕很早就把牌子拖出去了。我明白阿燕是在无声地跟五邻六舍打着招呼:"我家里没别的人,你们愿意什么时候来就什么时候来,我没什么可遮掩的。"没经过任何谍报训练的阿燕,总能无师自通地使用最自然的方式,堵塞着任何一个比针眼还小的漏洞。

再接下来便响起了噗嗤噗嗤的风箱声,阿燕在生火煮泡饭。我的耳朵在这个时候总会竖得像风中的兔子,因为我知道,我等待着的那个声音,很快就要从这一长串嘈杂纷繁的杂音里钻出来,爬进我的耳道。那是阿美的声音。阿美的声音出现的时候,所有的声音一下子都静了下来,那一个声音能叫载着世界的那副巨大风火轮咔嚓一声停止了滚动。那是天籁之声啊,从我的耳朵里一路爬到心尖,把我这二十多年听到见到闻到的污秽之物洗涤一清,我干净得像一个初出母腹的婴儿。

当然,这些声音并不一定都是按照这个顺序出现的,有时候顺序会被打乱,丢失其中的某一个环节,或者插进一些意外的动静。比如某天早晨,开门的吱扭声和倒夜壶的泼水声过去之后,噗嗤噗嗤的风箱声直接跟了上来,替代了踢踢踏踏的拖牌子声。锅碗瓢盆的响动过后,我听到了锁门声和一阵金属物件与石板磕碰时发出的咣当声,接着便是一片在这个时段里罕见的安静。我便知道阿燕带着阿美出门了,骑的是牧师比利那辆还没有彻底散架的破自行车。我猜想她是取药去了。牧师比利离开中国已经三四年了,杳无音讯,可是他那几个三教九流的朋友依旧忠人所托,用极为低廉的价格,给阿燕供应着日常所需的药品。盗匪也有盗匪的规矩,牧师比利的救命之恩,他们在阿燕身上还了很久,直到时局生变。

另一个夜晚,当空气中还依旧弥漫着夜露青草虫子树枝宿鸟的味道,雀子和鸡犬都尚未发起黎明前的躁动时,前屋突然传出一声尖利的哭喊,几乎在我的耳膜上钻了一个洞。"砍头啊,不要。"紧接着,那哭叫声被一只手紧紧捂住了,变成了一阵瓮声瓮气的呜咽。我一下子知道是我闯进了阿美的梦。我的心猛地扯了一下,很疼。我坐起来,顾不得穿鞋子就跳出了窗外。院子里的月光很稀,在树木屋檐之上涂了一层阴森森的青紫。脚下一块石子尖尖地扎了我一下,我猛然清醒过来:我不能就这样闯进阿燕的屋。

第二天,阿燕还是在老时间来敲我的窗——她总是在阿美入睡之后给我送水送饭。阿燕放下东西,简单交代几句就要走。我知道她口袋里那张刊载着我离婚声明的剪报,至今还咬着她的皮肉不肯松口。可是那天,我忍不住扯住她的衣袖,不肯放她走。

"阿美怎么啦?我听见她昨天夜里哭。"我说。

"孩子忘性大,不用管她,过两天就好。"她说。

有一句话饱嗝似的冲了上来,脑子没来得及拦住。

"我不要她忘记。"我说。

在饱嗝还没打完的时候,我就已经知道了自己的唐突。

"我只是,有点想阿美了。"我结结巴巴地解释着。

阿燕没接我的话茬。阿燕可以有一万句话回我,句句见血。可是她没有。她只是让我把前一天用过的碗筷隔窗递出去给她。

"我能,见见阿美吗?"我怯怯地问。

"不能。"阿燕斩钉截铁地回绝了,"她问过你好几回了,有一回还是在人前,幸亏那婆姨蠢,没听明白,要不就坏事了。"

我无语。我不能在接受着阿燕的恩惠的同时,祸害她和她的孩子。

"那你,能不能把我阿妈喊过来,让我见上一面?"我说。

这一次阿燕的回复来得有些迟缓,仿佛在挑字眼。

"我们很久,没有走动了。她突然来了,邻里太招眼。"她犹犹豫豫地说。

有一股无名的火气从心底蹿了上来,在半路上拐了个急弯,猝不及防地跑到了脚上。

我狠狠地踢了一脚水桶,水吃了一大惊,跳将起来,扑了我一鞋面。

"这不行那也不行,你要把我憋死?你放我走,夜里跑路没人看见。就是看见了,大不了挨一枪子了事,总好过在这里坐监牢!"

阿燕没说话,转身就走了。

我狠狠地拍打着自己的额头,我为这个晚上的每一句话后悔。我们总是伤害那些离我们最近的人,因为顺手,因为方便。

我把刚才对阿燕说的那些混账话，在脑子里又过了一遍，突然有了些尘埃落定的清晰。

对，我不能守在这个黑窟里，等着黑暗把我逼疯，也把救我的人逼疯。我在船上憋着的那句话，已经告诉给阿燕了，我现在可以安心地走。我熟知这个院子的每一个角落，我可以趁夜深人静之际，不经过大门，直接从后院跳墙逃走。屋里有一张凳子，足够我踩着它攀上墙头，至于院外，那是一片荒草地，以我在训练营学到的轻功，身子落到那样的软地上应该没有大碍。这个时辰没有舢板，我总可以走旱路，我不怕摸黑，比这黑上十倍的路我也能走。

今夜，就是今夜了。我暗暗地对自己说。我用随身携带着的一把匕首，割下了竹帘上的那根绳子，它将是我这段逃亡生涯的唯一纪念品。我数了数上面打的结子，一遍，再一遍，都是十个。我竟然只在这个黑窟里待了十天，可是却感觉像过了十年。我一天也待不下去了。我必须马上走。

就在我坐在床沿上，愣愣地等着月影再往下偏斜一些的时候，我突然听见了轻轻的敲窗声。笃……笃，笃。一长两短，那是阿燕。

我惊讶地打开了窗户，只见阿燕把一样东西双手举着递过了窗口。

"你不是想看看她吗？趁她睡着了，我把她抱过来了。"

原来是阿美。

我一只手接过阿美，另一只手抓住阿燕的胳膊，拉着她爬上了窗台，领着她在黑暗中摸摸索索地找到了我的床铺。

竹帘没有关严，缝隙里钻进来一抹夜色，将这一屋浓腻的黑暗割开了细细一丝破绽,于是夜色就成了我们的天光。在这只有一丝破绽的黑暗中,阿燕只是一个模模糊糊的影子。阿美也是影子,可是阿美却不模糊。照亮阿美的不是那一丝若有若无的天光,而是我皮肉上那九百九十九只眼睛。阿美的小光头微微朝后仰着,死心塌地地枕在我的臂弯里,肉乎乎的小屁股坐落在我两条腿中间的那个凹槽里,一只小手捏着我的衣襟,仿佛害怕我会随时逃走。阿美睡得很熟,鼻孔里发出细细的鼾声。那声响噗嗤噗嗤的,听起来像砂锅里冒着气泡的肉汤。那一个一个温热的气泡在我的身上砸开一个一个孔,我发觉我骨头没了,筋没了,肉没了,皮也没了,光剩下一摊水。

后来我回想起来,才意识到真正叫我忘了阿美那个难堪身世的,不是别人,而是阿美自己。真正填平了我和阿燕之间的恩怨沟壑的,不是我们为彼此所做的善举或牺牲——那些东西只能造就感激和负疚,而是一个长着像海水一样清澈的眼睛的孩子。阿美用一只小手引领着我,在我还没有成为丈夫的时候,就先教会我做了父亲。

"这孩子有点沉。"我说。

阿燕没回话。还要过些日子我才会领悟她沉默的原因,因为她不想对我撒谎。阿美其实已经三周岁了,按四十一步村人的说法,她已经骑在了四岁的头上,而不是阿燕告诉那些婆姨们的两岁出头。

"你是不是想走?"阿燕突然问道。

我吃了一惊。阿燕总能看穿我的想法,经常是在这些想法还仅仅只是我脑子里的一团云雾的时候。

我无言以对。

"昨天我去刀鹰那里取药,他说外头很乱,共产党在和守军秘密谈判,守军可能守不住了。"阿燕说。

刀鹰是附近的一个海匪,是牧师比利的老朋友。

我虽然手头没有报纸也听不到广播,几乎与世隔绝,但猜也猜得到南京攻陷之后局势的大致走向,只是我没想到势头会南下推进得如此迅速。

"这消息可靠吗?"我问。

"刀鹰手下的人给他们划的舢板,两边的人马是在江心岛的千云寺里会的面。"她说。

"等局势清朗了,你当逃兵就不再是罪,说不定还有功,到那时你再走不迟。"

我暗自庆幸没有在阿燕到来之前实施那个愚蠢的逃离计划。

"阿美是不是该留点头发?女娃梳辫子好看。"我换了一个话题。

阿燕笑了一笑,说懒得收拾,等等吧,等大些了再说。

我们便默默地坐着,听着窗外的虫子吱呀吱呀地嘶吼,闻着风中吹来的隐隐一丝花香。过了一会儿,我突然猜出来,那香气不是风送过来的,那香气就在我身边——是阿燕别在衣襟上的一朵茉莉。以前我见过她这个样子,那是在一切罪恶污秽疼痛之前的事,那时的阿燕是个干干净净的小姑娘,衣襟上别着一朵干干净净的茉莉。

"阿燕,你一定觉得,我是个,混蛋。"我沙哑地说。

阿燕不语,半晌,才轻轻地叹了一口气。

"没什么,所有的男人碰到这样的事,都会和你一样。"她说。

这并不是一句骂人的话,可是我听着却觉得刺耳。我很想跳起来,大喊一声我不是"所有的男人",可是最终没有,我知道自己气虚。

阿美在我怀里轻轻抽搐了一下,不知又做了一个什么样的梦。我把她搂紧了些,用我已经很久没刮过胡子的下巴,轻轻蹭了蹭她光洁的额头。她没醒,却咯咯地笑了一声,把头扎进我的心口。

"天一会儿就亮,她醒过来就麻烦了,我该带她走了。"阿燕说。

"醒了才好,我还想跟她说说话呢。"我说。

我觉得脸上隐隐有一丝刺疼,那是阿燕的目光。

"你是迟早要走的人,别让她跟你厮混得太熟了,省得……"

我一下子猜出了阿燕那半截噎回去的话里的意思。

"我可以不走,四十一步村也有我能做的事。"我说。

阿燕霍地站了起来,声气粗了起来:"你知道你在说什么吗?过没过脑子?"

阿燕说得没错。那一夜我说的许多话都是从心里直接蹦到舌头上的,它们通通绕过了脑子,甚至也绕过了喉咙。这些话走出好远之后,又回过头来,才慢慢找到了脑子。

阿燕从我怀里抱走了阿美,我拦不住,只好送她跳出了窗口。

夜色稀薄起来,天已经撕开了一个小口。我闻到了新鲜的鸡屎味,鸡笼里已经有过了第一轮的骚动。

"我给你带了一本书,放你床上了,给你解解闷。我明天再去刀鹰那里打探消息。"阿燕说。

我拧亮煤油灯,发现阿燕给我带来的那本书是严复翻译的《天演论》。这本书是我中学的国文老师送给我的礼物,在我决定启程去延安之前,我把它送给了阿燕。后来我在走向延安的途中遭受了命运的劫持,没想到它竟然跟着阿燕去了月湖,又从月湖回到了四十一步村。我翻开来,看见书里几乎每一页的空白处上都写着字,诸多是我的笔迹,也有少数几处是阿燕的笔迹。我的是心得,而阿燕的则是生字注释。我那时的心得大多是悲壮感慨之辞,如今看来不免孟浪虚浮,仿佛是一个前世的我,在走了很远的路程之后,再回过头来找到了它的今生。前世和今生面对面地撞上了,似曾相识,却终是陌生。

这本书的足迹并没有终结在这里,它后来还走了更远的路。当我在暗无天日的井下当挖煤工的时候,阿燕把它混在一堆日常用品中寄到我那里,几年之后我又把它带回了四十一步村。在我被病魔掐住咽喉窒息而死的时候,它成了陪我下葬的两件物品之一。

还有一件是一绺装在一个空肥皂盒里的头发。阿美的。

次日清晨,这些天在我脑子里排好了队的声音秩序全部被打乱了。在阿燕窸窸窣窣的穿衣声之前,突然插进来阿美咿咿呜呜的哭声——那是在睡梦中被人捅醒的懊丧。我没听见夜壶泼在石板上的水声,也没听见风箱噗嗤噗嗤的扯动,我只在开门的吱扭声之后直接听见了上铁挂锁的唰啦声,紧接着,便是自行车的锈轮胎撞击在泥石路上的咣当声。

阿燕没吃早饭就带着阿美出门了——她要去刀鹰那里探听消息。她看穿了我的烦躁,她怕我孤注一掷。

从四十一步村到刀鹰的住处,一个来回至少也得大半天,可是我在咣当咣当的车轮声还没完全消失在路的尽头时,就已经忍不住开始期待阿燕的归来了。我正在慢慢习惯等待。我现在已经无师自通地学会了把漫无边际的等待切割成一个个小块,比如从第一只鸡怯生生的啼叫,到第一条狗懒洋洋的接应;从蜘蛛在左边的床脚吐出第一根丝,到它沿着这根丝爬到右边的床脚,再到它最终给自己结成一张稀疏的网;从阿燕给阿美念叨"月光光,照四方"的歌谣,到阿美响起细细碎碎的鼾声,如此等等。当我把绵长无边的等待切割成这样的小块之后,它们突然就有了边界,我可以在蚕食完这一块之后,再去消耗下一块。这些看得见的边界给了我星星点点的指望,让我觉得在抵达某一条边界的时候,我兴许会猝不及防地撞到一个豁然开朗的出口。

我也不知道我该期待阿燕带回来什么样的消息,我只是隐隐希望那消息是可以让我挣脱一切竹帘门窗铁锁的禁锢,是让我告别月色拥抱阳光的。我甚至想好了出去之后要做的第一件事——那当然是见我的阿妈。我会带着一点恶作剧的快感告诉她:我几乎是在她的眼皮底下隐藏了这么多天。然后,我会跑到四十一步台阶起始处那块大空地上,岔开四肢,打开每一个毛孔上的盖子,让阳光一直晒进骨髓,直到晒爆我的皮肉为止。还有,我会告诉阿美:砍头的刀子再也不会落到我颈子上,甚至连梦里也不会,她可以放心大胆地喊我舅舅,想喊多响就喊多响,想喊多久就喊多久。

以后,在那以后呢,我该干什么?我还真没想好在那之后的计划。以后是拥有自由的人才需要考虑的事,而关在黑屋子里的人能想到的最远的计划,只能是先拥有自由。

可是,万一,阿燕带回来的不是我期待的消息呢?我的心突然沉了下去,沉到了地心。我无法想象一个排在延绵无边的长队中等待释放的囚徒,终于隐隐听到牢头裤腰带上钥匙的撞击声时,却被告知要重新回到队尾。我的耐心已经是个满脸皱褶的老朽,他再也没有脚力从队尾排到队首。

阿燕猜得很对,我做好了孤注一掷的准备。

我昏昏沉沉地睡了过去。

后来我被一阵咔啦咔啦的声响惊醒。这声响很轻,轻得逃过了耳朵,拦截住它的其实是神经。这声响长着毛刺,每行一步就钩扯一下我的神经,我是被扯醒的。借着被竹帘阉割过的光亮,我看见在离我枕边几寸远的墙上,爬着一只黑色的蝎子。那蝎子的样子有些古怪,脑袋似乎比身子大出了几倍。我身上所有的眼睛倏地睁了开来,唰唰地打开了一万盏探照灯,我这才发现蝎子的嘴里叼着一只巨大的蟑螂。蟑螂的大半个身躯都还是自由的,落在蝎子口中的,其实只是它的小半张脸。蝎子伸出了两只钳子,紧紧地掐住了蟑螂的身子,那咔啦咔啦的声响,是蟑螂的皮肉在钳子的挤压之下发出的碎裂声。蟑螂疯狂地挣动着,蝎子几乎不是敌手。蝎子终于恼羞成怒,扬起尾巴,把那根毒针扎进了蟑螂的脊背。一下。两下。三下。蟑螂反抗了很久,力气却渐渐弱了,最后只剩下那几条细腿,还在微微地抽搐着。

那是一个,凶兆。我胆战心惊地告诉自己。

我在百无聊赖之中再次昏睡过去。这次惊醒我的,是雨水打在窗棂格上的声音。今年的天候大乱,梅雨时节竟然极少见雨,这是我关进黑屋子之后听到的第一阵雨声。

不知阿燕带了蓑衣不?雨若是不停,阿燕恐怕今天赶不回家了。

我很快发觉,其实惊醒我的不是雨声,而是骑在雨声之上的另外一个声音。

苦哦，苦，
天上哦落颗星，
地下哦走个人……

那是哭丧的声音。村里大概又死了人。在我的记忆中，四十一步村每一次发丧，总是在雨天，仿佛老天在给人省着眼泪。

一人上路百家送哦，
你今朝去啊，明朝就投生……

那声音的尾巴吊得很高很尖，听上去几乎像猿啼。
那是瘌痢头的嗓音。
瘌痢头那年挨了我的揍之后，在床上躺了好些天才能走动。后来在村里实在混不得饭吃，只好跑回山上找他的畬客婆亲娘。他亲娘见他整日无所事事，就变卖了几样银饰给他娶了个瞎了一只眼睛的婆姨，指望就此把他拴在家中，省得四下惹事。瘌痢头已经多日不曾回过四十一步村了，想必是发丧的那家人把他请下山来唱丧曲的。

那个猿啼一样的声音，叫我脊背上冒出阴森森一股凉气。早晨那只蝎子在我心头打下的结子上，现在又添了一个新的结子。
我断定阿燕今天带来的是凶信。
阿燕是在天傍黑的时候回家的。开锁进门之后，我听见有人掀起水缸盖舀水，接着便是一粗一细驴饮似的喝水声。
"我饿，阿妈。"阿美的话说得急，嗓子里还含着一口没吞下去的水。

"一会儿就生火。"阿燕说。

"现在,就饿。"阿美终于咽下了那口堵在嗓子眼里的水,说话的声响就粗了起来。

"祖宗,马上就伺候你行不?"阿燕说。

阿燕的脚步声在灶房间里来回响动着,大概在洗米,添柴,引火。风箱吃力地喘动起来,火苗嘶啦嘶啦地舔着锅边。

我想从阿燕说话的语气里揣摩着她带回来的到底是什么样的消息,可是她的语气很平,没有褶子,也没有波纹。她没有立即到我屋里来,到底是因为她不想在这个家家户户生火煮饭的时辰关起大门招惹眼目?还是因为她没想好该怎样跟我传递那个凶信?我只觉得阿燕的风箱扇起来的那堆火,不是在煮锅里的米,倒像是在炙烤我的耐性——我心急如焚。

那一刻我耳朵里的眼睛不管用,我竟然没有察觉到阿燕的门里走进来一个人。用"走"这个字来形容这个人的姿势并不准确,因为我完全没有听见他的脚步声,他更像是没长脚的影子,悄无声息地踅进来的。从后来听到的那些声音的顺序来判断,当时他应该站在阿燕的背后,或者说,阿美的跟前。

"你就是阿美?老话没错,没爹的孩子就是,水灵。"那人说。

那人说话的腔调,像高高地吊在屋檐下晒的辣椒,那嗓子跟男人相比更像是女人,跟女人相比更像是猿猴。

我一下子听出来是瘌痢头。

"你来,做什么?"阿燕像看见了鬼似的吃了一惊。

"我给阿美带了个蛐蛐笼,里头有个大蛐蛐。这可是个稀罕货呢,十年八年也难得找到一只紫蛐蛐的。挂在床头,月影子好的时候,能给你唱一宿。"瘌痢头说。

阿美大约忍不住伸了手去拿,却被她妈大喝一声止住了,瘌痢头的语气便有些讪讪的。

"阿燕妹子,其实我来,就是想跟你说一说,那年那个事。"瘌痢头的声音,终于从丧曲的那个调门上降下来,落在了地上,"是我对不住你,那个时候,我还没见过女人,我、我猴急。"

阿燕没吱声。

"我是犯了你,可是我也没吃着好果子。那个狗日的阿虎下手也太歹毒,我这只脚,现在下地还一颠一颠地疼。我们一报还一报,算是平了,你就别再怨恨我。"瘌痢头说。

阿燕依旧没回话,我只听见风箱一口一口地喘着粗气,灶上的饭咕嘟咕嘟地开了,冒出勾人的米香。

我的肚子不知廉耻地尖叫了起来,一院子都听得见。

"行了,我不怨恨你,你回山上去吧。"阿燕终于开了口。

"山上?"瘌痢头咕的一声笑了,"那地方哪是人住的?三伏天化得开猪油,冬日冻掉卵子,我迟早还是要回四十一步的。"

阿燕的风箱突然停了下来,我几乎可以听见她身上的汗毛铮铮地炸成了针。

"你爱住哪儿住哪儿,只是从今往后,我不犯在你的路上,你也别犯在我的路上。"阿燕冷冷地说。

接着便响起了一阵踢踢踏踏的声响,像是有人在拖凳腿。瘌痢头再开口的时候,声音就矮了一截——他大约是坐在了阿燕身边。

"听这话,你还是怨恨我。说真的,在四十一步,连婆姨带女娃通通算上,入得我眼的也只有你一个。那时候你家境好,你是月娘娘,我是粪缸里的一条蛆子,你拉下的屎都不会落到我碗里。说句该死的话,我听到日本人犯了你,心里还偷着乐,心想你终于落到了和我一样的地步,也是讨人嫌的剩货了,所以我才敢来找你。"

阿燕霍地站了起来,哗啦一声,踢翻了身下的板凳。

"不许你在孩子跟前,放这样的屁!"阿燕呸了一声,像是啐出了一只不小心吞下去的苍蝇。

阿美大概是被她阿妈的样子吓住了,声音一瘪,要哭。

"阿妈,我要吃、吃饭……"阿美结结巴巴地说。

"吃吃吃,你就知道吃。两只手闲得滴出油来,也不知道收一收地上的柴皮。你不干活,谁给你饭吃?"阿燕骂道。

阿美从来没听过阿妈用这种语气跟她说话,愣住了,一时忘了哭。

癞痢头也半晌没吭声。他的喉咙里也堵着样东西,呵呵呵地清过了几遍嗓子,才终于通畅了。

"妹子,你别踢着柱子骂墙壁,我知道你是在说我。我这个人,除了懒,其实也没别的毛病。要说懒,也是从小让杨八给宠出来的,他吃饭都不舍得让我去拔筷子。这一辈子我实在对不住的人,也只有这个老头子了。"

"我没偷,也没抢,也没扒人坟头。我靠的是一张嘴,给人唱丧曲挣一口饭吃。凭什么,一村的人就是不待见我?"癞痢头愤愤地说。

这回我听见的是竹勺子碰着锅边和碗边的声响,大概是阿燕在舀米汤先给阿美垫一垫肚子。

"这话,你回去说给你婆姨听。"阿燕说。

"好好的,提她做什么?扫兴。木头桩子一个,一天也挤不出一句话。"

米汤很烫,阿美在丝溜丝溜地吹着气。

"阿燕妹子,其实你心里明白,你我都是剩在筐底的烂菜,只配喂猪狗的。"癞痢头长长地叹了一口气。那声叹息很薄,轻轻一捋就摸到了底下的悽惶,"咱们多少算是同病相怜,犯不着相互作践。"

那话一定是钩着了阿燕的肠子,阿燕沉默许久,才跟着叹了一口气。

"天黑了,你赶紧回去吧,你阿妈和你婆姨都等你呢。"阿燕的语气依旧没有褶子,没有波纹,但是我听出了一丝隐隐的怜悯。

"猪狗也有猪狗的活法。以后我山上这边两下走动,在山上过山上的日子,到了这儿咱俩搭着伙过。我学着勤快点,你让我做什么我就做什么。我会对你……"

男人的话没说完,就听见哗啦一声巨响,是碗盏摔在地上碎了。大约是米汤溅出来烫着了阿美,阿美杀猪也似的哭号了起来。

"你滚,你再不滚我就喊人了。"阿燕呵斥道。

癞痢头大概没防备阿燕这么快就变了脸,愣了一下,又呵呵笑了,过去哄阿美。

"行了,别号了,没人欺负你。大大是要待你好的,你阿妈这个烂婆姨,不知好歹……"

接着前屋便传出一连串的响动,像推搡,像厮打,像碰撞,像是一样软物件撞到了什么硬物件上……这些声响几乎都是在同一时刻里发生的,我所有的耳朵和所有的眼睛都用上了,也辨不清它们的层次和先后次序。

"不要啊,我不要你。"

我突然听见一个声音从这一切的嘈杂声中钻出来,锥子似的挑破了我的耳膜。

那是阿美的尖叫声。

我的血轰的一声涌上了脑袋,乱石似的砸着我的太阳穴。我忍不下那个疼,就推开窗户跳了出来,朝前屋跑去。

我把身上的每一根肌肉都绷紧了,身子蜷成一个铁球,朝着堵在过道上的那个柜子撞了过去。柜子没有我想象得那么沉,一下子被我撞歪了,我的身子失去了平衡,顺着那个缺口滚了出去。

所有的声响一下子安静了下来,只有那只关在笼里的紫蛐蛐在惊恐万状地嘶吼着。

我从地上坐起来,才终于看清了屋里的情景。癞痢头抱着阿美,阿燕站在离他不足一尺的地方,手里捏着一样东西。那东西很小,在油灯和灶火半明不暗的光亮之中,咝咝地冒着一股阴森森的寒气。

那是一把勃朗宁手枪。

癞痢头像一条抹了盐的水蛭,身子软成了一摊泥。阿美挣开他的手,跳到地上,朝我跑来,紧紧地搂住了我的腿。

"舅舅,舅舅,舅舅啊,舅舅……"

阿美抽着气,反反复复地叫着我,用各种的语气和表情,是惊喜,是怨恨,是惊讶,是委屈……我说不清楚那个称谓里到底还包含着其他什么情绪,我只觉得心尖子破了,有一股温软汩汩地涌了上来。我把她紧紧地抱住了。

"你、你不是,当兵么?怎么……"癞痢头看了一眼被我撞开了的那个柜子,神情惊恐而狐疑。

阿燕用脚踢过来一张凳子,示意我坐下。

"你用不着躲了,城里已经变了天,现在是共产党的天下,共产党欢迎你这样的逃兵。"

我一下子明白了,阿燕想当着瘌痢头的面告诉我她从刀鹰那里打探来的新闻。

瘌痢头的目光畏畏缩缩地躲避着阿燕手里的那样东西。

"你、你把那个玩意收起来,怪、怪吓人的。"瘌痢头哆哆嗦嗦地说。

"别再让我看见你,我的拳头不长眼睛。"我对瘌痢头说。我尽量压低嗓门,因为我不想吓住阿美。

"不就是……想看看她……好不好的,没别的意思……"瘌痢头的半只脚已经跨出了屋门。

"你给我站住。"阿燕叫住了他。

"我知道你婆姨怀了四个月的身子。方圆几十里,现在只剩下我一个接生婆。"

阿燕慢悠悠地撩起衣襟擦着枪,擦完了,眯着眼睛瞄着窗外树梢上的一只鸟窝,然后回头,横了瘌痢头一眼。

"日后你婆姨生娃得找我,你娃子出个热疹长个疔疮得找我,你走路脚板上扎个洞,山上摔下来胳膊脱臼,还得找我,我捏着你一家子的性命。你好好做人,除非你想断子绝孙。"阿燕说。

"何、何必……"瘌痢头的嘴巴鱼似的一张一合,却吐不出一句整话来。

瘌痢头是踩着自己的影子后退着走的,他不敢转身,他害怕身后挨枪子。直到他走出了阿燕的视线,我才听见了他踢踏踢踏疯跑的脚步声。

屋里终于安静了下来。渐渐黯淡了的灶火上,米饭在滋啦滋啦地结着锅巴。阿美在阿燕的车后颠了一天,又挨了惊吓,乏了,躺在我怀中睡着了,饿虫却还醒着,在她肚子里叽咕叽咕地行着路。

"哪里来的,那个东西?"我朝那把放在桌上的勃朗宁努了努嘴。

"牧师比利留给我的。"阿燕说。

"那不是闹着玩的东西,有孩子在,小心走火。"我说。

"我出门带着防身,平常放的地方,鬼都找不着。"阿燕说。

"牧师比利一直,没消息?"我小心翼翼地问。

"他死了。"

我吃了一惊:"你从哪儿听说的?"

"用不着谁告诉我。要是他活着,他一定会和我联系。我爷娘都可以扔下我,他不会。"

阿燕的语气很淡,眉眼间带着一股雨下久了一定会停、星星落了天一定明那样的确信。

从这样的语气里,我听到了两个字:信任。是那种可以站在万仞山巅上放心地纵身一跃,确信有人会在底下接着的信任。

我的心里被一只黄蜂蜇了一下,我感到了刺疼。

从前,阿燕也是这样信过我的。可是我让阿燕爬上了山巅,看着她纵身跳下,却没有伸手去接。

我任由她摔得粉身碎骨。

"舅舅啊。"阿美轻轻喊了一声。

我以为她醒了,低头一看,才知道其实她还睡着,眉心蹙成一个柔软的圆圈,一只手握成一个拳头,里头捏的大概是一个想象中的衣角。

我掰开那个拳头,用自己的手团住了她的手掌。

"天下变了,日子太平了,我用不着躲躲藏藏,我可以在四十一步住下来。"我说。

阿燕没说话,只是默默地从竹筒里抽出三把筷子,放到灶台上。

"我可以在这里办个学堂,教娃子们读书。四十一步连个私塾都没有,只能走十几里路上洋学堂。大人一懒,孩子就没有书读。"

阿燕手里的竹勺偏了一偏,米饭洒到了灶台上。

"我不收学费,只要各家管我的饭。"我说。

阿燕用指头沾起灶台上的饭粒,一粒一粒地往嘴里送。

"这事,你该商量的人,是你妈,不是我。"阿燕一字一顿地说。

"我没想跟谁商量,我只是告诉你一声。"我说。

"将来,我们阿美长大了,我来给她开蒙。"

话出了口,我才意识到,我使用了一个连我自己都感觉惊讶的词。

那个词是:"我们"。

从那以后,癞痢头有很长一阵子没在四十一步村里走动,连他婆姨临盆,都是他亲娘同另一个畬客婆用箩筐把她抬到阿燕这里接生的。癞痢头的娘说癞痢头到县城去了——有人找上门来让他去唱歌。不过她没说清楚他到底是去教人唱歌的,还是去跟人学歌的。

癞痢头的婆姨生了一个四斤七两重的男娃子,取名叫杨建国。癞痢头临走前留下了话:若生的是男娃,就叫杨建国;若生的是女娃,就叫杨建华。

杨建国从娘胎里钻出来,剪断脐带擦洗干净之后见到的第一个人,不是他的亲娘——瞎眼女人已经累得昏睡过去了,也不是他的亲奶奶——畲客婆那时正在灶房里煮红糖水,而是被他的哭声吸引到屋子里来的阿美。阿美看着那张满是皱褶,比一个糍粑团子大不了多少的脸,有点想笑,也有点想哭。杨建国没想笑,他是一心想好好地哭一哭的,可是他没有力气。他只是半张着嘴,发出像被夹住了后腿的老鼠那样的吱吱声。阿美忍不住把自己的一根指头插进了那张嘴里,杨建国吮着那根沾着汗水和泥尘,或许还带着些酸臭味的手指,突然就安静了下来。

很多年后,阿燕回忆起杨建国出生时的情景,阿美竟然一丝也记不得了。倒是杨建国带着一脸的坏笑,说他清晰地记着每一个细节。他说他第一次睁开眼睛的那一瞬间,就无可救药地爱上了那个出现在他面前的女孩。

杨建国说这话的时候,已经是一个二十九岁的后生,刚刚考上美术学院的研究生,正在昏天黑地补习英文,准备有朝一日到美国留学。

癞痢头的亲娘是个老实本分的女人,连一句谢人的话都不会说。她给阿燕留下的谢礼,是一叠用草绳绑在一起的尺码各异的布鞋。阿美一直到读中学的时候,穿的还是畲客婆做的鞋子。

我再次见到,不,我再次听到癞痢头的声音,是次年的正月初二。初一那天四十一步村下了一场大雪,紧接着又刮了一夜昏天黑地的大风,一地的雪结成了一片连老鼠跑过都会发出嘎喳声的薄冰。这样的天里鸡狗都不肯出窝寻食,可是一大早村里却进来了一队背着铺盖卷穿着灰色制服的人。狗不认得他们,便从各家门里探出头来冲着他们汪汪地吼。这时响起了一记尖利的哨子声,像是要把人从被窝里揪出来的意思,接着就有人扯开嗓子唱起了歌。那歌听着有些耳生,调门生,词也生,不像白喜,也不像红喜,倒有一两分像闹春:

哎哟哎,
土改同志进村来,
山前山后,
梅花里格开,
农民心里真快活哟,
迎接亲人进门来……

狗渐渐地全都安静了下来,因为它们认出了那个声音。

那是癞痢头新学会的歌。

那天以后几个月的时间里,四十一步村发生了一些惊天动地的事。请不要把"惊天动地"这个成语仅仅理解为一种比喻或象征手法,在这里你们不妨用最直接简单的字面意义来理解它,因为这些事件的确与土地相关。用最直白的话来解释,就是一些没有土地的人,比如癞痢头和阿燕家,突然分得了土地;而另外一些拥有土地的人,睡一觉起来发觉他们的地契上已经改换了他人的名字。

我家也分到了几亩薄田,但我却没有过多卷入这些事件,因为我的心思完全被那个办学计划占满了。经过和村里几位德高望重的老人们反反复复的商谈,我终于得到他们的允许把村尾那座烟火不再旺盛的菩萨庙开辟成学堂。我和几个年轻后生把泥塑的菩萨搬到了后院,再把前院堂屋略加清理粉刷,就成了教室。教材是我自己现编的,用刻蜡版的土办法,油印出来的成品有几分像我在警校供职时门缝里塞进来的那些传单。我最大的难题是学生。四十一步村人大都是茶农,文风不盛,无论男娃女娃一学会走路就在茶园里干活了,没有人家愿意自家的娃子把时间耗费在学字上。在他们看来,识字断文的先生和屠夫、算命先生、裁缝、剃头匠一样,一个村有一家就行了,既然已经有了顺德爷爷一家子,别人再学字不仅是浪费,而且是在活生生地抢人家已经捏在手里的饭碗。四十一步村的人不屑做这等下作的事。

我从村头到村尾一家一家地恳请村人贡献出他们的孩子,有时我觉得我花费的气力比替龙王讨献祭的童女轻省不了几分。等到我的小学堂终于开门的时候,总算来了五个年纪从六岁到十岁不等的男娃,我知道等到清明早茶季节时,这支本来就营养不良的队伍将会缩水一半。不过我并不沮丧。我知道字本身是拥有魔力的,只要撒下第一粒种子,它抽芽了,就会生出更多的种子来,最终长成林子。我要做的就是费心撒下那第一粒种子。当时我还不知道,我读中学时国文老师在我心头点上的那把"送字上门"的火,会一直烧到我生命的尽头,直到我卧床不起,我的手里还捏着粉笔。

我盼望着有朝一日我那个淘气的男娃队伍中会冒出一个细声细气的女娃声。我盼望女娃的出现,不仅是为了让女娃长成婆姨的时候,能和男人一样识字断文,掌管家里的进项支出,我还有一个不可告人的私心——这个我稍后告诉你们。为了招徕第一个女娃,我把阿美带去了我的小学堂,我希望阿美会像那些具有魔力的字一样,用她的存在招引着其他女娃走进这扇门。阿美比那些男娃小,还没到能稳稳地坐着读书的年纪,我让她带上阿燕给她缝的布娃娃和我给她做的蝴蝶笼,让她坐在一个角落里玩。可是阿美的举止却让我大大地吃了一惊。我发觉我一开始讲课,她就会立即扔下手里的所有玩具,两只眼睛睁成两个无底的大洞,那洞底有一股旋风,贪婪地吸卷进我说的每一句话。一整堂课下来,她是唯一一个连眼睛也不曾眨一下的学生。从她的神情里,我找到了小时候的阿燕。

为了奖励她的勤勉,我特意给她买了一个写字的小本子和一盒蜡笔。第二天来上课的时候,我发现那个粉红色的本子面上写着一个蓝色的名字:"姚恩美"——那是阿燕的笔迹。在我的心里她只是阿美,我从来没有打探过她的全名,我大概在有意无意间躲避着她的全名可能会带我走进的那条幽深小径。那天当我无意间知道了她的全名时,我猜测那个"恩"字可能来自阿燕对牧师比利的怀念——我在南通认识几个基督徒,他们的名字里都含有一个"恩"字。等我意识到这个名字还有另外一种解释的时候,已经是几年之后的事了。

我教孩子们认写的,不是古文诗书,而是"日月水火山石田土",氏族宗亲称谓,数目斤两,庄稼牲畜等等诸样实用知识。我知道我的学生将来别说读中学,就是念完两年初小的都是寥若晨星。我不指望他们成为学问家——他们的孩子,或者孩子的孩子,将来兴许有这个可能,我只是希望他们能看得懂契约文字,能写简单的书信,能在日常的买卖中懂得算数,不至于遭人欺骗。我必须撸着袖子和节气争抢时间,在茶季和茶季之间那些狭小的缝隙里拼命撒下我的字种。

可是我错了,在我撒下的字种里,有一颗却在我的有生之年长成了大树。

那是阿美。阿美在十几年后成为了从四十一步村走出去的第一个大学生。

清明茶忙过后,我那支原本就很瘦弱,又遭了茶季劫持的小小学生队伍,竟然又回复到了茶忙之前的人数。有一天我走进教室,发现我有了七个学生,新添的两个人中,有一个是女娃。女娃七岁,是德顺爷爷的曾孙女。全四十一步村真正懂得读书好处的男人,除了我那个可怜的被日本人炸死的阿爸之外,就只有德顺爷爷一个人。我最初办学时,德顺爷爷心里是结着一个疙瘩的,因为他怕我的学生将来会抢了他一家人的饭碗。这些年他已经把自己的那点看家本领,全都悄悄地教给了他的长孙。替人写书信契约的饭碗,他是不情愿流落到他人之手的。后来他看见我教的学生居然都有长性,知道反对也没用,与其让别家的孩子沾光,不如让自家的孩子也跟着认字,所以他就把他的一个曾孙和一个曾孙女都送到了我的门下。

那天当我推门进去,一眼撞到一个穿着花布衫的女孩的侧影时,我兴奋得几乎有些晕眩。

终于来了,那个兆头。我暗暗地对自己说。

去年开始办学的时候,我就想好了要和阿燕复婚。"复婚"这个词用在这里不仅有失严谨,而且荒诞可笑。根据那张盖着我们手印的契约,阿燕早就已经是我的妻子;而根据那张南通报纸上的声明,阿燕该是我的前妻。而实际上,这个女人从来也不是我的妻子,所以无从是我的前妻。而我现在想和这个既不是我妻子也不是我前妻的女人结婚,除了复婚之外,我竟然想不出一个别的词语。我纵有砂纸一样厚实的脸皮,也无法看着阿燕的眼睛说出结婚那个词,所以我只能跟老天爷借个胆子使。在学堂开课前焚香祭拜祖师爷的时候,我就暗自跟老天爷求过一个好兆头:假若老天给我送来第一个女学生,我就敢去跟阿燕开口。这桩婚事,我是决计要大事操办的,我要当着全四十一步村人的面,把当初我用那纸声明贴在阿燕脸上的耻辱洗刷干净。至于我阿妈心里那个芥蒂,我只需要一句话就能化解——我会告诉她阿美是我的女儿。

那一天当我走进那个破破烂烂的教室时,觉得太阳没有一丝阴影,树上没有一个虫孔,嗓子眼里没有一根毛刺,脚脖子上没有一条歪筋,心情清爽得像一个刚出世的还没经历过任何污秽伤痛的婴儿。我一时兴至,决定不教课文,而是教学生们唱歌。我那天教他们唱的是"采茶扑蝶",这支曲子茶乡的男男女女从小就会唱,只不过大家唱的都是当地方言,而那天我把歌词写在了简陋的黑板上,我想教娃娃们使用官话发音。

> 溪水清清溪水长
> 溪水两岸好呀么好风光……

一支熟到连鼻子都能唱的歌子,换了官话,听着就有点滑稽,唱到"哥哥妹妹呀"那一句,一班细娃子揉着肚子笑成一团。

正笑得不可开交,我突然发现玻璃窗上出现了两张陌生的脸。我最先注意到的是两只被窗玻璃挤成了白菱藕似的鼻子,然后才是他们身上的蓝制服,最后我才看清了他们皮带上掖着的驳壳枪。我以为是村里又来了新的工作队,完全没有意识到他们的到来与我有任何关联,直到他们走进教室,厉声喊出了我的名字。

"美帝国主义训练的特务,国民党的残渣余孽……"

他们一样一样地报着我的罪名。罪名很多,我的脑子里钻进了一队飞机,最后我听见的只是一阵机翼刮起的狂风。

他们递给我一张纸,那上面的字像爬来爬去的蚂蚁。我狠狠地掐了一下太阳穴,终于把散乱成无数碎片的脑子捏合成一个整体,这才看清楚那是月湖训练营的注册名录。我在上面找到了我的名字,在那个名字的边上,有一个被括号包裹起来的数字:635。这张纸上首的空白之处盖着一个已经被时光洗成暗红色的椭圆形印章,印章里只有两个字:"绝密"。

当我被那两人用手铐铐住推出教室时,阿美突然从恍惚中惊醒过来,豹子一样的一跃而起,用两只手把身子坠在了我的胳膊上。她的手指几乎嵌进了我的肉里,谁也无法把她从我身上剥离,除非用刀,或者用斧。她挂在我身上,像马车后边拖着的货物,在地上拖着走出了好远的路。那两位警察无奈,只好打开我的镣铐,让我劝说阿美松手。

我把她抱起来,坐到我的膝盖上,贴着她的耳朵轻轻地说:"你回家把那个课本上的字都学完了,我就回来了。"

我没能恪守我的诺言。我再一次见到她的时候,已经是五年之后,那时她已经是一个九岁的姑娘了,早已学完了那本我编的初小教材,而且正在用它给比她小三岁半的杨建国开蒙。

我被塞进那辆破旧的军用吉普,开到了村口时,突然听见阿美尖利地喊了我一声。那一声呼喊石破天惊,太阳震碎了,变成了一面布满裂纹的铜锣。

"阿爸！"阿美哭喊道。

坐在车里，我感觉到胳膊上阿美的手坠过的地方隐隐地疼了起来。随着我离四十一步村越来越远，疼痛越来越尖锐，疼得我开始痉挛，额头上冒出黄色的汗珠子。

这疼痛跟随了我一辈子。日后那个最终把我的身体掏成一个空壳的毒瘤，说不定就是在这个时候对我咬下第一口的。

被阿美的脚拖过的地方，还会长出草来吗？

我问自己。

牧师比利：一个迟到了七十年的道歉

对不起，刘兆虎，我得打断一下你。你故事里那个叫阿美的女孩子的脚，不是拖在四十一步村的泥土地上，而是拖在我的心里，踢踢踏踏地拖出了两行血迹。我实在是，疼。

真奇怪，灵魂依旧还能感受到疼痛。我以为灵魂是从生命的灰烬里升腾起来的一股烟，一阵风，高高地看见了生命整体的荒诞，却逃离了生活琐碎情绪的羁绊。可是没想到，我还是疼。

最后一次感觉到疼，是在七十年前的那个秋天，当我奄奄一息地躺在"杰弗逊号"邮轮的三等客舱里。我从高烧中迷迷糊糊地惊醒过来，猝不及防地看见了死神。我是说死神的翅膀。没有人能看见死神的脸，除了上帝，或者魔鬼。死神的翅膀无声地扑扇着，在墙上落下一个巨大的黑影。那翅膀扇起来的风，让每一个毛孔都结了冰。

随船医生一定也看见了死神，不是从墙壁上，而是从我的眼睛里，因为我听见他轻声吩咐他的助手去找忏悔牧师。我当时残存的体力仅够我虚弱但坚定地摇了一下头。他们大概忘了，我也是一位牧师，我曾经拉着无数人的手，引领他们走向通往天堂和地狱之间的那个岔路口。我熟悉那条路，我可以独自行走。

"你还有话要说的吗?"医生贴着我的耳朵问我。

我知道那是一种委婉的问法。他其实是想问我还有什么需要忏悔的事,在我把灵魂交到上帝手中之前。这个仪式像考试,一旦交卷,再无反悔的余地。

没有。我对自己说。我把该说的早已经和上帝说过了,我比谁都更清楚生命的无常,我不会把话留到最后一刻,因为最后一刻到来的时候像贼,防不胜防。

突然,我感到了一阵尖锐的绞痛,不是在肿得像棒槌的指头上,而是在心里。

我的眼前浮现出斯塔拉坐在月湖教堂门前的石阶上,长久地等待着一封永无可能抵达的信时的神情。

现在看来,我走的时候她已经有了身孕。我们三个人,我,刘兆虎,还有伊恩,同时把她丢弃在了孤独无助惊惶惧怕之中,任由她像一株野草那样在寒风中自生自灭。

假如我知道自己离开月湖的第一脚,就已经踩在无法规避的死亡之途上了,我早该松开我握得紧紧的拳头,释放那个被我捏出了水的秘密。

假如我早这样做了,兴许孕育在斯塔拉肚腹里的,将会是另外一个孩子,兴许刘兆虎不需以冒死跳船的代价来告诉斯塔拉一句话,兴许刘兆虎压根就不会出现在那条船上,兴许刘兆虎和斯塔拉的一生,完全是另外一种样子。

其实,斯塔拉心里的那扇门,一直还为刘兆虎开着一条缝,直到出了鼻涕虫那桩事。斯塔拉可以理解刘兆虎在贞洁这条壕沟之前的犹豫——那是大多数中国男人的普遍弱点。她可以接受普遍的弱点,却不能饶恕独特的恶行。

斯塔拉心中那个独特的恶行，就是有人在训练营里散布关于她的流言，而那些流言，正是她以舍弃家园为代价逃离的。她认定那个人是刘兆虎。斯塔拉的怀疑不无道理，因为当时营地里知道她过去的人除了我之外，只有刘兆虎。

可是我知道刘兆虎是无辜的。真正的始作俑者是我的厨子。厨子参与了前后两次对斯塔拉的救援，她了解所有的细节。她向我郑重保证过她将守口如瓶，她后来也做到了，但遗憾的是她只把秘密保守到了卧室门前——她最终还是忍不住把这事告诉了她的丈夫。她的丈夫是中国学员的厨子，也是鼻涕虫的同村邻舍，于是就有了后面的故事。就这样，流言从一张没有关严的嘴里溜出去，溜到后面一张嘴里，再溜到更后一张……每一张嘴都希望后面的那张是蚌壳，流言可以在那里结为珍珠。每个人都把自己未能保守的秘密，放心地交给了别人保守。可惜哪一张嘴也不是蚌壳，流言终究漏了一地。

我的厨师，那个可怜的虔诚的女人，知道自己嘴上的那条缝酿出了大祸，觉得无法面对上帝，无颜见斯塔拉和我，就坚决辞职离去。临行前，她一再要求我为她保守秘密，于是，我就没有声张厨子离去的真实原因。

我知道这件事是斯塔拉的死结，从那以后，斯塔拉留给刘兆虎的门才真正关严了。最初我隐瞒实情，是因为我对厨子许下的诺言，而后来，却是因为一己私念——我无可抑制地爱上了斯塔拉。我的私念渐渐膨胀，最后完全淹没了初衷。

我知道斯塔拉并不爱我，但我不在乎。战争是绞肉机，也是压榨机。战争把生命搅成肉泥和黄土，战争把爱情挤压成同情，把依恋挤压成信任，把肉体的欢欲挤压成抱团取暖的需求。我坚信,同情信任和抱团取暖虽然不是爱情,但比爱情更坚固。在战争飓风卷扫过的废墟里,斯塔拉最终可以依赖的人只能是我,哪怕经过了刘兆虎,哪怕经过了伊恩。

我唯一没想到的是突兀地横插在我和斯塔拉中间的死神。假如我有未卜先知的本领,我会早早解开斯塔拉心上的那个死结,亲自把她交到刘兆虎手中,一切都将因此而不同。

当然,即使没有我,斯塔拉心头的那个死结,就像世界上所有其他的死结一样,也终究会找到开释的机会,借助某些不可解释的因缘巧合,或者借助时间本身的腐蚀力量。只是那需要更长久的等待。等待的过程里滋生着怨恨、误解、疏隔,而这些时间本来是可以用来收获爱情、幸福和儿女的。

所以我欠你,刘兆虎,一个郑重的道歉,即使是在七十年之后。

刘兆虎：一个波浪形的秘密

　　后来的几年里，我一直在重重复复地做着同一个梦。我梦见天空中冒出一个赤红色的火球，我的眼睛一碰触到它就被烧瞎了，我陷入一片黑暗。那不是寻常的黑暗，那是一片橙红色的黑暗，像一地压碎了的番茄那样的黑暗。那片橙红没有形状，没有纹理，也没有层次。它不像黑色的黑暗那样可以被光线打断，它无边无际无始无终地存在着，让人产生一种眼睛一直睁着的假象。睡梦中我抬起山石一样沉重的手臂，抹下我同样沉重的眼皮，却惊恐地发现：即使我闭上了眼睛，那片橙红色的黑暗依旧存在，它不知疲倦，永不休息。

　　我大汗淋漓地惊醒过来，几近快慰地发现我的四周一片黑暗。我指的是黑色的黑暗。

　　后来我才渐渐意识到，这个重复的梦境来自我对白天的思念。我对阳光的渴望在进入我的梦境时走岔了一个路口，阴差阳错地拐进了橙红色的黑暗。

　　我被判了十五年徒刑，服刑的地方是邻省的一座煤矿。每天我起床，换上用草绳系紧前襟的工作服钻进下井的罐笼时，太阳还没有露脸。而当我歇工被罐笼提回到井口的时候，太阳已经安歇。在疲劳和失眠以胶着的状态持续交战的夜晚里，我脑子中掌管数字的那几根神经异常地活跃起来，我算出了十五年大致是七百八十二个星期，五千四百七十五天，十三万一千四百个小时，七百八十八万零四千分钟。当然这是一种粗略的算法，但足够让我得出一个简单却残酷的事实：我将错失一万零九百五十次与太阳碰面的机会，其中五千四百七十五次是日出，另外五千四百七十五次是日落。

当然，我错过的远不止是日出日落。我还错过了春天、田野、青草、蛐蛐、粉笔，还有阿美的童年。假如我最终挨过那五千四百七十五天时，阿美已经是一个十九岁的大姑娘，她再也不会抱着我的腿，把身子坠在我的胳膊上，一遍又一遍地试验着种种可以和舅舅——哦不，阿爸——这个称谓相匹配的语气和表情。

在我服刑的地方每天早上六点钟，广播会准时响起。伴随着一串长短相间的嘟声，会有一个广播员用浑厚瓷实的声音，准确地报出当时的日期和时间。我再也不需要像从前关在黑屋子里时那样，用在绳子上打结的方式计日。可是我信不过那个金属声音，我依旧固执地在脑子里的那根绳子上打着结子。我的结子是阿燕的来信。阿燕每半个月给我写一封信，雷打不动。每一封信就是一个结子，我数着信就不会丢失日子。一封信是两个星期，两封信是一个月，六封信是一个季节，等我收到第二十四封信的时候，我就知道我已经在这个地方待了整整一年。

阿燕的来信不长也不短，始终维持在两页纸左右的篇幅，讲的都是一些简单的事实，比如说地里的蔬菜收成很好，西红柿必须当季吃完，而黄瓜和豆角可以腌起来吃一整年；还比如村里成立了村委会，是以原来的贫协为基础的，主任是杨八叔的儿子杨保久——我注意到阿燕使用了一个陌生的学名来替代了那个人人皆知的绰号癞痢头;还比如办在庙里的小学堂在停学三个月之后又开张了,县里新派了一个民办教师。新老师是外地人,说起官话来有些大舌头,阿美听不懂;再比如说我的中学同窗陈开义新近被委任为县委组织部长一职;再比如阿燕的小医铺已经改换了招牌,搬到村委会的院子里头,成了半公半私的诊所;再比如杨建国最近染上了白喉,幸亏用天价弄到了一盒青霉素,才算救活过来了,也没有传染给别人——阿燕没提这钱是谁出的;再比如阿美还在学那个课本,每天都缠着她问生字,烦到她脑袋瓜子疼,如此等等。阿燕从不用"好好改造"之类的话规劝我,甚至完全没有问及我在这里的情景。阿燕的信是地地道道平平静静的家常,丝毫没有写给一个囚犯的信中应该有的那种拘谨斟酌欲言又止或者言不由衷。

阿燕的信中提及的那些内容都是些干瘪的事实,阿燕从没有在其间加入自己的情绪,或者进行任何形式的诠释和延伸。阿燕的信清寡得让最敏锐的猎狗也嗅不到一丝可疑的气味,却又丰富得几乎能让我闻得见她的气味和声音。我把她的每一封信读了一遍又一遍,每一遍我都伸出昆虫一样的触角,仔细探测着这些貌似简单孤立的事实之间或许存在着的某种蛛丝马迹般的联系。我从中得出了几个自以为坚实的结论:癞痢头得了势,但阿燕依旧抓着他的脚后跟;阿燕和阿美都太平无事;阿美没有忘记我,依旧在等待着我的归来。

阿燕的信中很少提及我的母亲。我以为这是因为她们之间这些年里存在着的芥蒂,后来我才知道,在我被捕三个月之后,我母亲就已经心脏病发作去世。阿燕来信中另一个让我感觉奇怪的地方是：她总是在信封上收信人姓名的那个长框里写上"姚兆虎"而不是"刘兆虎"，而且她把这三个字写得出奇地醒目，超出了一个姓名在信封上应该占据的合宜尺寸。

还要过一些日子，我才会慢慢领悟阿燕出类拔萃无师自通的特工技巧：她把一个庞大的营救计划肢解成一个个细小的零件，分散在一些看上去毫无关联的细节中，等待着我慢慢地发觉捡拾。而迟钝的我，却被那些细节的表层意义所迷惑，任凭最重要的信息在我眼前无声无息地流失。

我写给阿燕的回信远比阿燕写给我的信简短。我不想告诉她我已经学会了像爬虫一样在狭矮的煤巷里行走，我的肚脐眼、鼻孔、每一根头发、每一个毛孔都是黑色的，我抖铺盖的时候屋子里会扬起一片闪闪烁烁的黑粉尘，我吐出来的痰像泥浆。可这就是我日复一日的生活，当我把这些内容剔除出去的时候，我还能告诉阿燕什么？所以我只能圈出她来信中的错别字或者使用不当的词语，抄在我写给她的回信里，再加上我的更正和注释，仿佛我依旧是那个从县城中学回来探亲，把学堂的和城里的见识无比兴奋地兜售给她的时髦学生娃子。

当我收到阿燕第四十六封信的时候，我在阿燕的信尾发现了一行歪歪扭扭笔画稚嫩的字："书读完了，你说话不算数。"我捧着那封信，流下了一行黑色的眼泪。

从那以后，每一次收到阿燕的信，我都会从信尾看起，我急切地想寻找一行与阿燕不同的字迹，可是那个隐藏在陌生字迹后边的小声音，却再也没有开腔，直到三年之后。

那是阿燕写给我的第一百一十九封信。在那封信的末尾，我终于发现了一行陌生的字迹。那字迹依然稚嫩，但看得出已经生出了骨架。那行字是：

姚兆虎,姚兆虎,你就是姚兆虎。

阿燕用自来水笔把那行铅笔字划掉了,又在旁边加了一句注解:阿美瞎练字,你仔细看看有没有进步?

一周以后,我刚下井不久,就被叫了上去,说是有人找我。我被带到了矿长办公室,屋里除了矿长和秘书之外,还有两名警察。这次他们的皮带上没有插枪。

"上边的同志要来核实一些情况。"矿长对我说,口气几乎有些温存。

"你认得这张纸吗?"

一名警察从公文包里掏出一张经过多次折叠已经有了很多褶子的纸。他把它铺展在办公桌上,我才看清了是那张为了逃壮丁和姚家签下的入赘契约。

我点了点头。

"这个指印是你的吗?"他又问。

我再次点头。

他拿出一张白纸和一盒印泥,让我按了一个新指印,然后吹干了印泥,小心翼翼地收起来,两人一言不发地走了。

又是一周以后,我突然被释放。释放的理由是:我因与一名罪犯的名字相似而被误捕。

有三个人为我出具了书面证据,证明我不是中美合作训练营名单上的那个"刘兆虎",因为我在一九四三年春天起使用的正式法律名字就已经是"姚兆虎"。这三个人是:契约书中的另一方姚归燕;四十一步村的支书杨保久;契约的执笔人以及现场证人德顺爷爷。这是德顺爷爷一辈子写的最后一纸文书,两天之后,吃晚饭时他突然从凳子上滑下来,再也没能起身。

在这个营救计划中起了重要辅助作用的是县委组织部部长陈开义的一封信。他证明我在县中读书时因闹学潮被逮捕入狱;而且我曾和他一起计划投奔延安,却因家遇突变而没能赶上行程。

直到我提着一个脏得泛起油光的铺盖卷离开煤矿的时候,我才恍然醒悟阿美在那封信尾写的那句话里暗藏的玄机。

我从来没有想到在错过了三千六百多次的见面机会之后,我和太阳会在如此合宜的一个场所重逢。

我走进四十一步村的时候,一眼就看见了一片陌生的葵林。我的脚告诉我,底下的那片土地应该是十几年前被天上的六个太阳所炸毁的茶林。那不是我思念的太阳,那六个太阳是属于地狱的,每一个毛孔都冒着腥膻的污血。与其和那样龌龊的太阳见上一面,我宁愿在黑暗中经历九千九百九十九次沉沦。

在我缺席的某一个时段里,这片废弃的茶林被开辟成了葵林。土地是健忘的,它早已忘却了世世代代根植在它肌肤里的茶树,它用全新的热情拥抱了新的物种,新的鲜活的根系在盘根错节的死根中间蜿蜒穿行,很快找到了落脚之处。可是,在这样一个美好的阳光灿烂的日子里,谁会忍心责备土地的薄幸呢?我甚至都没有去想茶树。

葵花长得很饱实,一张张金黄色的脸庞像一个个已知风情的女子,仰望天空的姿势里没有羞涩和扭捏。那天所有的一切都是金黄色的,天边那一行行细细碎碎的云朵,花盘上嘤嘤嗡嗡地蠕爬着的蜜蜂,林子里飞来飞去的蝴蝶,叶子上栖息着的那一滴隔夜的露珠……我闭上眼睛,眼帘压上了一片金黄色的记忆,鼻孔里吸进了一丝金黄色的风。等我再张开眼睛的时候,我突然发现葵林深处出现了一个戴着金黄色草帽的人影。她张开金黄色的臂膀,朝我飞奔而来,两片金黄色的嘴唇里飞出一个上气不接下气的声音,在我的耳膜上砸出一个柔软的金黄色的坑。

"阿爸!"

我的铺盖卷掉落在地上,溅起一片金黄色的尘土。

我想去抱那个金黄色的人,可是我发觉我竟然抱不动。

我慢慢地朝四十一步村的深处走去,最后在一堵脚脖高矮的断墙跟前停下了步子。

这堵墙曾经很高,上面覆盖着一层青灰色的瓦片。那些砖那些瓦并没有消失,它们只是砌进了别人家的鸡笼、柴仓和雨棚。

门呢?

我的记忆虽然不再强壮,却也不至于全然丢失。我记得那扇涂着黑漆的木门,无伤大雅地爆了些漆皮,还有门底下被七个人进进出出的脚步踩得瘪了下去的门槛。

那七个人分别是:我父亲、我母亲、我哥哥、我嫂子、我侄子、我侄女,还有我自己。

在原先是灶台饭桌和床铺的地方,现在已经有了新的住客。新住客的名字是节节草、蒲公英、狗尾草、凹头苋、清明菜。别以为人是这世上唯一的生灵,其实在人的周边聚集着成千上万沉默却虎视眈眈的物种,它们迫不及待地等候着人迈出背井离乡的第一步,然后立即簇拥过来占据人的身体腾出来的那尺空间。

这原来是我刘家的旧屋。

这时离我哥一家远走他乡不过才四年零三个月的时间。

"阿爸,回家吧。"

我恍惚听见一个金黄色的声音在我耳畔说。

"家?"我疑惑地问。

她没回答,她只是拉住了我的手。

我是在那一刻意识到了自己的虚弱的——我回家的路竟然需要一个九岁的孩子引领。

那一晚我睡在一张陌生的床上,被褥散发着皂角和阳光的清香。我不敢出气,我害怕潜藏在我肺里的那些粉末,会随着我的呼吸染黑那张床铺。

半夜的时候,一个柔软的身体爬上了我的床,用她的嘴唇,她的手,她的身子,把我从一个三十岁的童男子,变成了一个刚刚诞生的男人。

"没有了,我什么……都没有了。"

我像一摊稀软的狗屎,粘在那个身子上,哭得像个孩子。

她没劝我,任由我丑态百出地把我一生的眼泪倾倒在她胸乳中间的那条壕沟里,直至泪腺干涸。

然后她拍了拍我的背,像拍哄她的孩子。

"你还,有我。"她说。

早上醒来时,我恍然不知身在何处。我扯开竹帘,阳光用一百头疯牛的力气闯了进来,差一点把墙壁撞成一片白色的废墟。我想起了昨天在葵林里和阳光久别重聚的情景,但是我不能确定那是不是梦境。

我发觉我已经不习惯阳光。

其实我不习惯的还不只是阳光,我也不习惯洁净,不习惯秩序,不习惯安静,不习惯打开四肢睡觉,不习惯身体躺在床上无所事事的姿势。

外边有两个压抑得很低的声音,轻得如同是蜜蜂的翅翼在颤动。我必须尖尖地竖起我的耳朵,才能拦截住几个残缺模糊的词。

"轻点……"

"缺觉……"

"不吃……先睡够……"

我蹑手蹑脚地起了床,套上鞋子。脚板感觉不适,因为踩下去竟然没有碰到粉尘和砂石。我悄悄地走到灶房门口。灶膛里的柴火已经过气了,锅上的米粥在余烬里咕噜咕噜地冒着泡。屋里的那两个人都是背影,一个在用竹勺搅和着锅里的东西,一个坐在门槛上借着天光在看书。看书的那个头上包着一块帕子,那帕子拦截着每一阵路过的风,把它染成绿色。看书的人姿势有些古怪,肩膀耸得很高,头埋得很低,仿佛是在嗅着字上的气味。

那其实是我的姿势,在我年轻的时候。我不知道她是怎么偷过去的,那个坐在门槛上的小人儿。

我感觉有一团软软暖暖的东西橡皮胶似的裹着我的身体,几乎生出痒来。我不敢动,生怕轻轻一动就会把那东西搅碎。

就在这时,我看见了那些画。那些用蜡笔画在墙壁上的画。

画很大,画满了四面的墙,有的部分几乎挨近了天花板——那些部分明显是站在凳子上画的。那画看得出来是断断续续画的,每一次停顿都出现了一个颜色和笔触的接缝。但是那些接缝只是时间的分割,场景却是延续的,看不出哪里是头,哪里是尾,似乎哪里都可以是开始,哪里也都可以是终结。画上的场景好像是村庄,也好像集市,有房子、树木、街路、人。人是五花八门的,有蹲在地上洗衣的婆姨,有在路边玩耍的娃娃和跟在他们身后疯跑的鸡狗,有靠在门上抽旱烟的老汉,也有背着竹篓赶路的老婆婆,甚至还有几个守着一个木盆叫卖咸鱼的青壮年后生。这画一看就是娃娃的手笔,人物只是几个堆积在一起的几何图形,细节还在孕育的过程中。颜色却极是古怪,太阳是绿的,鱼的眼睛有的黄有的蓝,树叶子是红色的,上面涂了几根黑丝,烟囱里冒出来的烟一半黄一半紫。我再看几眼,在色彩和光线的奇异组合中,墙上的人突然凸浮出来,开始走动。我有些晕眩,不知道是墙在动,还是我在动,便忍不住啊的惊叫了一声。

灶台前的那个人转过身来,发现了我,脸儿红了一红,问我饿不?

我摇摇头,指指那些画,问是阿美画的吗?

坐在门槛上的那个人回过头来,哼了一声,说那是细娃子的玩意,我才不干那事呢。

灶台前的那个人笑了笑,说是杨建国画的。

我说他家没有墙吗?非得上你这儿画?他爹不是分到了杨老财的正屋么?

灶台前的那个人叹了一口气,说你还记得他娘吗,那个瞎了一只眼的婆姨?去年过年,村里的细娃子作弄她,在她怀里放了个炮仗,把她脑子吓糊涂了,管不了儿子了。那个杨建国就成天来找阿美玩,东画西画的,我看着好看,就没舍得擦,权当贴了一墙的画。

坐在门槛上的那个人又哼了一声,说我才不跟小屁娃子玩呢,我是在教他读书。

没想到,瘌痢头倒生了这么个儿子,将来说不定有大出息。我说。

我在这件事上独具慧眼——杨建国日后果真成了一个出名的画家。哦不,到了他那个年代,画家不叫画家,都改称艺术家了。他的两幅画被选中摆在纽约的大都会博物馆里,让全世界的人观赏。

当然,那都是很久之后的事了,那时我早已化为山坡上的一抔黄土。

灶台前的那个人斜了我一眼,说别在人前叫瘌痢头了,现在都管他叫支书。

我哼了一声,说除非他长出一头的毛来。

坐在门槛上的那个人噗嗤一声笑了,说他长了毛也是瘌痢头。

灶台前的那个人瞪了一眼坐在门槛上的那个人,说别给我惹祸了。这次能出来,还是人家在那张证明上盖了红戳。下回再出事,我拿什么救你?

我知道这话是说给我听的。

我肚子里有句话咕噜一声冒了上来,但我不能说,至少我不能当着坐在门槛上的那个人说。

那句话是:"这回你是拿什么救的我?"

鞋子是解放球鞋,但那人肯定不是这鞋的第一个主人。鞋比脚大出了一两个号码,我几乎可以看见他的脚指头在鞋子空出来的那块开阔地带里跳舞。

裤子我说不准。布料在新的时候或许是灰色的,或许是蓝色的,却在洗涤的过程中招惹了别的颜色,现在是灰蓝青绿的混合体。样式不是村里人穿的那种肥裆长腰窄裤脚,而是上下一样肥瘦,前裆开着一条压着边的中缝。这裤子若是他自己的,那也肯定不出自村里的裁缝铺,他最起码得跑到县城才能找到懂这份时兴的裁缝。

上衣的出处不明,那个样式哪个裁缝铺也做不出来,只能是公家发的制服。竖领,四个兜,左边那个兜盖翻起一个小小的缺口,缺口里塞着一杆钢笔。

帽子和上衣很搭配,连褪色的程度都大致相同,显而易见都曾经属于同一个主人,曾经在同一个水盆里经过同一双手的搓揉。

就在他站在我家的门口——假如我可以把阿燕家看成是我家的话,犹豫不决该用哪一只脚先跨过门槛的时候,我已经把他从头到脚,不,从脚到头,打量清楚了。

"杨建国你个童子痨,屁股是磨盘啊?一坐就是一天,知不知道回家?"

他最后是用左脚先跨过门槛的,在右脚紧跟着迈进来的时候,他冲着屋里大喊了起来,仿佛在公布他进门的理由。

伏在桌子上写字的那个男孩把手里的铅笔一扔,泥鳅似的溜了出去,逃过了那只伸向他耳朵的手。

两人一进一出搅起来的空气,很快沉静了下来。阿燕用眼睛催促我搬凳子。

"正说呢,歇过来了,就去看你的。"阿燕说。

我知道这句话里缺席的主语是我。

那人坐下了,摘下帽子,脸没怎么变,变的是头发。头发少了,那几个癞癣斑肆无忌惮地占据着头发腾出来的空地。他用眼光在我身上啄来啄去,像虫子撞在玻璃窗上似的发出噌噌的响声。

"没挨过打吧?气色还行。"他拖长着声音对我说。我看到了他的脚指头在空荡荡的鞋尖里快活地哆嗦。

"没死。"我说。

他按从左到右从上到下的顺序在身上的六个口袋里一一搜索了一遍,最后在第五个口袋里找到了一盒劳动牌香烟。然后他又开始了另一轮的搜索,这回是从右到左从下到上。可是他没找着要找的东西。

阿燕从阿美用过的作业本上撕下一个角,捻成一个细细的卷,伸进奄奄一息的灶膛里点着了火,递给那个人。烟头明了一下,暗了一下,又明了一下,终于点着了,他嘬得很紧的嘴唇里慢慢地挤出一个扯得扁长的圆圈。

"这事算你走运,糊弄过去了。可那是绵纸灯笼里藏着个火虫子,轻轻一捅就能漏出光来。"他说。

我的眼皮弹跳了一下。阿燕朝我斜了一眼,那一眼很重,把我将要张开的嘴唇狠狠压住了。

"要是去捅那个灯笼,谁也捞不着好死。你是盖戳子的人,你又罪加一等。光是那个戳子,毙你三回都不为过。"阿燕说。

阿燕说话的语气是我熟悉的那种平静,没有褶子,没有波纹。

那人的趾头在鞋里颤了几颤,最终停止了舞步。

"谁挨枪子都一样是死,所以最好老实点,别惹事。"那人吸完了一根烟,把烟蒂扔在地上,用鞋底碾灭了,屁股半抬着,要走不走的样子。

阿燕用肘子碰了碰趴在桌子上写作业的阿美:"把杨建国的书包收拾好让他阿爸带走。"

那人不得不起身。

"你得给我打个证明,我要去城里的药房买四环素,诊所没药了。"阿燕说。

那人喉咙里哼了一声,说那个戳子放你兜里算了,就你用得最多。

然后慢吞吞地走出了门。

阿燕追出去,站在门外对那个人嚷道:"你给上头递句话,我家兆虎还得回学校教书。孩子多了,两个老师正好。再说,那位置本来就是他的。"

那个人站住了,远远地回了一句:"这事我管不了,是上头派的。"

阿燕冷笑了一声,说你哄谁呢?你家建国在我这里吃了几年饭了,我跟你要过一斗米?一把柴?你要我跟你算细账是不?

那人没再回话,解放鞋踩着路上的石子踢踢踏踏地走远了。

阿燕回到屋里,坐在门槛上,半晌没有说话。她知道这会儿说什么都有可能招骂,她等着我给肚子里咕噜行走着的那股气找到一个出口。

"Son of a bitch(狗娘养的)。"我脱口而出。

阿燕怔了一怔,过了一会儿,她才醒悟过来,那是英文。她已经整整十年没听人说过英文了。

"Baldy(秃子)!"半晌,她才接应了一句。

我俩不约而同地趴在自己的膝盖上,嘎嘎的笑成了一团。

阿美抬头惊讶地看了我们一眼,问你们到底说的是什么鬼话?

我想给她解释,可我的嘴不听我使唤,我的身子也是。我和阿燕几乎一对上眼睛就会笑得像个疯子,那一刻我们的脸部和腹部的肌肉进入了一种无法抑制的痉挛状态。

教阿美说英文的想法就是在那一天里滋生出来的。最初我只是想在四十一步村建立一个独属于我们三个人的秘密通信系统,让我们可以用一种谁也听不懂的语言来随时表达我们的情绪,不用害怕墙壁窗棂格天花板上的任何一条缝,也不用害怕长着舌头的耳朵和长了牙齿的眼睛。可是慢慢地,我发现阿美上了瘾似的迷上了这门语言,工具变为了成品,途径成为了目的。在那个全国都在疯狂地学习俄文的年代里,阿美钻在俄文的被单底下悄悄地学习着英文。当她进入中学后,她终于不再需要俄文这块遮羞布了,时势已变,俄文被打入了冷宫。在刚刚设立的英文课上,她毫无悬念地被选为课代表,因为当她的同学还在为那二十六个英文字母绞尽脑汁的时候,她已经可以和她的老师展开一段小小的对话了。

这个不知疲倦、每一个毛孔都流溢着好奇的小精灵,以每分钟九十九次的灵感裂变速度磨损着我的耐心,贪婪地片刻不停地向我讨取着新的知识,让我把在过去几年里松懈下来的神经,重新一根一根地绷紧。我任课的班级里有三十二个学生,可是我把对付那三十二个人的精力全部相加起来,都不够应付她一颗小小的脑袋瓜子。她用一根看不见的鞭子抽着我往前走,不许我懒惰,不许我歇息,也不许我衰老。

每天下课之后,我们就到村边的林子里,一寸一寸地拓展构建我们的私密语言王国。最初只有一锥立脚之地,渐渐地,我们有了放置四肢和身体的地盘;再后来我们可以在那块小天地里跌跌撞撞地行走了;突然有一天,石破天惊,我们的王国爆裂开来,圈囿我们的围墙坍塌成一地的废墟,废墟之上生出了新的围墙。我们对新围墙发起了冲击,结果却发现它像橡胶一样地富有弹性,竟然容纳了我们漫无边际的情绪和想法。

于是,我们就把世界搬到了林子里。我们在林子里可以说的话,走出林子就变成了石头。

我和阿美开拓这个私密语言王国的最初动机,仅仅是为了避开长着舌头的耳朵和长了牙齿的眼睛,而到后来这种交流方式就成了习惯。在这个边界渐渐变得模糊而富有弹性的王国里,我和阿美可以相对自如地表达着诸如钟爱、疼惜、牵挂那样的情感,而这些情感若用来自我们血液的那种语言表述,难免感觉羞涩和做作,正应了我可怜的母亲在世时经常说的一句话:"别人家的东西好使唤"。

直到有一天,我突然发现那门被我认为是"别人家的东西"的外语,其实也来自阿美的血液。或者说,来自阿美血液中的另一半。

那是她的父语。

那天当我们在林子里继续为一些单词寻找盟友的时候,天突然毫无前兆地下起了瓢泼大雨,阿美的草帽被狂风刮走了,她用双手紧紧地捂住了头,好像那是一枚她一松手就将引爆的炸弹。

"我不要,成瘌痢头!"

她惊恐万状地说,那神情仿佛她丢失的不是草帽,而是心脏,或者肝胆。

我从来没见过她如此惊慌失措的样子,我笑着安慰她说要是淋一下雨就会成为癞痢头,我早该秃得一根毛不剩了。

"你不一样。"阿美用接近于哭号的声音对我喊道,"阿妈说我小时候得过疥疮,要是晒了太阳淋了雨,我的头要长成杨建国他爸那样。"

我这才想起我从未见过阿美不戴帽子的样子——夏天是草帽,冬天是绒帽,连睡觉也戴着一顶小布帽。阿燕给我的解释是暑气、寒气以及渗到枕头上的油垢。

我哈哈大笑,说这话真是你妈说的?亏得她还给人看病。疥疮不长头上,你的脑袋和你的身体一样,应该接受日晒雨淋。我倒是奇怪,你天天这么捂着头,竟然不得感冒?

阿美从指缝里将信将疑地看了我一眼,突然张嘴,打了一个响亮的喷嚏。我把半湿的外套脱下来,让她盖到头上。就在她松开双手的那一瞬间,我举着外套的手在震惊中凝固成了一具石膏模型。

我发现她被无数个发卡钳制着的头发里涌现出一排湿漉漉的波浪。

阿美那双如海洋般深邃透明的眼睛突然闪烁了一下,荡漾开一圈波纹。她的眼睛和她的头发如同一对被阻隔多年的手足同胞,突然意外重聚。当它们欢呼跳跃着相拥在一起时,所有的语言都已多余,任何人都能在顷刻间断定它们的血缘关系。

阿美突然变成了另外一个人——一个躲在我认识的阿美身后的,我似乎认识又似乎不认识的阿美。

我听见所有悬浮在半空的疑点随着雨滴噼噼啪啪落地，拼出了一幅真相的全图。其实，老天爷早就已经把线索东一鳞西一爪地放在我眼前了，我竟是如此地愚钝，需要借助一场迟来的雨，才把它们捏合在一起。

我是在那一刻里才真正猜出了阿美的生父是谁的。

那天我带着披头散发浑身湿透的阿美回到家里的时候，阿燕从屋里冲出来，愣在了门外。我看了她一眼，那一眼很狠，她突然就明白了。她的嘴唇翕动了一下，最终却没有发出声音。

阿美进屋擦头发换衣服去了。我坐在灶火跟前，卷起了一根烟，听任身上的雨水滴滴答答地在地上砸下一个个浊黄色的坑。我早在训练营里就已经学会了抽烟，只不过现在比那时抽得更凶。

我和阿燕之间隔着一堵沉默的墙，那墙是花岗岩砌的，能割秃世上最硬的刀子。

"自然界有个现象，叫返祖。"沉默了许久之后，我终于开口，"有些生物体会在隔几代之后重新出现祖先身上所具有的特征。"

阿燕没敢接话，她还没有听出我到底要往哪条路上走。

"我曾太爷那一代，住在新疆迪化，有维吾尔族血统。他们的后代，当然有可能出现祖先的……头部……特征。"我说。

阿燕依旧没说话，但我知道，她已经用沉默和我缔结了一个比任何话语文字指印或是大红戳子更为牢靠的攻守同盟。在四十一步村，我们家是外来户。我的父母已死，我的哥哥远在外地，我成了唯一一个可以替我的家族史开口说话的证人。我的话就是历史。

我听见了阿美换完衣服从屋里出来的脚步声。

"请你告诉阿美,她没有得过疥疮,不戴帽子不会成为癞痢头。"我对阿燕说。

阿美在小学和中学各跳了一级,十六岁那年考进了省城师范大学的英语系。以她的成绩,她完全可以选择一所更好的学校,可她却选择了师范,仅仅是因为师范生可以得到一份生活补贴。阿燕的小医铺已经改为卫生站,县里派来了一个卫校的毕业生做站长,阿燕现在只是医务助手,和我一样,每月只拿一份很难维持到月底的菲薄工资。

阿美离家的那个秋天,我胳膊的疼痛突然加剧。这是当年我被铐上手铐从教室里带走时,阿美用整个身体的重量在我胳膊上坠压出来的旧伤。这是骨头的记忆。骨头的记忆和皮肉的记忆或脑子的记忆不同,皮肉和脑子的记忆软绵轻贱靠不住,一副让眼睛看了顺畅的颜面,一句叫耳朵听了舒服的话语,甚至一阵温度和湿度合宜的风,都有可以叫它改变形状。而骨头的记忆里没有眼睛没有耳朵,它既不识季节也不辨风向,它只有一根认死理的筋,骨头的记忆一路跟你到坟墓。所以,阿美四岁时在我胳膊上坠压出来的那块伤痕,一直疼了我十几年,疼到我死。

只是那一年,胳膊的疼痛开始向全身蔓延,它把我身上的每一根骨头都拉拢成了盟友,甚至连脚趾上最细小的那根也不肯放过。在成功地收伏了一整副骨骼之后,它开始和我的喉咙联手。骨头的疼痛发作时,喉咙会紧跟着发出一阵阵幸灾乐祸的嘶吼,仿佛急切地要把我的肺扯出来示众。为了表示对骨头的忠诚,喉咙有时会主动比骨头多走几步——在骨头被自己折腾得疲惫万分,不得不进入短暂的休战状态时,喉咙仍然不肯偃旗息鼓。

我是从学生们在课堂上的表现中觉察出来我的病情在日益加重的。最初的时候,孩子们会趁我咳嗽的时候交换一两个淘气的眼神,传递几张相互嘲弄的小纸条;后来我的一阵咳嗽长得足够他们讲完一个关于父母或者牲畜的笑话;再后来,他们干脆趁机打上一个小盹,醒来时会发现我依旧在捂着嘴,把一些形迹可疑的液体吐在那块皱巴巴的手帕上。

病虫大概早就已经潜伏在我的身体之中了,兴许在阿美坠着我胳膊的时候,兴许在我像爬虫一样地匍匐在低矮黑暗的煤巷之中的时候,兴许更早。我看不见它们,它们却看得见我,它们盯着我的一举一动。阿美在我身边时,她用永不止歇的好奇心拽着我往前走,我被绑在一架永动机上,没有闲暇停下来生病。现在阿美走了,绷紧我神经的那根发条松了,我的身体像一摊泥那样地软了下来。病虫是第一个知晓的,甚至比我更早一步,它们从潜伏状态转换到全力出击似乎只需要一秒钟,眼睛一眨,它们已经漫山遍野。

一场顽固的伤风感冒,一身在阴冷潮湿的煤巷道里落下的关节炎。这是阿燕的最初诊断。在给我服用了可以用箩筐来计算的各种祛风暖胃消炎驱咳的中药西药之后,她终于明白她从牧师比利那里学来的半挑子医学知识只够用来救急,却是治不得顽疾的。她开始跋山涉水,去几十里几百里外的地方,寻求各样的祖传秘方偏方。那个秋季家中的每一只锅都染上了中药的污垢,连鸡啼声里也冒着辛苦的药味。可是那些秘方偏方不过是一碗碗昂贵而难以下咽的黑开水,它们既没能和我的骨头讲和,也没能终止喉咙和肺之间的厮杀。

有一天傍晚,我正坐在门槛上晒太阳,喉咙又对我的肺发起了一场恶战。我突然发觉太阳变了颜色,变成了一块硕大的灰褐色的煤饼。过了一会儿我才意识到,是我的喉咙里喷出来的那些灰色粉尘把太阳熏黑的。那一夜我做了一个绵长的梦,我梦见自己把太阳拖到了四十一步台阶之下,浸泡在水里洗刷。我把一河的水都洗黑了,我依旧没能洗出原先的那个太阳。

第二天早上醒来时,我发觉太阳终于干净了。圆圆的,鲜红的,湿漉漉的,在我的枕巾上。那是从我肺里吐出来的第一个小太阳,在不太久的将来,它身后还会跟随着许许多多个同伴。我赶紧把枕巾扯下来扔进水桶里,可是已经太晚,终究没有逃过阿燕的眼睛。阿燕的脸色变了,也变成了一块煤饼,她没有任何商量余地地把我押进了县医院。那天我躺在一张窄小而冰冷的床上,听任医生把我瘦骨嶙峋的身体翻过七七四十九个来回,在我的皮肉上留下三千九百个指纹。我眼睁睁地看着护士从我的血管里抽走可以染红九个太阳的鲜血,并用X光机器剥光我的衣服,揭露出我白花花的弯刀一样的肋骨,还有两片黑糊糊的肺叶。那天完成所有的检查时我几乎感觉内疚,因为我已经把医生护士和可怜的机器同时累垮。

医生没对我说话。医生只是用倦怠怜悯的眼神看了我一眼,然后把阿燕叫进了办公室,并且关上了门。

很久之后阿燕才出来。我知道医生并没有多少话要说,从医生的牙缝里吐出来的只能是事实,而不是脂粉。事实总是简单的,而且越严酷的事实往往越简单,简单到只有几个字。阿燕在里头待了这么久,只是为了抹去眼泪在脸上走过的踪迹,就像我试图抹去枕巾上的太阳一样。

"肺里有感染,也感染到了骨头。需要补充营养,增强抵抗力,慢慢就好了。"阿燕说。

阿燕语气是惯常的平静,但是阿燕的皮肤却没有附和。阿燕的皮肤从鼻翼到额头都在噗噗地跳动,说着一些悖逆着她的嘴的话。我一下子听懂了皮肤的话。

"肺癌,晚期,已经扩散到了骨头。只能吃点好的,回家等死。"皮肤这样告诉我。

其实,这几句话不仅写在阿燕跳动的皮肤里,也写在了别处,比如在她眼角刚刚生出的一根细纹里,在她眉心从未见过的一条竖沟里,在她脚下失去了章法的步子里,在她手里捏的那两个写着我名字的药瓶子里。那两个瓶子,一个装的是咳嗽糖浆,一个是止痛药。我知道我的身子已经被密密麻麻的蚂蚁般的黑虫子掏空,我甚至听见了它们蚕食我的五脏六腑时发出的沙沙声。医生束手无策,黔驴技穷。

接下来的几个月里,家里的灶火上炖的不再是辛而苦的中药了,而是换了些别地内容。最开始时是鸡汤和蛋花汤。然而没想到鸡竟然是如此地不禁杀,没多久鸡笼就空了,从此也断绝了蛋的来路。但锅和灶火并没有因为鸡和蛋的绝迹而歇息,后来从锅盖的缝隙里飘出来的,就变成了鲫鱼的香味。鲫鱼像韭菜,杀不尽割不绝,集市上每天都有卖,只要肯花几个钱。我用教数学课时养成的精准逻辑,将我们的工资数额和家里的各项支出列了一张对照表,发现两个总数相减之后的结果总是负数。面对我一次又一次就家庭财政状况产生的质疑,阿燕的回答总是永不更改的两个字:"还有"。阿燕每天在鲫鱼汤里放置着不同的东西,有时是豆腐,有时是萝卜,有时是海米,有时候是淮山药或者莲藕。我喝着阿燕端来的一碗又一碗的鱼汤,感觉自己是一个急需催奶的产妇。终于有一天胃抢在我的嘴巴之前陈述了自己的感受,我看见那团表面结着一层胶质的乳白色的汁液时,忍不住吐出了几口黄绿色的胆汁。

那天之后,家里的锅灶里炖着的东西便又换了花样,阿燕告诉我那是村里人杀了猪之后她讨过来的猪肝。这些年阿燕给每一户人家都接过生,村里一半以上的孩子都管她叫亲娘(浙南方言:干妈),她讨一副猪肝也算合情合理,当时我并未多想。我的怀疑是在我连续食用了几副猪肝之后才逐渐产生的。村里人一般只在腊月里屠宰牲畜,因为他们可以把吃不完的部分晒成腊肉,留到整个冬季甚至早春食用。而在腊月之后仍旧有人持续不断地杀猪,似乎有悖常理。直到有一天,阿燕在挽起衣袖揩拭身体时,我偶然发现她胳膊上有一串青紫色的针眼,我这才恍然大悟,这些天里我喝的不是猪肝汤,而是阿燕的血。

这天晚饭时当阿燕把一盘炒得焦脆油光的猪肝端上桌的时候,我咬了一口,就哎的一声吐了出来。这是我的喉咙舌头牙齿合谋出演的一场戏剧,肠胃并没有参与。阿燕没有说话,只是叹息着,用手指把我吐在桌子上的碎猪肝一点一点地蘸起来,吃了下去。

"明天再换点别的吧。"她说。

这一次阿燕换了泥鳅——她不知听谁说泥鳅能养神补气。泥鳅在我们这个地方普通得像蚯蚓,不用谎言,不用针眼,甚至也不用钱,就能源源不断地就地获取。于是我心安理得地食用着各种版本的泥鳅,煎炸的,炖汤的,肉末星子炒的……我在肉末之后又加了"星子"这个词,听上去像是脑子糊涂时常见的啰嗦,其实我想强调的不仅是面积的细小,而且还有单位的稀少。盘子里那几块比蚂蚁还小的肉末,我用筷子轻轻一点,就数全了。虽然饥荒的年代已经过去,糠已经重新变回为鸡食,肉在那个时候却依旧是谎言鲜血金钱都换不到的稀罕。

于是,我的脑子——我身上唯一一块还没有被黑虫子侵占的地盘,给身上的其他部位,比如肠胃,比如眼睛,比如嘴巴舌头和牙齿,下了一道独裁暴君式的命令:它们必须鼎力配合,把各种版本的泥鳅连同它的附带品,吃得一口不剩,而且不能带有任何一丝勉强的表情。我的身体部位在执行这道命令时采取了阳奉阴违的手法,它们会趁阿燕不注意的时候,把合力吞咽下去的食物,再合力吐出。

虽然我被各样的疼痛折腾得奄奄一息,我依旧感觉庆幸:假若我不是在现在而是在更早的时候病倒,我会把阿燕拖向一个更幽暗的深渊。我们至少已经度过了大饥荒的年月。再早一两年时,锅曾经忘了米的味道,灶火也不记得它们逼急过油,人吃的是鸡食,而鸡嗉子里装的却是石子。假若我在那个时候病倒,阿燕唯一可以喂给我的,只有她自己的肉。

有一天阿燕兴高采烈地告诉我:公社的畜牧场可以供应少量的鲜牛奶,只需队里出具一个证明。那天中午阿燕跑去了杨建国家,回来时神情沮丧,一言不发。我知道她没有弄到那张盖着红戳子的纸。

第二天早上,阿燕一大早就出门了,天傍黑才回家,进门时手里拎着一个套着竹编外壳的暖瓶。阿燕拿过一个杯子,把暖瓶里的东西倒在杯子里,放到我床边的茶几上,说喝吧,还温和的。

那是一杯牛奶。

阿燕说这句话的时候,脸色平得像一张纸,既没有欢喜,也没有懊丧,仿佛她递给我的,不过是一杯寻常的白开水。

就在她转身的时候,我发现她夹袄后襟的一个衣角,掖在了她的裤腰里。

刹那间,我的脑子产生了一些古怪的念头,我觉得那些猪肝,那些混在泥鳅里的肉末星子,那些飘在鲫鱼汤里的油花,突然都变成了裤腰带。阿燕的裤腰带是在什么时候第一次松动了的呢?是在为我索求那张盖着红戳子的身份证明的时候?是在她胳膊上的静脉硬实得再也扎不下针的时候?还是在我吐出了那片煎炒得油亮的猪肝的时候?第一次也许很难,第二次就容易多了,第三次就成了习惯。再往后,兴许她再也不需要裤腰带了。

那杯牛奶近近地摆在我眼前,洁白得没有一丝杂质,表面结着一层平滑的几乎可以滑倒苍蝇的油脂。它一下子唤醒了多年前我和它最后一次见面时的所有记忆。它伸出一万只钩子,钩扯着我的鼻子。我的鼻子又生出同等数目的钩子,用同样的力度钩扯着我的肠胃。我的脑子唰地劈成了两半,一半在徒劳地声嘶力竭地命令着我的手:你去,你去掀翻这只杯子。可是没用,手不听,肠胃不听,甚至另一半的脑子也不听。幸福的欲望在我的太阳穴上无耻地敲击着进军的锣鼓,我的手颤颤地伸向了那个杯子。我眼睁睁地看着自己端起那个杯子,把阿燕的鲜血谎言和裤腰带喝了下去,一滴不剩。

我的肠胃响起了满足的叽咕声,空气听了难堪地扭过脸去,被褥起了一身鸡皮疙瘩。人变成动物的途径很多,最便捷的途径是不再知廉耻。我知道最后压垮我的意志的,不是那些掏空了我身体的黑虫子,而是羞耻。

从那天起,我不再进食。我用牙齿筑成一道万里长城,固执地抵御着阿燕用调羹塞给我的任何食物。我很快就进入了弥留状态。阿燕看出了我必死的决心,就用电报唤回了毫不知情的阿美。

阿美见到骨瘦如柴的我,放声大哭。她用她四岁时在我胳膊上坠出一个永远无法复原的伤痕的双手,紧紧搂住了我的颈脖。

"阿爸,阿爸,阿爸啊,你怎么能、怎么能……这么狠心……"阿美说。

那天阿美像一架年久失修的电唱机,一遍又一遍地重复着同一个句子。

我也有话说。我想说阿美我多想你能回到你阿妈的肚子里,再出生一次,这样我就能完整地拥有一次你的童年。可是我已经没有力气,这句话永远地留在了我的心和舌头中间的某一个地带里,不见天日。

留在那里的,还有另一句话,是给阿燕的。

"我多想,给你一个孩子,可是我不能。"

我当年在训练营练习格斗时受的伤,使我永远丧失了生育能力。我从一开始就知道,可是我没有告诉阿燕。这份遗憾太沉,我怕阿燕背不动。

我是在阿燕和阿美的手臂上咽下了最后一口气的。这时离牧师比利在"杰弗逊号"邮轮上死去的日子,已经过去了十七年;离瘌痢头在一场愚蠢的武斗中丧命、他的疯婆姨不知所终还有五年;离阿美跟随杨建国赴美留学还有二十四年;离伊恩在底特律郊外那家荣军医院去世,还有整整五十二年。

就这样,我扔下了阿燕。

其实扔下阿燕的不只是我,还有你们——你,牧师比利;还有你,伊恩·弗格森。我们在不同的阶段进入过她的生活,都把她引到了希望的山巅,又以各样的方式离开了她,任由她跌入绝望的低谷,独自面对生活的腥风苦雨,收拾我们的存在给她留下的各种残局。在我成为鬼魂之后,我甚至暗自庆幸过我死得其时,我不用目睹阿燕在几年之后的那场大灾难中遭受的更大屈辱。

我的自私罄竹难书。

从她出世到我离世,我们相识的过程是三十四年。她为了我能逃壮丁毫不犹豫地在那纸婚约上签上了她的一生;我为她耽误了去延安的路程,从此生活偏离了原先的轨道;我为她跳下那艘前程未卜的船,从而身陷囹圄;她为藏匿我、营救我出狱费尽心机,不惜冒杀头之险;我为她和阿美掏出了我的心肝肺腑,她也为我掏出了她的心肝肺腑。不,她掏出的远不止这些,她同时还掏出了鲜血、面皮、裤腰带。我们之间或许只是同情体恤怜惜仗义,还有危难中的彼此救助和扶持。我不知道这些情感相加之后的结果是不是爱情,但我知道爱情在它面前黯然失色。

至今回想起来,我和阿燕从来没有谈论过那场彻底改写了我们人生的战争。那是她的禁忌,也是我的禁忌。我们被禁忌隔开,永远错过了一个刻骨铭心的话题。

伊恩·弗格森：一粒纽扣的故事

　　战争的记忆在回国的头几年里依旧是鲜活而几乎身临其境的，后来就渐渐被日复一日的琐碎掩埋而陷入了沉睡，只在不定期的战友聚会上（我有时缺席）才会被重新激醒，然后再进入沉睡期，等待着下一个被唤醒的机遇。直到老之将至，生活的尘埃落定，那些记忆才逐渐回归，再次占领一度被琐事所占据的阵地，一如野草在空置的土地上重新探头，或者蜘蛛在鸡毛掸不再经过的屋角再次结网。

　　记忆里的战争和真实的战争不一样。记忆是一种视觉游戏，它会给血腥的场景打上马赛克，涂改着事件原本的颜色和质地。比方说在我想起鼻涕虫的时候，我竟然会忘记他那颗经过暴晒之后变成乌黑的头颅，而只记得他在课堂上发出的那一阵阵抑扬顿挫的擤鼻涕声。记忆不仅修改视觉，它也扭曲听觉，它打磨着那些原本长着毛刺的声音，并给它们抹上一层让耳目舒服的釉彩，叫它们产生莫须有的音韵和诗意。

　　一九八八年我带着妻子回了一趟中国，但没能如愿故地重游，因为月湖那时还不属于对外开放区域，我只去了月湖所归辖的省城杭州——那已经是我能够去的离月湖最近的地方了。我在杭州市郊的某一个地方看见了一条小河和一群鸭子。我在河边坐下来,像兔子和猎狗那样抽搐着鼻子,想闻一闻那河水是否与月湖有相似的气味。水很干净,鸭子也是,它们浮在镜子一样的河面上,留下一串清晰的倒影,仿佛是一群连体动物。

"不是的,月湖的鸭子不是这样的。"我忍不住大声嚷了起来。

我告诉妻子我在月湖看见过的情景:农夫用一根竹竿,驱赶着一队鸭子去刚刚收割完庄稼的田里。鸭子一只挨一只,秩序井然地听从着竹竿的指挥,仿佛是一支披着羽毛的军纪严明的部队。农人把鸭子赶下田去,任由它们在田里嬉戏,啄食田里剩下的没收干净的稻穗。天将黑时,农人再用他的竹竿将肚腹鼓胀的鸭子赶回家去,而他的婆姨孩子则会提着篮子,来捡拾鸭子下在田里的、像被雨水冲洗过的卵石那样雪白浑圆的鸭蛋。

这不是我第一次在艾米莉面前提起月湖。

艾米莉望着我,带着温存的笑意说:"当然,伊恩,当然是这样。"那神情仿佛在纵容一个异想天开的淘气孩子。

艾米莉,对,你没听错,我的妻子就是那个原名叫艾米莉·威尔逊,后改名艾米莉·罗宾逊,而最后留在死亡证书上的名字却是艾米莉·弗格森的女人——她就是那个在我几乎张口向她求婚时却被战争把我从她身边扯开的人。当我在中国服役时,她匆匆嫁给了一个姓罗宾逊的男人。上帝对她多少还是仁慈的,因为她一辈子都不知晓:她不仅曾经将我的心碾碎一地,她也参与改写了一个名叫温德的中国女人的命运。

我在积分制的长队中排到一九四六年春夏之交才回到美国。那年的圣诞期间,我在芝加哥的一家咖啡馆与艾米莉不期而遇。那时,她已是一个新寡的妇人——五个月前她的丈夫因车祸丧生。命运就是这样充满了嘲讽,她原是为了躲避生命的无常才决定离弃我,嫁给了那个她也许爱也许不爱的男人的,可是她没想到她竟会在逃离的路上迎头撞上无常。而我,那个她以为离无常最近的男人,却从战场上平安归来,活至天年。不,我远远活过了天年,活成了一个无论从物种角度还是从精神角度都令人生厌的糟老头子。

我们很快旧情复燃,重新开始约会。战争是一切背叛和分离的最合情合理的理由,战争制造也愈合感情的创口。

第二年的复活节我和艾米莉举行了婚礼。我被战争猝然截断的生活,开始慢慢地回归到原先的轨道。我修完一度中断的机械师课程,考过了机械修理师执照,在芝加哥的一家汽车修理厂做了几年技工之后,搬到了底特律居住,开创了第一家我梦寐以求的车铺。在那之后的数十年里,我把那家车铺扩展繁衍成了连锁店。艾米莉最初在我的公司里担任文秘和簿记员,后来就回家做了专职太太,因为我们有了三个孩子。

和刘兆虎惊涛骇浪般的经历相比,我战后几十年的生活大致可以用风平浪静来形容。那些年的日子平静、单调、重复,每一天几乎都在做同样的事情:上班,下班,努力扩充银行账号上的数额,以支付郊区别墅的贷款和孩子们的私校学费以及钢琴芭蕾课时费;和学校老师通电话了解孩子们在学校的情况;按照记事本上记载的日期定时安排家庭医生、儿科医生以及牙医的约会;隔一两个周末(假如天气允许)带全家去街心公园野餐一次;在感恩节和圣诞假期开车回芝加哥探望日渐老去的父母,就像后来我们的儿女们定时从外地回来探望我们那样。那些日子仿佛是从复印机里吐出来似的,每一张都是同一份原件的拷贝,看见一张就知道了全体。

真正打破我平静生活的第一场风暴,发生在一九九二年。那年我七十一岁,刚刚退休,正在慢慢适应从风火轮一样的生活节奏到无所事事的状态的转换过程。

那场风暴貌似突兀,其实已经孕育了很久。它是那场战争的产物,它像一只藏匿在茫茫黑暗中的巨兽,悄无声息地匍匐在远方,等待着风云变幻促成的某一个因缘际会,才猝然横扫过一汪大洋。等它最终把第一个浪头摔在我门前的时候,它其实已经蓄了四十多年的势。那场风暴凶猛地冲开了我的情绪大门,叫我看见了一些藏得很深的我从未发觉过的恶魔。那场风暴卷起来的波浪,一直延续到我生命的最后一刻。

那是一个冬日的早晨,天很冷,但阳光明艳,空中鸽哨的声响悠远祥和安宁。我刚吃过早餐,正坐在餐桌前一边喝咖啡,一边浏览刚刚送来的晨报。我的眼皮突然剧烈地跳动了起来,仿佛那上面吊着一根被隐形的手所牵动的隐形绳子。我一下子想起了水牛——那个在月湖时忠心地服侍过我的仆人——曾经告诉我的话:"左眼跳财,右眼跳灾。"或许他说的是:"右眼跳财,左眼跳灾。"那天我跳的是左眼,福和祸的几率是一半对一半。

这时门铃响了。先是短促的一声,接着的那一声稍微长些,中间隔了一两秒钟。第三声也许是我的想象,它即使没有真正发生,也至少是前面两声的回响和延长。我几乎立刻听出了叩门人的踌躇和忐忑。

我打开门,发现门前站着一个像是东方人的中年妇女。我之所以使用了"像是"两个字,是因为我其实无法准确判定她的族裔背景。她脸上与东方人相似的元素是一目了然的,而与东方人迥异的部分却需要深究,或许是那两个略微凹陷的眼窝,或许是瞳人里那一丝若有若无的灰蓝,或许是刘海里那一片若隐若现的波纹。她穿着一件样式明显过时、已经洗得露出针脚的外套,双手搂着胳膊,似乎有些怕冷。她开口说话的时候,我发觉她的英文大致通顺,尽管有一些口音。

"请问你是伊恩·弗格森先生吗?"她问。

我点了点头。

"你的中间名是'劳伦斯'吗?"

我再一次点了点头。

"二战期间,你曾经以一等军械师的身份在中国南方一个叫月湖的地方驻扎过吗?"

女人越来越具体详细的问话让我起了疑心。时隔多年,依旧能准确地记得我的军衔和那个地点的,只能是掌管美国海军事务旧档案的人。

或者是,联邦调查局员工。

"你是谁?"我警觉地问。

女人没回话,她只是从口袋里掏出一个两寸见方的小木盒子。那盒子上涂着一层黑漆,在它还是一个新盒子的时候,盒面上应该描着一圈金花。可惜年代久远,黑漆和金花都已斑驳。我知道,那是中国南方女人放置耳环戒指等小首饰的容器。

女人打开盒子,从里边掏出一样用绵纸包着的物件,放在我的手心。绵纸也老了,带着岁月的皱褶和焦虑,仿佛轻轻一碰就要碎裂。

我小心翼翼地剥开绵纸,发现里头是一枚纽扣。它的表层在久远的过去或许镀过金粉,或者银粉,如今岁月已把它销蚀得只剩下一片黯涩的金属锈。但看得出来,废墟曾经辉煌。

"你还认得这个东西吗?"她问。

我茫然地摇了摇头。

"这是,你的,纽扣。"女人说,把重音放在了"你"字上。

"一九四五年秋天,在你撤离月湖的时候,你从你的制服上揪下这颗纽扣,把它送给了一个中国女孩子。"

一些埋藏得很深的记忆从黑暗的角落里探出头来,我甚至听见了它们爬过脑子里那些纵横交错的沟壑时发出的窸窣声。一个女孩的面容渐渐地凸显出来,一小块一小块的,像西班牙瓷砖拼画,先是眼睛,再是眉角,再是鼻尖,再是嘴唇上方细细一圈柔软的无色的汗毛,再是一些额发,两只衣角……把这一切串联成一体的是风,从海螺壳或空树洞里生出来的那种风。

"你说你会回来的。"女人说。

女人的语气平静,听不出责备,当然,也听不出赞许。

"你现在应该明白了,我是你的,女儿,从生物学意义上来说。"

她在说出"女儿"两个字的时候顿了一顿,仿佛那个词有角,硌着她的喉咙。

一根来势凶猛的棍子,猝不及防地朝我砸来,一下子捅瞎了我耳朵里的眼睛,砸聋了我眼睛里的耳朵。耳朵和眼睛在一片无声无光的混乱中摸索了很久,才渐渐找到了嘴巴。我看见天压下来,树枝弯到地上,屋檐下的水冻成了清亮的鼻涕。

我应该知道的,就在我看见她的第一眼里。那眸子里微微闪烁的蓝光,那眉角上决绝的几乎孤注一掷的弧线,那微微上扬的嘴角上带着的那丝嘲讽……我的面容是她在一面旧镜子里的折射,模糊,扭曲,失去比例。

"我的妻子,病了。"我文不对题地说。

女人冷冷地笑了一声,说你放心,我不是来打扰你的生活的。我不是来找父亲的,我有父亲,任何别人只能是他的影子。我只是想看一看,那个给了我一半基因密码的,到底是个什么样子的人。

我是什么样的人?我在无意间创造了她生命的时候,我并不知道我是谁;时隔四十多年,我依旧不知道我到底是谁。

"她病了,我的妻子,癌症。她不能承受,任何刺激。"

我听见自己嚅嚅地不知所措地说。

女人用眼角的余光扫了我一眼,仿佛我小得不值得用一整只眼睛。

"我也不是来找你要钱的,我丈夫在大学里教课,他有收入。"

女人情绪激动的时候,口音就浮上了表面,英文长出了毛刺。

"亲爱的,你在跟谁说话?"艾米莉从楼上卧室的窗口探出头来,问我。

我迟疑了一下,抬起头来告诉她:"给童子军筹款的。"

话是脱口而出的,说的时候很镇静,惊惶是后来才来的,我心跳如鼓。

"告诉这位女士,我们已经给童子军总部写过支票了。"艾米莉说。

我听见女人皮肤上的每一个毛孔,都唰啦唰啦地盖上了盖子,女人变成了一张没有任何洞眼和缝隙的钢板。她扭过身朝街上走去,那件样式陈旧却洗得很干净的外套,被风吹成一只鼓鼓囊囊的气球。她的鞋子拍打在沥青地面上,发出尖锐刺耳的声响,仿佛是铁棍在击打着花岗岩。

"你叫什么名字?"我追上去,拦住了她的路。

她没有抬头看我,她只是盯着我的脚,好像我的鞋面里藏着我的眼睛。

"重要吗?我的名字,对你?"她说。

我想说重要,非常重要,可是我的嘴唇颤抖得太厉害,我没能完整地说出那几个字。

她走出了几步之后,突然回过头来,说出了一个名字。

那是一个中国名字。第一个字是"姚"——我知道那是她的姓。结尾是一个跟英文里的May字很接近的音,但我没听清中间的那个字。我想请她重复一遍,可是她已经走远了。

这是我的女儿,假如我可以称她为女儿的话,留给我的关于她身份的唯一线索。

在那以后的二十多年里,我从来没有停止过对她的寻找。那时我才发现,在美国如此巨大的版图里寻找一个连名字也无法确定的人,无异于大海捞针。

后来是她再次找到我的,以一家媒体的记者身份。

也许在潜意识里,我是为了等待她的来临才赖在这个世界上迟迟不肯走的。在我们见面的三天之后,我在睡梦中辞世。

牧师比利:一份清单——我们带走的和我们留下的

中风,又称作脑血管事件、脑血管意外、脑血管病变或脑病突发,是指脑部缺血造成的脑细胞死亡。中风分为两种类型:一种是由血管阻塞所造成的缺血性脑中风;一种是由出血所造成的出血性脑中风。不论是缺血性或是出血性脑中风都会造成脑功能异常。常见的中风症状包括无法移动单侧的肢体或是一边的身体没有感觉、无法理解别人的话、不能说话、感觉天旋地转、一边的视野看不见等等……中风的症状有可能成为永久性的后遗症,中风患者也可能会有肺炎、尿失禁等长期后遗症。

这是维基百科中对你患的这种病的描述。

我并不完全同意上述解释,尽管我也是一位医生,曾经。

我认为你的病情还可以有许多种别的解释。

比方说,从气象学的角度来解释,中风的症状是一场飓风扫过一个沟壑水道密布的复杂地域时留下的遗迹,或者说,废墟。

从心理学的角度来解释,中风是一个历经磨难的人通过调动血管来阻挡不想面对的记忆的过程,就像用土或沙包来抵挡洪水那样。

还可以有神学的、哲学的,甚至是物理学的解释,但我没有时间。我们三个人,我,刘兆虎,还有伊恩,或者说,我们三个鬼魂,赶了三百公里的路从月湖来到这家市属医院,仅仅是为了来看望你的,所以我必须学会有节制地使用语言和时间。

对不起,我并不想给你造成一种错觉——假如你还能感觉的话,好像我们日夜兼程舟车劳顿地赶了漫长的路程,就像当年训练营的学员们永远也走不到头的夜行军那样。其实对鬼魂来说,千山万水只在我们的意念之中,我们不再受脚板布鞋生锈的自行车轮崇山峻岭河流沼泽或者毫无怜悯心的雨雪阳光所累,我们想去哪里,我们就已经在哪里。我在这里之所以使用了"赶"这个字,仅旨在表明我想见到你的急切心情——在晚了七十年之后。

你所在的这间病房,是整个医院里最宽敞明亮私密的套间,配有一应的盥洗和空调设施。你可以安然地住在这里,想住多久就住多久,不仅因为你的外孙是这家医院的院长,也因为你的女婿杨建国在替你支付着昂贵的医疗费用。他的画现在是按尺出售的,就像过去月湖集市上的丝绸。当然,我们说的不是一个价码。据刘兆虎说,在去年秋季的嘉士得拍卖会上,他的一幅水墨画《母亲》,卖出了一百零三万美金,听说画里那个正在哺乳的女人与你有几分神似。你当年从自己碗里给他省出来的那几口米饭,到底没把他喂成一只白眼狼。

斯塔拉,哦,我的斯塔拉。今天,在第一眼看见你之后,我很久才敢看你第二眼——是不忍。在我的记忆中,你是那个连眼泪都能照亮别人的小星星啊,我怎能把你跟眼前这个身体像掏空了的麻袋似的老妇人联系在一起?

是谁掏空了你的麻袋的?

是战争。

我多么愿意一直这样说下去啊。可惜世上并没有真正无辜的人,一个也没有。战争是块遮天蔽日的大黑布,在它的遮掩之下谁也看不见自己的良心。战争把第一只恶手伸进你曾经饱满结实的生命之袋,我们跟在它之后也伸出了我们的手。这个"我们",不仅包括我、伊恩、刘兆虎,还有阿美、杨建国、癞痢头、鼻涕虫、那个在枕边传了你的流言的厨子、那个在营地门前用枪指着你的哨兵……"我们"其实是每一个走进你生活的人。我们每个人的手上都有罪孽,我们每个人都从你的袋子里偷过东西。

我的罪人啊。

我听见上帝在呼唤我。

请你告诉我,你们到底从这个可怜的女人身上拿走了什么?上帝问。

不多。我回答说。不过是一点点信任、耐心、慰藉、勇气、善意,最多再加上一副完好的牙齿,一个光洁的额头,两只饱满的乳房。

那么,你们又给她留下了什么?上帝又问。

不少,我的主,比如一辆破旧得连厂名都找不见了的自行车,一颗几乎可以和泥土混成一色的金属纽扣,一本书脊几乎散了架的《天演论》,还有一些不是用竹简绸卷纸张油墨记载在任何国法、城镇管理法、婚姻法、家庭法甚至治安法中,而是用窃窃私语在人们的舌头上游走了几个世纪的耻辱。

我们拿得很少,却留下了许多。真的。我对上帝说。

斯塔拉,你床头的墙上,钉着一份《美东华文先驱报》的剪报,篇幅很大,整整三版,上面有一张年代久远、边缘模糊的黑白照片,照片里的两个人是伊恩和刘兆虎。当然,那个时候刘兆虎没有名字,只有一个代号635。他们大概刚从训练场归来,额头和肩膀上都是湿漉漉的汗珠。他们中间是军犬幽灵,它身体的动作定格在一个半站立的姿势上,前爪搭着伊恩的胳膊。从照片上我都听得见它的吠声,那是它见到主人时的狂喜。就是隔着三千里路,它也闻得出伊恩的汗腺。

那是一个多么残酷却又多么简单天真的年代啊,伊恩不知道刘兆虎的过去,刘兆虎不知道伊恩的过去,他们也不知道我的过去,我们都不知道幽灵的过去。战争把过去一笔抹去,那时候我们说话时使用的时态,是不需要变格的现在式。

你的床头柜上摆着一个花篮,是大朵大朵白色和粉红色交杂的百合。花老了,花瓣有些蔫。红色缎带上的署名是:抗战老兵义务服务队。

是谁掘地三尺把死去多年的刘兆虎搜寻出来的?是谁泄漏了一个七十年的秘密?是一个没有藏好的登记本?是一把不小心丢失的档案柜钥匙?还是一张没有关严的嘴?他们,我指的是媒体,还有媒体身后的那些钱包,到底还是找到了刘兆虎和伊恩。不知他们在找到这两个人的时候,是否也顺藤摸瓜,一并发现了三个男人和一个女人之间的秘密?

假如没有战争,我大概永远也不会和你产生任何纠葛。你大概永远只是刘兆虎的阿燕,而不会成为我的斯塔拉,或者伊恩的温德。你真叫我为难啊,我不知道到底该说我情愿不认识你,也不愿意有那场战争,还是该说为了遇到你,我宁愿遇到那场战争?你是上帝放置在我路上的热量和光源啊,你是我的一整个小宇宙,拥有你我就拥有了世界。所以,假如我可以完全诚实地面对自己(大概只有鬼魂才可以做得到),我宁愿有你,哪怕天塌地陷,哪怕地图被战争撕成碎片。

战争?我的罪人啊,那到底是谁的战争?

我听见上帝问我。

是啊,谁的战争?我也这样问自己。天皇的战争?东条英机的战争?冈村宁次的战争?罗斯福的战争?重庆的战争?抑或是延安的战争?

都是,也都不是。其实,那是你的战争。

上帝说。

那的确是,我的战争。当我把长衫的后摆掖进裤腰里,骑着破旧的自行车,嘴里含着从黑市打探到的情报,赶往你们的营地的时候。

那也是刘兆虎的战争。当他从树身上揭下那张墨汁未干的招生广告,走破一双布鞋赶到月湖的时候。

那也是伊恩的战争,当他在二十岁生日那一天,走出那家意大利餐厅,走进芝加哥冬日的寒风里,决定报名参军的时候。

其实,那何尝不是你,斯塔拉的战争呢?当你撑着舢板带伊恩去军需处取信件,或者,当你把鼻涕虫的头颅,一针一针地缝到他的尸身上的时候。

那是所有人的战争,也是每个人的战争。我们把战争庞大的身体肢解了,每个人手里都捏了小小的一块,于是,它就成了一个人的战争。

这是我们做的自由抉择,我们都必须为手里那小小的一块付上全部的责任和代价。

哈。哈。

我听见了一阵笑声。

我的上帝,你为何发笑?莫非,你有什么谕示要传给我,你的仆人?

谕示?谕示我只会传给我精心挑选的极少数人。对你更合适的,可能还是寓言,就像那些记载在福音书里的寓言。

上帝说。

有一艘巨大的远洋客轮——比那艘沉在冰海里的"泰坦尼克号"还大,从波士顿出发,缓缓驶向曼彻斯特。船上有十个餐厅,每个可以容纳一千个盛装的客人;有五个配备专业乐队的舞厅,每一间都可以经得住三千双鞋子的翩翩起舞;还有四个剧院,可以同时观赏最时尚的舞台剧,最惊悚的杂技魔术表演,最有名气的流行歌星演唱会,还有刚上院线的好莱坞影片。除了客舱之外,船上所有的公共场所二十四小时开放,没有任何门锁门闩和门禁。客轮总共有二十五层楼,从上到下把每个沙龙酒吧咖啡馆游泳池冲浪池赌场健身娱乐场所都走一遍,大概需要整整两天。每一个客人都以为,他们想去哪里就可以去哪里,想取什么样的乐子就有什么样的乐子。他们只是忘了,无论有多少层甲板多少个热闹场所可以自由选择,这艘客轮最终将无可更改地、不受任何影响地抵达目的地曼彻斯特。

你听懂了吗?我的仆人?

我沉默许久。

明白了,我的上帝。我终于说。无论你给了我们多大的一个棋盘,我们始终只是,你手中的一颗棋子。你早就给我们划好了行动的圈子。

我的主,你给战争也划了那样的圈子,战争也只是你棋盘上的,一颗棋子。

"外婆,你好歹吃一口。"

斯塔拉,我看见你的外孙,那个用他的父亲你的女婿的卖画所得读完了约翰·霍普金斯医学院的脑神经外科专家,正在给你喂食一种果泥或是蛋白之类的流质食品。他看你的眼神里闪烁着水晶般澄澈的光亮。那双眼睛没吃过我们吃过的苦。

你呜呜地嚷着一句什么话。你的血管变硬了之后,你的舌头就失去了松紧,成为一条木板,而不是一根橡皮筋。

他没听懂,我听懂了。中风还有另外一种解释,就是一种毁坏了原有的感受系统,打通了阴阳两界的阻隔的奇异病变。

我知道你是在说:"风,风。"

那是我们的影子掠过你的玻璃窗时发出的声响。你的外孙听不见,你听见了。

你的目光朝窗外转过来,眼神猝然一变。

你看见了我们。

附录：上海《都市新闻在线》今日头条：
一封丢失在世纪尘埃里的信

本市静安区一位业主在装修房子时，意外地在地板之下发现了一封七十年前的信。据了解，这座楼房在民国时期曾经一度是邮局。这封盖了发信邮戳的信，却不知何故未被寄出，有人猜测是邮局职员一时疏忽，将此信遗落在邮袋之外，一直未被发觉。信封已被水气所蚀，字迹残缺不清。寄信人的名字是"伊恩·弗格森"，地址是百老汇大厦（为今天的上海大厦），但收信人的姓名地址已无法辨认。邮戳尚部分可辨，年份是一九四六年，确切的月份和日期已经模糊。信的内容也多处遭到蚀损，但依旧大致可辨，看似一位叫伊恩的援华美军写给一位叫温德的中国女人的。信纸是那个年代常见的米纸，字为毛笔所书，字体老辣遒劲，不像是外国人的手迹，极有可能是寄信人口授请人代笔的。这封信很短，更像是一封略嫌臃肿的电报：

亲爱的温德：

假如你愿意，在收到这封信时，请立即按照信××址来找我。我打算向××事务处申×××许可证。近日××××××剧增,等候期××××个月。具体面叙,请速××。

你的伊恩

信中标明"×"处的皆为无法辨认的字迹。这封在历史的尘埃中封存了七十年的旧信,无疑是抗战历史研究的珍贵资料。本栏目即日起将竭尽全力寻找信中的"温德"和"伊恩"。请知情者于第一时间和本栏目联系,你的线索或许可以帮助我们还原一件尘封往事的原貌。

一稿 2016.4.4—2016.9.12 多伦多
二稿 2016.9.21—2016.9.29 多伦多
三稿 2016.10.30—2017.1.1 多伦多—三亚